KB074969

빨
치
산
의
딸
2

빨치산의 딸 2

지은이 | 정지아

1판 1쇄 펴낸날 | 2005년 5월 30일
2판 1쇄 펴낸날 | 2023년 6월 30일
2판 2쇄 펴낸날 | 2024년 1월 30일

펴낸이 | 문나영

펴낸곳 | 필맥
출판신고 | 제2021-000073호
주소 | 경기도 고양시 덕양구 중앙로 542, 910호
홈페이지 | www.philmac.co.kr
전화 | 031-972-4491
팩스 | 031-971-4492

ISBN 979-11-6295-032-6 (세트)
ISBN 979-11-6295-034-0 (04810)

빨치산의 딸

2

정지아 장편소설

지하침투 제1호

그 무렵 경찰들은 동부와 서부의 연락선을 잡으려고 혈안이 되어 있었다. 연락선을 잡으면 동부와 서부를 각기 고립시킬 수 있어 토벌작전을 수행하기가 용이해지는데다 정보를 많이 갖게 돼 큰 건수를 올릴 수도 있고, 연락선은 유격부대가 아니니 생포하기도 용이했다. 연락원들은 날마다 연락을 다녀야 하니 일이 고되기도 하려니와 백아산 요소요소에 그들을 잡기 위해 혈안이 된 결찰들이 잠복해 있어 사잣밥을 싸 가지고 다녀야 된다고 말할 정도였다. 그러나 그가 새로운 루트를 개척한 뒤로는 아직 한번도 조발되지 않았고 생포자나 희생자도 없이 안전했다. 그래도 내일을 알 수 없는 상황이라 연락원들의 사기에 항상 신경을 써야 했다. 연락과 분트와 조직부 분트가 따로 있기는 했지만 그는 밖에 나갈 때면 가끔씩 생선이나 고기, 술 등을 구해다 회식을 열곤 했다. 그가 다른 일로 트를 비울 때면 "대장이 와야 목구멍에 때를 벗길 것인디" 하며 그를 기다릴 정도였다. 아무튼 이래저래 봉두산 분트 생활은 모두가 한 덩어리로 어울려 즐거웠다.

어느 날 총사에 다녀온 연락원이 그를 보더니 김채윤을 아느냐고 물었다. 김채윤이라면 전쟁 직전 그가 광주지구당 부책이었을 때 책임자였던 사람으로 수도사단 공세에 전멸당한 노령지구 당책이었는데 그 후 연락이 없어 죽은 줄로만 알고 있었다.

"대단한 사람이드만요이. 광주 포로수용소에서 탈출을 해갖고 시방 총사에 와 있다만요. 두 사람이 탈출을 했다는디, 그 악명 높은 포로수용소에서 워트케 탈출을 했는가 몰라요. 유격대원도 아니고 당일꾼임서."

김채윤은 여순사건 이전에 순천사범학교 선생이었다. 여순사건이 터지자 동조하는 학생들과 함께 반란군에 적극적으로 참여했던 김채윤은 국방군이 밀고 들어오자 붙잡혀 총살을 당하게 되었다. 주위에서 저 사람 반란군과 함께 일했다고 한마디만 하면 조사도 없이 무조건 총살에 처하던 때였다. 수많은 사람들을 일렬로 세워놓고 총을 쏴대는데 다행히 총이 목 근처로 스쳐 지나갔다. 옆 사람이 푹푹 쓰러지기에 자기도 죽은 척하고 시체더미 위로 쓰러졌는데 시체가 워낙 많으니 확인도 하지 않은 채 국방군이 사라졌다. 시체더미 속에서 하루 종일 쓰러진 그 자세로 꼼짝도 않고 있다가 밤이 되자 자기 위로 수북이 쌓인 시체를 걷어내고 그 길로 입산을 한 것이다.

김채윤의 광주 포로수용소 탈출사건은 날이 갈수록 위축되어가는 많은 사람들에게 힘과 용기를 주었다. 건강을 회복한 김채윤은 어느 날인가 소식도 없이 사라졌다. 극비리에 지하사업을 나간 것이었다.

광주 포로수용소에서 또 한번의 죽을 고비를 넘기고 탈출한 김채윤은 그 후 몸을 회복한 즉시 지하당 조직을 위해 여수로 나갔다. 자기 누님이 하는 공장 부근에 비트를 파고 드나들며 지하조직을 구축하던 중 도당과 연락하던 한 사람이 체포되어 트를 부는 바람에 트 속에 있다가 꼼짝없이 포위되고 말았다. 트 속에서 경찰병력과 대치하며 낮을 보낸 김채윤은 해가 저물자 갑자기 수류탄을 던져대며, 놀란 경찰이 주춤하는 틈을 타 탈출에 성공했다. 그 길로 밤새도록 달려 백운산 기슭까지 도망친 김채윤이 전사한 것은 바로 그 다음날이었다. 배가 고파 부근 마을로 보급투쟁을 나갔다가 적의 잠복에 걸려 어이없이 죽고 만 것이다. 수차례의 죽을 고비를 넘긴 사람의 최후 치고는 너무 허망했다. 인텔리였던 김채윤이 정세의 불리함을 모를 리 없었다. 최후까지 싸우다 죽는 길밖에 없다는 것, 남한사회에서 46~47년과 같은 합법적인 시기가 다시 오기 어렵다는 것도 알았을 것이다. 여수 비트에서 포위당했을 때 적들의 회유가 없었을 리도 없다. 그래도 김채윤은 수류탄을 터뜨리면서까지 위험을 무릅쓰고 당으로 돌아오려고 했다. 그러다 밥 한 끼 때문에 죽은 것이다. 김채윤이 거기서 자수만 했더라도 괜찮은 집안이었으니 이리저리 줄을 대서 목숨을 건졌을 것이고 인텔리니 뭘 하든 살아갈 수도 있었다. 그러나 그는 자신의 의지대로 사멸해가는 당과 죽음을 선택했다. 그렇게 죽어간 수많은 사람들의 발자취는 어디에도 없다. 역사에도 남아있지 않고 더러는 자신의 호적에조차 남아있지 않다. 후손들이 살아남기 위한 방편으로 아예 살다 간 흔적조차 지워버린 것이다. 자신의 부모를, 형제를 그렇게 부정하게 만든 것은 무엇인가.

유월도 저물어가는 어느 날 도당에서 고철이라는 사람이 그를 찾아왔다. 이북 출신인 고철은 6.25 때 광주에서 전남 보위부장을 했던 사람으로 얼굴은 몇 번 봤지만 인사를 나눠보긴 처음이었다. 남으로 오기 전까지 평양에서 정보관계 일을 계속했었다는 고철에 대해서는 별로 알려진 바도 없었다. 드물게 큰 키에 몸집이 매우 좋은 고철은 그의 사업을 배우러 왔노라며 장기체류하겠다고 했다. 지금까지의 사업을 구체적으로 설명했더니 앞으로의 활동방향에 대해서 물어왔다.

"이곳 사업으로는 잘해야 물자조달과 정보수집의 테두리를 벗어날 수 없습니다. 우리의 모든 역량을 총동원하여 도시로 파고들어가는 것만이 우리 당이 살 수 있는 길이라고 생각합니다."

박영발처럼 좀체 표정을 읽을 수 없는 얼굴로 고철이 심각하게 고개를 끄덕거렸다. 고철은 그의 가정환경, 친척관계까지 구체적으로 캐물은 뒤 도당으로 돌아갔다. 고철이 떠난 뒤 얼마 되지 않아 백운산에서 지시가 내려왔다. 밤새 걸어간 그가 쉴 시간도 주지 않고 곧장 당책 트로 들어오라고 했다. 박영발 혼자서 그를 기다리고 있었다.

"고철 동무로부터 동무의 사업과 신상 얘기를 잘 전해 들었소. 우선 동무의 의견을 들어보고 동무에게 큰 과업을 제시할까 하오."

박영발이 날카로운 눈빛으로 그를 쳐다보았다.

"혁운 동무더러 지하로 침투하라면 할 수 있소?"

역시 지하사업이었다. 누구라도 당을 살리기 위해서는 반드시 해내야 할 일이었다.

"네! 할 수 있습니다. 그러나 시간을 두고 공작을 해보아야 확답을 할 수 있겠습니다."

"혁운 동무가 이전에 철도국원이었는데 옛 직장동료 중에서 철도노조 출신이나 육이오 후 함께 당사업을 한 사람이 있소?"

"철도 재직 중에는 당사업은 안했고 노조활동만 잠깐 했는데 이념에 동조하는 친구는 없고 개인적인 친분관계만 가지고 있는 정돕니다."

"그럼, 기타 사회친구나 친척 중에서 혁운 동무가 현재의 신분으로 찾아가면 숨겨줄 거라고 확신할 수 있는 사람이 몇 사람이나 있겠소?"

머릿속으로 수많은 사람들의 얼굴이 스쳐갔다. 조직대상이야 안 되더라도 자기를 숨겨줄 만한 사람은 꽤 될 것 같았다.

"확인해봐야 정확하게 알 수 있을 테지만, 꽤 될 것 같습니다."

"만약 동무가 내려가면 살아갈 수 있는 기본자금은 마련될 수 있소?"

"어렵습니다. 저희 집은 여순사건 후 재산을 다 빼앗겨서 소개당한 산중에 남은 논 몇 마지기가 전부인데 그것도 처분하기가 힘들 겁니다. 가족들은 풍비박산이 되어 남의 집 더부살이를 하고 있어 집에는 도저히 기대할 수가 없고, 친척이라 해봐야 모두 가난해서 여비 이상 보태줄 사람이 없습니다. 친구들 중에서도 자금지원은 막연합니다."

"역시 모든 사업이 그 놈의 자금 때문에 막히는군."

박영발은 말을 끊고 긴 한숨만 내뱉었다. 한동안 침묵이 흘렀다.

"그럼 동무가 이미 알고 있거나, 아니면 곡성이나 구례, 또 다른 데라도 사회기반 있는 다른 동무가 있는지 혁운 동무가 집중적으로 발굴작업을 해주시오. 앞으로 이 사업은 고철 동무에게 위임할 테니 모든 사업을 고철 동무와 의논하시오. 조직부에 가서 고철 동무를 만나보고 곧장 공작처로 떠나도록 하시오."

조직부에서 기다리고 있던 고철은 그가 나타나자 숲 속으로 그를 잡아 끌었다.

"동무가 지하침투 제일호로 결정됐소. 내가 조만간 분트에 다니러 갈 것이오. 그동안 사업을 좀 구체화시켜 보도록 하시오. 나와 동무, 위원장 세 명만 아는 극비이니 절대로 입 밖에 내어서는 안 되오."

분트로 돌아온 그는 기존 사업을 진행하면서 함께 있는 동지들 중에 지하조직 사업을 할 만한 사람을 물색해 보았다. 그러나 대부분이 기본출신들이라 바깥사회에 나가서 생활기반을 잡을 만한 사람을 찾아내기가 그리 쉽지 않았다. 문득 김춘옥의 얼굴이 떠올랐다. 김춘옥! 그녀의 집안은 전라도에서뿐만 아니라 전국적으로 유명한 양반가문이었다. 형제자매들도 명문가로 출가하여 모두 공직에 있었고 외가 쪽도 쟁쟁하다는 말을 들은 적이 있었다. 게다가 빨치산 토벌대 총수인 경무관 한 사람이 그녀의 가정교사였고, 그 경무관의 형이 그녀 아버지 기업체에서 비서 노릇을 한 적도 있다고 했다. 그녀라면 충분히 사회에서 폭넓게 자리를 잡을 수 있었다. 가장 가까운 사람을 잊고 있었던 것이다.

7월 20일 고철이 분트에 내려오자 그는 김춘옥의 얘기를 보고했다.

"김춘옥 동무를 먼저 자수시켜 내보내서 기반을 잡게 하고 제가 그 교두보를 이용하여 침투했으면 합니다."

"야, 이거 뜻밖의 수확이오. 좋소, 좋아. 당장 김춘옥 동무를 소환하시오! 그렇지 않아도 마땅한 동무가 없어 걱정이었는데 잘 됐구만. 동무는 당장 김춘옥 동무를 안전하게 자수시킬 수 있는 루트를 확보하시오."

그는 곧 그의 집안과 우의가 깊은 어느 면장 부친을 찾아 나섰다. 호가 야포인 그 어른은 화순군의 저명한 유학자 조갑환의 종제로 학식이 높아 찾는 사람이 많으니 한 사람쯤은 안전하게 자수시킬 수 있을 것 같았다. 저 멀리 어둠 속에 제릅대(삼대)로 지붕을 이은 네 칸 겹집이 보였다. 야포의 집이었다. 지붕을 새로 이었는지 전혀 썩지 않은 제릅대가 달빛을 받아 은빛으로 반짝였다. 그는 조심스럽게 집 뒤로 접근하여 야포가 거처하는 안방 뒷문을 살며시 두드렸다. 늦은 밤까지 책을 읽고 있던 야포가 문을 열더니 그의 얼굴을 보고 깜짝 놀랐다.

"어서 오소. 살아 있었구만. 몹시 야위었네 그랴."

"야포 어르신께서 저를 좀 도와주셔야겠습니다. 다름 아니고 여자 하나가 몸도 약하고 도저히 산에 있을 수가 없는데 이렇게 산에서 죽이느니 차라리 자수라도 시키는 게 나을 것 같습니다. 안전하게 자수시킬 방법이 없겠습니까?"

"마침 좋은 사람이 하나 있네. 자네도 알랑가 모르는디 일제 때 구례경찰서 사법계 형사를 했던 사람이 지금 화순서장으로 가 있네. 말하면 도와줄 걸세. 뭐 달라는 것도 아니고 이 편에서 좋아하는 자수를 한다는데 못

14

도와줄 게 있겠능가."

"그럼 어르신이 한번 화순에 다녀오실랍니까? 이 얘기를 전하고 확답을 좀 받아 오십시오. 저는 며칠 후에 다시 들르겠습니다."

8월 1일 김춘옥이 봉두산 분트로 배치되었다. 더위는 기승을 부리고 한낮이면 매미울음에 넋이 빠질 지경이었다. 김춘옥은 왜 이리 배치되었는지도 모르고 그를 보자 반가워 난리였다. 피딱지투성이던 얼굴이 보기 좋게 그을어 있었고 그 사이 몸도 많이 회복된 상태였다. 일에 쫓기는 생활이라 늘 생각하지는 못해도 혼자 있을 때면 아련하게 떠올라 그의 가슴을 설레게 했던 김춘옥의 손을 끌고 그는 조용한 곳을 찾았다.

"춘옥 동무! 자수해서 사는 길을 택하지 않겠소?"

반가움에 들떠 있던 김춘옥이 깜짝 놀라 그를 빤히 쳐다보았다.

"뭐라구요?"

"자수해서 살 생각이 없느냐고 물었소?"

"그게 말이나 되는 소립니까?"

나긋나긋하고 부드럽던 김춘옥의 목소리에 새파란 날이 서렸다.

"이렇게 싸우다간 다같이 죽는 것밖에 남은 길이 없지 않소?"

"굴욕스럽게 사느니 당당하게 최후까지 싸우다 이곳에서 죽을 것이오. 동무가 지금 나를 어떻게 보고 그 따위 소리를 하는 것이오."

파랗게 질린 그녀가 덤벼들 듯이 따져들었다. 그제야 그는 빙그레 웃음을 띠고 부드러운 눈길로 그녀를 보았다. 자수하라는 말에 그녀가 약해졌다면, 그러자고 했더라면 아예 말도 꺼내지 않을 생각이었던 것이다. 파르르 떨며 성질을 부리고 대드는 그녀의 모습이 너무나 아름다웠다.

"춘옥 동무, 화내지 마시오. 만약 우리 당에서 필요에 의해 그렇게 하라면 어떻게 하겠소?"

비로소 화가 가라앉는지 그녀는 잠시 진지하게 생각에 빠져들었다.

"그렇다면, 당연히 당의 명령에 따라야지요."

"당신이 나가서 기반을 닦은 후 내가 극비리에 들어가면 내 생활과 신변을 책임질 수 있겠소?"

"확언할 수는 없지만 필요하다면 해야죠. 가능성은 충분히 있어요."

"그럼 그 구체적인 방법을 연구해서 보고서로 제출하시오."

다음날 밤 그는 결과를 알기 위해 조 노인 집에 들렀다. 야포는 방 뒷문을 열어놓고 초조하게 뒤뜰을 내다보며 그를 기다리고 있었다.

"다 잘됐네. 언제든지 이곳 형편에 따라 장소와 시간만 정해주면 화순에서 바로 달려온다고 하데. 자수서만 제출하면 그 자리에서 모든 증명서를 구비해서 바로 귀가시켜 준다네. 요즘 경찰들이 한 사람이라도 더 자수시킬라고 혈안이 돼 있응께……. 그리고 자네도 차제에 기회를 놓치지 말고 함께 자수하면 어쩌것능가?"

"그런 말씀은 더 마십시오. 그럴 생각이 전혀 없습니다."

어떻게든 그를 살리고 싶은 야포의 마음을 그도 모를 리 없고, 야포 역시 비록 한학자이긴 하지만 끝까지 자신의 신념을 지키려는 그의 마음을 모르지 않았다. 야포도 그도 더 이상 말을 꺼내지 않았다.

야포를 만나고 돌아갔더니 고철이 와 있었다. 가능한 한 시간을 단축하도록 서두르라는 것이었다. 우선 김춘옥의 가족과 연락이 되어야 했다. 그녀의 부모는 고향을 뜬 뒤 행방을 아직 알지 못했고 광주에 사는 둘째언니에게 곧 자수를 해서 내려갈 테니 대책을 부탁한다는 편지를 써서 그의 황전면 조직망을 통해 광주로 보냈다. 사흘 후 걱정 말고 돌아오라는 회답을 받았다. 다음날 고철에게서 다시 연락이 왔다. 봉두산 분트의 모든 일을 김오동 부책에게 맡기고 그의 연락병과 김춘옥만 데리고 백운산 자락인 반내골에 와서 대기하라는 것이었다. 그날 밤으로 김오동과 함께 황전면 지하조직망을 일일이 돌아다니며 모든 인수인계를 마쳤다.

8월 8일 약속지점에 도착해서 고철을 기다렸다. 반내골 대기지점은 그의 고향마을 바로 뒷산으로 지금은 소개당해서 없는 그의 집 바로 뒤였다. 소개당하고 아무도 살지 않는 빈 고향마을을 내려다보고 있자니 기분이 묘했다. 누군가 불에 타버리고 앙상하게 흔적만 남은 그의 집에서 이리저리 돌아다니고 있었다. 자세히 봤더니 바로 그의 어머니였다. 읍내 봉서리 친정집에 가 있다더니 여름철이라 농사를 지으러 들어온 모양이었다. 50년 8월 이후 처음 보는 어머니였다. 그는 조심스럽게 집 뒤로 내려가 낮은 목소리로 어머니를 불렀다. 숲 속에 삐쭉 고개를 내민 그를 보고는 어머니가 정신없이 달려왔다.

"아이, 아가…… 니가 안 죽고 살아 있었냐. 살아 있었어이…….."

그의 손과 얼굴을 어루만지며 어머니는 우느라고 말을 잇지 못했다. 어머니의 땀 냄새…… 술에 취한 것처럼 그는 어머니의 땀 냄새에 취해 어지러웠다.

"어머니는 시방 어디 계시요? 외갓집에 있소?"

"이. 나랑 운철이는 거그 있고, 운회는 넘의 집 머슴살러 갔다. 먹고살 수가 있어야제. 니는 어쩌냐? 니 꼴이 이게 뭐냐? 얼매나 고생을 했으면…… 밥이라도 싸올 것인디, 니를 만날 줄 알았으면 보리밥이라도 한 뎅이 싸올 것인디……"

어머니도 점심을 굶은 모양이었다. 쉰이 넘은 양반이 봉서리에서 반내골까지 이십 리도 훨씬 넘는 길을 걸어와서 하루 종일 일하다 돌아가는데 점심도 못 싸가지고 다니다니. 그는 빨리 다른 데로 가야 한다며, 연신 울먹거리는 어머니를 간신히 내려 보냈다. 어머니는 다음날도, 그 다음날도

17

그곳을 찾아왔다. 다른 데로 옮길 거라고 말을 했지만 혹여나 다시 만날까 싶었던 것이리라. 뭔가를 손에다 들고 - 그것은 필시 찬 보리밥 덩어리였을 것이다. 자기 밥을 줄여 가져온 - 집 뒷산을 이리저리 헤매는 어머니의 모습을 그는 차마 바라볼 수가 없었다.

고철이 도착하자 안전장소에 아지트를 잡고 지하사업에 대한 교육을 받기 시작했다.

"자! 오늘은 춘옥 동무와 얘기합시다. 춘옥 동무는 자수라는 형식을 취하고 자기를 위장하여 지하로 들어가는 것입니다. 어디까지나 자수임을 잊지 마십시오. 공산주의와 빨치산에 환멸을 느껴 자수했다는 것을 주저하지 말고 밝히십시오. 경찰에서뿐만 아니라 가족에게도, 또 다른 동지들에게도 마찬가집니다. 이렇게 하다가 주위로부터 완전히 공산주의자가 아니라는 인정을 받았을 때 일단 경제적인 자립을 해야 합니다. 춘옥 동무의 가정환경은 다른 동무들보다 부유하니까 무엇이든 자립기반을 만들어 혁운 동무의 신변과 사업을 보장해야 합니다. 그게 바로 춘옥 동무의 임무입니다. 이런 사업을 위해 연구하고 생각하면서 그 방법과 가능성 등을 같이 토론하여 보다 나은 방법을 강구하는 것이 교육의 목표입니다. 그리고 앞으로 적의 중심부에서 활동할 것에 대비하여 철저하게 자신을 마르크스레닌주의로 무장해야 합니다. 강고한 사상 없이 지하조직 사업은 불가능함을 명심하십시오."

지하로 잠입할 경우의 비상연락망도 잡혔다. 제1선은 현재의 봉두산 분트 박 씨의 집, 제2선은 문척에 있는 그의 친척집, 도당에서는 연락을 받기 위해 그 집을 아는 문척 출신 성원을 도당 조직부로 소환하기로 했다. 둘 다 실패할 경우에는 마지막 선으로 구례구역에서 순천 쪽으로 오백 미터 지점에 있는 철교 밑 천장에 레포를 붙여놓기로 했다.

8월 11일 바쁜 와중에 식량이 떨어져 그 혼자 보급투쟁을 하러 문척의 한 마을로 들어갔다. 그해에는 보리흉년이 들어 동네마다 사람들이 아사 지경이었다. 그가 들어간 집도 식구가 열이 넘는데 남아있는 식량이라고는 쌀 한 되, 보리 다섯 되가 전부였다. 그걸 도저히 그냥 털어올 수가 없었다. 그는 얼마 남지 않은 현금을 꺼내 쌀 다섯 말을 사다놓게 하고는 급한 대로 보리 한 되를 짊어지고 나섰다. 문척들을 건너오는데 그의 고모할머니가 하는 참외밭이 보였다. 부근에는 아무도 없었고 여든 가까운 할머니 혼자 원두막을 지키고 있었다.

"할머니, 할머니! 나요. 혁운이요."

그의 이름을 대자 할머니가 자다 말고 화들짝 놀라서 그를 원두막 안으로 끌어들였다.

"아이, 배고프제? 풋개떡(통밀을 갈아서 밥 위에 찐 것)이라도 좀 묵그라. 니, 짐 없제? 내가 수박하고 참외 조깨 따주께 갖고 가."

그의 손을 잡고 한참 울먹이던 할머니가 수박을 따주겠다며 굽은 허리로 어둠 속을 더듬고 있었다. 흐릿하게 움직이는 할머니를 보고 있자니 문득 잊혀진 오랜 기억이 되살아났다. 고모할머니는 젊었을 때 남편을 잃은 과부였다. 어떻게든 대를 이으려고 양자를 들였는데 양자가 심성이 괜찮아서 환갑잔치를 기생들까지 불러다가 제법 성대하게 차려주었다. 그가 여덟 살쯤 먹었을 때의 얘기다. 창을 하는 기생 중에 아주 예쁜 여자가 하나 있었다. 어른들이 그 기생을 산월아, 산월아 하고 불러대서 이름을 알았는데 기생들 중에서도 눈에 띄는 미모였을 뿐만 아니라 창 솜씨도 제일 좋았다. 어린 나이에 뭘 알았는지 그는 하루 종일 산월이를 훔쳐보면서 나중에 크면 꼭 산월이한테 장가가겠노라고 다부진 결심을 했었다. 철이 들면서 언제 잊어버렸는지 흐지부지된 꿈이기는 했지만. 어두운 원두막에 앉아 풋개떡을 먹으며 그는 혼자서 피식 웃고 말았다.

배낭에다 제법 굵은 수박 네 덩이를 담았더니 몸이 휘청거릴 정도였다. 그래도 꼭 가져가고 싶었다. 산에서 과일 같은 건 그야말로 사치스러운 얘기여서 산과일이면 모를까 수박 같은 건 먹을 기회가 없었다. 고철에게도 춘옥에게도 오랜만에 수박맛을 보여줄 욕심으로 휘청거리며 원두막을 나왔는데 그걸 짊어지고 오산을 기어올라 산 루트를 통해 가려면 너무나 지칠 것 같았다. 편법으로 오두막에 다시 들어가 몇 시간을 자고 잠복대가 철수할 시간에 맞춰 월평과 금평 사이의 큰길을 통과하여 반내골로 그냥 올라가기로 했다. 고모할머니 옆에서 세 시간쯤 자고서는 날이 샐 무렵 큰길을 따라 직진했다. 서쪽으로 오백 미터 지점에 있는 지서에서는 농민들이 전날 밤에 몰아다 놓았던 소를 몰아 나오느라(당시에는 빨치산의 보급을 차단하기 위해 소와 식량을 지서에 맡겨놓고 아침마다 그날분의 식량을 타가곤 했다) 이랴, 이랴 하는 낮고 다정한 음성이 아침 안개 서린 새벽 들로 울려 퍼지고 있었다.

그들보다 앞서 마을을 통과해야 하기 때문에 계속 달음박질로 월평까지 무사히 도착했는데 갑자기 이십 미터 앞쯤에서 "누구!" 하는 외침이 들려왔다. 부연 미명에 흐릿하게 사람의 모습이 보이는데 두 사람이었고 모두 총을 메고 있었다. 뛰자니 양편 모두 논인데 벼가 자랄 대로 자라 있어 뛸 수가 없고, 뒤로 후퇴하자니 지서 방향이었다. 모험을 하는 수밖에 없었다.

"누구여?"

그도 숨을 죽이며 천연덕스럽게 되물었다.

"으응, 김 순경이대? 워찌 꼭두새벽에 나온대?"

목소리를 들으니 군대 대신 의경에 입대한 그 마을 친구들이었다.

"정식인가? 토금리에 적정이 나타났다는 정보가 들어와서 가는 길이네. 자네들은?"

"시방 잠복지에서 돌아오는 길이여."

서서히 그들의 모습이 드러났다. 그는 앞에 총을 한 채로 유유히 그들 옆을 스쳐 지나갔다. 그제야 그들도 그를 알아차렸다.

"어매? 저, 저 사람이 누굴 죽일라고 저러고 댕긴당가?"

"워매 환장하것네."

너무 놀라 딱 얼어붙어서 움직이지도 못한 채 그들은 말을 더듬거렸다.

"나 알아봤능가?"

"아이구 미치것네에."

김정식이 발을 동동 굴렀다. 그러나 어깨에 멘 총은 건드리지 않았다. 그도 앞에총을 한 상태로 총에는 손도 대지 않았다.

"자네 시방 누굴 죽일라고 그렁가?"

"긍께 빨리 들어가란 말이시. 그래야 내가 통과하제."

"저 사람, 저 저 사람 잡네."

아연실색을 하던 그들이 사람 잡는다고 죽는 시늉을 하며 얼른 골목 안으로 들어갔다. 그도 냅다 달리기 시작했다. 짐이 무거운지 어떤지도 느낄 수 없었다.

김정식은 그 후에도 오래도록 그가 붙잡혀 그날 얘기를 불까봐 밤잠을 설쳤다고 한다. 그날 옆에 같이 있던 친구가 김정식에게 혁운이는 절대 그럴 친구가 아니니 우리 입만 다물면 알 사람이 없다고 계속 달래 주어서 마음을 놓았던 김정식은 훗날 교도소에서 석방되어 나온 그를 붙잡고 술을 사라며 난리였다.

"나 아니었으면 자네가 시방 여그 서 있을 목숨이 아니네. 내가 그날 총만 댕겼어 보라고."

"아따, 내 총은 어디 있었간디."

"사실 자네가 총을 댕길까봐 얼마나 겁이 났는지 앙가. 나도 총을 쏠까 어쩔까 그 짧은 시간에 별별 생각이 다 들대. 하여간 간이 부어도 단단히 부은 놈이여."

친구고 부모고 없던 그 험난한 시절에도 어디에나 아름다운 사연은 많았다.

고생을 한 보람은 충분했다. 고철과 김춘옥이 세상에 다시없는 맛이라며 정말 맛있게, 꽤 많은 수박을 하루 만에 다 먹어치웠던 것이다. 다음날 김춘옥의 하산일자가 결정되어 내려왔다. 8월 19일. 일주일 후면 김춘옥은 산을 떠난다. 1950년 9.28후퇴와 함께 입산했던 만 2년의 산생활이 끝나는 것이다. 이제 그녀 앞에 기다리고 있는 것은 또 다른 전쟁이다. 과연 그녀가 자신의 임무를 다할 수 있을까. 바깥사회의 고통은 순식간에 목숨을 앗아가는 총알이 아니라 자기도 모르는 사이에 조금씩 스며들어 어느 날인가 한꺼번에 무너뜨리는 안일함이나 긴장의 이완이다. 어쩌면 그것은 눈앞에 보이는 적보다 훨씬 어려운 적일지도 몰랐다. 그러나 피해갈 수 없는 길이었다. 숨막히는 시간은 화살처럼 날아갔다. 백운산의 여름은 점점 뜨겁게 타올랐다.

28

어쩔 수 없는 선택

18일 아침이 밝아왔다. 모두 긴장으로 밤잠을 설쳤다. 일찍 눈을 뜬 고철이 조용히 그만 따로 불러냈다.

"혁운 동무. 오늘 만약의 불상사가 생길지도 모르오. 동무가 돌아오지 못할 수도 있다는 말이오. 생포되거나 어떤 상황이 되더라도 동무의 임무가 지하조직을 건설하는 것임을 잊지 마시오. 조직에 피해만 입히지 않는다면 무엇이든 해도 좋소. 명심해야 하오. 행운을 빌겠소."

날이 새면서부터 바람이 불기 시작하더니 점심때가 지나자 폭우와 함께 태풍이 몰아쳤다. 오후 5시, 장대처럼 쏟아지는 폭우를 맞으며 반내골을 출발했다. 산 밑까지 내려와 섬진강을 건너기 위해 어둠을 기다렸다. 차츰 빗줄기가 가늘어지더니 바람도 가라앉았다. 빠르게 구름이 걷혀가는 하늘에는 유난히 맑은 별이 구름 사이로 살짝 나타났다 사라지곤 했다. 두 사람은 서서히 강가로 다가갔다. 물 흐르는 소리만 밤을 집어삼킬 듯 요란하게 울려 퍼졌다. 강이 아직 멀었는데 주위의 논에까지 물이 차 있었다. 홍수가 난 모양이었다. 황톳물이 온통 전답을 덮고 있어 어디가 강이고 어디가 논인지 분간할 수가 없었다. 이 상태라면 날이 새도 강을 건너기 어려울 것 같았다. 만일 건너지 못한다면? 억장이 무너졌다. 화순경찰서에서 그 시간에 들어올 텐데. 다시는 그 선을 이용하기도 어려울뿐더러 약속을 지키지 않았다가 무슨 일이 생길지도 몰랐다. 어떻게든 반드시 건너야 했다.

날이 개면서 기온이 내려가기 시작했다. 여름이지만 비를 맞은데다 추워서 견딜 수가 없었다. 옷 속에 숨어있는 이도 추운지 고물고물 움직여대는데 가려워 죽을 지경이었다. 추위도 떨쳐버릴 겸 강을 거슬러 오르면서 도강할 수 있을 만한 지점을 찾아보았지만 역시 처음 지점이 도강에는 제일 나았다. 사 킬로미터쯤 위로 거슬러 오르다 원위치로 돌아오니 새벽 3시, 시뻘건 황톳물은 여전히 소용돌이치며 흐르고 있었다.

두 시간 후면 날이 샌다. 마음이 급했다. 그녀를 남겨둔 채 혼자 강을 건넜는데 혼자서는 갈 만했다. 4시, 더 이상 기다릴 수 없었다. 카빈총을 등에 메고 한 팔로 그녀를 낀 채 물로 뛰어들었다. 혼자 건널 때와는 완전히 달랐다. 한 팔로 물을 잡아당기고 두 발로 밀어내며 죽을힘을 다 썼지만 강물은 두 사람을 휘감고 거칠게 흘러내렸다. 삼백 미터쯤 떠내려가 익사 직전에 간신히 강 언덕에 닿았다. 기진맥진 일어설 힘이 없었다. 이게 그녀와의 마지막일까? 그녀가 자리를 잡기 전에 무슨 일이 생길지 어떻게 알겠는가. 축 늘어진 채 강가 모래밭에 누워서 그는 자기를 바라보고 있는 김춘옥의 얼굴을 오랫동안 쳐다보았다. 처음으로 사랑했던 여자, 함께 싸우던 동지.

그러나 더 이상 감상에 잠길 시간이 없었다. 물에 젖은 시계는 4시 15분을 가리키고 있었지만 하늘을 보니 5시도 넘은 것 같았다. 미친 사람처럼 일어나 그녀를 끌고 달리기 시작했다. 20분 이내에 목적지에 도착해야 하는데 벌써 먼동이 밝아오느라 하늘이 붉게 물들어갔다. 마을 앞 길가에 원두막이 하나 보였는데 아마 새 보는 새막인 듯했다. 근처에서 담배냄새가 코를 찔렀다. 밤인데도 새막에 사람이 있다는 건 경찰 잠복이었다. 다시 뒤로 백 미터쯤 돌아 논두렁으로 길을 바꿔 계속 달렸다. 드디어 목적지 고재선의 집 오십 미터쯤 앞에 다다랐는데 앞 사람이 훤히 보일 정도로 날이 완전히 밝아 있었다. 주위에 보는 사람이 아무도 없어 그는 유유히 사립문도 없는 고재선의 집으로 들어섰다.

"외숙! 외숙!"

잠이 깨어 있었는지 방문이 열렸다.

"누구여?"

"저 혁운입니다. 빨리 방으로 안내해주십시오."

고재선은 허리춤을 움켜쥔 채 허둥지둥 쫓아나와 부엌으로, 부엌에서 뒷방으로 그들을 잡아끌었다.

"아니 대관절 이게 웬일이당가?"

그제야 고재선이 허리춤을 묶으며 물었다.

"진정하시고 제 말을 잘 들으십시오. 오늘 열두 시경 조 영감이 화순경찰서장과 함께 여기에 올 것입니다. 그분들에게 이 여자를 넘겨주십시오. 자수할 사람입니다. 그러니 그때까지 이 여자를 잘 보호해야 합니다. 구체적인 얘기는 다음에 하기로 하고 저는 이만 떠나겠습니다."

그가 자리에서 일어나려고 했더니 고재선이 다급하게 그를 붙들어 앉혔다.

"아이구 이 사람! 나를 죽일라면 곱게 죽이제 이렇게 날이 밝았는데 지금 나가서 누구를 죽일라고 이러능가?"

고재선은 그의 아버지가 소실로 들여앉혔던 여자의 동생으로 어려서부터 그를 귀여워해주던 사람이었다. 그런 그의 얼굴이 사색이 되어 있었다.

"할 수 없습니다. 집 뒤로 빠져나가 막골로 해서 봉두산으로 들어가면 볼 사람이 없을 겁니다."

"이보게! 막골에도 농사철에는 사람이 사네."

"물론 압니다! 자 그럼……."

더 얘기할 시간도 없어 화를 내는 고재선을 외면한 채 일어서려는데 그가 나가야 할 집 뒤 방향에서 왁자지껄한 사람소리가 들려왔다.

"막골에서 잠복하고 철수하는 경찰들이네!"

고재선은 다급하게 그를 골방으로 밀어넣고 문을 닫았다.

"에헴! 이제야 내려오는가? 고생들 했제?"

점점 가까워오는 경찰들을 향해 고재선은 어벌쩡하게 소리를 질렀다.

"해장국 끓였는가 모르것소. 할머니 깨워서 해장국이나 따끈하게 끓이라씨요. 우리는 여그서 세수하고 들어갈랑께."

바로 집 뒤에 막골에서 흘러내리는 작은 개울이 있는데 홍수 뒤라 제법 물소리가 크게 났다. 거기서 세수를 하는 모양이었다. 여기서 지금 빠져나간다는 것은 위험천만한 일이지만 비상대책을 세우지 않을 수 없었다. 아무리 생각해봐도 고재선의 한복을 빌려 입고 총과 그의 옷가지는 보따리에 싸서 들고 적당한 시간에 빠져나가는 길밖에 없어 초조하게 고재선을 기다리는데 고재선은 앞마루에서 십여 명이나 되는 경찰들에게 해장국을 대접하느라 좀체 나타나질 않았다. 경찰들이 밥을 먹고 떠난 한참 후에야 고재선이 밥상을 차려들고 들어왔다.

"보소. 그때 갔으면 자네는 죽었지? 무모한 짓은 하지 말게."

그를 나무란 고재선은 어서 밥이나 먹으라며 상을 밀어주었다.

"밥 묵고 이야기하세. 나도 밥 묵고 올랑께."

그는 고재선을 붙들어 앉혔다.

"외숙! 저는 떠나야 합니다. 외숙께 폐 안 되게 할 것인께 외숙 옷이나 한 벌하고 큼직한 자루 하나만 주십시오. 그러면 적당한 시간을 살펴서 한

복으로 갈아입고 빠져나갈랍니다."

그러자 고재선이 벌컥 언성을 높였다.

"내가 미덥지 않아서 그러는 모양인디 그럴라면 멀라고 나를 찾아온 것이어? 암말 말고 이 방에서 꼼짝 말고 앉아 있어. 이 처자는 느그 외숙모 옷으로 갈아입혀서 큰방에 뒀다가 보낼 텡께."

물론 진심으로 하는 말이었겠지만 그 무렵 빨치산 가족이나 친척들은 가능하면 자수를 시키려는 게 지배적인 경향이어서 마음이 놓이지 않았다. 그러나 백주대낮의 행군 역시 무모하긴 마찬가지였다. 한참 만에 그가 한숨을 몰아쉬었다.

"그럼 외숙만 믿고 밤을 기다리겠습니다. 단, 조 영감이 오면 나는 왔다 갔다고만 하십시오. 내가 여기 있다는 눈치조차 보여서는 안 됩니다. 만일 외숙이 나를 살리겠다고 잘못하시다가는 다같이 죽는다는 것 명심하십시오."

"알았네. 밥이나 드소."

그제야 밥을 먹기 시작하는데 입맛도 없었다. 김춘옥은 식사가 끝나자 큰방으로 건너갔다. 두 사람의 눈길이 허공에서 잠깐 맞부딪쳤다. 서로를 빨아들일 듯 뜨겁고 강렬한 눈빛이었다. 김춘옥이 떠난 뒤 잠이나 자려고 애썼지만 어젯밤을 꼬박 새웠는데도 되레 정신이 맑게 개어왔다. 컴컴한 골방에서 얼마나 시간이 흘렀을까.

차 소리가 들리더니 문께가 소란스러워지기 시작했다. 드디어 도착한 모양이다. 시끄럽게 말소리가 들려오는데 무슨 말인지는 알아들을 수 없었다. 그는 문에 딱 붙어 앉아 바깥 동정에 귀를 기울이고 있었다. 그때였다. 골방문 앞으로 짜박짜박 낮은 발소리가 들려왔다.

"혁운아!"

외숙이 변심한 것이었다. 그는 얼른 총을 집어 들고 방문 쪽 벽으로 바싹 몸을 붙였다.

"누구요? 접근하면 쏠 테요!"

"나다. 나야."

처음 듣는 목소리였다.

"나 홍고다 홍고. 한마디만 물어볼라고 그런다. 병추 살았냐 죽었냐?"

도당 조직부장이었던 김병추를 묻는 것이었다.

"죽었소!"

김병추는 9.28 후 총사 참모장을 하다가 지도사업차 장흥 유치에 나가 전사했었다. 그의 말이 끝나기가 무섭게 갑자기 문이 열리면서 홍고가 뛰어들었다.

"참말이야? 참말 죽었어?"

홍고는 목청을 놓고 울기 시작했다. 엉엉 울면서 홍고는 가슴속 깊은 곳에서 무엇인가를 꺼냈다.

"봐라! 이것 좀 어떻게 해서 병추한테 전해볼라고 별짓을 다 했는데 죽었어? 그 자식이 죽었어?"

홍고는 김병추와 함께 일제 때 구례경찰서 경무계에 근무했으며 유도가 5단으로 유도사범이었다. 김병추와는 경찰교습소 동기인데 6.25 당시 홍고가 순천내무서에 수감되어 있던 중 지도사업차 나갔던 김병추가 옛날 자기가 갇혀 있다 탈옥한 감방을 둘러보러 갔다가 거기서 홍고를 만났다. 김병추는 다시는 순사질을 하지 말라면서 홍고를 풀어주었다.

"봐라 이것! 병추 도민증이다. 옛날 사진첩에서 병추 사진을 찾아 이걸 만들어서 건네줄라고 얼마나 애를 썼는디……. 조 영감이 니 얘기를 하길래 행여나 하고 달려왔더니, 다 헛일이 돼부렀어……."

홍고는 방바닥을 두들기며 섧게 울어댔다. 그 사이 외숙, 조 영감, 서장이 달려와 홍고를 부축하며 그의 울음을 달랬고 그는 서른 발 연발인 카빈의 안전장치를 풀어 그들을 겨누고 섰다. 이 틈에 뛸까도 생각했지만 김춘옥은 이미 적의 수중에 들어가 있고 그 역시 튀어봐야 살아갈 길이 막막했다. 한 사람의 적이라도 쏘아 죽이고 나도 자결할까? 무슨 일이 있어도 투항은 안 된다고 고개를 젓고 있는데 울음을 그친 홍고가 그를 보았다.

"니는 어쩔래? 도로 들어가서 병추처럼 죽을래?"

외숙, 조 영감, 서장이 아무 말 없이 서 있다 외숙이 먼저 말을 꺼냈다.

"혁운아, 미안하게 됐다만 살고 보자. 서장님 말씀이 자수서 한 장만 쓰면 아무 지장 없이 아무데라도 가서 살 수 있게 해준단다."

"너라도 살아야 안 되겠냐? 차돈(서장 이름)이가 힘쓰면 니 신분 보장은 문제없을 것이다."

서장은 권총을 차고 있었지만 적의는 없어 보였다. 적의가 없는 사람을 쏜다는 것도 비겁했다. 안전장치 풀린 총을 겨누고 선 채로 온갖 생각이 머리를 스쳐갔다.

"어떤 일이 생기더라도 동무의 임무는 지하조직을 건설하는 것임을 잊지 마시오! 조직에 피해만 생기지 않는다면 무슨 짓을 해도 좋소."

어제 새벽녘 그의 손을 붙잡고 다짐하던 고철의 말이 맴돌았다. 그가 죽으면 김춘옥도 조직과는 영영 먼 사람이 되고 말 터였다. 모두 얼마 동안을 장승처럼 서 있었다. 총을 쥔 손이 저려왔다.

"서장님!"

"어이."

서장도 엉겁결에 대답을 해놓고 금세 손을 내저었다.

"그렇게 부르지 마소. 먼 족간이긴 해도 자네는 내 동생뻘이네. 어려울 것 없으니 뭐든지 말해보소."

"우리 인간적인 관계를 떠나서 공적인 입장으로 대화 좀 합시다!"

"좋네."

당과 조직을 해치지 않는 한 무슨 방법을 써도 좋다. 살아남아서 임무를 수행하라. 고철의 말이 비수처럼 가슴을 찔렀다. 비겁하게 자수를 한다, 자수? 그렇게 살아남아야 하는가. 아니, 비겁해지더라도 나에게는 해야 할 임무가 있다. 죽고 사는 것도 자신의 자존심으로 결정할 일이 아니다. 죽는 것은 깨끗하고 단순하고 고결하지만, 그럼 그에게 맡겨졌던 임무는 어쩔 것인가. 어떤 일이 있어도 살아남아서 임무를 완수하시오, 완수하시오, 완수…….

"서장님은 자수 외에는 나를 살릴 방법이 없소? 솔직하게 대답해주어야 내 태도를 결정할 수 있소."

"…… 그건, 그렇게는 어렵네. 내 힘 밖이야. 내가 해줄 수 있는 건 자네가 자수진술서를 쓴 뒤 자네가 원하는 곳으로, 그리고 안전하게 보내주는 것뿐이야."

"자수진술서를 쓰면 신문과 방송에서 난리가 날 텐데요?"

"아니야. 그건 내가 책임지고 막을 수 있네."

"당신의 상부기관에서 나를 이용하려고 할 경우에는 어떡하겠소?"

"그것도 책임지겠네."

함께 싸우던 동지들이 생포되거나 자수한 뒤에 얼마나 많이 이용됐는가. 심지어는 부대를 결성해 동지였던 빨치산을 잡으러 다니기도 하고, 밀고해서 수많은 희생자를 내고, 비행기로 자수를 권유하는 방송을 해대고……. 만약 자신도 그런 식으로 이용된다면 그렇게까지 살아남을 생각은 없지만, 자수한 사실이 기사화만 되더라도 그가 알고 지내던 사람들에게는 엄청난 충격일 터였다. 충격으로 끝나면 다행이지만 그를 따르고 신뢰하던 하부원들 중에서는 심각하게 동요하는 사람이 생겨날지도 몰랐다. 그의 지하조직 임무를 아는 사람은 박영발과 고철, 단 두 사람뿐이었다.

"내가 일제 때부터 순사질을 해온 사람인데 그런 것 하나 해결 못해 가지고 어떻게 서장을 할 수 있겠나? 내가 모든 것을 책임지고 막을 테니 아무 염려 말게."

"서장님 말씀 믿고 걱정일랑 말게. 우리도 공동으로 책임짐세."

그동안 침묵을 지키고 있던 조 노인이 그만큼 고통스러운 표정으로 말을 꺼냈다.

"혁운아. 내도 내무서에서 병추 덕분으로 석방된 뒤 순사질 그만뒀다. 생활이 궁핍해서 차돈이 집에서 얻어 묵고 있다. 차돈이를 못 믿으면 나를 믿어라. 나랑 같이 살아보자."

한손에는 김병추의 도민증을 움켜쥔 채 눈물자국이 성성한 홍고가 간곡하게 그를 붙들었다. 그러나 쉽게 결단이 서지 않았다. 자수라니……단 한 번도 자신의 머릿속에서 자수라는 말을 떠올려본 적이 없었다. 적어도 여순사건 이후부터 조직생활을 해온 구빨치라면 누구나 그랬다. 무수히 많은 사람들이 자수를 했지만 그들은 모두 6.25 이후 입산한 사람들이었고, 구빨치로 자수한 사람은 다섯 손가락에 꼽을 정도였다. 그만큼 투철한 사상으로 단련된 사람들이었다. 자수…… 그 말의 찜찜한 여운이 좀체 사라지지 않았다. 어떻게 해야 하는가.

"서장님!"

침묵을 깨고 그가 서장을 불렀다.

"당신의 인격을 믿고 당신 말에 순응하겠소. 나는 당분간 공산주의 활동을 하지 않을 것이오. 나만 살겠소. 그 대신 당신은 나의 신변은 물론 언론 보도 등으로 나를 이용하려는 어떤 것에도 일체의 책임을 져주시오. 살기 위해 자수는 하지만 생사를 같이 했던 동지들을 팔아먹을 수는 없소. 그렇게까지 구차하게 살고 싶지는 않소. 나를 이용해서 어떻게 하지 않겠다면 자수할 것이니, 나머지 모든 것은 당신이 책임을 지고 여기 있는 여러분들 앞에서 서약해주시오."

"좋네, 약속함세. 그리고 말고. 여기 있는 모든 사람 앞에 맹세하고 자네의 조건을 전적으로 수용하겠네."

결단을 내렸음에도 불구하고 카빈을 든 손이 움직여지질 않았다.

"어이. 얼릉 총을 요리 내놓으소."

외숙이 달려와 그의 총을 빼앗아들었다. 홍고가 달려들어 그를 껴안았다. 사람들의 반가움이 하나도 가슴에 와 닿지 않았다. 허탈했다. 이런 심정은 처음이었다. 6.25 직전 그 어려운 상황에서도 이런 참담한 심정은 아니었다. 이렇게 끝나는가. 여순사건 이래 5년의 빨치산 생활이 이렇게 어쩔 수 없는 상황에서 굴욕적으로 끝나야 하는가. 피처럼 뜨거운 눈물 한 줄기가 여윈 볼을 타고 흘러내렸다. 아직도 세찬 물소리가 귀를 때렸다. 매미가 미친 듯이 울어댔다. 허탈하게 마당으로 나와 서니 눈부신 8월의 태양빛이 머리 위로 쏟아졌다.

29

새로운 생활

누구나 살다 보면 가끔씩 예기치 않은 사건들을 만난다. 그리고 때로는 그 예기치 않았던 사건이 그 사람의 인생을 완전히 다른 것으로, 혹은 상상도 할 수 없는 방향으로 몰고 가기도 한다. 52년 8월 19일의 사건이 그랬다. 자수는 그가 원하던 방향이 아니었다. 김춘옥만 데려다 주고 오는 것이 그 날의 계획이었다. 그러나 일은 계획대로만 되지는 않았다.

"두 사람이 어떤 관계인가?"

화순으로 달리는 지프차 안에서 경찰서장이 뒷자리에 나란히 앉아 있는 김춘옥과 그를 돌아보며 물었다.

"결혼할 사입니다."

어차피 앞으로 계속 만나야 할 사이니 그렇게 대답해둬야 할 것 같았다. 그때까지 한마디도 없이 굳은 얼굴로 앉아 있던 김춘옥이 그의 팔을 슬며시 잡아당기더니 낮은 목소리로 속삭였다.

"이제 어떻게 하죠?"

"글쎄요. 운명을 걸고 부딪쳐봅시다."

운명? 그렇다. 이제 그 스스로 운명을 만들어나가야 했다. 미처 준비도 끝나기 전에 갑작스레 다가와 버린 일이지만 어차피 그의 임무는 지하조직의 건설이었다. 그의 운명도, 전남도당의 운명도, 이 땅 사회주의운동의

운명도 그가 하기에 달려 있는 것이었다. 지프는 어둠을 가르며 보성 - 화
순 간 국도를 달려갔다.

화순경찰서 앞, 경찰서의 간부들이 그들 일행을 기다리고 있었다. 문 앞
에서 간단한 인사만 마치고 그들은 경찰서장을 따라 관사로 갔다. 종일 준
비했던 듯 푸짐한 저녁상이 들어왔다. 배가 무척 고팠지만 일부러 준비해
놓은 추어탕이며 김치며 제대로 먹을 수가 없었다. 너무 매웠다. 짠 소금
만으로 몇 년을 보내왔으니 고춧가루 범벅인 김치가 매울 수밖에 없었다.
정신 못 차리게 매운 김치를 씹으면서야 비로소 자신이 산을 떠나왔다는
실감이 들었다. 여기는 산이 아니다. 언제 적이 쳐들어올지 몰라 순간순간
가슴 졸이고, 날이면 날마다 적의 총탄에 사람이 죽어가는 산이 아니다.
쓸쓸함, 허전함, 두려움……. 정체를 알 수 없는 온갖 감정들이 솟구쳤다.
그는 단 한 번도 동지들의 곁을 떠나본 적이 없었다. 46년 이래 처음으로
조직을 떠나온 것이다. 이제 그 혼자 모든 것에 대항해 싸우고 새롭게 만
들어나가야 하는 것이다. 그 혼자서!

다음날 그들은 자수진술서를 썼다.

"저는 여순반란 사건 당시 아버지가 좌익에 부역했다는 이유로 처형당
하자 그 충격으로 산에 입산했으며…… 몸이 약해 더 이상 산에서 활동하
기도 힘든데다 공산주의 활동에 염증을 느껴……."

염증을 느껴…… 정말이지 그런 자술서를 써야 하는 자신이 굴욕스러웠
다. 그러나 박헌영은 감옥에서 똥을 먹으며 정신병자 흉내를 내서 일제의
감옥을 탈출했다. 한 인간의 양심으로 번뇌할 때가 아니었다. 몇 번이고
펜을 던져버리고 싶은 충동을 참으며 완성한 진술서를 들고 경찰서장실로
들어갔다. 벽에 붙어 있는 대형 상황판이 한눈에 들어왔다.

전라남도 총사령부 사령관 김선우, 전남 보성 출생……. 총사와 화순군

의 조직체계, 현재의 생존자, 직책, 경력 등이 모두 도표로 그려져 있었다. 그리고 그것은 거의 정확했다. 누군가의 이름 위에는 붉은 색으로 가위표가 그어지고 그 옆에 사망 날짜와 장소까지 완벽하게 기입돼 있었다. 가슴이 서늘하게 얼어붙었다. 경찰에서는 빨치산의 모든 정보를 정확하게 알고 있는 것이었다. 경찰서장이 웃으며 의자를 내밀었다. 서장은 따뜻하고 좋은 사람이었다. 서로가 속한 사회적 관계를 떠나면 그들은 아마 좋은 친구가 될 수 있을지도 몰랐다. 그러나 서장이 아무리 착한 사람이라 할지라도 결국은 반동권력의 하수인이었고, 그에게는 성심껏 최선을 다해 진실로 잘해주겠지만 자신의 일로 돌아가면 빨치산 토벌을 지시해야 하는 적이었다. 이런 것이 바로 세상이었다.

다음날부터 무료하고 초조한 나날이 시작되었다. 빨리 구례로 가서 선을 대고 싶은 마음이 굴뚝같았지만 섣불리 구례로 갔다가는 구례 경찰들이 그를 그대로 내버려둘 리 없었다. 구례를 놔두고 화순에서 자수를 했으니 감정이 좋을 리도 없고 어떻게든 이용하려고 들 터였다. 시간을 두고 기다리는 길밖에 없었다. 그 사이 김춘옥은 데리러 온 언니를 따라 전주로 이사 갔다는 부모를 찾아 떠났다.

김춘옥은 가끔 들렀다. 그러나 그녀 역시 사회적 기반을 잡기는 쉽지 않았다. 술도가를 하던 그녀의 집안은 오빠 둘과 그녀까지 입산하는 바람에 풍비박산이 났고, 큰오빠를 징병에서 빼느라 엄청난 돈을 써서 가산이 완전히 기울어 있었다. 시집간 언니들은 그럴듯하게 살고 있었지만 당장 손을 내밀 수도 없었다. 그는 김춘옥에게 여유를 가지고 일단은 완전히 마음을 돌린 것처럼 집안 식구들을 안심시키게 했다.

문제는 그였다. 이렇게 된 상황을 어떻게든 산으로 보고해야 할 텐데 방법이 없었다. 그와 같이 있는 홍고를 계속 주시했지만 아직 그런 부분까지 밝혀도 좋을지는 확신이 서지 않았다. 그와 같이 서장 집에서 기거하는 홍고는 별달리 하는 일이 없었다.

그가 홍고를 처음 안 것은 8.15해방 직후였다. 해방 전 구례경찰서 유도사범을 했던 홍고는 해방이 되고 나자 순천의 감찰서에서 근무했는데 토요일이면 늘 구례 집에 다니러 왔다. 그때 오고가면서 알게 된 것이다. 당시 경찰 중에서는 열차표를 끊어서 다니는 사람이 없었다. 공무원이라면 누구나 차표도 없이 무사통과였다. 그러나 홍고는 달랐다. 토요일날 구례구역에 내리면 항상 월요일에 돌아갈 차표를 끊어놓으라고 했다.

"넘들은 다 그냥 타고 댕기는디 신 선생도 그냥 타고 댕기지 그러씨요?"

"야야 내가 명색이 경찰 감찰인디 그럴 수가 있냐. 꼭 끊어놔라이"

기어이 그의 손에 차비를 쥐어주는 홍고는 비록 경찰이긴 했지만 매력적인 사람이었다. 어느 날인가, 그는 총을 메고 읍으로 가는 마차를 기다리는 홍고에게 달려갔다.

"신 선생, 나 내일 총 좀 빌려주씨요."

"총은 뭐할라고?"

"우리 동네에 멧돼지가 드글드글혀요. 집 마당까지 내려와갖고 널어논 곡식을 다 먹어치는 통에 멧돼지 좀 잡을라고요."

"그래? 멧돼지가 그리 많아?"

홍고는 서슴없이 총을 벗어 건네주었다.

"월요일 아침에 갖다 놀께요."

"나는 또 가면 있는디 뭐. 두고 쓰라구. 당장 멧돼지가 잡히것어? 다 잡을 때까지 자네가 두고 써."

덕분에 그 가을에는 멧돼지 고기를 실컷 먹었다. 총을 다른 사람에게 주었다가 무슨 일이 생길지도 모르는데 그렇게 남을 잘 믿는 홍고였다. 그때만 해도 감찰관으로 세상 무서운 게 없던 홍고가 지금은 동기인 화순경찰서장 집에서 놀고먹으며 하릴없이 시간만 때우고 있었다. 김병추가 남긴 말 때문이었다.

"내무서에 잡혀갖고 있는디 먼 발자국 소리가 나서 고개를 내밀어 봉께 쬐깐흔 사람들 속에 병추가 우뚝 솟아갖고 껀들껀들 걸어오등마. 그라고는 내 앞에 서서 놀래갖고 니가 여그 웬일이냐고 묻드라고. 순사질하다 이래 됐제 뭐 그랑께 허허 웃음서 니 할일이 그렇게도 없든? 여직 순사질 해묵었냐? 잠깐 기다리거라 하고 가더니만 십분도 안 돼서 짐싸서 나오라드라. 굶어 죽더라도 다시는 순사질 안하것다는 다짐만 하면 당장 보내주것다고 그래서 다짐을 했제. 그날부텀 순사질 딱 그만두고 지금까지 이러고 사는 것이여. 하던 지랄을 그만둥께 할 짓이 있어야제."

마냥 건들거리며 지내는 홍고가 딱해서 뭐라도 하지 그러느냐고 했더니, 그 얘기를 꺼내며 홍고는 설레설레 고개를 저었다.

"경찰이라고 다 그런 경찰만 있는 건 아니잖소. 철도경비대 같은 데 들어가면 어떻소?"

"안 돼! 굶어 죽더라도 다시는 순사질 안허것다고 병추헌티 다짐을 했는디 병추가 지하에서도 날 보고 있을 거여."

완강하게 머리를 저은 홍고는 다시 말도 못 꺼내게 했다. 의리와 정 하나는 깊은 사람이었다. 그 후로도 그는 계속 홍고와 가깝게 지내면서 홍고의 사상이나 스타일을 눈여겨보았다. 어느 날 홍고와 근처 한 학자의 집에 놀러 갔는데 경찰서에서 급하게 그를 찾았다. 손님이 찾아왔다는 것이었다. 서장실로 들어갔더니 웬 금발머리의 늘씬한 서양여자가 서장과 마주 보고 앉아 있었다.

"니혼고오 하나시마스카(일본말 할 줄 압니까)?"

"춋토(조금)."

어리둥절해 서 있던 그가 엉겁결에 일본말로 대답을 했더니 서양여자가 환하게 웃으며 그럼 조용히 얘기 좀 하자고 서장별실로 그를 끌어들였다. 한국에 파견된 미국 〈뉴욕 타임스〉 기자라고 그녀는 자신을 소개했다.

"나는 신문기자로서 빨치산들의 생활과 실상을 사실대로 알고 싶다. 절대로 경찰 관계자가 아니다."

"그걸 어떻게 믿을 수 있는가? 또 말한다고 하면 기사화될 것 아닌가?"

"원하지 않는다면 당장은 기사화하지 않겠다. 나는 에드가 스노의 《중국의 붉은 별》과 같은 탁월한 글을 쓰고 싶다. 이후에 나의 자료로 쓰겠다."

"……."

"나는 대한민국 정부의 발표를 믿을 수 없다. 대한민국 정부의 발표대로라면 당신들은 폭도이며 파괴분자이다. 그런 사람들이 장기간의 처참한 투쟁을 견뎌낼 수 있겠는가. 나는 개인적으로 모택동을 매우 존경한다. 한국에서도 중국에서와 같은 민족해방 혁명이 어떻게 진행되고 있는지 사실대로 알고 싶다. 한국의 빨치산은 후방도 없는 조건 속에서 벌써 몇 년을 버텨오고 있다. 도대체 식량은 어떻게 해결하고, 무기는 어떻게 조달하는가? 당신들은 무엇을 위해서 그렇게 싸우고 있는가? 나는 그것이 알고 싶다. 당신 개인의 신상과 관계된 모든 것은 말하지 않아도 좋다. 단지 그 안의 생활을 알고 싶다."

우리가 폭도인지 아니면 진정으로 민족의 해방을 위해 싸우는지 이 여자는 묻고 있다. 그는 서양여자의 눈을 똑바로 들여다보았다. 우리 민족과 달리 푸른빛의 눈동자가 깊고 맑았다. 그는 그녀에게 물었다.

"당신은 공산주의를 지지하는가?"

"그렇지는 않다. 그러나 대한민국 정부에 대해서는 반대한다. 대한민국은 자신들의 주권을 상실한 미국의 식민지에 불과하다. 대한민국 정부는 자신들의 권력을 위해 자신들의 나라에 침략자를 끌어들였다. 그러나 북조선은 다르다. 나는 이데올로기에 대해서는 잘 모르지만 그들은 자신들의 손으로 자신들의 나라를 건설하고 있다. 나는 대한민국보다는 북조선을 지지한다. 그들이 옳다."

그는 그녀를 도와주기로 결정했다. 설사 그녀가 적의 첩자라 해도 문제될 것은 없었다. 아직도 산에 남아 있는 수많은 동지들이, 그동안 죽어간 수많은 동지들이 무엇을 위해서 자신의 삶을 바쳐서 투쟁하고 있는지, 얼마나 처참하고 치열하게 싸우고 있는지는 언제 어디서라도 밝힐 필요가 있었다. 그는 그녀에게 자신들의 이야기를 원고지에 담아 건네주었다.

원고가 거의 마무리되던 10월 10일, 조 영감이 그를 찾아왔다. 서장과 인사를 끝낸 뒤 조 영감은 은밀한 눈짓으로 그를 밖으로 불렀다. 그와 단둘이 있게 되자 조 영감은 바지춤에서 쪽지 하나를 꺼내 그에게 내밀었다. 쪽지는 몇 번을 접어 밥풀로 야무지게 봉해져 있었다. 가슴이 세차게 뛰기 시작했다.

"웬 뚱뚱한 사람이 나를 찾아왔네. 자네한테 꼭 전해달라고 이걸 주면서 자네 소식을 아느냐고 묻데."

고철이었다. 그동안 연락이 두절되자 답답하니까 조 영감을 찾아간 모양이었다. 김춘옥을 내보내려고 했을 때 모두 보고해서 고철은 조 영감 집까지 알고 있었다. 비상선이 모두 연락이 안 되자 결국 그곳을 찾은 것이었다.

"이 편지 뜯어봤소?"

"아니! 내가 멀라고 넘의 편지를 뜯어보것는가?"

조 영감이 펄쩍 뛰었다. 그는 급하게 밀봉된 편지를 뜯어보았다.

"어떻게 된 일인지 하도 궁금하고 오랫동안 기다리다 답답해서 이렇게 소식을 전하오. 지금까지의 활동과 앞으로의 구체적인 계획을 보고해주시오. 그리고 지금 선이 힘들면 다른 선을 다시 정하시오. 이곳 사정은 나날이 힘들어지고 있소. 동무에 대한 기대가 크오. 부디 몸조심하시오."

"아이 뭐라고 썼능가. 그 냥반도 자수할 생각이 있는 것맹키 말하던디 그럴란다고 썼능가?"

"그런갑소."

"잘됐네. 그러면 자네가 좀 타일러서 자수를 하라고 허소."

조 영감은 아마도 또 한 사람을 자수시킬 수 있을 거라는 생각에 겁도 없이 이 편지를 전해준 것이리라. 만일 편지의 내용을 알았다면 이렇게 부랴부랴 전해줄 리가 없었다.

"아이고. 저는 책임 못 져요. 영감님이 한번 해보시씨요. 그 사람 언제 다시 들른다고 합디까?"

"이. 내일 밤에 다시 오것다고 했네."

"그럼 저는 잘 있다는 편지나 써보낼라요. 내가 편히 잘 있다는 말을 들으면 또 어찌 될란가도 모르지요."

그는 그 자리에서 급하게 몇 자 적었다. 밀봉을 해서 보내면 조 영감이 아무래도 이상하게 생각할 테고 누가 보더라도 안부편지라고 생각할 정도로 쓸 수밖에 없었다.

"저는 어쩔 수 없이 자수를 하게 됐습니다만 지금 화순 서장의 보호로 먹고 지낼 걱정이나 이용당할 걱정 없이 잘 지내고 있습니다. 취직을 하려고 생각 중입니다. 아직 확실하지는 않습니다. 어쩌면 군대로 가서 제일선에서 뛸지도 모르겠습니다. 동무들이 걱정입니다. 부디 무사히 잘 계십시오."

일단 이렇게만 해놓으면 이전의 약속대로 제1선을 통해 연락하겠다는 말인 줄 알 터였다.

조 영감을 다시 이용할 수도 없고 연락할 방법은 막막한데 시간은 자꾸 흘렀다. 어느새 가을이 깊어가더니 11월이 불쑥 다가왔다. 그는 드디어 마음을 정하고 구례에 다녀오기로 했다. 마냥 시간을 보낼 수도 없었고 일단은 부딪쳐보기로 한 것이다. 떠나기 전날 김춘옥이 그를 찾아왔다. 한두 달 사이에 김춘옥은 완전히 다른 사람이 되어 있었다. 머리에서부터 옷에 신발까지 일류 멋쟁이였다. 예쁘기는 했지만 어쩐지 이전 같은 친밀감이 느껴지지 않았다. 수도사단 공세를 끝내고 온 얼굴에 피딱지가 앉은 채 그를 바라보던 모습이 그에게는 훨씬 친근하고 아름다웠다. 그러나 김춘옥도 그렇게 자신을 위장해야 할 필요가 있었다.

"혁운 씨 취직자리를 구했어요. 혁운 씨 신분이 좀 두려운지 사찰과에서 취직의뢰를 받아오라고 해요."

"문제없소. 내가 또 사찰과장에게 말을 할 테니 자네는 맘 놓고 고향에나 다녀오라구."

그렇지 않아도 그를 취직시키려고 여기저기 알아보던 서장이 자신이 다 알아서 해주겠노라며 좋아했다. 이제 최소한의 기반은 잡힌 것이다.

다음날, 그는 고향으로 떠났다. 백운산 기슭이 바로 눈앞으로 다가왔다. 바로 저기서 고철, 김춘옥과 함께 마지막 준비를 했었는데, 지금이라도 저 산을 따라 걸으면 곳곳에 우리 동지들이 있을 텐데.

그는 우선 외갓집에 가서 어머니를 만났다. 어머니는 그저 아들이 살아왔다는 사실에 기쁨을 감추지 못했다. 그가 집을 떠나 있는 동안 아버지가 돌아가시고, 아직 어린 여동생 둘은 입 하나라도 줄이기 위해 급하게 결혼을 해서 떠나고 없었다. 바로 아래 동생은 남의 집 머슴살이로 떠났고 어머니와 어린 막내만 그를 반겼다. 그가 좌익활동을 하지 않았더라면 이 정도는 아니었을 것이다. 자신이 동생들의 삶을 망쳐버린 듯한 고통에 그는 잠을 이루지 못했다. 그렇다고 그의 사상을 포기할 수도 없는 일이어서 고통은 더 컸다.

다음날 그는 은밀하게 믿을 만한 친척을 보내서 황전면의 박 씨를 불렀다. 벼 베기야 다 끝났지만 다른 가을걷이에 정신없을 박 씨가 곧바로 허둥지둥 달려왔다.

"그동안 나를 찾아온 사람 없었소?"

"왜요? 안 그래도 뚱뚱한 양반이 몇 번 소식 왔었냐고 찾아왔습디. 엊그제도 왔다가 오늘내일 중으로 다시 들리것다고 했는디."

"그래요? 그럼 이걸 그 사람에게 전해주고 그때까지 내가 여기 있을 테니 연락되는 대로 바로 연락 좀 주시오."

그는 피치 못하게 자수하게 된 경위와 그동안의 생활, 곧 취직하게 될 거라는 것, 홍고와의 인간적인 관계 등을 자세하게 적은 쪽지를 박 씨에게 전해주었다. 이틀 뒤 박 씨가 다시 그를 찾아왔다. 고철이 다녀갔는데 레포는 잘 받았으며 그에게 꼭 전할 것이 있으니 며칠만 더 기다리라는 것이었다. 며칠 뒤 다시 들른 박 씨가 가져온 것은 6.25 당시 광주시 인민위원장을 지낸 김영재의 사진과 주소였다.

"김영재 동무의 도민증이 꼭 필요하오. 동무의 그동안 활동은 보고 잘 받았소. 앞으로도 신중하게 열심히 일하시오."

곧 화순으로 돌아온 그는 홍고에게 사정을 설명했다.

"형님. 꼭 살려야 될 사람이 하나 있소."

"그래? 그럼 차돈이한테 오라고 그래."

사람 좋은 홍고의 대답이었다.

"아따 형님. 그래도 되는 사람이면 내가 뭘라고 형님한테 말허것소. 자수를 안 시키고 살려야 된께 그라제. 자수를 하면 안 될 사람인데 살리기는 해야 되것고……."

"그럼 어쩌끄나?"

"도민증 하나만 만듭시다!"

"까짓거 그러자."

도민증을 만들려면 사진 위에 철인을 찍고 경찰서 관인과 서장의 개인 도장이 있어야 했다. 그까짓 것, 하던 홍고는 정말 쉽게 도민증을 만들어 왔다. 서장실에 무시로 출입하던 홍고가 서장 옆에서 조는 척하고 있다가 서장이 홍고만 두고 나간 사이 몰래 찍어 나온 것이다.

취직이 되어 화순을 떠나기 전 그는 홍고에게 진지하게 이야기를 꺼냈다.

"형님. 병추 형님 뜻도 좋지만 계속 이렇게 사실라요? 뭐든 일을 시작해야제라."

홍고도 이번에는 한숨을 푹 내쉬었다. 엊그제 홍고의 부인이 여기까지 쫓아와 식구들 다 굶어 죽어간다고 한바탕 소란을 피우더니 그 충격이 제법 큰 모양이었다.

"나도 그랬으면 쓰것다만 내가 경찰밖에 뭐가 있것냐. 경찰 노릇은 참말로 싫은디."

"철도경찰대 같은 데야 어떻소."

"그런 데 들어갈라면 돈이 들어야 허는디. 맨입으로 경찰 다시 들어갔다가는 영락없이 사람 잡아묵는 데로 떨려날 것이다. 내가 시방 빨치산 토벌하는 디로 들어가게 생겼냐."

"그 정도 돈이야 서장이 안 빌려주겠소?"

"취직할란다고 하믄 꿔줄 것이다."

"그럼, 취직하씨요. 취직해서 나 좀 살려주씨요."

"내가 니를 워트께 살려야?"

"돈을 벌든지, 아니면 나 좀 일본으로 보내주씨요. 내가 이 땅에서 살것소?"

"그럼 니가 나를 정치적으로 책임질래? 나중에 말이다."

"물론이죠."

홍고는 정치적 입장은 없었지만 모택동만은 대단히 존경했다. 그리고 강대한 중국의 힘에 이끌려갈 수밖에 없다는 것을 확신하는 홍고였다. 그러니 십 년, 이십 년, 오십 년 후라도 분명히 한국은 사회주의국가가 될 것이고 그때의 정치적 입장을 책임질 수 있냐고 홍고는 묻고 있는 것이었다. 며칠 뒤 이번에는 홍고가 그를 불렀다.

"아이, 철도경찰대 부산출장소에만 가면 일본 가는 건 문제가 아니라드라. 요즘 경찰 놈들은 지리산 나무 베다 팔아 처묵느라 정신없고 철도 경찰대 놈들은 일본하고 밀수해서 떼돈 번다고 허드라. 글로 가끄나? 니 일본도 보내주고 돈도 벌고. 이 나이에 경찰해서 돈이나 벌어야제 내가 뭐 하것냐."

"좋소. 그건 경찰도 아니고 장사치구만. 병추 형님한테 미안할 것도 없것소. 거그 빨리 알아보씨요."

"그럼 이력서나 내놓고 보자."

홍고는 그와 같이 화순을 떠나 그를 새 직장까지 데려다 주고는 이력서 내러 간다며 서울로 올라갔다. 홍고가 철도경찰대 부산출장소에 취직만 하면 자금은 물론이거니와 유사시에 대비한 일본행 루트까지 확보되는 셈이었다. 그는 완성된 도민증과 홍고의 얘기를 보고해 놓고 홍고의 소식이 오기를 눈이 빠지게 기다렸다. 52년도 저물어갔다. 산에서는 또 동계공세가 들어올 텐데 동지들은 어떻게 지내고 있을까. 취직하기 직전 도 사찰과장을 찾아갔을 때 거기 적혀 있는 도표로는 전남 전 지역에서 살아남은 사람이 570명이었다.

이 겨울이 지나면 얼마나 남게 될까?

그는 자꾸 마음이 조급해졌다.

30

끊임없는 추적

그가 취직한 곳은 광주시 구동의 공작성냥화학공장으로 사장이 김춘옥의 언니 집에서 서기 노릇을 했던 사람이었다. 그는 다른 아무것도 신경 쓰지 않고 일에만 몰두했다. 공장 숙직실에서 기거하던 그는 함께 그 방에서 자는 사장 조카 추병태와 가깝게 지냈다. 알고 보니 추병태도 순천에서 국민학교 선생을 하다 여순사건을 만나 적극적으로 활동했었고 무기징역까지 받은 사람이었다. 마포형무소에 수감되어 있다가 6.25를 만났는데, 걸어서 고향까지 오다 보니 이미 9.28후퇴가 임박하여 일도 하지 못하고 짧은 해방을 보내버린 것이었다. 경찰서나 법원이 다 불타버렸으니 이전의 기록이 남아 있을 리도 없고, 6.25 때 활동하지 않았으니 찍힐 리도 없고 해서 별 탈 없이 지내온 추병태는 아직도 가슴 깊숙이 옛날의 꿈을 버리지 않은 사람이었고, 그의 신원을 알고 나자 이모저모로 신경을 써주었다.

53년이 밝아왔다. 곧 휴전이 될 듯 하면서도 쉽게 휴전협정은 맺어지지 않았다. 박 씨와의 선도 정기적으로 이어졌고, 그의 활동도 차츰 안정을 찾아가고 있었다. 김춘옥의 전주 집에도 찾아가 부모에게 인사를 드렸다. 그러나 그녀의 부모들은 이미 약혼을 했다는 말에도 쌀쌀하게 그를 대했다. 그때 김춘옥의 집은 장성에 있는 전답을 아직 처분하지 못해 전주에서 셋방살이를 하고 있었는데 그녀의 어머니는 셋방살이를 하면서도 시집올 때 데리고 온 몸종을 풀어주지 않은 채 데리고 있었다. 그렇게 봉건주의적 잔재가 뿌리박힌 사람이니 그가 마음에 찰 리 없었다. 김춘옥에게 어떻게든 부모를 설득시키라고 말하긴 했지만 그는 불안함을 떨쳐버릴 수가 없었다. 뭐라고 딱 꼬집어 말할 수는 없지만 김춘옥이 조금씩 변해가고 있다고 느꼈던 것이다. 그가 그녀에게 사상적인 단련을 시키려고 무슨 말을 꺼내기만 하면 김춘옥의 얼굴에는 그늘이 드리웠다. 그가 보기에 그건 일종의 두려움 같기도 하고 거부 같기도 했다. 그것이 무엇이든 그녀가 멀어지고 있는 건 분명했다. 그녀가 떠나갈 날이 머지않았음을 그는 눈치 챘다. 서럽거나 가슴 아프거나 배신당했다는 분노는 생기지 않았다. 단지 그녀의 출신성분을 사업하기 유리한 조건으로만 생각하고 그녀의 발목을 붙잡는 조건이라고는 생각지도 못했던 자신의 불철저함에 대해서 화가 치밀었다. 그녀는 반동의 딸이었고, 그녀가 머리로 혁명을 하는 동안에도 어린 시절부터 그녀를 지배해온 반동적 환경이나 습관들은 완전히 극복된 게 아니었다. 그래서 출신성분이 중요한 것인데, 그는 그녀를 너무 쉽게 믿었던 것일까? 그가 자수를 권유했을 때 김춘옥은 펄펄 뛰며 싸우다 떳떳하게 죽겠노라고 했었다. 이제 평온한 삶의 유혹 앞에서 모든 맹세를 잊어버린 것일까. 그는 좀더 두고 보기로 했다. 자주 볼 수도 없는 상황에서, 그리고 혹시라도 그녀가 입을 열면 모든 게 끝나는 상황에서 그녀에게 무리하게 강요할 수도 없었다. 방법은 기다리는 것과 만일의 경우에 대비해 그 혼자 자립할 수 있는 길을 찾는 것뿐이었다.

웬일인지 경찰의 감시가 부쩍 심해졌다. 일주일에도 서너 번씩 경찰이 찾아와 정보를 달라며 볶아댔다. 화순경찰서장의 부탁으로 그의 취직을 도와준 도경 사찰과장이 다른 곳으로 전근 가고 나자 그에게 무슨 정보를 캐낼 게 없나 해서 괴롭히는 것이었다. 그가 아는 게 없다고 입을 열지 않자 미행이 시작되었다. 그는 박 씨에게 공장으로는 절대 오지 말라고 해놓고 추병태를 통해 안전한 약속장소를 다시 잡아야 했다. 그러던 2월 말이었다. 끈질기게 달라붙어 공작을 하던 박종록이라는 도경 형사계장이 그를 찾아왔다.

"당신, 임복현이 알아?"

"왜 그 양반이 자수라도 했소?"

"자수는. 빨갱이 놈들이 아무리 설쳐봐야 꼬리가 길면 얼마나 길겠어. 나주에 지하사업 하러 나와 있는 걸 잡아다 족쳤더니 술술 불더구만. 사십 명쯤 잡아들였지."

임복현이 그랬을 것 같지 않았다. 여자지만 아주 깡다구 있고 다부진 여자였다. 그런 여자가 조직을 다 불 정도였다면 그 고문이 얼마나 끔찍했을까. 그나저나 잡힌 사람들이 누군지 궁금했다. 슬쩍 떠봤더니 조직하러 나온 사람들은 아니고 은신처를 제공했던 주민들이었다.

"자네 혹시 김용원이나 유운형이라고 알아? 그놈들이 함께 나와 있었던 모양인데 임복현이 한 달 만에야 입을 여는 바람에 튀어버리고 종적을 알 수가 없는데 말야. 자네 혹시 생각나는 게 없나?"

"나는 전혀 모르는 사람들이오. 나는 동부에 있어서 서부 사람들은 하나도 모른다고 말했지 않소?"

그가 김춘옥을 데리고 나오던 무렵 김용원도 지하사업 나갈 거라고 하더니 드디어 나온 모양이었다. 임복현 때문에 박살이 나버렸으니 버티기 힘들 텐데 걱정이었다. 그 자신부터 벌써 문제였다. 그가 버티면서 입을 열지 않자 적의 감시와 미행이 나날이 심해졌다.

3월 말경 박 씨가 추병태를 통해 연락해왔다. 뒤를 살피면서 조심스럽게 약속장소로 나갔다. 박 씨가 건네준 레포에는 웬 약도가 하나 그려져 있고, 그곳을 찾아가 김호중 사장에게 편지를 전하라며 또 다른 편지 하나가 들어 있었다. 미행이 있는지 없는지를 수차 확인하면서 그는 약도에 그려진 집을 찾아갔다. 그 집은 그가 보던 중 가장 화려하고 큰 집이었다. 50년 8월 광주에 있을 때 전리품 관리위원회에서 그에게 배정해준 검사의 양옥집 정도는 유도 아니었다. 이런 집에 무슨 일일까. 우리 동지의 가족이나 되는 것일까. 이런저런 생각을 하며 근처에서 그 집을 살펴보았는데 경찰 둘이 집 앞을 지키고 있었다. 상주해 있는 모양이었다. 경찰을 직접 통과하지 않고는 들어갈 길이 없었다. 그는 천천히 다가가 경찰을 붙들었다.

"김 사장님 좀 만날라고 왔는디요."

"어디서 오셨소?"

경찰은 느슨한 얼굴로 별 의심 없이 물었다.

"예. 회사 사람인디 사장님이 불렀구만요."

"이리 따라오씨요."

경찰은 그를 집안으로 데려갔다. 깡마른 중년 남자가 손님을 배웅하러 막 나오는 참이었다.

"사장님. 회사에서 왔답니다."

경찰은 사장의 답변도 듣지 않고 서둘러 자기 자리로 돌아가 버렸다.

"누군가?"

사장이 유심히 그를 보며 물었다.

"아 예. 들어가서 말씀드리죠."

그는 자기가 주인이라도 되는 것처럼 앞서서 마루로 들어갔다. 사장이 어이없는 얼굴로 그를 따라왔다. 그는 사장과 마주앉은 뒤 야무지게 봉해진 편지를 내밀었다.

"다름 아니라 누가 이걸 좀 전해달라고 해서요."

사장은 쪽지를 받아들더니 그를 잡아끌었다.

"여기보다 안방으로 들어가세."

편지를 읽고 난 사장은 별 표정 없이 잠시 기다리라며 안방을 나갔다. 순간적으로 별 생각이 다 떠올랐다. 저 사람이 신고를 하러 가는 게 아닐까. 신고를 한다면? 일어서서 지금 당장 나가야 할지 어떨지 별별 생각으로 진땀을 빼며 전전긍긍하고 있는데 잠시 후 사장이 다시 들어왔다.

"지금 집에는 그만한 돈이 없네. 사흘 후에 다시 들르게. 아니, 그날 전화를 하게."

사흘 후 전화를 했더니 사장이 직접 돈을 들고 근처 다방으로 나왔다. 수표밖에 없어 수표로 준비했으니 바꿔 쓰라는 것이었다. 정체를 알 수 없는 묘한 인물이었다. 누군가의 가족이라면 안부를 묻거나 최소한 근심어린 표정이라도 지을 텐데 그런 것 같지는 않았고, 협박받는 거라면 충분히 경찰을 부를 수 있었으니 그것도 아니었다. 광주에서는 소문난 갑부인 모양인데 어쩌면 이전에 좌익활동을 지원했거나 선을 가지고 있는 사람인 모양이었다. 아무튼 그가 수표로 건네준 돈은 논 천 마지기 정도를 살 수 있을 만큼 거액이었다. 며칠 뒤 박 씨가 다시 찾아왔다. 일부는 박 씨에게 보내고 일부는 나중에 누가 찾아갈 테니 그 편에 건네주라는 지시였다.

얼마 후 곱게 생긴 웬 중년 부인이 공장으로 그를 찾아왔다.

"혁운 씨죠? 홍식이 고모 되는 사람인데 이제야 찾아왔습니다."

도에서 전달해준 암호대로였다. 그는 나머지 돈을 그녀에게 전해주었다. 그 뒤로 한동안 도당의 연락이 뜸해졌다. 서울로 올라간 홍고에게서 철도경찰대 후생과에 취직이 되었다는 소식이 들려왔다.

여름이 가까워오자 경찰의 감시와 미행이 부쩍 심해졌다. 그의 담당이

50

라는 형사가 날마다 찾아와 선을 대라며 그를 협박했다. 여러 곳에서 그가 위장자수를 하고 산과 연락한다는 정보를 들었다는 것이다. 끝까지 그가 부인하자, 이러면 수감하여 송치하겠다며 위협이 대단했다. 그가 움직이기만 하면 미행을 해대는 통에 공장 밖으로는 나갈 수도 없었다. 공장에 갇혀 일만 하며 여름이 깊었다. 산에서는 여전히 연락이 오지 않았다. 혹시 무슨 일이 생긴 게 아닌지 속이 타들어갔다.

그 무렵 남한의 신문에는 조선공산당 내의 종파주의에 대한 기사들이 계속 실렸다. 남로와 북로 사이에 치열한 노선투쟁이 벌어지고 있으며, 박헌영은 연금당했고, 나머지 남로계의 다수가 체포되었다는 것이었다. 그는 그런 기사를 전혀 믿지 않았다. 남로당과 북로당이 통합한 뒤로 우리 당에 분파주의란 없다는 말을 계속 들어왔던 터라 이승만정부의 보도를 그대로 믿을 수 없었다. 그러나 8월 7일 이승엽, 이강국, 임화 등이 북한에서 미국의 첩자라는 죄명으로 사형을 언도받았다는 기사를 읽고는 부분적으로 인정하지 않을 수 없었다. 그는 박헌영까지는 모르지만 이승엽이나 이강국 등은 충분히 미제의 첩자일 수 있다고 생각했다. 공장에 있으면서 마크 게인이라는 미국 기자가 한국전에 대해서 쓴 《일본의 일기》라는 책을 읽었는데, 그 책을 읽으면서 그는 미국의 정보활동이 도저히 상상할 수 없을 만큼 교묘하고 탁월하다는 것을 알았던 것이다. 《일본의 일기》에는 한국전은 전쟁을 필요로 했던 미국의 교묘한 도발에 김일성이 선제공격을 해 시작된 것이라고 적혀 있었다. 그 정도의 공작능력이라면 남로당의 핵심에 간첩을 침투시키는 것쯤은 쉬운 일일 수도 있었다. 그러나 그들 몇몇의 간첩행위가 사실이라고 하더라도, 이 기회를 북쪽에서 분파적으로 활용한 것이 아닌가 하는 의심도 솟구쳤다. 그러나 그런 의심에 앞서 허탈했다. 남로당의 핵심 간부들이 미제의 첩자라면 도대체 지금까지 피를 흘리며 싸웠던 수많은 당원들은 무엇을 위해 싸운 것인가. 그들이 목숨을 바쳤던 투쟁 하나하나가 미제의 손아귀에서 놀아난 것이라니! 대체 이런 일이 어떻게 생길 수 있는가. 무엇이 문제인가. 눈조차 내리지 않은 겨울 들녘처럼 참을 수 없는 허전함이 밀려들었다.

53년 7월 27일 휴전협정이 체결되었다. 휴전협정 전문이 실린 신문을 몇 번이고 샅샅이 뒤졌지만 어디에도 빨치산 문제는 다뤄져 있지 않았다. 전선이 없어지면 빨치산에게 남은 건 궤멸뿐인데, 혹시나 했던 포로교환에도 빨치산은 언급되지 않은 것이다. 뭐라 표현할 수 없는 기분이었다. 휴전에 기뻐하면서도 빨치산의 미래를 생각하면 가슴이 답답했다. 왜 북한은 빨치산 문제를 아예 언급조차 하지 않은 것일까. 자신의 전선을 지키라는 것인가? 이 휴전상태가 얼마나 갈지는 아무도 몰랐다. 이제 통일이란 어쩌면 자신들이 살아생전에 보지 못하는 먼 미래의 일일 수도 있었다. 남한의 빨치산은 전선도 없어진 지금 무엇을 위해 싸울 것인가. 남한 자체의 힘만으로 사회주의 혁명이 불가능하다는 것은 지난 몇 년간 죽음을 넘나들며 체험한 사실이었다. 남한 정부는 입산자 전원에 대한 세밀한 자료를 갖고 있었다. 이제 빨치산들이 경찰의 정보망을 피해 지하로 잠입한다는 것은 상상도 못할 만큼 어려운 일이 되었다. 먼 미래를 위해 준비하는 것조차 쉬운 일이 아닌 게 되어버린 이 시점에서 빨치산의 앞날에 기다리는 것은 영광스러운 죽음뿐일지도 몰랐다. 그는 목숨을 바쳐 자신의 전선을 지킬 필요가 있다는 생각을 하면서도 온통 머릿속이 혼란스러웠다. 그것이 과연 어떤 의미가 있을까, 자신의 전선을 지켜 승리를 보장할 수 있다면 모르되 죽음밖에 없는 지금, 동지들이라도 송환시켜 살려야 되는 게 아닐까……. 무엇이 옳은지도 알 수 없었다. 그러나 무엇이 옳건 이미 주사위는 던져졌다. 살기 위해 자수를 하거나 투항을 하는 것은 북으로 가는 것과는 달랐다. 살기 위해 사상을 버릴 수는 없었다.

　휴전협정 뒤로 더 심해진 경찰의 협박 속에서 그는 옴짝달싹할 수 없었다. 그렇게 되면 아무것도 할 수 없을 뿐만 아니라 연락선마저 드러나 큰 사건이 터질 수도 있었다. 그는 광주를 탈출할 계획을 짰다. 자수자인데다 제2국민병 기피자이니 혼자 힘으로는 어디 한 발짝도 꼼짝할 수 없을 때였다. 그는 옆집에 사는 헌병 상사 김문호를 찾아갔다. 김문호는 성냥공장에 와서 처음 만난 사람인데 추병태나 그와 나이가 비슷해 잘 어울려 놀았다. 그가 빨치산 출신인 걸 알고는 악의 없이 재미있는 이야기를 해달라고 하도 졸라대서 몇 번 얘기를 나눴고 그러면서 친해진 것이었다. 광주 전역에서 기피자 색출이 실시되면 기피자인 그와 추병태에게 자기 집에 와 있으라고 할 정도였다. 경찰이 하도 심하게 찾아다니며 미행을 하기에 전에도 한번 김문호에게 사정을 털어놓은 적이 있었다. 김문호 역시 경찰의 행태를 이해하지 못하고 고개를 갸웃거렸다.

　"아니 경찰은 자수한 사람을 왜 그렇게 괴롭히나? 자수하면 그만 아닌가."

　"글쎄 말일세. 솔직하게 말해서 나는 내 한 목숨 살라고 자수했네. 그런데 나보고 동지들을 팔라는 걸세. 살자고 자수야 했지만 동지들까지 팔아가면서 살 생각은 없네."

　"사나이가 그 정도 의리는 있어야제."

　헌병 상사이면서도 김문호는 사나이라면 신의를 지켜야 하는 법이라고 그를 이해해주었다.

　"얼로 도망쳐버리지 그래."

　그때부터 도망치라고 권하던 김문호였다. 김문호를 만나 사정을 얘기했더니 흔쾌히 돕겠다고 나섰다. 공장으로 돌아와 추병태에게 가끔 오던 전화가 오면 도저히 견딜 수가 없어 서울로 갔는데 자리 잡히는 대로 연락하겠다고 전해달라고 해놓고 그날 밤으로 김문호가 구해온 군 지프를 타고 대전까지 갔다. 군용차인데다 헌병이 있으니 무사통과였다. 김문호는 서울에서 취직할 곳까지 구해 안내장을 써주며 김춘옥의 집 앞까지 그를 데려다 주었다.

김춘옥이 외자청장으로 있는 형부를 통해 얻어준 한강 도강증을 들고 그는 서울로 가는 열차를 탔다. 서울역은 휴전협정이 되자 부산으로 피난갔다 돌아오는 행렬로 만원이었다. 전쟁이 끝난 서울은 폐허였다. 여기저기 불탄 건물의 앙상한 뼈대가 먼지를 뒤집어쓴 채 바람에 흔들거리고 오나가나 거지들이 발길에 채였다. 서울역 건물은 멀쩡했지만 서울역 부근에도 전쟁의 처참한 상흔이 내널려 있었다. 그는 곧장 서부역 부근에 있는 어느 병참부대를 찾아갔다. 빨치산 지하조직자에 국민병 기피자가 숨어 지내기 위해 군부대를 찾아가고 있는 것이었다. 역설적이긴 했지만 그만큼 좋은 피난처도 없었다. 당장 다음날부터 일이 시작되었다. 5개 사단의 부식을 공급하는 이 병참부대에서 그는 입고계의 일을 맡았다. 생선이니 고기니 채소니 군납하는 모든 물품의 입고증을 발급하는 일이었다. 돈이 절로 들어오는 자리였다. 새벽부터 물건을 입고시키기 위해 줄을 선 납품업자들은 시간이 지날수록 초조해진다. 입고가 늦어지면 검사도 늦어져 물품들이 변질될 우려가 있기 때문이다. 입고가 늦어지면 아우성이 벌어지기 마련이고 그럴 때 새치기로 몇 건만 해결해주면 두툼한 돈봉투가 들어왔다. 그러나 그 봉투는 그의 주머니 속으로 챙길 수 있는 게 아니었다. 중사, 상사, 소위로부터 부대장에 이르기까지 상납해야 하는 것이었다. 전쟁 때문에 어디선가는 사람들이 죽어가지만 어디선가는 돈을 챙겨 한밑천 잡는 사람들도 많았다. 군 간부들의 주머니를 채워주기 위해 그는 정상으로 하면 얼마 걸리지 않는 일에 하루 종일 허덕여야 했다. 9월 초가 지나 찬바람이 불 때서야 홍고를 만나러 갔다. 홍고는 여전했다. 다행히 홍고는 10월 초 부산 후생주임으로 발령이 날 거라고 했다. 돈도 돈이지만 일본으로 나갈 수 있는 루트를 확보할 수 있다는 것이 더 중요했다.

　원하지도 않는 일에 쫓기다 보니 어느새 9월 28일 일요일이었다. 오랜만에 그는 서울 시내를 천천히 걸었다. 오늘이 9월 28일, 9.28 3주년이었다. 50년 그날은 느닷없는 후퇴명령에 분개해서 김선우에게 쫓아 올라갔다가 결국은 승복한 채 물러나왔고, 51년에는 9.28 복수투쟁으로 곡성 해방작전 준비에 여념이 없었다. 그리고 작년엔 원치 않았던 자수를 하고 나서 조직과 선을 대기 위해 조바심을 쳤었고, 지금은 이렇게 서울 시내를 걷고 있다. 자수한 지 벌써 1년이 지났다. 그동안 무엇을 했는가. 위협과 감시에 쫓겨 다니며 그 혼자 이 땅에 발을 붙이기도 힘든 형편이었다. 과연 이렇게 해서 제대로 지하사업을 할 수 있을까? 산에 있는 동지들은 지금 무엇을 하고 있을까? 6.25 직전의 그 처참했던 날들이 떠올랐다. 휴전 전까지야 대부분의 병력이 전방에 몰려 있어 6.25 직전처럼 어려운 상황은 벌어지지 않았지만, 휴전이 끝났으니 모든 병력이 빨치산에게 집중될 텐데 동지들은 그 집중포화를 어떻게 견디고 있을까. 못 견디게 동지들이 그리웠다. 지금쯤 무성하게 짙어갈 백아산과 백운산의 녹음이 그리웠다. 폐허가 된 건물들의 잔해로 황량하기 그지없는 퇴계로를 이리저리 거닐다가 홍고의 하숙집을 찾아갔다. 그러나 홍고의 방은 텅 비어 있었다. 이틀 전에 발령이 나 부산으로 떠났다는 것이었다. 집주인이 그에게 전해 주랬다며 홍고의 편지를 내밀었다. 자리 잡히는 대로 연락할 테니 우선 부대근무 충실히 하라는 내용이었다. 한편으로는 기쁘면서도, 한편으로는 유일하게 알던 홍고마저 떠나고 그 혼자 남은 이 드넓은 서울이 쓸쓸하기 그지 없었다.

　며칠 뒤에는 부대마저 갑자기 속초로 이동한다며, 거기에서는 그가 할
일이 없으니 딴 일자리를 찾으라고 했다. 아는 사람 하나 없는 서울에서
그것도 전직 빨치산이자 제2국민병 기피자가 찾을 수 있는 일거리는 아무
것도 없었다. 홍고의 편지 때문에 서울을 떠날 수도 없었다. 허름한 여관
방을 하나 잡아놓고 그는 날마다 목을 늘이고 홍고의 편지를 기다렸다. 그
러나 부대가 떠난 여관에서 혼자 있는 건 위험천만한 일이었다. 날마다 군
대 기피자들을 잡기 위해 임검이 실시되는 판이었다. 그는 여관 조바에게
웃돈을 주어 특실을 쓰면서 하루 종일 하는 일 없이 편지만 기다렸다. 지
루하고 무료하고 답답했다. 차라리 산에서 이리저리 쫓겨 다니는 편이 더
견디기 쉬울 것 같았다.

　10월 6일 드디어 기다리던 홍고의 편지가 도착했다. 원하던 대로 부산
후생주임으로 부임은 했지만 11월 6일을 기해 철도 경찰대가 폐지될 것
같다는 것이었다. 구례를 거쳐 15일까지 부산에 도착하겠다는 답장을 그
날 중으로 부치고는 밤차로 대전을 향했다. 김춘옥을 만나 그간의 사정을
확인하고 이후의 계획을 확정해야 했다. 과연 김춘옥이 모든 일을 계획대
로 준비하고 있을지도 미지수였다. 게다가 홍고를 이용하려던 일본과의
밀항 루트도 어떻게 될지 불확실했다. 여전히 선은 끊어진 상태였다. 불안
하고 고독했다.

　어둠을 더듬어 기차는 남으로 남으로 밤새 달렸다.

31

체포, 그리고 사형선고

새벽녘에 대전에 도착한 그는 곧 김춘옥의 집으로 갔다. 어쩐지 분위기가 냉랭했다. 새벽에 불쑥 찾아온 것에 대한 불쾌감만은 아니었다. 그녀의 부모는 이전보다 더 노골적인 불쾌감으로 그를 대했다. 그는 곧 그녀를 시내로 데리고 나와 연유를 물었다.

"부모님이 혁운 씨 집안은 좋은데 학벌이 없다고 헤어질 것을 강요해요. 그러니 앞으로는 집으로 오지 말고 편지로 연락해서 밖에서 봤으면 좋겠어요."

아직까지 집안의 반대를 극복할 방법 하나 찾아내지 못하고 있었다니. 게다가 반대와 적극적으로 부딪치지도 말고 피해서 만나자니! 그녀는 결국 반동적인 집안의 질곡을 박차지 못하고 그 질곡에 자기를 빠뜨린 것이었다. 마지막이라는 생각이 불쑥 떠올랐다. 죽더라도 님이 계신 곳에서 죽고 싶어 보름을 굶으며 백아산을 찾아왔다며 그의 품에 안겨 울던 그녀의 모습이 스쳐갔다. 그러나 이미 그녀는 옛날의 그녀가 아니었다. 놀라움은 없었다. 어쩌면 그동안 그는 의식적으로 그녀를 향한 마음을 짓눌러 왔는지도 몰랐다. 아니 그보다도 그가 사랑한 것은 지주의 딸이거나 화려한 인텔리가 아니었다. 그는 자신의 질곡을 박차고 나와 이 민족의 해방을 위해 목숨을 걸고 싸우던 투사 김춘옥을 사랑한 것이었다. 김춘옥은 계속 변명조로 미안하다며 다시 연락하라고 그를 떠나보냈지만, 그는 이게 마지막 인사가 될 거라는 예감 속에서 영원한 작별을 고했다. 그는 한때의 사랑을 떠나보내고 있었다. 아무리 강한 척했어도 돌아오는 길은 쓸쓸했다. 어떤 이름의 사랑이라도, 아무리 잘못된 사랑이라도 이별은 가슴 아픈 법이고 온갖 추억을 동반하는 법이었다.

구례에 도착한 즉시 그는 제1선인 박 씨를 찾았다. 그러나 제1선은 분트책 김오동이 203부대의 기습을 받고 피살되는 바람에 파괴된 지 오래였다. 그는 다시 부랴부랴 제2선인 문척면에 있는 그의 친척집으로 달려갔다. 다행히 그곳으로 김선우의 지시문 세 통이 와 있었다. 김선우의 글씨를 보는 순간 눈물이 핑 돌았다. 드디어 동지들 곁으로 돌아왔다는 안도감도 들었다. 서울에서부터 내내 짓누르던 고독감과 허전함도 일시에 사라졌다. 눈앞에서 지워지지 않고 어른거리던 김춘옥의 화려한 모습도 사라졌다. 몸 깊숙이 숨겨져 있던 힘이 다시 솟아나는 것 같았다.

"동무가 해내야 할 사업이 산적해 있는데 연락이 두절된 지 두 달이 넘어 혹시 사고나 아닌지 마음 졸이며 이 글을 쓰오. 부디 무사하여 이 글이 동무에게 전해지길 바라오.…… 이 글을 받는다면 일차 도당에 들러주길 바라오."

언제 어디서나 따뜻하고 자상하던 김선우의 다정한 얼굴이 떠올랐다.

또 한 통의 편지에는 반당 반국가적 행위를 했던 남로당 지도부들의 사업작풍과 사업을 비판하지 못하고 맹종했던 것에 대해 남로당 출신 당원들은 자기비판서를 제출하도록 했으니 그도 자기비판서를 제출하라는 내용이 씌어 있었다. 지금까지의 활동 보고를 하고 도당으로 가기 위해 대기하고 있겠다는 편지를 남겨놓고 나왔지만 자기비판서는 도저히 쓸 수가 없었다. 도대체 무엇을 자기비판한단 말인가? 맹종에 대해서? 그러나 당상부에 대한 복종은 가장 기본적이고 가장 중요한 원칙이었다. 그가 곡성 해방작전을 거부했을 때도 간부들은 상부의 명령에 복종해야 한다며 그를 비판했었다. 상부의 결정에 대해 비판할 자유조차 없었는데 이제 와서 맹종에 대해 자기비판하라는 건 어불성설이었다. 당 최고지도부 몇 사람의 반당적 반국가적 행위에 대해서 하부원들이 도대체 무엇을 자기비판해야 한단 말인가? 당의 명령을 지상 최고의 명령으로 알고 목숨을 바쳐 지켜온 사람들이었다. 당 중앙위원회가 공개적인 자기비판을 한다면 몰라도 이승엽이나 이강국의 그림자 한 번 보지 못하고 무산계급의 혁명을 위해 투쟁해야 한다는 위대한 명제 하나만 믿고 싸워온 하부원들에게까지 자기비판을 요구한다는 것은 도저히 승복할 수 없었다.

당시 그는 사정을 잘 모르고 있었지만 박헌영 간첩사건은 남한 빨치산에 엄청난 파문을 몰고 왔다. 9월 중순에는 전남, 전북, 경남 도당 위원장들이 모여 반당 반국가적 파괴분자인 박헌영 및 이승엽 반역도당의 잔재와 영향을 근절하기 위한 제반 대책을 토의에 부쳐 이현상이 자기비판을 하고 평당원으로 강등됐다. 그에 따라 남부군도 해체되어 전북, 전남, 경남 도당으로 분산배치 되었으며 이현상은 지하침투를 위해 경남도당으로 내려가다 피살되었다. 자기들이 유일하게 믿었던 당이, 그 당의 지도부가 미제의 첩자였다는 끔찍한 사실을 알고 대부분의 사람들이 허탈감에 빠졌다. 그것도 죽음 외에 선택의 여지가 없는 상황에서 맞부딪친 거라 충격은 더욱 컸다.

그가 떠나있는 동안 산에서는 이렇게 엄청난 변화가 일어나고 있었다. 전남도당도 70여 명으로 줄어든 유격대를 이끌던 남태중이 53년 여름공세에 부상을 입고 포로가 되면서 뿔뿔이 흩어지고, 옛날 조용식이 7연대장을 할 때 그의 연락병이던 소년 인민군 출신 김병극이 백운산부대라 하여 잔류인원 30명의 대원을 거느리고 있을 뿐이었다. 유격투쟁의 역사가 대단원의 막을 서서히 내리고 있었다.

초조하게 도당의 연락을 기다리고 있던 그에게 며칠 뒤 구례군 여맹위원장을 하다 자수한 조말순이 찾아왔다. 조말순도 위장자수를 해서 지하조직 활동을 하고 있는 모양이었다. 도당과의 연락선이 복잡해서 좀더 기다리라는 것이었다.

"아, 혁운 동무, 권상수 알지라? 담양군당 위원장 하던 권상수 말이오."

권상수라면 입당하기 전부터 조용식과 더불어 가장 친하게 지냈던 동지이자 친구였다. 권상수는 조용식이 죽기 직전 여름, 그러니까 1951년 여름에 중앙당 연결 임무를 띠고 파견조를 인솔하여 이북으로 향했었다. 그 뒤로는 죽었는지 살았는지 소식도 없었지만, 이쪽에서 정해 보낸 암호로 이북과 통신이 안 되는 걸 보면 성공하지 못했다는 결론이었다. 아마 삼팔선을 뚫지 못하고 모두 희생된 게 분명했다.

"그 권상수가 금메 살아 왔단 말이오."

"예에? 그거이 참말이오?"

"하모. 같이 갔던 사람들은 다 죽고 둘이서 삼팔선을 넘게 됐는디 지뢰를 밟아갖고 부상포로 됐다마요. 같이 잽힌 사람이 힘을 써갖고 군사재판에서 집행유예로 나왔다요."

"시방 그 사람 어디 있는지 아시오?"

권상수가 살아 왔다니! 그는 당장 조말순이 일러준 대로 권상수를 찾아나섰다. 자신을 부르는 소리에 문틈으로 고개를 내밀던 권상수는 어둠 속에 버티고 선 그를 발견하고는 한동안 움직일 줄을 몰랐다. 참으로 오랜만이었다. 그도 권상수도 서로가 이런 모습으로 만나리라고는 꿈도 꾸지 못했었다. 우리 같은 놈들도 공짜로 공부시켜준다는 이북으로 가자고 구례를 떴던 소년들은 불과 7년 만에 그렇게 달라진 모습으로 마주앉은 것이다. 그리고 그중의 한 친구, 조용식은 이미 그들의 곁에 없었다.

"용식이는 죽었다."

한참 만에야 뜨겁게 얽힌 손을 빼내며 그가 꺼낸 말이었다.

"들었다."

한동안 말이 끊겼다. 더 이상 무슨 말을 할 것인가. 살아있으니 반갑다는 말 외에.

"그래, 너는 지금 어쩌고 있냐?"

"응, 얼마 전 북에서 남파된 공작원과 연결이 됐어. 양경한이라는 사람인데 육이오 당시 서울시 인민위원장이던 이승엽의 비서였단다. 남파된 즉시 구례 처갓집으로 와서 구례군청 산림과 임시직원으로 취직을 하고 조직기반을 구축하고 있는 사람이야. 아직 도당과 선이 닿지 않아 나와 오재원 씨, 이렇게 셋이 활동하고 있지. 너는 어떠냐? 자수했다고 하더니 지하조직 사업을 맡은 거냐? 니놈이 진짜 자수를 할 리는 없고."

"여간 어렵지가 않다. 한 일도 별로 없고, 내 자리 잡는 데만 일 년을 보낸 셈이니……. 참, 그런데 오재원 씨는 어떻게 된 거냐?"

"산에서 맨날 굶으니 눈이 멀었지 뭐야? 눈이 멀었으니 봉사가 빨치산을 할 수 있겠어? 별 도리 없이 자수를 했는데 먹는 거 챙겨먹고 두 눈 번쩍 뜬 심 봉사가 됐지 뭐냐. 지금은 두 눈 다 멀쩡해."

두 사람은 그동안 쌓인 묵은 얘기들로 밤을 지새웠다. 조용식이 있었더라면 더욱 신나는 밤일 테지만 그가 권상수보다도 더 사랑했던 조용식은 지금쯤 지리산 어느 기슭에서 썩어가고 있을 터였다.

다음날 그는 조말순을 통해 권상수로부터 들은 모든 것을 보고하고 도당 방문할 선을 보내달라고 요청하는 서한을 보냈다. 열흘이 지나서야 김선우의 답장이 왔다. 조말순이 순천군당 위원장 남상원을 통해 도당과 연락하고 있었는데, 최근 남상원이 도당 조직부장 염형기를 사살하고 자수하여 도당이 위기에 처해 있다는 것이었다. 그리고 남파되어 있는 양경한은 간첩 이승엽의 비서였음을 감안할 때 믿기가 어려우니 권상수, 오재원과도 선을 끊고 조말순과 선만 대놓고 즉시 구례를 떠나라는 지시였다. 이것이 김선우와의 마지막 연락이었다. 이듬해인 54년 2월 27일 백운산의 한 비트에 숨어 있던 김선우는 조직부부장 박춘석의 배신으로 몰려든 국방군과 끝까지 대치하다 수류탄으로 자폭하여 일제시대부터 투신해온 사회주의 운동의 막을 내렸다. 선비 같은 풍채로 늘 손에서 책을 놓지 않는 책벌레였지만 어떤 급박한 상황에서도 웃음 띤 얼굴로 전남 유격대를 총지휘하던 무사다운 죽음이었다.

그는 즉시 권상수를 찾아갔다. 그때까지만 해도 그는 권상수를 철저하게 믿고 있었다. 도당에서도 의심한 사람은 양경한이지 권상수가 아니었다. 그는 자신의 앞날에 기다리고 있는 배신과 죽음의 그림자도 보지 못한 채, 위험에 빠져 있을지도 모르는 친구 권상수에게 떠난다는 말을 하기 위해 부랴부랴 달려간 것이다. 권상수와 오재원은 함께 있었다.

"상수, 지금부터 내 얘기 잘 새겨들어. 지금 당장 양경한과 접촉을 끊으라는 도당의 지시야. 나는 오늘 밤에 떠날 테니 두 사람도 최대한 빨리 떠나라구."

묵고 있던 집으로 돌아온 그는 저녁 식사를 마친 후 기차시간을 기다리고 있었다. 10시쯤 누가 그를 찾는다고 했다. 마당으로 나가봤더니 마당이 빽빽하게 경찰들이 진을 치고 있었다. 한 사람이 잽싸게 그의 손목에 수갑을 채웠다. 튈 생각을 할 짬도 없었다. 한마디 말도 못하고 그는 구례 경찰서로 붙들려갔다. 경찰서에는 이미 양경한, 오재원, 권상수 등이 잡혀와 사찰과에 꿇어앉아 있었다. 네 명은 각기 다른 방에 수감됐다. 곧이어 양경한의 조직에 가담했던 서른 명가량의 사람들이 줄줄이 붙잡혀왔다. 도대체 누가 밀고한 것일까? 누군지 알 수는 없었지만 그가 그날 밤중으로 떠난다는 사실을 알고 있는 사람임이 분명했다. 다행히 도당과 선을 갖고 있는 조말순은 잡혀온 것 같지 않았다. 조말순과의 관계는 아무에게도 말하지 않았으니 그가 입만 다물면 밝혀질 것은 아무것도 없었다. 그러나 그의 운명은 어떻게 될 것인가? 경찰에 협조하지 않는 이상 그 앞에 기다리는 것은 사형밖에 없었다. 그러나 죽음을 생각하고 죽음이라는 것이 주는 감상에 빠지는 것도 한가할 때나 가능한 것이었다. 불지 말아야 한다는 절박한 생각 외에 아무것도 생각할 겨를이 없었다.

취조가 시작되었다. 위장자수니 뭐니 묻지도 않았다. 무조건 도당과의 선을 대라는 것이었다.

"그게 무슨 소리요? 나는 모든 걸 버리고 살고 싶어 자수를 한 사람이오. 자수한 사람을 이렇게 다루는……."

몽둥이가 날아왔다. 질문도 없이 무수한 몽둥이세례를 퍼부었다. 48년 5월이 생각났다. 그때도 그는 가혹한 고문과 싸워 이겼다. 이번에도 싸워 이길 것이다. 어떻게 회유하고 아무리 가혹하게 고문해도 적어도 내 입으로 내 동지를 팔지는 않는다. 그는 몽둥이찜질에 정신을 잃으면서도 이를 악다물었다. 고문은 이십 일간 계속됐다. 물고문에 전기고문, 고춧가루 고문까지. 그는 절대로 입을 열지 않았다. 도대체 어떻게 잡힌 것인지 알다가도 모를 일이었다. 누가 밀고한 것일까? 밀고가 아니라면 이런 식으로 무자비하게 나오지는 않을 터였다. 계속되는 고문으로 정신을 차리지 못하면서도 꼼꼼히 짚어보았지만 아무리 생각해봐도 밀고자를 알 수 없었다. 그가 위장자수했다는 것을 아는 사람은 아무도 없다. 권상수에게 약간

언질은 주었지만 그것도 정확하게 말한 것은 아니었다. 그래도 얼핏 말이라도 꺼낸 사람은 권상수가 처음이자 마지막이었다. 그러나 권상수가 그를 팔았을 리는 없었다. 게다가 권상수도 양경한도 오재원도 모두 여기 잡혀와 있었다.

"이 개새끼! 역시 거물이라 지독하구만. 누가 이기는지 어디 두고보자구! 야! 권상수! 들어와!"

갑자기 하늘이 캄캄해졌다. 권상수가, 권상수가 배신을 하다니! 동지들을 팔아먹는 앞잡이가 되다니! 적들의 총소리만 들리면 얼굴색이 샛노래지도록 당황해서 어쩔 줄 모르던 권상수의 모습이 떠올랐다. 왜 그걸 생각하지 못했던가. 그토록 죽음을 두려워하던 권상수였는데.

"야! 이 개새끼가 뭐라고 했는지 이 새끼 앞에서 직접 얘기해주라구!"

그는 눈을 부라리며 권상수를 쳐다보았다. 권상수는 고개를 푹 수그리며 우물쭈물 말꼬리를 사렸다.

"똑바로 얘기 못해!"

"위장자수했는데, 일하기가 어렵다고……."

발등을 찧고 싶은 심정이었다. 모두가 그의 실수였다. 하루아침에도 모든 게 변하는 세상인데, 어떤 위협도 받지 않고 있는 김춘옥마저 변하는 세상인데, 군사재판에서 무죄를 받고 나온 권상수를 믿다니! 권상수의 조작이라고 맞서며 끝내 부인했지만 이미 엎질러진 물이었다. 동지를 팔아 제 목숨을 구걸하는 권상수의 비참한 모습을 보는 것은 뼈가 부러지고 온몸이 시퍼렇게 멍드는 고문보다 더 지독한 아픔이었다.

권상수는 전선을 넘다가 같이 잡힌 사람이 군에 탄탄한 줄이 있어 아무런 위협도 없이 작전구역침입이라는 가벼운 죄목으로 집행유예를 받을 수 있었다. 그러나 빨치산활동을 모두 알고 있는 고향에서 단순한 월북 기도로 끝내줄 리는 만무했다. 집행유예를 받은 것만 믿고 고향으로 돌아왔던 권상수는 경찰에게 끈질긴 협박과 회유를 받았다. 권상수는 무엇보다 생명에 대한 집착이 강한 사람이었다. 결국 경찰에 협조하기로 하고 구례 지하조직을 깨뜨리기 위해 양경한의 조직에 가담한 것이었다. 간첩 이승엽의 비서라는 이유로 도당에서 의심했던 양경한이 아니라 권상수가 바로 조직을 팔아넘긴 장본인이었다.

가장 절친한 친구이자 동지를 팔아 얻은 권상수의 생명은 오래가지 않았다. 경찰에게 한 번 꼬리를 물린 권상수는 그 후로도 계속 경찰의 앞잡이가 되어 수십 명의 동지들을 감옥으로 팔아넘기고, 그것도 모자라 구례 군당을 완전히 박살내기 위해 군당으로 재입산했다가 권상수의 정체를 눈치 챈 군당 성원들에게 총살당하고 말았다. 죽음을 두려워하는 자일수록 죽음은 집요하게 쫓아다닌다. 권상수뿐만 아니라 수많은 배신자들의 최후 또한 마찬가지였다.

끝까지 입을 열지 않자 그는 1월 초 순천검찰청으로 송치되었다. 검사와의 싸움이 시작되었다. 그의 검사는 순천검찰 지청장으로 일제시대부터 검사 노릇을 했던 친일파였다. 아무리 닦달해봐야 위장자수에 대한 증거가 나타나지 않자 검사는 곡성경찰서로 연락하여 그가 곡성군당 위원장으로 재직했던 시절 곡성에서 일어났던 모든 일을 그의 책임으로 떠넘겼다. 살인, 방화, 강도, 절도, 공공기관 파괴, 국가보안법 위반, 이적행위, 비상사태와 특별조치령 위반……. 그도 자신의 죄목을 일일이 다 외울 수 없을 정도였다.

54년 3월 30일 언도공판이 열렸다. 검사의 논고가 시작됐다.

"…… 법이 허용한다면 즉석에서 사형을 집행해도 시원치 않을……."

그는 검사의 구형이 끝나기 바쁘게 벌떡 일어섰다.

"김왕규는 나를 심판할 자격이 없는 친일파이며 민족반역자요. 나는 적어도 우리 조선민족을 외세로부터 해방시키기 위해 목숨을 걸고 싸웠으나 김왕규는 일제시대에 일본정부의 관료로 출세한 친일파요. 그런 친일파가 해방된 세상에서도 여전히 애국자 행세를 하며 설치고 있소. 나는 그런 세상을 바로잡기 위해 싸웠던 사람이오. 김왕규는 자기 입으로 자기를 애국자라 하며 나를 비애국민으로 매도하지만 과연 누가 애국자고 누가 비애국민이오? 내가 취조를 받기 위해 검사 방에 갈 때마다 김왕규는 양담배를 수북이 쌓아놓고 피워댔소. 전쟁이 끝나고 우리 민족의 경제를 부흥, 발전시켜야 할 이 마당에 양담배를 피워대다니! 그가 과연 애국자요? 진실은 언젠가 밝혀지기 마련이오. 누가 애국자였고 누가 이 민족을 위해 살았으며, 누가 사형을 언도받아야 할지는 역사가 반드시 증명할 것이오. 당신들이 나에게 사형이 아니라 능지처참형을 선고한다 할지라도 나는 지금까지 내가 했던 모든 애국적 행위를 후회하지 않을 것이며, 또한 미제의 앞잡이들이 선고하는 무엇도 인정하지 않소!"

그는 사형을 언도받았다. 아무런 느낌도 없었다. 그때까지 재판을 지켜보던 종조부가 천천히 자리에서 일어나 그의 곁으로 다가왔다.

"비록 사형을 받았을망정 내 속이 후련하구나!"

종조부는 철저한 민족주의자였다. 김왕규에 대한 그의 비판에 종조부는 시원했던 것이다. 불현듯 죽어가던 마당까지 우리 민족의 독립을 꿈꾸고 기다렸던 할아버지의 모습이 떠올랐다. 죽어서 할아버지를 만날 수 있다면 아마 할아버지는 따뜻하게 웃으며 그의 등을 두드려 주리라.

"사내대장부라면 목에 칼이 들어와도 옳지 않은 일은 하지 않는 법이다! 대세를 따라가는 것은 소인배의 삶이지……."

할아버지는 어린 그를 자기 무릎 위에 앉혀놓고 그렇게 말했었다. 그리고 그는 할아버지의 말씀대로 살아왔다. 후회는 없었다. 역사는 나선형으로 발전한다고 했다. 그들이 목숨까지 바쳐가며 꿈꾸었던 해방의 날은 멀어지고 당분간 반동의 시대가 계속될 것이 분명했다. 미제의 식민지정책은 더 노골화될 것이고, 권력을 잡기 위해 조국을 미제에 팔아먹은 반동권력의 횡포도 점점 더 심해질 것이었다. 그러나 결코 영원한 후퇴란 없다. 언제일지는 모른다. 그들이 다 죽고 난 뒤, 어쩌면 한 세기 뒤일 수도 있다. 세게 눌린 용수철일수록 더 거세게 튀어 오르듯이 억압당하는 인민들은 언젠가 다시 자신들의 피로써 항거할 것이고, 미래의 새로운 세대는 한국현대사의 초기에 피로 씌어진 역사의 바탕 위에서 더욱 거세게 타오를 것이다. 그 밑거름만 되어도 좋다. 자기가 반드시 살아서 그날을 봐야 한다는 생각도 없었다. 단지, 조금만 더 주의했더라면 권상수 같은 비겁한 배신자 때문에 모든 일을 그르치지 않고 일본으로 가는 밀항 루트를 개척할 수 있었을 테고, 그랬더라면 얼마 남지 않은 빨치산 동지들의 안전을 보장할 수도 있었으리라는 자책감만이 그를 괴롭힐 뿐이었다.

3월 말, 제법 따스한 햇살이 사형언도를 받고 다시 유치장으로 돌아가는 그의 여위고 상처 난 몸 위로 쏟아져 내렸다. 종달새 한 마리가 하늘 저 높은 곳으로 치솟아 오르며 맑은 울음을 토해냈다. 그는 햇살에 시린 눈을 치켜뜨며 사라져가는 종달새를 오랫동안 쳐다보았다.

32

남한 사회주의자의 최후

1954년 4월 24일 그는 경전 서부선 완행열차를 타고 광주형무소로 이송되었다. 제일 먼저 입소식이 있었다. 형량에 따라 곡괭이자루로 두들겨 패는 절차였다. 그는 사형수라 해서 50대가 선고됐다. 대여섯 대 맞고 나자 벌써 엉덩이가 터졌는지 퍽퍽 하는 소리가 둔하게 들렸다. 그는 이를 악다 물었다. 인간 같지도 않은 놈들 앞에서 비굴한 모습을 보일 수는 없었다. 50대를 다 맞은 그는 간신히 몸을 일으켜 똑바로 섰다. 피가 다리를 타고 흘러내려 고무신이 철벅거렸다. 그를 때린 간수가 50대를 다 맞은 놈은 처음이라며 질린 얼굴로 그를 다시 쳐다보았다. 고무신이 피범벅이니 미끄럽기도 하고 엉덩이가 푹 패어서 걸을 수도 없었다. 간수들에게 개 끌리듯 끌려 중앙 2사 12방으로 갔다. 감방 문이 열리자마자 온 방이 번쩍번쩍 빛이 나 눈을 뜰 수가 없었다. 사형수들이 찬 수갑이 닳을 대로 닳아 작은 햇살 한 줄기에도 광채를 발했던 것이다. 광주 포로수용소에서 넘어온 빨치산 26명 중 15명이 사형수였다. 엉덩이가 다 터져 뭉개졌지만 치료 한번 받지 못하고 내내 누워서만 지내야 했다. 그나마 누워있는 환자가 많아 제대로 누울 수도 없고 옆으로 몸을 돌려야 간신히 누울 수 있을 정도였다. 다음날 아침식사가 들어왔다. 이상하게 다들 밥을 안 먹겠다며 지겹다는 듯 머리를 흔들었다. 최근에 왔다는 몇 사람만 한 손에 하얀 쌀밥 한 덩이를,

다른 한 손으론 고무신에 멀건 소금국을 받아들었다. 순천에서 매일 소금을 바른 꽁보리밥만 먹다가 쌀밥을 먹으니 꿀맛이었다. 이렇게 맛있는 밥을 안 먹다니 웬일인가 싶었다. 나중에 알고 봤더니 반찬 없이 하얀 쌀밥을 일주일만 먹으면 당장 밥냄새도 싫어지고 밥꼴도 보기 싫어지며 급기야는 이질에 걸려 죽어간다는 것이었다. 12방에만 해도 그런 이질 중환자가 일곱 명이었다. 따발총 환자라고 불린 그들은 이빨이 시커멓게 썩어 들어가고 눈이 침침해지며 계속 설사를 해대 하루 종일 변기통에만 앉아 있었다. 교도소에서는 그렇게 남아돌아가는 쌀밥을 말려 과잣집에 비싼 값으로 팔아 축재를 했다. 집과 연락이 닿고 집에서 뒷바라지를 할 수 있는 사람이면 사식을 청해 생명을 건질 수 있었지만 남한에 아무 연고도 없는 이북 출신이거나 연락이 돼도 식구들마저 굶고 있는 기본출신들은 사식 하나 시켜먹지 못하고 그대로 이질에 걸려 죽어갔다. 그가 온 후 한 달 동안만 해도 수십 명의 동지들이 이질에 목숨을 잃었다. 사람의 목숨을 쌀 한 말과 맞바꾸는 셈이었다. 얼마 후 그런 식으로 축재를 한 교도소장이 재판에 회부됐지만 고작 7년 형을 받았다는 소문이 돌았다. 단순히 빨치산에 부역했다는 이유만으로 사형을 당하고 무기를 받던 것에 비하자면 대단한 이승만정권의 자비였다.

이십 일쯤 지나자 엉덩이가 겨우 아물어 간신히 일어나 앉을 수가 있게 되었다. 아침 점검이 끝나면 재소자들 모두 사형수는 뒷줄에, 비사형수는 앞줄에 열을 지어 하루 종일 앉아 있어야 했는데, 존다거나 조금이라도 몸을 움직이면 당장 간수가 "야, 이 빨갱이 새끼야! 여기가 네 안방인줄 알아!" 하며 고함을 지르고 달려와 반죽음을 만들어 놓았다. 시선을 둘 데가 없으니 당연히 앞을 보고 있어야 하는데 그러다 간수와 눈이 마주치기만 해도 벼락이 떨어졌다.

"너 이 새끼! 너 내 얼굴 기억해두었다가 제 이의 육이오 터지면 나 죽이려고 그랬지?"

말 뒤엔 당연히 몽둥이찜질이었다. 살아 있다는 자체가 치욕스러울 지경이었다. 그러나 사람의 목숨이 얼마나 끈질긴 것인지를 그는 알고 있었다. 죽음처럼 허망한 것도 없지만, 또 인간의 생명처럼 끈질긴 것도 없다. 그는 언젠가 전투 중에 포탄을 머리에 맞고 허연 뇌수가 땅으로 철철 흘러내린 부상자를 본 적이 있었다. 뇌수의 절반이 흘러내렸는데도 그는 죽지 않았고, 마침 곁에 있던 의무지도원이 흙은 털 겨를도 없이 솔잎새만 뜯어낸 후 뇌를 다시 집어놓고 머리를 꿰맸었다. 얼마 뒤 그는 멀쩡하게 살아났다. 언어장애나 뭐나 아무 이상이 없었다. 그렇게 멀쩡하게 나아서 한일 년을 더 살았던 그는 그 후 다시 가슴에 직격탄을 맞고 그 자리에서 죽었다. 목숨을 구걸하진 않지만 살아 있는 한 최선을 다하는 것이 바로 진정한 용기였다. 지하감방에서 벌레를 잡아먹고 목숨을 부지하면서 끝끝내 삶에 대한 희망을 버리지 않는 죄수들을 그린 영화 〈빠삐용〉은 수많은 사람들의 심금을 울렸다. 한국의 사상범들은 그보다 더한 극한의 환경 속에서 살아남겠다는 희망도 없이 죽음을 기다리면서도 생명과도 바꾸지 않을 자신의 신념으로 삶을 지탱하고 있었다.

형무소로 넘어오는 빨치산이 차츰 뜸해졌다. 더 이상 잡혀올 빨치산이 남아 있지 않았던 것이다. 박영발도 54년 1월 뱀사골에서 적에게 포위되자 권총으로 자결(최근 박영발이 자결한 게 아니라 함께 비트에 있던 주치의 박 모에 의해 사살되었다는 빨치산 출신 박남진의 증언이 있었다. 당시 박영발이 지리산 비트에서 운영한 '조국출판사' 필경사로 일하던 박남진에 의하면 주치의 박 모가 총상을 입은 후 버려질 것을 두려워하여 극도의 불안감에 시달리다 1954년 2월 21일 비트 보초를 서던 중 박영발과 무전사, 여성비서 등에게 30연발 카빈 소총을 난사했다고 한다)했으며, 오금일도 김선우가 자폭한 직후 통명산에서 부상당한 채 포로로 잡혔으나 연행 직전에 스스로 목숨을 끊었다. 전남의 최고지도부는 최고지도부답게 장렬한 최후를 맞아들인 것이다.

최고지도부가 모두 죽고 난 54년 여름 무렵에는 이미 모든 조직이 와해되고 살아남은 몇몇 사람이 개별적으로 간신히 목숨만 부지한 채 이리저리 쫓겨 다니고 있었다.

그러는 사이에도 끊임없이 시간은 흘러갔다. 봄이 가고 여름이 가고 가을이 오고, 54년 12월 30일 대법원에서 무기로 형이 확정되었다. 목숨이야 건졌지만 사형보다 나을 것도 없었다. 평생을 적의 감옥에서 갇혀 지내야 한다는 사실이 더 끔찍했다. 단 한 가지 위안이 있다면 그래도 어떻게든 살아 있으니 미래에 대한 희망, 해방의 꿈을 가질 수 있다는 것이었다. 기약할 수 없는 기다림이 절망보다도 오히려 수십 배 고통스럽다는 것은 그런 기다림을 경험한 자가 아니면 알지 못한다.

그는 머리를 깎고 기결사로 옮겼다. 당시 광주형무소에는 약 2천 명의 죄수가 있었는데 그중 70퍼센트가 좌익수였다. 신문 한 장 볼 수 없으니 바깥세상이 어떻게 굴러가는지도 알 수 없었다. 그러나 좌익수 중 어느 누구도 꿈을 버리지 않았다. 간혹 인간성 좋은 간수들이 손바닥만한 신문쪼가리를 들고 와서 보여주며 그들을 위로하곤 했다. 국제사면위원회나 인권위원회에서 한국의 사상범들을 사면하라고 한국정부에 탄원서를 보냈다는 뉴스였다. 국제사면위원회나 인권위원회의 요청은 물론 단 한 번도 받아들여지지 않았다. 조만간 통일이 되거나 적어도 사상범이니 곧 석방될 거라는 믿음 속에서 그들이 할 수 있는 최선의 길은 어떻게든 건강하게 살아남는 것이었다. 그러나 하루 30분의 운동시간마저 제대로 지켜지지 않았고, 감방은 다리도 펼 수 없을 만큼 좁았다. 그들은 시간만 나면 다리를 괴고 앉아 손을 폈다 오므렸다 하는 단조로운 운동을 수천 번씩 반복했다. 그건 운동이 아니라 차라리 고문이었다. 몸을 움직이려면 출역을 나가는 것이 최선의 방책이었지만 그나마 전쟁으로 공장이 모두 부서지고 일의 수요가 많지 않아 출역 나가기도 하늘의 별 따기였다.

55년 봄 어느 날 누님이 면회를 왔다고 해서 나가봤더니 다시 오지 말라고 했던 그의 아내가 함께 와 있었다. 순천검찰청에서 보고는 처음이었다.

"아주머니는 뭐 하러 왔소?"

그는 냉랭하게 그녀를 바라보며 누님에게 물었다. 옷섶으로 눈물을 찍어내고 있던 누님이 놀란 얼굴로 그를 보았다.

"아이, 니 먼 말을 그렇게 허냐? 그래도 지금까지 서방이라고 니 하나 기다림서 살아온 사람인디……."

그도 그걸 모를 리 없었다. 그러나 이제 와서 어쩔 것인가? 다시는 오지 못하게 하는 것이, 그녀의 한 가닥 기대마저 산산이 깨뜨리는 것이 오히려 그녀를 위한 최선의 방법이었다. 처음에는 그녀를 원망하기도 하고 미워하기도 했으나 이제는 아무 미움도 없었다. 물론 애정이 생긴 것도 아니었다. 그가 그녀를 정말 사랑한다면 기다려달라고 말할 수도 있었으리라. 그녀가 자신을 속박하고 억압하는 모든 것으로부터 자유롭게 자신의 길을 찾아주었으면 하는 것이 솔직한 그의 바람이었다. 그리고 그게 자신이 그녀에게 줄 수 있는 유일한 선물이었다. 재산이나 가문이나 학벌이나 어떠한 억압도 없이 사랑할 수 있고 결혼할 수 있는 세상을 바랐으나 그런 세상은 오지 않았다. 그러나 그렇다고 이전의 사슬에 다시 묶이고 싶은 생각도 없었다.

"미안하오! 나는 언제 햇빛을 볼지도 모르는 사람이오. 다시는 찾아올 필요 없소. 부디 행복을 찾으시기 바라오."

냉정하게 뒤돌아서는 그의 등을 바라보며 그녀는 말없이 눈물을 닦아냈고, 누님은 매정한 놈이라며 고함을 쳐댔다. 홀가분했다. 그의 선택도 그녀의 선택도 아니었으나 그녀가 짊어져야 했던 사슬에 대해서는 영원히 미안함이 남겠지만. 하루하루 봄볕이 짙어갔다. 모포 한 장 없이 자야 하는 찬 마룻바닥도 이제는 견딜 만했다. 아내가 다녀간 뒤로 자주 김춘옥의 얼굴이 떠올랐다. 이별이라고 생각했으면서도 그의 마음은 여전히 김춘옥을 찾아 헤매고 있었다. 서로 마음이 통했던 것일까. 그 봄이 가기 전 김춘옥이 그를 찾아왔다. 창살 앞에 서 있는 여자를 보고서야 첫사랑에 잠 못 이루는 소년처럼 설레던 그의 마음이 차분하게 가라앉았다. 그동안 김춘옥은 놀랍게 변해 있었다. 뽀얗게 분칠한 얼굴에 새빨간 입술연지……. 그는 침통한 표정으로 말없이 김춘옥을 쳐다보았다. 분칠이 얼룩덜룩 지워진 얼굴에 한 가닥 눈물이 흐르고 있었다.

"혁운 씨……. 부모님이 혁운 씨 결혼한 사실을 알았어요. 다른 건 몰라도 그건 도저히 용납할 수 없다면서……."

차라리 김춘옥이 아무 말 없이 돌아서 갔다면 그는 단 한 번의 사랑을 영원히 아름다운 모습으로 기억할 수 있었을 것이다. 물론 그녀는 고통스러웠을 것이다. 그녀가 그를 사랑한 것이 모두 거짓은 아니었을 테니까. 그러나 그녀를 둘러싸고 있는 환경이 달라졌고, 그녀는 끊임없이 이전의 사랑과 현실 사이에서 부대끼고 수십 번씩 마음을 바꾸고 번민했을 것이다. 그러는 사이 그녀는 현실 속에 서서히 빠져 들어갔다. 그리고 이제 신념에 찼던 자신의 과거와 과거의 사랑 앞에서 변모한 자신을 수치스러워하며 한편으로는 변명하며 눈물을 흘리는 것이다.

"부모님은 자꾸 다른 데로 결혼하라고……. 저는 어떡해요? 혁운 씨, 저는 어떡해요?"

"결혼하시오. 지난 일은 없었던 것으로 합시다."

언제 어떤 상황에서도 자신의 신념을 지킨다는 것은 이렇게 고통스러운 일인가. 산에서는 기꺼이 목숨을 버리던 동지들이 바깥세상으로 나오면 고문에 못 이겨 동지를 팔고 목숨을 구걸한다. 어떤 이들은 이전의 동료를 잡는 데 앞장서기도 하고, 형무소에서는 굶주림을 참다못해 밥 한 숟가락을 더 얻어먹으려고 프락치가 되기도 한다. 왜 권상수 같은 사람이 생겨나는가. 왜 김춘옥이 봉건적인 가정의 굴레를 벗어던지지 못하고 그의 곁을 떠나야 하는가. 과연 자신은 순간순간의 유혹과 타협을 이겨내고 사회주의자로서의 양심과 신념을 지켜낼 수 있을 것인가.

55년 봄 전남의 마지막 빨치산 김병극이 형이 확정되어 광주형무소로 넘어왔다. 김병극은 전남 총사령부 7연대 조용식의 연락병이었던 사람으로 인민군 출신의 소년이었다. 김선우도 죽고 도당이 완전히 박살난 후 김병극은 백운산 기슭에서 혼자 보급투쟁을 하며 몇 달을 살았다고 한다. 보급투쟁이랄 것도 없고 한마디로 동냥질과 다름이 없었다. 밤중에 혼자 민가로 찾아들어 사정을 설명하면 한때는 빨치산의 보급투쟁에 이를 갈았던 주민들도 안됐어 하며 신고도 하지 않고 뭐든지 아낌없이 주었다. 주민들에게서 무등산 쪽에도 빨치산 몇 명이 살아남아 보급투쟁을 한다는 소식을 들은 김병극은 단신으로 동지들을 찾아 무등산으로 갔다. 몇 날 며칠을 찾아 헤맨 끝에 김병극은 도당 부위원장이었던 박갑출과 도당 여맹위원장 장삼례, 그 외 두 명을 더 만날 수 있었다. 다섯 명이서 도내의 모든 산을 샅샅이 뒤지고 다니며 다른 동지들을 규합하려고 했지만 가는 곳마다 쓸쓸하게 나뒹구는 해골뿐이었다. 별수 없이 화순군 이서면 무등산 기슭에 비트를 파고 숨어 지냈는데, 다들 위축되어 꼼짝도 하지 못할 지경이었다. 김병극 혼자 나머지를 먹여 살리다시피 하여 근근이 살아가던 이들은 어느 날 잘못하여 밥 지어먹은 골짜기에 쌀알을 조금 흘렸던 모양이었다. 당장 수천 명의 병력이 마지막 빨치산을 토벌하기 위한 수색에 나섰다. 한 경찰관이 하필 그 소나무만 붙잡지 않았더라도 그들 모두는 몇 달쯤 더 버틸 수 있었을지 몰랐다. 수색을 하던 한 경찰관이 산을 타고 오르면서 소나무 가지를 붙잡았는데 바로 그 나무가 비트를 덮어놓은 위장용이었던 것이다. 당연히 나무는 힘없이 쑥 뽑혔고, 그때부터 몇 시간 불꽃 튀는 전투가 벌어졌다. 아무리 사상성이 투철하다고 한들 비트 안에 갇힌 다섯 명이 어떻게 수천 명을 당할 것인가. 결국 모두가 총탄에 희생되고 김병극과 장삼례만 부상을 입은 채 생포됐다. 54년 봄의 일이었다. 김병극은 비트 안에서 온갖 생각을 다했다고 한다. 자폭을 할까도 했지만 자폭이 무슨 의미가 있나 싶어 한 사람이라도 더 죽이고 자기도 전사할 생각이었는데 총만 수십 방 맞고 치욕스럽게 살아나고 말았다며, 그보다 두 살 아래인 김병극은 눈물을 글썽거렸다. 전남의 마지막 빨치산이었다.

김병극이 생포되기 전, 전남도당의 간부부장 강경구가 53년 가을에 그때까지 살아남은 모든 성원 40여 명을 총규합하여 산성부대라 칭했다. 전남도당의 마지막 조직인 셈이었다. 강경구는 문득 김용원이 나주에 지하사업을 하러 들어갔다는 말을 기억해내고 그들과 접선하기 위해 백운산을 출발하여 조계산, 모후산, 백아산을 거쳐 장흥 유치로 갔다. 김용원에게 빨치산이 왔다는 소식을 알리기 위해 보급투쟁을 하며 일부러 노출을 시도했지만 일주일이 지나도록 김용원의 소식은 없고 도내의 전 경찰병력만 그들에게 집중했다. 하는 수 없이 더 이상 견디지 못하고 백운산으로 되돌아오던 산성부대는 보성 겸백면에서 경찰의 공격을 받고 단 한 사람의 생존자도 없이 전원 전사했다. 전남의 조직적인 부대로서는 마지막 전멸이었다. 김병극으로부터 이 소식을 전해들은 사람들 모두 한숨만 내쉬며 말이 없었다. 누군가는 이 비운의 역사를 원망하기도 했고, 누군가는 휴전협정 때 남한 유격대 문제를 제외시킴으로써 살아남을 수 있는 유일한 길을 막아버린 북쪽에 원망을 토로하기도 했다. 남한 유격대의 비극적인 최후를 이후의 역사가 어떻게 평가하든 54년 봄 남한에서의 모든 사회주의 활동은 막을 내리고 말았다. 그때까지도 지리산에서는 정순덕 외에 몇 명이 살아남아 간신히 목숨을 부지하고 있었지만, 그것은 더 이상 유격활동이 아니라 살아남기 위한 마지막 몸부림에 불과했다.

56년 봄이 되어서야 그는 출역을 나갈 수 있었다. 멍석과 어망을 짜는 제4공장이었다. 그때 그들이 하루 세 끼 먹는 것이라고는 어른 주먹만한 보리밥 한 덩이와 흙이 절반이나 섞이고 건더기는 찾아보기가 힘든 멀건 시래기국뿐이었다. 형무소장이 바뀔 때면 간혹 급식이 좋아지기도 했지만 언제나 그것은 잠깐이었다. 다이아칭(알약)만하다 해서 수용자들이 다이아칭이라고 불렀던 급식으로는 도저히 체력을 유지할 수가 없었다. 출역을 나가면 간수들은 죄수들의 굶주림을 이용하여 그들을 노예처럼 부려먹었다. 목표량을 초과달성하면 누룽지 한 그릇을 더 준다든가 하는 식이었다. 그렇잖아도 힘없는 재소자들은 누룽지 한 그릇에 정신이 팔려 하루 종일 허리가 휘도록 어망을 짰다.

어느 공장이나 그런 것은 아니었다. 그물과 멍석을 짜는 이 고공공장(강제노동공장)은 모든 재소자들이 일단 한 번씩 거쳐 가는 공장이었는데 손재주가 있는 사람은 다시 양복공장으로, 글을 잘 아는 사람은 인쇄공장으로, 돈이 많은 사람은 어디든 돈을 써서 원하는 곳으로 옮겨갔다. 빨치산 출신 중에서도 의식이 철저한 사람들은 대부분 글을 잘 아니 인쇄공장으로 갔고, 고공공장에는 주로 나이 들고 돈 없고 글자도 모르는 투쟁인민들뿐이었다. 투쟁인민 중에서도 젊은 사람들은 유격대나 당기관으로 배치돼서 사상훈련을 받았지만 노인네들은 사상이랄 것도 없는 사람들이었다. 그저 좌익보다 우익의 탄압이 더 심하고 자기들이 보고 겪어보건대 좌익들이 더 나으니까 그저 좌익을 따라온 사람들에 불과했다. 죄라곤 그것밖에 없는데도 투쟁인민의 대부분은 무기수였다. 당원들이야 재판을 받아도 남한의 실정을 잘 아니 대부분 모른, 안 했다고 그동안의 활동을 부정한 반면, 투쟁인민들은 솔직하게 말하면 살려준다는 말을 곧이듣고 어디 전투에 참가했다, 유명한 빨치산 대장 누구와 함께 있었다고 아는 대로 미주알고주알 다 얘기하는 바람에 중형을 받은 것이었다. 그들에게는 뒷바라지해줄 사람도 돈도 없으니 교도소에서 주는 식사가 전부였고, 일을 더하면 주는 누룽지 한 그릇이 최고의 간식이었다. 인쇄공장 같은 곳은 무슨 조건을 달아 잔업을 시키더라도 당연히 거부했지만 투쟁인민들은 자존심을 팔아서라도 일단 살고 봐야 했다.

그와 같이 고공공장에 나와 일하던 남부군 사단 정치위원 출신인 이봉갑은 그게 못마땅해서 배알도 없는 놈들이라고 툴툴거리며 자기만은 무슨 일이 있더라도 잔업을 하지 않았다. 이봉갑이야 투철한 사상으로 굶주림을 이겨낼 수 있었지만 다른 이들은 그렇지 않았다. 그러나 이봉갑을 달랬던 그조차도 나이 든 노인네들이 그 누룽지 한 그릇에 하루 온종일 고개 한번 들지 못하고 그물을 짜는 모습을 보고 있노라면 가슴에서 주먹만한 화가 치밀어 올랐다. 처음 출역을 나온 빨치산 간부 출신들 모두 마찬가지였다. 이봉갑이 도저히 이런 곳에서는 일 못하겠다며 출역을 거부해 버리고 들어간 어느 날 그는 전북 김제 군당위원장이었다는 유영쇠 등 대여섯 명과 얘기를 해보았다. 이봉갑처럼 투쟁인민에게 무조건 사상으로 굶주림을 참으라는 것도 올바른 대안이 아니었고, 문제는 정당하게 배급되어야 할 그들 몫의 급식량을 되찾는 것이었다. 급식문제가 해결되어야만 언제 해방이 오고 언제 풀려나든 그때까지 건강을 유지할 수 있었다.

그들은 심각한 논의 끝에 결과가 어떻게 되든 인권투쟁을 시도해 보기로 결정했다. 요즘에야 형무소에서 정치범들이 인권투쟁을 하면 간혹 기사화가 되기도 하고 아무튼 목숨을 내걸어야 할 만큼 큰 사건이 아니지만, 그 무렵엔 일반사범은 물론이고 좌익수조차 감히 인권투쟁을 할 엄두도 못 냈다. 멀쩡하게 가만히 있는 사람도 굶겨 죽이는 판인데 빨갱이 주제에 인권투쟁을 했다가는 죽 한 사발 얻어먹지 못하고 맞아 죽기 십상이었다. 형무소에서 조직적인 인권투쟁이 시작된 것은 3공화국 말기쯤 다른 시국사범들이 생겨나면서부터였다.

다음날 배식시간이었다.

"나는 아침을 못 먹것소. 우리에게 정량대로 음식을 공급해주시오!"

아침을 나눠주러 온 담당소지가 놀라서 부랴부랴 간수에게로 달려갔다. 다른 방에 있던 여섯 사람도 동시에 식사를 거부했다. 잠시 후 간수가 그의 방 앞으로 와서 그를 노려보았다.

"밥 못 처먹것다는 놈이 이 새끼야? 맘대로 해봐. 이 뽁뽁이 새끼 같으니라구!"

그 무렵 광주형무소에서는 좌익수들을 뽁뽁이라고 불렀다. 이북 출신인 간수부장이 공장에 나와 사람들을 만나면 뭐하다 들어온 놈이냐고 물었는데 좌익수들이 산에 있다 왔다고 하면 "음, 자네도 뽁뽁 기어 다니다 왔구만" 하는 바람에 뽁뽁이가 된 것이었다. 그날 오후 단식을 했던 여섯 사람은 모두 뒷수갑이 채워진 채 햇빛 한 줄기 새어들지 않는 독방으로 옮겨졌다.

"뽁뽁이 주제에 단식을 해! 어디 원대로 한번 굶어 죽어봐 이 새끼야!"

"우리가 죄인이긴 하지만 당신네 법으로 정한 급식규정이 있소! 왜 법을 지키지 않는 거요! 모든 것은 내가 주동했소. 다른 사람들은 모두 방으로 돌려보내시오. 내가 모든 책임을 질 것이오. 당장 소장 면회를 시켜주시오. 나는 정량대로 급식이 될 때까지 굶을 테니 때려죽이든 굶겨죽이든 알아서 하시오!"

그의 말이 끝나자마자 워커발이 정강이뼈로 날아왔다. 어떤 놈은 그의 발을 마구 짓이겼다.

"이 쌍놈의 새끼!"

그러나 고문이라면 자신 있는 그였다. 단식을 시작한 이들 대부분이 모두 협박에 굴복했는지 단식을 풀었고, 그와 유영쇠만이 끝까지 단식을 풀지 않았다. 그는 그날 밤 벽신호로 유영쇠에게 단식을 풀라고 했다. 이미 나머지 사람들이 떨어져나간 이상 두 사람이 하나 혼자 하나 마찬가지였고, 그럴 바에는 한 사람만 고통을 당하는 편이 나았다. 다음날 보안과장이 그를 불렀다.

"군은 왜 단식을 하는가?"

"교도소 규정에 오등식은 백사십 그램이라고 적혀 있소. 그러나 당신이 한 번 가서 지급되는 밥을 보시오. 우리는 그걸 밥이라 하지 않고 다이아칭이라고 부르오. 수용자들은 배가 고파 운동장의 풀까지 뜯어먹는 판인데 간수들은 매일 밥을 몇 드럼씩 구루마로 실어 집으로 가져가오. 멀쩡한 밥을 돼지밥으로 준다는 것이오. 나는 누구누구가 그런 짓을 했는지 내 눈으로 똑똑히 확인했소. 우리의 사상을 주장하는 것이 아니오. 당신들이 정한 법으로 우리가 죄인이라면 당신네들 법에 정한 급식규정 역시 지켜야 할 것이 아니오?"

곁에 서 있던 보안주임이 몽둥이를 든 채, 저 새끼는 몽둥이로 조져놔야 버릇을 잡는다며 설쳐댔지만 보안과장이 그를 말렸다.

"좋소. 내가 확인해보겠소. 그러니 군도 지금부터 밥을 먹으시오!"

"나는 내 눈으로 확인할 때까지 단식을 풀 수 없소. 당장 다음 끼부터 규정대로 밥을 해서 돌리시오."

"좋소. 돌아가서 기다리시오!"

그러나 다음날도 규정대로 급식이 이루어지지는 않았다. 11시쯤 보안과장이 다시 그를 불렀다.

"내가 조사를 해보았더니 군의 말과 조금 다릅디다. 이천 명 분량을 모두 저울로 달 수는 없고 그러다 보면 조금씩 남기도 할 것 아니오. 그리고 구루마로 실어 나른 것은 먹고 남은 음식찌꺼기였소. 지금 취사장에서 밥덩어리를 가져다 한번 달아봅시다."

그리고 보안과장은 옆에 있던 주임을 시켜 취사장에서 1등급부터 5등급까지 밥을 한 덩이씩 가져오라 일렀다. 보안과장은 보란 듯이 5등급짜리 밥을 저울로 달았다. 180그램이었다. 220그램이어야 할 1등급은 무려 300그램이었다.

"보시오. 다 제 규정을 넘지 않소."

그는 하도 어이가 없어 한동안 말을 하지 못하고 멀뚱멀뚱 보안과장만 쳐다보았다.

"에이, 여보시오. 나를 어린애로 알고 장난치자는 거요? 백사십 그램이라는 것은 쌀 무게를 얘기하는 것이오. 거기에 물과 열을 가해 밥으로 지어놓으면 최소한 두 배는 넘을 것이오. 지금 나를 놀리는 거요?"

보안과장의 얼굴이 시뻘겋게 달아올랐다.

"이 개새끼! 뽁뽁이 새끼가 어따 대고 꼬박꼬박 말대답이야! 과장님, 이 새끼 이거 말로는 안 됩니다. 한번 조져봐야 합니다."

보안주임이 과장의 눈치를 살피며 험악하게 눈을 부라렸지만 과장은 거기 대고 버럭 고함을 질렀다.

"당장 가서 용도계장 데려와!"

사색이 된 용도계장이 허둥지둥 달려왔다.

"이봐. 백사십 그램이란 게 쌀 무게인가, 밥 무게인가?"

"예! 쌀 무게입니다."

"이 도둑놈의 새끼들! 그럼 지금까지 다 돌라낸 놈이 누구야!"

취사반장과 보안주임을 앞에 놓고 한참 호통 치던 과장이 그를 보았다.

"좋소. 군은 돌아가서 기다리시오!"

보안과장이 쌀 무게라는 것을 몰랐을 리 없고, 그동안 그들이 공공연하게 쌀을 훔쳐 먹은 사실을 모를 리도 없었다. 훔쳐 먹은 것은 보안과장에게도 소장에게도 다 뇌물로 올라갈 것이 뻔했다. 그 앞에서 마지못해 쇼를 하는 것이라 해도 보안과장은 다른 사람들에 비해 인간적인 사람이었다. 그들의 말대로 빨갱이 하나쯤 죽는다고 해도 문제될 것 없는 세상인데 그래도 과장은 그를 인간적으로 대해준 것이다.

다음날 다시 보안과장이 그를 찾아왔다. 단식 나흘째, 물 한 모금 넘기지 않았지만 산에서 열흘씩도 굶었던 걸 생각하면 별 고통스러울 것도 없었다.

"어떻게 하면 단식을 풀겠소?"

"일반 수용자들을 각 공장에서 몇 명씩 차출하여 수용자들이 보는 앞에서 쌀을 달고 밥을 지어 배식하도록 하고, 앞으로는 그 기준에 따라 정량을 보장해주시오. 그리고 지금껏 부정을 저질러온 용도계장과 취사장 담당을 인사조치해 주시오. 그러면 단식을 풀겠소."

"좋소. 그렇게 할 테니 지금부터 단식을 푸시오."

"아니, 그렇게 한 밥이 다 돌아간 다음에 밥을 먹겠소."

보안과장은 묘한 얼굴로 한참 그를 보더니 알겠다며 돌아갔다. 그날 전

81

수용자에게 배급된 밥은 평소의 두 배가 넘었다. 그렇게 하고도 밥이 몇 드럼 남을 정도였다. 지금까지 반도 넘게 수용자의 것을 도둑질했다는 증거였다. 직접 보라며 취사장으로 그를 데려갔던 보안과장도 어이가 없었던지 아무 말도 하지 않았다. 취사장 간수에게 특별히 그에게 며칠간 죽을 쑤어주라고 부탁한 보안과장은 잠시 그를 붙들었다.

"혁운 군. 당신의 행동은 옳소. 그러나 세상에는 여러 가지 방법과 질서가 있고 그것을 거역할 수 없을 때도 많소. 당장 내 위에는 교도소장이 있고 법무장관이 있고 대통령이 있소. 내 힘으로도 다 어쩔 수는 없소. 사사건건 물고 늘어졌다가는 결국 자기만 당할 뿐이오. 모난 돌이 정 맞는다는 속담을 잊지 마시오."

보안과장이 그와 다른 점은 바로 그것이었다. 보안과장이라고 자기 눈앞의 온갖 부정들이 보이지 않을 리 없었다. 보안과장은 이번만이 아니라 이전부터 그러한 숱한 모순들 앞에서 몸을 숙이며 살아왔고, 그는 어떻게든 그 모순을 해결하기 위해 발버둥쳐왔다. 그러나 모든 것에 질서가 있다는 보안과장의 말은 옳았다. 하나의 거대한 모순이나 부정을 무너뜨리려고 할 때는 조직의 힘이 필요했다. 혼자서는 안 된다. 이번 단식을 성공적으로 끝내기는 했지만 얼마 뒤면 또다시 원상복귀할 거라는 것을 그는 알고 있었다. 원천적으로 부정의 질서를 제거하지 않는 한 어떤 식으로도 부정과 싸워 이길 수는 없었다. 이번 단식의 효과도 오래갈 리 없었다. 열 사람이 도둑 하나 못 막는다는 말도 있거니와 위로부터 부정을 근절하지 않는 이상 혼자 힘으로 아무리 떠들어봐야 잘되면 순간적인 처방일 뿐이었다.

단식한 목적은 달성됐지만, 단식 선동죄로 금치 2개월을 언도받은 그는 뒷수갑을 찬 채 개처럼 엎드려 입으로 밥을 먹으며 두 달을 어둠 속에서 살아야 했다. 두려움이 그의 가슴을 저몄다. 어둠이나 독방의 고독이 두려운 것은 아니었다. 언제일지는 모르지만 다가올 죽음이 두려운 것도 아니었다. 그들이 꿈꾸던 세상과는 전혀 다른 이승만정권의 폭압적인 질서와 맞서 싸워야 할 미래가 두려워진 것이다. 이제 그들을 지도하고 조직해야 할 당도 남한에는 없었고, 좌익에 대한 탄압도 45년 이래 가장 악랄했다. 이제 스스로 자신들을 지도하고 조직하며, 미제를 등에 업은 이승만정권과 그 정권의 부정한 질서에 대항해 투쟁해야 하는 것이었다. 과연 해낼 수 있을까? 빛 한 줄기 새들어오지 않는 암실, 차가운 마룻바닥에 개처럼 엎드려서 그는 자신을 다그치고 또 다그쳤다. 인간답게 산다는 것은 무엇인가? 자신의 신념을 버리지 않는다는 것은 무엇인가? 밖에는 어쩌면 눈이 내릴지도 모르는데 두 겹 판자로 가로막힌 징벌방에는 바깥의 무엇도 느끼거나 만지거나 볼 수 없었다.

그가 징벌방에서 풀려났을 때는 이미 배식량도 그가 단식하기 전으로 돌아가 있었다. 해벌은 되었지만 취업은 금지되어 그는 미지정방(공장에 못 나가는 사람들만 수용하는 방)으로 옮겨졌다. 그는 그곳에서 평생 못 잊을 동지 한 사람을 만났다. 그의 이름은 김규호. 그는 천재적인 머리를 가진 탁월한 이론가이자 실천가이기도 했다. 전남 강진에서 태어난 그는 애꾸였다. 돈도 없는데다 애꾸인 자식에게 그의 아버지는 소학교만 졸업시켜주고 농사나 지으라 했다. 무단가출을 해서 일본으로 건너가 경도제대를 졸업한 그는 해방 후 서울대 철학과 교수로 부임했다가 46년 국대안 반대투쟁 시 월북을 했다. 김일성대학 교수로 재직 중이던 김규호는 6.25 직후 대일지하당 조직책으로 일본에 건너갔으나 52년 체포되어 미국의 극동군사령부 군사재판에 회부됐다. 미 CIA가 북한의 내각간부학원 졸업사진까지 내밀며 그의 지하조직 활동을 추궁했지만 일본 사회당의 강력한 비호와 160명이나 되는 일본 인권옹호 변호인단의 변론으로 추방명령만 받고 오무라수용소에 수감되었던 그는 그곳에서 대부분 이승만정권을 반대하여 밀항해온 수용자들을 선동하여 탈옥에 성공했으나 나고야에서 다시 체포되어 한국정부로 넘겨졌다. 김규호의 형무소 기록에는 이 자가 미국 극동점령 정책에 협조만 한다면 언제라도 CIA로 연락하라는 단서가 붙여져 있었다. 그러나 김규호는 철저한 마르크스주의자였다.

김규호가 있는 방은 분위기부터 달랐다. 형무소에 들어와서 그렇게 규칙적이고 명랑한 생활은 처음이었다. 오전에는 마르크스주의 강의, 오후에는 역사 강의, 밤에는 각자 자신들의 경험담을 얘기하며 자유토론을 하거나 오락회가 열렸다. 다른 방에서는 형무소 벽돌담의 햇그늘만 하루 종일 바라보며 밥때를 기다렸지만 이 방에서는 행여 밥이 와서 얘기가 중단될까봐 조바심을 낼 정도였다. 적국에 인질로 잡혀가야 했던 공민왕의 서러운 생애와 노국공주와의 애절한 사랑 얘기에서부터 실존주의, 카뮈와 사르트르, 마르크스와 엥겔스의 우정과 러시아혁명에 이르기까지 김규호의 이야기는 무궁무진했다. 노래라면 문외한인 그에게 예전부터 좋아하면서도 배우지 못해 못 부르던 노래를 가르쳐준 것도 김규호였다. 차가운 마룻바닥에 다리를 괴고 앉아 바싹 마른 몸을 이리저리 경쾌하게 흔들며 김규호는 한 소절씩 그에게 노래를 알려주었다.

북방나라 소비에트는 인민이 다스리는 평화한 나라
각 공화국 민족들의 영원한 친선을 도모해
콜호스에 밤이 오면 춤과 노래 시작된다
춤과 노래에 엉키어 즐거운 이 밤도 깊어가네

그는 나직한 목소리로 천천히 노래를 따라 불렀다. 콜호스에 밤이 오면 춤과 노래 …… 콜호스에 밤이 오듯이 백운산에, 백아산에 밤이 오면 그들도 모닥불을 지펴놓고 춤과 노래로 오랫동안의 피로를 풀었었다. 그때의 동지들은 모두 어디 있는가. 곱새춤을 추던 김흥복, 어울리지 않게 난 못해요요 하고 아양을 떨다 인민항쟁가를 소리 높여 부르던 양봉순, 어렵사리 새로 구입한 신발을 기어이 부대원들에게 신겨주던 조용식, 김춘옥과 그가 결혼하면 주례를 서주기로 했던 김선우, 언제나 형님처럼 그를 아껴주던 오금일, 지쳐 쓰러질 때까지도 피곤하다는 말 한마디 없이 꼿꼿이 앉아 있던 박영발, 곡성전투 때 비겁하게 살려면 당신이나 도망가라고 소리치던 문춘, 야광시계를 선물해준 박종하 ……. 이제야 노래를 배우는 그의 눈앞으로 숱한 동지들의 모습이 스쳐갔다. 지나간 모든 것이 꿈이었을까? 그는 노래를 부르다 말고 두리번거리며 주위를 살펴보았다. 김규호가 그를 바라보며 빙긋이 웃고 있고, 주변의 동지들도 모두 책상다리를 하고 앉아 몸을 흔들며 운동을 하거나 담소를 나누고 있다. 이전의 모든 기억은 지금도 분명 꿈은 아니다. 목 근처쯤 나 있는 낮은 창문으로는 기우는 저녁햇살이 가득 쏟아져 들어왔다. 지나간 젊음이 아까운가? 아니, 스스로에게 물었던 그는 고개를 흔들었다. 나 혼자 착실하게 살아가는 것만으로 세상은 달라지지 않아. 지난번 단식을 하면서 뼈저리게 느끼지 않았는가. 제도의 근본적인 변화 없이는 그 안에서 살아가는 사람은 아무리 아니라고 부인해도 그 잘못된 제도에 빌붙거나 그 제도를 도우며 살아가는 수밖에 없었다. 그로서는 유일한 선택이었고 그 선택이 실패로 끝났다고 해서 모든 것을 무로 돌릴 수는 없었다. 그는, 그들은 분명히 옳았다. 후회는 아니었지만 승리를 확신하며 싸우던 그때가, 콩 한 조각을 나눠먹던 동지들이 그리운 것이야 어쩔 수 없었다. 그때나 지금이나 죽음이 가까이 있기는 하지만, 그때는 적어도 적과 대등하게 싸웠고 지금은 적의 포로로 갇혀 있다. 담장 밖을 구경하지 못한 지도 벌써 3년, 언제쯤이나 담장을 벗어날 수 있을까? 담장 밖의 세상에 언제쯤 풍요한 인민의 나라가 세워질까?

"북방나라 소비에트는 인민이 다스리는 평화한 나라……."

그는 이 노래를 힘차게 불러야 할 날이 내일모레 오기라도 할 것처럼 열심히 김규호의 작은 목소리에 귀 기울이며 노래를 배웠다. 저녁햇살이 차츰 길어지더니 방안 깊숙이 들어와 여월 대로 여윈 좌익수들의 앙상한 몸을 다사롭게 감싸 안았다.

57년 봄이 왔다. 그해 봄은 좌익수 전향 문제로 떠들썩했다. 출역하던 모든 좌익수의 출역이 금지됐다. 전향한 자에게만 출역이 허용되었다. 수많은 사람들이 전향서를 쓰기 시작했다. 김규호가 있는 방에서는 단 한 사람의 전향자도 생기지 않았다. 그는 전향문제를 심각하게 고민하기 시작했다. 대중 속에서 대중과 함께 호흡하고 그들을 의식화시켜 그들 속에 뿌리내리는 것이 올바른 조직가의 자세가 아닌가 싶기도 하고, 그러나 형식적이든 내용까지 포괄한 것이든 적들 앞에서 자신의 사상을 부정한다는 것이 용납되지 않기도 했다. 그는 김규호에게 자신의 고민을 솔직하게 털어놓았다.

"선생님, 저는 지하조직 사업을 하기 위해 위장자수한 사람입니다. 저는 지금까지도 저의 임무가 바로 조직사업이라고 생각합니다. 옛날 사대부집 아씨처럼 안방에만 갇혀 산다면 사상이 무슨 필요가 있습니까? 대중과 같이 호흡하며 대중을 조직화하는 것이 바로 우리들의 임무 아닙니까?"

김규호는 그의 얼굴을 정면으로 쳐다보며 고개를 끄덕거렸다.

"그럴만한 능력이 있다면 그래야지요. 취업 중에 있는 우리 동지들을 올바른 방향으로 지도할 동지도 반드시 필요하오. 동지가 그 일을 하시오. 동무의 말이 옳소."

"선생님은?"

김규호는 대답 없이 조용히 웃었다. 그 웃음의 의미를 그는 지금도 알 수 없다. 전술적으로 전향이 필요하긴 해도 자신은 도저히 그렇게 할 수 없다는 뜻이었을까? 끝까지 전향을 거부하던 김규호는 감방에서 공산주의 교육을 시켰다 하여 5년 형을 추가 받고 이리저리 옮겨 다니며 복역하다 위암에 걸리자 스스로 이불을 찢어 목을 맸다. 적들 앞에 자신의 죽어가는 비참한 모습을 보일 수는 없었던 것이다.

전향을 하는 것도 괜찮다는 김규호의 말을 듣고도 그는 한동안 망설였다. 김춘옥을 데려다 주러 갔다가 자기까지 자수를 해야 했던 그날의 복잡한 심정과 똑같았다. 전향서 한 장에 지금껏 가져왔던 사상이 하루아침에 그야말로 전향되는 것은 아닐 테지만 기분은 좋지 않았다. 서글픔, 분노……, 온갖 생각이 들끓었다. 7월 4일 그는 드디어 전향서를 썼다. 이름이야 어찌 됐건, 또 어떤 마음으로 전향서를 썼건, 아무것도 아닌 종이쪽지는 바로 덫이었다. 전향서 한 장에 대우가 달라졌고 환경이 달라졌다. 전향서를 쓰는 사람이나 쓰지 않는 사람이나 당시의 생각은 거의 비슷했을 것이다. 그러나 그로부터 십 년, 이십 년이 지난 후 그들은 분명 달랐다. 한쪽은 어쨌거나 자본주의의 질서 속에서 살았고, 한쪽은 사회로부터 완전히 고립된 채 살아왔다. 천사백 명이 넘는 좌익수 중 백여 명만이 전향을 거부하고 모든 권리를 박탈당한 채 특사에 남았다. 그들에게는 솔방울만한 밥 외에 모든 사식마저 금지되고 출역도 금지되었다. 그들에겐 죽음 직전까지 영원한 격리가 남아 있을 뿐이었다.

전향을 한 자나 하지 않은 자나 모두 그때까지만 해도 빠른 시일 내에 해방이 되거나, 그도 아니라면 다른 나라의 통례로 확신범이기 때문에 형을 다 살지 않아도 석방될 것을 굳게 믿고 있었다. 4.19혁명이 5.16에 의해 좌절되기 전까지는. 4.19혁명이 실패로 끝나자 그들은 그때까지 가져왔던 모든 꿈을 버렸다. 이제 당분간은 제국주의를 등에 업은 군사독재 정권이 기승을 떨칠 게 분명했다. 역사의 발전법칙에 의해 언젠가는 그들이 꿈꾸는 세상이 올 것이지만, 그건 정말 먼 미래의 것이었다. 미전향자들은 한 치의 에누리도 없이 형을 다 살아야 했고, 형을 살고 나온 후에도 사회안전법이라는, 전 세계에서도 유례없는 악법의 그물에 걸려 평생을 사회와 격리된 채 살아야 했다.

대중 속에서 대중과 함께 호흡하며 대중을 조직화하겠다는 자신의 임무를 완수하기 위해, 김규호와는 또 다른 방법으로 자신의 사상을 지키고 실천하기 위해 내키지 않은 전향서를 써야 했던 그가 정말 그의 의지대로 실천했는지는 여기에 쓸 수도 없고 쓰고 싶지도 않다. 현재까지의 정권이 어떻게 사상범을 취급하고 얼마나 가혹하게 민주주의를 탄압해왔는가를 아는 사람이라면, 그 후 그가 겪어야 했을 고통과 좌절을 이미 눈치 채고 있을 것이다. 국가에서 금지하는 사상을 머릿속에 지니고 일거수일투족을 감시당하며 좌절을 느낄 때마다 그는 이해할 수 없었던 김규호의 미소를 떠올렸다. 김규호는 자신의 방식대로 자신의 사상을 한 치도 양보하지 않고 살다 죽었다.

나는 무엇인가? 살아남아서, 세상으로 나와서 무엇을 했는가? 스스로의 임무를 다하지 못한 것은 철저하지 못한 사상성 때문인가, 아니면 반동의 시대 때문인가?

그는 스스로에게 수없이 묻고 또 물었다. 아무튼 그는 전향을 했다. 그가 가장 존경하던 김규호는 그대로 특사에 남았다. 그가 사랑했던 많은 동지들은 남녘의 산과 들에서 죽었다. 남한에서의 치열했던 사회주의 운동은 교도소 특사에 갇힌 채 막을 내렸다. 그의 앞날에는 이제까지와는 전혀 다른 삶이 기다리고 있었다. 눈물과 치욕의 삶이.

2부
지리산의 영웅들

1

여자라는 굴레

서시내가 바라보이는 야산의 공동묘지 위로 따스한 햇살이 내리쬐었다. 머리를 양 갈래로 쫑쫑 땋아 내린 자그마한 몸집의 소녀가 어머니의 무덤가에서 울다 지쳐 넋을 잃고 멀리 들판의 아지랑이 너머로 아른거리며 흘러가는 강물을 지켜보고 있었다. 가끔씩 그녀는 사랑하는 이라도 어루만지듯 정겨운 손길로 무덤을 어루만졌다. 봄에 구례 읍내에 있는 국민학교를 졸업한 그녀의 일과는 이 무덤가를 찾는 일로부터 시작되었다.

"어머니, 어쩌면 앞으로는 어머니를 못 찾아 올란가 모르것소. 나 일본으로 갈라요. 일본 가서 고학이라도 할라요. 일본 가는 증명 낼라고 호적등본도 떼다 놨소. 할머니한테 말도 일러놨고……. 어머니, 내일 또 올게요."

살아있는 사람이 옆에 있는 것처럼 다정스레 속삭이던 그녀는 천천히 자리에서 일어났다. 어머니를 여읜 슬픔 탓인지 소녀다운 발랄함도 없이 비쩍 마른 몸으로 북문통 시장거리에 있는 집 앞에 도착했을 때 그녀보다 네 살 아래인, 이제 열네 살 먹은 여동생이 호들갑스럽게 달려 나왔다.

"언니야. 언니 시집간다더라. 빨리 집에 들어가 봐. 이상한 사람들이 뭐 갖다 주고 방금 돌아갔는디 사주단자라더라."

그녀의 외할머니와 앉아 있던 아버지가 그녀를 엄한 눈길로 쳐다보았다.

"내일모레 시집갈 몸이니 내일부터는 울 너머도 나다니지 말거라. 일본 갈 생각은 행여 하지도 말고. 여자가 어디……."

시집, 시집을 간다. 그녀가. 얼굴도 모르는 남자에게. 공부를 하고 싶다는 생각뿐 결혼은 꿈에도 생각지 않은 일이었다. 그날 밤 그녀는 거울을 보고 앉아 소담스럽게 잡히는 자신의 머리를 손으로 움켜쥐고 잘 들지도 않는 녹슨 가위로 싹둑 잘라냈다. 거울 속에서 쥐가 파먹은 것처럼 들쭉날쭉한 짧은 머리의 여자가 그녀를 낯설게 바라보고 있었다. 자신의 낯선 모습 위로 어머니의 젊은 얼굴이 겹쳐왔다.

그녀의 어머니는 열여섯 살에 자기보다 네 살이나 어린 꼬마신랑에게 시집을 갔다. 전답깨나 있는 양반집이라고 주변에서는 얌전하고 예쁘니 시집도 잘 간다며 부러워했지만, 아직 어린 글방도련님이던 괴팍한 꼬마신랑은 나이든 자기 아내를 거들떠도 보지 않았다. 시아버지가 죽어서 곡을 하는 자기 아내에게, 저 사람이 누군데 우리 아버지 앞에서 곡을 하느냐며 끌어내라고 할 정도였다. 손에 꼽을 만한 잠자리에도 불구하고 몇 년 뒤 그녀가 태어났고, 사람들은 그녀를 근원둥이(부부의 금슬이 좋지 않을 때 태어난 아이)라 불렀다. 4년 뒤에는 그녀의 동생도 태어났다. 그녀의 부모는 분가하지 않은 채 큰집에서 같이 살고 있었는데, 동생 금남이가 태어나던 해에 큰아버지가 미두(미곡의 시세차익을 노린 거래)를 하다 온 집안 살림을 거덜 내고 말았다. 아버지의 나이는 스물둘, 양반 자식으로 글만 읊던 그는 아무것도 할일이 없었다. 그는 아내에게 자식들을 데리고 친정에 가 있으라는 한마디만 남기고 바람처럼 고향을 떴다. 선비 체면에 고향에서 비참한 모습을 보일 수 없었던 것이다. 그녀의 어머니는 네 살 박이 그녀와 핏덩어리 동생 금남이를 데리고 어쩔 수 없이 친정으로 돌아왔다. 친정살이란 여자에게 가장 수치스러운 일이었다. 남편의 사랑 한번 받아보지 못하고 친정으로 돌아온 어머니에게 남은 건 치욕과 처절한 가난, 그리고 기다림뿐이었다.

어머니는 아이 둘을 데리고 친정마을 남의 집 사랑채 한 칸을 얻어 살림을 시작했다. 친정에서 도움을 받는 것도 하루이틀이지 여자 혼자 살림을 꾸려가려니 언제나 배가 고플 수밖에 없었다. 한 푼이라도 더 벌기 위해 집 밖에도 잘 나가지 않고 항상 길쌈이나 바느질거리를 끼고 살던 어머니를 그녀는 기억한다. 어머니의 유일한 낙은 책을 읽는 것이었다. 가끔씩 어머니는 집으로 몰려온 마을 아낙네들에게 낭랑한 목소리로 소리 높여 글을 읽어주기도 했다. 밤에 자다 눈을 떠보면 어머니는 항상 치마폭 밑으로 한쪽 다리를 세운 채 단정하고 꼿꼿하게 앉아 잔잔한 목소리로 책을 읽고 있었다. 어머니의 가녀린 숨소리에 호롱불이 가물거리면 신문지가 발라진 벽 위로 어머니의 긴 그림자가 출렁거렸다. 벽 한구석에선 어머니가 가장 아끼는 빨간 옻칠을 한 작은 책궤가 청승맞게 침침한 호롱불의 흔들림을 따라 이지러지곤 했다. 그 책궤에는 어머니가 일일이 붓으로 베껴 쓰고 수십 번씩 읽어 손때 묻은 이야기책들이 보물처럼 담겨 있었다. 어린 그녀가 어슴푸레 눈을 뜨고 어두운 방안의 여러 가지 흔들림에 정신이 팔려 있노라면 갑자기 어머니의 숨죽인 흐느낌이 들려왔다. 춘향이가 이 도령과 헤어지는 장면을 읽었던 것일까? 한동안 어깨를 들먹이던 어머니는 낮은 목소리로 중얼거렸다.

"몹쓸 놈의 인사……."

욕이라기 보다 오히려 그녀를 칭찬해줄 때처럼 다정하고 나직나직한 어머니의 목소리를 들을 때면 그녀는 자기도 모르게 눈을 감아버렸다. 그들이 강원도에 가 있는 아버지를 찾아 나서기까지 6년 동안 어머니는 일편

단심 남편을 기다리며 살았고, 그녀와 동생은 아버지를 기다리며 살았다. 기다림은 그들 삶의 전부였다.

　6년째 되는 해 섣달그믐, 그녀는 며칠 동안 계속 똑같은 꿈을 꾸었다. 아버지가 돌아온 꿈이었다. 그녀가 늘 상상했던 대로 아버지는 신식 양복을 입고 하이칼라 머리를 한 멋쟁이였다. 꿈에서처럼 정말 아버지가 올 거라고 찰떡처럼 믿었지만, 어머니는 그런 그녀를 가엾게 바라볼 뿐이었다. 설날 오후 해가 설핏해질 무렵 골목에서 아이들과 놀고 있는데 방죽 근처로 한복 차림의 웬 낯선 남자가 걸어오더니 그녀의 외갓집으로 들어갔다. 하이칼라 멋쟁이는 아니었지만 바로 그녀의 아버지였다. 설이라고 큰댁에 세배하러 갔다가 남편이 왔다는 말을 듣고 부랴부랴 달려온 어머니는 남편에게 큰절을 올렸다.

　"오기 싫어서 어찌 오셨소?"

　투정처럼, 응석처럼 부려놓은, 어머니의 기다림에 지친 첫말이었다.

　며칠을 머물던 아버지는 다시 강원도로 돌아갔다. 아버지가 다녀간 후 아이를 가진 어머니는 기어이 남편과 함께 살겠다며 자식들의 손목을 끌고 머나먼 강원도로 아버지를 찾아 떠났다.

　새로 살게 된 양양 여운포 마을에는 바다가 있었다. 바닷가에는 붉디붉은 열구꽃(해당화)이 떼 지어 피어 있었고 그 너머로 끝없고 막막한 푸르름이 펼쳐져 있었다. 어디라도 아버지와 함께라면 좋았을 것이다. 열구꽃 휘황한 바다가 아니었어도. 무슨 장사를 한다는 아버지는 자주 집을 비웠다. 그리고 집에만 들어오면 아버지는 엄격하고 무서웠다. 학교를 보내달라고 보챘지만 아버지는 무섭게 호통 칠 뿐이었다.

　"일본 놈의 개글을 배워서 어따 쓸 것이냐. 정 공부가 하고 싶으면 서당은 보내주겠지만 여자가 공부는 해서 또 뭐할 것인고."

신식학교가 가고 싶었지만 서당이라도 안 다니는 것보다는 나았다. 빨간 댕기 드리운 머리를 나풀거리며 그녀는 매일 도시락을 싸들고 그 마을에 있는 서당에 가서 글을 배웠다. 근방에서 모여든 학동들이 칠십여 명 되었는데 여자라곤 유일하게 그녀 하나였다. 여든이 넘은 훈장 할아버지는 그녀에게 늘 신사임당 이야기를 들려주었다.

"한문을 배워야 마음이 순해지고 세상의 이치를 알게 된다. 옥남이도 부지런히 글을 익혀서 신사임당처럼 훌륭한 여자가 되거라."

훈장 할아버지에게는 서울에서 대학을 다니는 양남진이라는 손자가 있었다. 하이칼라 머리에 검은 교복을 입고 사각모를 쓰고 양남진은 방학이면 고향에 다니러 왔다. 사각모를 쓴 양남진은 그녀의 우상이었다. 그녀도 공부를 열심히 해서 대학교라는 곳을 가고 싶었다. 양남진은 훈장이 없을 때면 그녀를 불러 일본말을 가르쳐주었고, 어떻게 해서든 학교를 가야 한다고 그녀에게 꿈을 심어주었다. 양남진에게 일본말을 배우다 훈장에게 들키는 날이면 무릎을 꿇고 앉아 벌을 받아야 했다.

"옥남이는 조선말을 다 아느냐?"

붉은 댕깃빛으로 얼굴을 물들인 채 묵묵히 앉아 있는 그녀에게 훈장은 버럭 소리를 질렀다.

"고연 것들! 조선말도 모르는 것들이 일본말을 배워? 상놈들의 글은 배워서 뭐 하려는고!"

그래도 일본글을 배우고 싶다는 욕망은 가라앉지 않았다. 어느 봄날이었다. 멀리 설악산에도 봄빛이 짙어오고 들판엔 개망초꽃이며 엉겅퀴들이 흐드러지게 피어 향기로웠다. 여느 날처럼 서당을 가려고 길을 나섰던 그녀는 무작정 발길을 돌려 옆마을에 있다는 개량서당(간이학교)을 찾아 나섰다. 물어물어 찾아간 개량서당은 마을 한가운데 있는 보통 집이었다. 아직 수업이 시작되지 않았는지 방 한쪽에 통나무로 얼기설기 짠 긴 책상과 의자를 놓고 아이들이 뜨문뜨문 앉아있었다. 그녀는 쭈뼛쭈뼛 교실 안으로 들어갔다. 맨 앞에 책상을 놓고 앉아 책을 보던 젊은 남자가 그녀를 보더니 다가왔다.

"너 어디 사는 누구냐?"

"여운포에 사는 이옥남입니다."

"여긴 왜 왔지?"

"신식글 배울라고요."

그날부터 그녀는 서당을 그만두고 신식공부를 하기 시작했다. 서당 훈장에게 불려가 회초리를 맞기도 했지만 그녀는 개량서당이 훨씬 좋았다. 김진환이라는 개량서당 선생은 어머니도 없이 아버지와 동생들을 데리고 서당에서 얻어지는 약간의 수입으로 생계를 유지하고 있었다. 그는 언제나 책을 손에서 놓지 않았다. 수업을 하다가도 자주 코피를 쏟았다. 선생이 보는 책이 어떤 건지 궁금해서 책을 넘겨보면 책장마다 코피로 얼룩져 있었다. 책장을 물들인 검고 탁한 코피자국을 볼 때마다 그녀는 가슴이 뛰었다. 지저분하다는 생각은 조금도 들지 않았다. 무엇인지는 모르지만 그 선생의 코피자국은 양남진의 사각모처럼 그녀를 흥분시켰다. 끊임없이 움직이고 부서지고 밀려가는 바닷물처럼 양남진이나 김진환을 보고 있으면 멈춰 있지 않고 스스로의 힘으로 앞을 향해 돌진하는 신선한 힘이, 생명력이 그녀에게까지 옮겨오는 것 같았다. 무엇을 위해서인지 열심히 강의록 (당시의 젊은이들은 강의록을 보는 게 유행이었다. 강의록으로 공부를 해서 이런저런 국가시험에 붙는 것이 가난한 젊은이의 유일한 출세방법이었을 때다)을 보며 공부하던 김진환은 그녀에게 꼭 국민학교에 가야 한다는 말을 남기고 어디론가 떠나갔다. 국민학교를 가기 위해서는 면 소재지까지 나가야 했다. 다음날부터 그녀는 마치 국민학교를 다니는 애들처럼 먼 길을 걸어 아침이면 동네 학생들을 따라 국민학교에 등교를 했다. 무엇에 씐 사람처럼 부끄럼도 없이 낯선 아이들이 와글거리는 교실로 들어서면 일본인 선생이 그녀를 붙잡았다.

"안타 다레데스카(너는 누구지)?"

그 정도는 그녀도 알아들을 수 있었다. 그녀는 서툰 일본어로 간신히 학교에 다니게 해달라고 애원했다. 책상이 없어서 안 된다며 그녀를 되돌려보내는 선생에게 내가 책상 하나 만들어 와서 공부하겠다며 매달렸지만 허사였다. 그렇게 졸라대는 그녀 옆에는 그녀보다 대여섯 살은 더 먹어 보이는 처녀들이 글을 몰라서 시집을 못 가니 제발 입학시켜 달라고 조르고 있었지만 아무에게도 허락은 떨어지지 않았다.

이듬해 여름, 학교에 가서 아이들이 공부하는 거라도 지켜보려고 길을 나섰다가 우연히 김진환을 만났다. 일 년 동안 어디를 다녀온 것인지 예전과 다름없는 얼굴로 반가워하며 아직도 학교에 가지 못했느냐고 물은 그는 힘없이 고개를 끄덕이는 그녀의 손을 붙잡고 그 길로 그녀의 집으로 갔다. 한참을 기다려 그녀의 아버지를 만난 그는 옥남이는 무슨 일이 있어도 학교에 보내야 한다며 몇 시간을 사정했다. 완고한 아버지도 결국은 두 손을 들고 김진환과 함께 국민학교로 가서 입학요청을 했다. 이미 학기가 시작됐고 정원이 찼으니 입학이 쉬울 리 없었지만 김진환의 간청으로 간신히 입학이 허락됐다. 평생 잊을 수 없는 순간이었다. 그녀는 입학시험을 치르고 5학년으로 편입했다.

그해 섣달 네 번째 아이를 임신한 어머니가 시름시름 앓기 시작하더니 건강이 몹시 나빠졌다. 그 섣달에 어머니는 기어이 고향으로 돌아가 살자며 눈물을 글썽였다. 신들린 사람처럼 졸라대는 어머니를 말리지 못하고 온 가족이 구례로 돌아온 것은 섣달 그믐날이었다. 이상하게 고향으로 가자고 조르던 어머니는 고향에서 봄을 채 보내기도 전에 아이를 낳다 세상을 뜨고 말았다. 아버지도 객지에 나가고 없을 때였다. 서른여덟의 나이였다.

그런데 어머니 잃은 슬픔이 채 가시기도 전에 이제 그녀마저 어린 동생들을 버리고 시집을 가라는 것이었다. 하고 싶지도 않은 결혼을 왜 꼭 해야 하는 것일까? 그러나 그녀는 그것이 거역할 수 없는 자신의 운명임을 알았다. 일본에 가서 공부를 하겠다던 야무진 꿈도 이제는 모두 물거품이었다. 어머니가 살아 계셨으면 공부를 더할 수도 있었을 텐데 왜 어머니는 그 젊은 나이에 세상을 떴을까? 어린 자식들을 버리고. 어머니처럼 평생을 남자만 기다리고 애들 뒤치다꺼리만 하다가 죽는 게 인생일까? 세계지도에서 볼 때 작은 점만 한 조선, 그중에서도 남쪽의 작은 마을, 시장통 좁은 골목집에서 그녀는 이불깃에 얼굴을 파묻고 흐느껴 울었다. 문풍지 틈새로 스며든 파리한 달빛에 얼기설기 잘라진 그녀의 머리칼이 흉하게 드러났다. 머리카락처럼 원하지 않는 삶을 잘라버릴 수 있다면 얼마나 좋을까 생각했지만 머리를 자른 것은 그녀의 마지막 작은 저항일 뿐, 그렇다고 자신의 의사와 상관없이 결정된 일이 무로 돌아가지 않으리라는 것을 그녀는 잘 알고 있었다.

사주단자가 오고 한 달도 안 돼 결혼식을 올렸다. 남편이라는 말도 낯설기 그지없었고 관심도 없었다. 이름도 성도 모르고 하는 결혼이었다. 첫날밤 그녀는 숨을 죽이고 흐느껴 울었다. 왜 자기가 알지도 못하는 남자와 한 방에서 잠을 자야 하는지 섬뜩하기만 했다. 구름도 강물도 제 가고 싶은 데로 흐르고, 봄하늘의 종달이도 제 맘대로 하늘을 날고, 하다못해 강아지도 제 맘껏 뛰어노는데 사람인 자기는 왜 마음대로 살아갈 수가 없는 건지 답답하고 억울했다. 어머니는 호롱불을 켜고 밤을 새워 이야기책을 읽으며 무엇을 기다렸던 것일까? 그녀에게는 어머니와 같은 애처롭고 슬픈 기다림의 꿈도 없었다. 코뚜레를 꿰인 소에게 자유로웠던 지난날을 되새김질하는 것 외에 무슨 꿈이 있겠는가.

이제까지와는 전혀 다른 삶이 시작되었다. 시조부모에 어린 시동생들까지 칠남매에 머슴을 포함하면 식구가 열다섯인 종갓집 살림이었으니 번잡하기가 이루 말할 수 없었다. 어머니와 자기 식구들끼리 단출하게 살아왔던 그녀로서는 집안의 번잡스러움만 해도 견디기 어려웠다. 끼니때마다 다섯 번이나 상을 차려야 하니, 빨래며 집안일이며 길쌈과 밭일은 고사하고 하루 세끼 밥 해대는 것만도 여간한 일이 아니었다. 그때만 해도 한글조차 깨치지 못한 사람이 많아 똑똑한 며느리 얻는다고 일부러 국민학교 졸업한 며느리를 고른 시댁에서 이것저것 많이 신경을 써주는데도 밤이면 온데 뼈마디가 쑤시고 아렸다. 아는 사람 하나 없는 개량서당이나 학교에 쫓아가서 공부시켜 달라고 조를 만큼 당차던 그녀는 차츰 말을 잃어갔다.

시집온 지 사나흘쯤 지났을까? 새벽녘에 잠이 깼는데, 머리에 달았던 달비가 떨어져나가고 삐죽삐죽한 머리꽁지가 그대로 드러나 있었다. 그 무거운 달비를 혼자 힘으로 다시 얹고 싶지도 않고 자기가 왜 이 낯선 집에 와 있는지 어색하기만 해서 넋을 잃고 앉아 있는데 잠시 바깥에 나갔던 남편이 불쑥 방안으로 들어왔다.

"어? 우리 색시 어디 갔지? 조금 전까지 여기 있었는데 우리 색시가 어디로 사라졌지?"

남편은 우두커니 앉아 있는 그녀 주위를 돌며 이불을 들치고 야단이었다. 달비가 떨어져버린 자신을 놀리는 말인 줄 뻔히 알면서도 웃음이 나오지 않았다. 저 사람이 누군데 저러는고, 부끄럽기만 할 뿐이었다. 그녀는 그 후로도 오랫동안 남편의 얼굴 한번 쳐다보지 않았다. 그녀가 아무리 쌀쌀맞게 대해도 시집오기 전부터 그녀를 알았다는 남편 최규복은 지극정성이었다. 호리호리한 키에 거무잡잡한 얼굴의 최규복은 장난기가 많아서 언제나 웃음을 몰고 다녔다. 유달리 식성이 까다로운 시할머니가 밥상을 물려놓고 맘에 안 들어 인상을 쓰고 있으면 할머니 앞에서 곱새춤을 추고 여자 치마를 둘러 입고 한바탕 난리를 치러서 기어이 할머니를 웃기고 마는 최규복이었다. 베틀을 못 이겨 하는 그녀를 밀쳐내고 자기 솜씨를 한번 보여주겠다며 그녀가 해야 할 일을 도맡아 해준 것도 남편이었다. 곯아떨어졌다가 간혹 눈을 떠보면 남편이 안쓰러운 표정으로 그녀의 팔다리를 주무르고 있기도 했다. 참 좋은 사람이라는 생각이 들었다. 그러나 괜찮은 사람일 뿐, 자기의 삶과 관계된 사람이고 집이라는 생각은 좀체 들지 않았다. 온몸의 힘을 모아 간신히 가마솥 뚜껑을 열어 밥을 푸다가도 불현듯 한숨이 나왔다. 내가 왜 여기서 밥이나 푸고 앉아 있을꼬. 공부를 하러 가야 하는데……. 나는 지금 살아 있는 건가. 밥 하고 반찬 만들고 빨래나 하며 사는 것도 살아 있다고 할 수 있는 건가. 거미줄에 걸린 나방은 최후의 힘까지 짜내 발버둥치다가 결국은 그물을 벗어나지 못하고 죽는다. 그녀는 마치 자신이 거미줄에 걸린 나방처럼 느껴졌다. 양남진의 먼지 하나 없이 깔끔하던 검정 교복이나 김진환의 강의록에 점점이 떨어져 있던 검붉은 코피의 흔적이 자꾸 그녀의 머리를 어지럽혔다.

44년 봄이 왔다. 시집온 지 일 년, 아직도 그녀는 시집온 자신의 삶이 실감나지 않았다. 생활은 점점 더 어려워졌다. 동네에서는 제법 쏠쏠한 살림이라는 시집에서도 쌀밥 한번 구경하기가 힘들었다. 태평양전쟁의 소용돌이 속에서 일본은 식량공출은 물론이고 시집올 때 가져온 놋요강까지 남김없이 쓸어갔다. 큰 홍수 뒤끝처럼 조선의 농촌은 피폐해질 대로 피폐해졌다. 식민지 조국을 둔 민족의 비극은 그것으로만 끝나지 않았다. 남편이 그 한 서린 '묻도 마라 갑자생'이었던 것이다. 갑자생은 군대에 끌려갈 적령이었고, 당연히 선발대로 징병에 끌려갔다. 식민지 청년들을 죽음의 전선으로 내몰려는 일본의 마지막 발악을 그녀의 남편이라고 피할 도리가 없었다. 떠나기 전날 밤, 남편은 표정 없는 얼굴로 그녀를 오랫동안 쳐다보았다. 그리고 말 하나하나에 또박또박 힘을 주어 말했다.

"살아가기 힘들 것이오. 바보같이 나 기다리지 말고, 몇 해 기다려서 오지 않거든 다른 사람 찾아가오. 내가 가고 나면 지금보다 훨씬 더 힘들어질 텐데…… 당장 당신 외가로 가 있으려오?"

그녀는 조용히 고개를 저었다. 어디로 간다고 그녀의 삶이 달라질 리 없었다. 남편이 떠난다는 애절한 슬픔도 없었고, 정말 다시 못 올 길을 간다는 생각도 들지 않았다. 잠시 어디 다녀오겠다는 말을 들은 것처럼 담담했다. 다음날 구례읍 경찰서 앞에서 징병 떠나는 사람들의 환송식이 열렸다. 말이 환송식이지 조선 사람 치고 남의 전쟁터로 끌려가는 자식과 남편을 환송하는 사람은 아무도 없었다. 봄햇살은 유난히 화사하고, 수십 개의 깃발은 남쪽에서 불어오는 따스한 바람을 가득 안고 펄럭였다. 출정식이 끝나고 남편이 잠시 그들 곁으로 다가왔다. 어제 저녁 같지 않게 남편은 평소의 당당한 모습을 되찾고 있었다.

"어머니, 우리 관산댁 잘해주씨요이. 관산댁 참 좋은 사람이요, 어머니."

그녀의 친정이 관산리이니 관산댁은 곧 그녀를 가리키는 택호였다. 내내 울먹거리는 시할머니와 시부모에게 활짝 밝은 웃음을 보이며 남편은 곧 그들 곁을 떠나갔다.

"출전용사 최규복 만세!"

"살아오라 김갑동!"

"무운장구!"

살아 돌아오기를 기원하는 희고 노란 깃발들이 행렬의 앞뒤로 줄지어 서고, 줄잡아 마흔 명쯤 되는 조선 청년들이 자신들의 이름이 적힌 깃발을 따라 열차를 타러 구례구 쪽으로 멀어져 갔다. 남편의 뒷모습이 가물가물 사라졌다.

남편 몫만큼 줄어든 밥을 짓다 말고 무심코 동네 어귀를 바라보았더니 솔문 위에 일장기가 바람에 펄럭이고 있었다. 징병 가는 사람들의 무운을 기도하는 뜻에서 사람들이 솔가지를 잔뜩 쳐다가 드높이 아치형으로 쌓아놓은 솔문이었다. 처음으로 남편이 떠났다는 슬픔이 잔잔하게 밀려들었다. 남자가 너무 못난 게 아닌가 싶게 잘해주던 남편이었다. 그 남편은 저기 펄럭이는 일장기를 위해 전쟁터로 나간 것이다. 정말 다시는 남편을 볼 수 없을까? 그녀는 원하지 않던 시집을 왔고, 남편은 원하지 않는 남의 전쟁터로 끌려갔다. 사는 게 원래 이렇게 우스운 모양일까? 그녀는 가녀린 어깨가 들먹이도록 긴 한숨을 토해내곤 다시 아궁이에 장작을 밀어넣기 시작했다.

2_
굴레를 벗고

9월의 햇살은 아직도 살갗을 익힐 것처럼 따가웠다. 목화밭에서 맘두리 (마지막 김매기)를 하는 그녀의 얼굴이 빨갛게 익었다. 머릿수건으로 간간 이 땀을 닦으며 그녀는 허리를 펴고 마을 쪽을 쳐다보았다. 얼마 전까지만 해도 해방이 됐다고 풍악 소리와 함께 만세 소리가 시끌벅적했었는데 이 젠 모두들 들로 나가고 빈 마을엔 조랑조랑 열린 감들이 햇살을 빨아들이 며 홍조를 띠어가고 있었다.

"형님이 오요! 형님이 와요!"

한 무더기의 아이들이 먼지바람을 일으키며 목화밭 쪽으로 달려왔다. 시어머니가 호미를 내던지고 달리기 시작했다. 시어머니의 뒤를 쫓아 허 겁지겁 마을입구로 나갔더니 남편은 이미 온 동네사람들에게 둘러싸여 있 었다. 수많은 청년들이 전쟁터로 끌려갔지만 살아서 돌아오기는 남편이 처음이었다. 꿈만 같았다. 새까맣게 그을려 눈만 반짝거리는 남편의 모습 을 먼발치에서 지켜보면서 비로소 그가 자신의 남편이라는 사실이 기쁨으 로 다가왔다. 그녀의 어머니가 자신을 버리고 떠난 후 무정하게 연락 한번 없는 아버지를 눈물로 기다렸듯이, 그녀도 원하지 않은 결혼이었지만 남 편을 남편으로 받아들일 수밖에 없었던 것이다.

남편이 돌아왔다고 그녀의 생활이 바뀐 건 아니었다. 남편이 살아 돌아온 기쁨도 잠시, 그녀는 매일매일 산더미 같은 일 속으로 빠져들었다. 가을걷이가 다 끝나고 찬바람이 불기 시작하자 남편은 그녀에게 야학을 하자고 했다. 농번기가 끝난 마을 사람들을 동청(마을회관)에 모아놓고 그녀는 아녀자들을, 남편은 남자들을 가르치기 시작했다. 제 이름자도 못 쓰는 사람이 수두룩하고 공부를 배울 곳도 없던 터라 동청이 그득하게 사람들이 몰려들었다. 종일 집안일에 지친 그녀였지만 밝은 남폿불 밑에서 사람들을 가르치는 일이 그렇게 즐거울 수 없었다. 봄일이 시작될 무렵 야학도 끝났다.

그 봄부터 남편은 군청에 다니기 시작했다. 자전거로 출퇴근을 했지만 읍내까지 다니기가 너무 멀어 두어 달 뒤 면으로 옮기더니 무슨 까닭인지 금세 직장을 그만뒀다. 그리고 남편은 조금씩 변해갔다. 남편의 귀가시간이 한 시간씩 두 시간씩 늦어져갔다. 드디어는 집에 들어오지 않는 날이 많아졌다. 밤을 새웠는지 첫새벽에 충혈된 눈으로 들어온 남편은 아침도 거른 채 곯아떨어지기 일쑤였다.

어느 날 해그림자가 길게 늘어질 무렵 남편이 마당가로 걸어오더니 주위를 두리번거리면서 짚벼늘(짚을 높이 쌓아놓은 것) 속으로 팔을 쑥 집어넣더니 뭔가를 꺼내 들고 사라졌다. 도대체 뭔가 싶어 그녀도 몰래 그 자리에 팔을 넣어보았다. 웬 종이뭉치가 만져졌다. 퍼뜩 얼마 전 마을회관 벽에 붙어 있던 삐라가 생각났다.

"매국노 이승만은 미국으로 돌아가라!"

"타도하자 친일파 민족반역자!"

"정권은 인민에게로! 토지는 밭갈이하는 농민에게로!"

삐라에는 붉은 글씨로 그렇게 적혀 있었다. 남편도 그런 일을 하는 것일까? 그러나 그게 무슨 뜻인지 그녀는 이해할 수 없었다. 남편은 가끔 청년들 한떼를 데리고 와 높다랗게 이층으로 만들어놓은 평상에서 길가를 내다보며 밤새도록 무슨 얘기를 하기도 했다. 대부분 최씨 문중의 청년들이었는데, 시아버지가 그들을 불러 언성을 높이기도 했지만 청년들은 사람 좋은 웃음만 짓고 있을 뿐이었다.

"아이, 너 뭐 하느라고 그렇게 바쁘냐? 집에도 잘 안 들어오고."

끼니때나 돼야 간신히 얼굴을 보이는 남편에게 시할머니가 물었다.

"예, 좋은 세상 만들라고요."

"해방이 됐는디 또 먼 좋은 세상을 만들어야?"

"해방만 됐다고 세상이 좋아졌간디요? 잘사는 사람도 못사는 사람도 없는 공평한 세상을 만들어야지요."

과연 그런 세상이 올 수 있을까? 그녀에게는 참으로 꿈같은 얘기였다. 밤이 이슥해서야 돌아온 남편이 어느 날 길쌈을 하고 있는 그녀를 옆에 앉히더니 기어이 노래를 배우라고 했다.

태양은 비쳐도 캄캄한 이 세상
혁명을 위하여 떠나신 님이여……

조용하고 처량한 곡조였다. 〈혁명가의 아내〉라는 노래였지만, 혁명가가 무엇을 하는 사람인지도 그녀는 잘 모를 때였다. 남편은 자기가 하는 일에 대해서는 입도 벙긋하지 않았다. 차츰차츰 그녀는 남편이 하는 일이 나라에서 반대하는 일이며, 나라를 바꾸려 하는 일이라는 것을 눈치챘다. 옳은지 그른지는 몰라도 그녀는 남편이 집에서 농사나 짓고 있는 것보다는 훨씬 좋아보였다.

46년 10월 대구폭동 사건이 터지고 구례에서도 지원투쟁이 벌어졌다.

그 후부터 경찰들이 자주 집에 들러 남편을 찾았다. 당연히 남편은 집에 들어올 수 없었다. 가끔씩 숨어들어온 남편을 붙들고 시아버지는 빨리 자수하라며 다그쳤다.

"야 이놈아! 니가 말하는 세상이 가만 들어봉께 옛 성현들이 말쌈하시던 무릉도원인디, 그런 세상이 쉽게 온다더냐?"

"그러니까 그럴수록 열심히 싸워야지요. 가만히 있는데 입 속으로 감이 떨어집니까?"

"이놈이 어디서 말대꾸를!"

시아버지는 벌컥 화를 내며 밥상을 마당 한가운데로 집어던졌다.

그녀에게는 자수하라는 시아버지가 오히려 이상하게 보였다. 사람이 한번 뜻을 폈으면 밀고나가야지 비굴하게 왜 굽히고 들어가라고 하는 건지 못마땅하기도 했다.

46년 섣달 그믐께였다. 근 한 달 만에 남편이 집에 돌아왔다. 그동안 옷 한번 제대로 갈아입지 못했는지 차림새가 말이 아니었다. 그녀는 목욕물부터 데워 뒷마당의 목욕통에 따뜻한 물을 가득 채웠다. 남편이 뒷마당에서 목욕을 하는 동안 그녀는 부엌일을 하며 사립문 쪽을 살피고 있었다. 경찰이 오는지 감시하는 것이었다. 새 물을 부지런히 길어 나르다가 사립문 건너 골목을 보니 흰 두루마기를 입은 사내 몇 명이 올라오고 있었다. 손님이 많이 끓는 집이라 시아버지를 찾아오는 손님이려니 했는데 갑자기 사립문께가 소란스러웠다. 어느새 경찰이 집을 완전히 포위하고 있었다. 놀라서 뒷마당을 보았지만 남편은 알몸 그대로 이미 번개처럼 튀어 달아나고 없었다. 동시에 부엌문이 열렸다.

"최규복 어디 갔어?"

다짜고짜 반말이었다. 경찰들은 언제나 그랬다. 남편이 아무리 나라에서 말리는 일을 한다고는 하지만 죄도 없는 시어른이나 그녀에게까지 경찰은 무례하기 짝이 없었다. 그럴수록 그녀의 마음은 남편이 하는 일로 기울어갔다. 두루마기 차림의 경찰 몇 명이 집 주위를 둘러보고 그녀에게 다가왔다. 누군가가 남편이 벗어놓은 옷을 가리켰다. 겹겹이 껴입었다가 허물처럼 벗어놓은 옷은 다른 누구의 옷이라고 둘러댈 수도 없을 만큼 더럽고 꾀죄죄했다. 경찰들이 사나운 눈초리로 그녀를 쏘아보았다. 그녀는 침착하게 경찰의 시선을 맞받았다.

"어디 갔어?"

"오늘은 집에도 안 들렀소. 엊그제 벗어놓고 간 옷인디 횟대에 걸어놨던 것이 떨어졌는갑소."

"집어쳐! 저거 뭐야!"

경찰이 뒷마당에 들인 물이며 목욕통을 가리켰다.

"시할머니 목욕시켜 드리느라 그랬소."

그때 시할머니가 허둥지둥 부엌으로 뛰어 들어오며 외쳤다.

"아가, 규복이 갔냐? 도망갔어? 경찰한테 안 잡혔다냐?"

경찰이 우르르 흩어졌다. 한참 뒤에 경찰들이 투덜거리며 돌아왔다.

"개새끼! 발에 발동기 달았능가 잼싸기도 하네."

"말도 마라. 저번엔 동구 밖에서 이 새끼를 잡을 뻔한 적이 있는데 얼매나 사람 약을 돋구던지 복장 터져 죽을 뻔했네."

"먼 약을 올려?"

"글씨 오르막길로 쫓아가고 있었는디 내가 걸음이 좀 처진게 이 새끼가 우뚝 멈춰서더란 말이시. 저 새끼가 돌았능갑다 싶어서 뭐 빠지게 뛰었제. 내가 막 뛰기 시작헝게 지도 뛰고 멈추면 지도 멈추고 그러드라고. 그러기를 한 삼십분 했능갑네. 차라리 빨리 도망가뿔면 나도 고생은 안 헐 것 아니여? 근디 이 새끼가 나종에는 돌팍 위로 똘랑 올라앉더라고. 글드만 개새끼 부르대끼 워리워리 험시로 혀를 차고 손짓을 하면서 나를 부르더란 말이여. 그 악질 노무 새끼가."

그녀는 돌아서서 슬며시 웃음을 삼켰다. 남편다운 짓이었다. 잠시라도 장난을 안 치면 심심해하던 남편, 그런 이가 어떻게 저리 힘든 일을 할까? 하긴 그녀도 정말 공부가 하고 싶었을 때는 부끄럼이나 고생 같은 건 느낄 수도 없었다. 남편이 그토록 빠져 있는 좌익이 무엇인지 알고 싶었지만 남편이야 무슨 일을 하든 그녀는 여전히 층층시하 대가족의 맏며느리일 뿐이었다.

그 후로 남편은 동네의 다른 사람을 시켜 집 밖으로 그녀를 불러냈다. 처음에는 주로 마을에서 외따로 떨어진 최씨문중 제각에서 남편을 만났다. 집에 다녀간 후로 처음 만나던 날 남편은 그녀가 가져간 새 옷으로 갈아입고는 그녀의 손을 붙잡았다.

"여자는 노예가 아니오. 여자이기 때문에 공부도 못하고 얼굴도 모르는 남자에게 시집을 가고 집안에서 살림만 하면서 평생을 산다는 것은 너무도 불행한 일이오. 당신도 여자를 노예로 만드는 이 잘못된 세상에 대항해서 싸워야 하오. 남자와 여자가 평등하고 부자와 가난한 자가 평등한 세상을 만들어야 하오."

남자와 여자가 평등한 세상! 부자와 가난한 자가 평등한 세상! 그녀에게는 천지개벽보다 놀라운 충격이었다. 여자라서 공부할 필요 없다며 학교에 보내주지 않던 아버지, 잘못한 것도 없는데 남편에게 소박맞고 마실조차 나가지 못한 채 무정한 남편만 기다리던 어머니……

남편은 눈을 빛내고 있는 그녀에게 작은 쪽지를 하나 내밀었다. 그리고는 찾아가야 할 집의 약도와 사람을 꼼꼼하게 일러주었다. 새로운 세상 속으로 첫발을 내디딘 것이었다.

47년 7월 그녀는 남조선 노동당에 입당했다. 그리고 광의면 여맹위원
장이 되었다. 새로운 삶이 시작된 것이다. 비밀활동을 하기 위한 그녀의
새로운 이름은 옥자, 남편의 이름은 윤호였다. 남편은 날이 갈수록 만나
기 힘들어졌다. 대신 다른 사람들이 가끔씩 찾아와 레포 전달을 부탁하기
도 했고, 군당에서 나온 지도원과 부락을 돌아다니며 아녀자들을 모아놓
고 선동하기도 했다. 언제나 일거리에 치여 사는 아낙네들은 밤이나 되어
야 저녁 설거지를 끝내놓고 마실 나가는 것처럼 시어른과 남편의 눈을 피
해 아이를 들쳐 업은 채 미리 정해놓은 집으로 모여들었다. 지도원이나 그
녀의 얼굴이 밝혀질까봐 흐린 호롱불마저 꺼버린 방안은 창호지 틈으로
스며들어온 부연 달빛과 칭얼거리는 어린애들을 달래는 낮은 목소리와 일
을 끝낸 아낙네들의 시큰한 땀냄새로 가득 찼다.

"우리 여자들도 남자와 똑같은 사람입니다. 근데 우리가 언제 사람대접
을 받아본 적이 있습니까? 여자라고 공부도 못했고, 부뚜막에서 밥을 먹어
야 했고, 딸자식은 딴 집 식구니 입이나 줄이자고 철도 안 든 나이에 시집
을 가야 했습니다. 우리들은 친정에서나 시집에서나 태어나면서부터 종처
럼 살아왔습니다. 여러분, 우리 여자들이 남자와 똑같은 사람으로 대접받
으려면 봉건적 잔재와 계급을 타파해야 합니다. 평등한 세상을 만들어야
합니다."

자기 신세를 생각하며 구들장이 꺼져라 한숨을 몰아쉬는 아낙네도 있었
고, 밤에 집 한 번 빠져나오기도 이렇게 힘든데 우리가 뭘 할 수 있겠냐며
절망하는 아낙네도 있었다. 안타까웠다. 모든 여자들이 굴레를 깨고 나와
그녀의 남편처럼, 다른 남자들처럼 자신의 모든 힘을 쏟아 새로운 세상을
만들 수 있다면 얼마나 좋을까. 그러나 여자들을 붙들어 매고 있는 봉건적

사슬은 너무나 단단했다. 혼자서는 도저히 끊을 수 없는 사슬이었다. 그녀만 해도 여자이기에 남편처럼 가정의 모든 것을 박차고 나올 수가 없었다. 여자가 혁명운동을 한다는 것은 남자보다 훨씬 굳은 의지와 용기를 필요로 하는 일이었다. 집안일로부터 완전히 벗어나지는 못했어도 열성적으로 도와주는 여자들은 많았다. 중요한 레포 대부분이 그런 여자들의 힘으로 안전하게 전달됐다. 벽보나 유인물을 운반하는 것도 대부분 여자들의 일이었다. 여자라 남자보다 상대적으로 안전하긴 했지만 들키는 날엔 온 집안이 풍비박산 날 텐데도 여자들은 오히려 그것밖에 할 수 없음을 죄스러워했다.

48년 2월이 됐다. 구례 전체가 떠들썩했다. 남한의 가능한 곳에서만 선거를 해서 단독정부를 수립하라는 유엔의 결정에 반대하는 2.7 구국투쟁이 대대적으로 벌어졌다. 한 달 내내 밤이면 구례의 온 산이 봉화불로 붉게 타올랐고, 삐라와 인공기가 사방에서 나부꼈으며, 마을마다 선동대회가 열렸다. 경찰은 눈에 불을 켜고 좌익을 찾느라 바빴다.

2월이 끝나갈 무렵 그 악명 높은 서북청년단이 서울에서 파견되어 내려왔다는 소문이 자자하게 퍼졌다. 서북청년단이 왔다 간 마산면에서는 개들도 기가 꺾여 경찰만 보면 꼬리를 사린다는 말이 들려온 며칠 뒤 광의에도 서북청년단이 몰려왔다. 다짜고짜 사립문이 떨어져나가도록 발길질을 하고 들어온 그들은 닥치는 대로 차고 던지고 부쉈다.

"이년이 빨갱이 마누라 년이야?"

하필 그녀는 만삭의 몸이었다. 남편이 징병 가기 전에는 일 년을 같이 살아도 소식이 없더니 정이 있어야 아이도 생기는 것일까, 남몰래 바깥에서 한두 번 만났는데 덜컥 아이가 생긴 것이다. 생긴 것부터 험상궂은 한 남자가 우악스럽게 그녀의 팔을 잡더니 개 끌듯이 동청으로 끌고 갔다. 동청에는 좌익 가족들 수십 명이 끌려와 파들파들 떨고 있었다. 누군가 시아버지를 그녀의 앞에 마주 세웠다.

"경치 좋구만. 어디 며느리한테 큰절 한번 올려보시지."

시아버지는 어리둥절한 표정으로 멀뚱멀뚱 그들만 쳐다보았다. 설사 말귀를 알아들었다 하더라도 며느리에게 큰절을 할 양반도 아니었다. 서북청년단들은 그녀와 시아버지를 마주 세워놓고 며느리에게 절을 해라, 시아버지 뺨을 때려라, 눈을 부라리며 다그쳤다.

"이 쌍놈의 새끼가 어른 말이 안 들려!"

그녀의 팔을 끌고 왔던 사내가 쌍욕을 해대며 힘껏 시아버지의 뺨을 올려붙였다. 퍽 소리가 나더니 시뻘건 코피가 주르르 흘러내렸다. 그래도 절을 하지 않자 소낙비처럼 발길질이 날아들었다. 시아버지가 비명을 지르며 나뒹굴었다.

"시상에, 이 양반이 먼 죄가 있다고 이러요. 아들 하나 잘못 둔 죄배끼 없소."

시어머니가 사내의 발을 잡고 늘어졌지만 시어머니까지 워커발에 얼굴을 걷어 채이고는 뒤로 나가떨어졌다. 그녀가 비명을 지르며 달려들자 이번에는 그녀에게 워커발이 날아왔다. 시아버지가 그 발을 붙들고 늘어졌다.

"하것소. 절할 테니 이 아이만은 손대지 마시오. 보다시피 낼모레면 해산할 아이요."

비틀거리며 일어선 시아버지가 그녀를 향해 큰절을 했다. 온몸이 피투성이였다. 어떻게든 아들이 하는 일을 말려 보려고 밥상까지 내던지던 어른이었다.

그때 누군가 동네 여맹원을 데리고 왔다. 전번에 레포 전달을 하다 경찰에 들켜 죽사발이 되게 얻어맞고 유치장에서 며칠 있다 나온 뒤 골병이 들어 앓고 누워 있었던 여맹원은, 그녀가 여맹위원장이라는 것을 알고 있었다.

"야! 이년 맞아?"

끌려온 여자가 겁에 질린 얼굴로 고개를 끄덕였다. 지난번 맞은 멍도 가시기 전인데 또 얼마나 맞았는지 저고리며 치마까지 온통 핏물이 배어 있었다.

"너 여맹위원장이지?"

"무슨 소리요? 우리 집 식구가 자그만치 열다섯이오. 이렇게 번잡한 집안의 종부가 무슨 틈이 있어서 그런 일을 하것소. 그것이 뭐하는 일인지는 모르지만 나는 듣도 못한 일이오. 다른 사람을 잘못 알았것지요."

"이 쌍년이 어디서 발뺌이야?"

"글안해도 바깥사람 하는 일에 물리고 물린 사람이오. 그 사람만 해도 징글징글한데 내가 먼 할 짓이 없어서 빨갱이질을 할 것이오. 사람을 잡을라면 똑바로나 알고 잡으씨요."

그녀가 하도 정색을 하고 덤벼드니까 그럴듯했던 모양인지 그들은 그녀를 지목했던 여자만 거짓말시켰다며 머리채를 질질 잡아끌었다. 온 동네에 비명이 낭자했다.

그 후 좌익 가족들은 모두 집에서 쫓겨났다. 어디 가서 살란 말이냐고 애원했지만 집에서 살고 싶으면 아들을 데려오라는 말뿐 절대로 집안으로 들여보내주지 않았다. 시아버지는 동네사람들과 함께 오랏줄에 묶여 지서로 끌려갔는데, 빨갱이 가족인 주제에 어떻게 서서 걷느냐며 그 먼 길을 기어서 가라고 했다. 나이 지긋한 어른들이 모두 오랏줄에 묶여 개처럼 기어 지서로 끌려간 후 남은 가족들은 옷 하나 꺼내오지 못하고 피칠이 된

111

옷 그대로 뿔뿔이 흩어졌다. 시조부모는 산 너머에 있는 시할머니의 친정으로, 시어머니는 시동생을 데리고 근처 친척집으로. 그러나 그녀는 어머니도 없는 친정이나마 다시 강원도로 이사를 가버린 뒤라 딱히 갈 곳도 없었다. 언제까지 집을 두고 밖에서 살아야 하는지도 알 수 없었고, 어디든 좌익 가족을 반갑게 맞을 리도 없었다. 게다가 만삭의 몸이었다. 3월이 내일모레긴 했지만 아직은 꽃샘추위가 매서웠다. 동구 밖으로 떨려난 좌익 가족들은 차가운 땅바닥에 주저앉아 넋을 잃고 두고 온 집들을 바라보았다. 끌려간 사람들은 또 어찌 될지, 가족들한테도 이러니 정작 본인들에게는 어느 정도일지, 또 어디 가서 살아야 할지, 쫓겨난 사람들의 가슴은 이래저래 갈가리 찢겨졌다.

"일본 놈들도 이러진 않았구만……."

맞다가 비녀가 빠졌는지 미친 사람처럼 헝클어진 머리를 추스르지도 않고 땅바닥에 주저앉아 있던 친척 아주머니가 중얼거렸다. 차가운 북풍이 파헤쳐진 옷섶으로 스며들었다. 하나둘씩 주섬주섬 일어나 인사를 나누고 헤어져 갔다.

"아가, 니는 어디로 갈래?"

"당분간 지천리 외가댁에 가 있을게요. 어머님, 부디 건강하세요."

시어머니는 만삭의 며느리를 안쓰럽게 바라보았다.

"조금만 참으면 괜찮겠지. 다 모여 살 날이 금세 안 오것냐."

그러나 그들이 다시 모여 사는 날은 오지 않았다. 그렇게 길거리로 쫓겨난 것이 마지막이었다. 그 집에선 다시는 남편의 곱새춤도 볼 수 없었고, 떠들썩한 웃음도 들을 수 없었고, 남편의 우스갯소리를 들으러 오던 마을 사람들의 발길도 끊겼다.

3

빨치산이 되다

3월인데도 눈보라가 휘몰아치는 밤이었다. 그녀는 눈보라를 헤치며 힘겹게 걸음을 옮기고 있었다. 야속하게 바람조차 차가운 북서풍이었다. 먼 산봉우리마다 아직도 단독정부를 수립하라는 유엔의 결정에 항의하는 봉화불이 시들지 않고 삼천만 민중의 가슴처럼 타오르고 있었다. 저기 어디에 남편도 있을까. 오랫동안 보지 못한 남편의 얼굴이 봉화불 속에 어른거리는 것 같았다. 시부모는 어디서 눈칫밥을 먹으며 신세를 지고 있는지, 지난달 서북청년단에게 쫓겨난 이후로 가족들 소식을 듣지 못했다. 그녀는 어둠에 잠겨 있는 자기 집을 향해 힘겹게 한 걸음 한 걸음 내디뎠다. 아랫배에 통증이 왔다. 외갓집에서 며칠 머물다가 여기저기 친척집을 돌아다니며 신세를 지던 그녀는 당과 선이 닿아, 아직 신분이 노출되지 않은 구제회라는 조직원의 집에서 지내면서 처음 보는 사람들에게 정치교양 학습을 받기도 했다. 그러다 그녀는 아침부터 산기를 느끼고 어두워지자 집을 찾아온 것이다. 남의 집에서 아이를 낳을 수도 없고 그렇다고 길거리에서 아이를 낳을 수도 없으니 경찰이 지키고 있건 말건 집으로 향할 수밖에 없었다.

　봉홧불을 바라보며 잠시 가쁜 숨을 몰아쉬던 그녀는 다시 걷기 시작했다. 사립문 한쪽이 서북청년단의 발길에 채여 떨어졌던 그날 그대로 눈보라에 열렸다 닫혔다 하며 삐걱거리고 있었다. 사립문을 열어젖히고 간신히 툇마루를 오른 그녀는 눈 쌓인 툇마루에 그대로 몸을 눕혔다. 계속 진통이 왔다. 그녀는 배를 움켜쥐고 설설 기어서 안방으로 들어갔다. 어둠 속을 더듬어 호롱불을 켜자 희미한 불빛에 그녀의 파리한 얼굴이 확 살아났다. 그녀는 한 달 내내 쌓인 먼지구덩이 위에 이불을 깔고 지친 몸을 뉘었다. 미칠 듯이 배가 아픈데도 자꾸 잠이 쏟아졌다. 요 며칠간 간간이 오는 진통 때문에 거의 잠들지 못한 터였다.

"애야, 아가."

눈을 떴더니 꿈결처럼 시어머니가 그녀의 손목을 잡고 있었다. 동네 어느 집엔가 숨어 있다가 불빛을 보고 찾아온 모양이었다. 그녀는 몸을 뒤틀었다. 입술에 핏물이 배기 시작했다. 눈보라에 문풍지가 무섭게 울어댔다.

"애, 아가! 정신 차려라. 눈 감으면 너 이대로 죽는다. 아가, 한 번만, 한 번만 더 힘을 주거라."

어느새 부옇게 문풍지에 빛이 스며들었다. 아침이 올 무렵에야 가녀린 아이의 울음소리가 들려왔다.

"아가, 고추다!"

오열을 삼키는 듯 시어머니의 어깨가 들썩거렸다.

"어쩔끄나. 미역국 한 사발도 못 먹게 생겼으니…… 최씨집안 종부가 이게 웬 말이냐."

시어머니가 아이의 탯줄을 잘라냈다. 최씨집안 종손이었다. 잠시 후 어디서 연락을 받았는지 경찰이 들이닥쳤다.

"당장 나가시오! 누구 허락받고 이 집에 다시 들어왔소!"

문을 벌컥 열어젖히자 눈바람이 방 구석구석까지 스며들었다. 산독으로 코가 파묻히도록 퉁퉁 부은 그녀는 찬 구들방에서 행여 아이가 얼까 갓난

애를 꼭 끌어안고 있었다.

"보다시피 애가 이 지경이오. 몸이나 좀 풀리거든 제 발로 걸어 나갈 것
잉께 며칠만 좀 봐주씨요."

"늙은이가 먼 사설이 그렇게 길어! 끄집어내기 전에 빨리 나가쇼!"

시어머니는 경찰의 바짓가랑이를 잡고 늘어졌다.

"당신도 처자식이 있을 것 아니오. 이 추운 날에 산모가 저 몸을 해갖고
어디를 가것소. 이 은혜 평생 안 잊을 테니 제발 좀 봐주씨요."

"그러니까 최규복이 집에 들르면 경찰에 알리라고 그랬잖소. 집에 안
들렀다, 안 들렀다 하더니만 애를 어떻게 뱄소? 딴 서방 봤는가?"

그녀가 번쩍 눈을 떴다. 화르르르 파란 불꽃이 피어올랐다.

"아이고 저년 눈구녕 좀 보소. 서방 따라 완전히 빨갱이가 다 됐구만.
얘들아! 긴 말 필요 없다. 정 안 나가면 방구들을 파버려!"

우르르 방으로 몰려들어온 경찰들이 곡괭이로 방구들을 내리쳤다. 백년
묵은 방구들이 곡괭이에 부딪쳐 불꽃을 튀기며 부서졌다. 그녀는 간신히
몸을 일으켰다.

"이 개 같은 놈들. 짐승이라도 이러진 않겠다아 이놈들아!"

시어머니가 바락바락 악을 쓰며 그녀를 일으켜 세웠다. 지리산 꼭대기
에서 불어오는 바람은 살을 엘 듯 차가웠고 여전히 눈보라가 흩날렸다. 비
척거리며 걸음을 옮기던 그녀는 눈보라에 가린 산꼭대기를 올려다보았다.
산은 아무도 오를 수 없을 것처럼 멀고 높았다.

"여보, 절대로 잡히지 말고 싸우세요. 저 짐승 같은 놈들에게 질 수는
없어요."

그녀와 시어머니는 목욕도 못 시킨 핏덩이를 안고, 할머니와 함께 살고
있는 그녀의 작은아버지 집을 찾아 나섰다. 친척들도 다 좌익이라면 몸을

사리지만 할머니도 있고 어지간히 사람 좋은 작은어머니여서 며칠 정도는 마음 편히 있을 것 같았다. 얼마간 시어머니와 작은집에 머물던 그녀는 그 부근에 방 한 칸을 빌렸다. 경찰의 눈이 두려워 몸을 푼 지 얼마 되지도 않은 손녀딸을 내보내야 하는 할머니는 갓난아이까지 딸린 그녀가 안쓰러워 안절부절못했다. 그러나 그 집에서도 오래 있을 수 없었다. 5.10단선 반대투쟁 때 곳곳에서 좌익들이 반동숙청이라 해서, 친일파 노릇을 하다 지금은 한민당에 가입해 좌익 탄압에 앞장서는 몇몇 사람을 처단한 다음부터는 날마다 경찰이 찾아와 못살게 굴었다. 시어머니는 당분간 남원 친정집에 가 있기로 했고, 다시 그녀의 떠돌이생활이 시작되었다. 그녀는 아이를 들쳐 업고 숨어 다니며 당의 지시에 따라 여기저기 연락원 노릇을 하고 다녔다. 남편은 어디에 가 있는지 얼굴 한번 볼 수 없었다.

10월이 왔다. 평소 같았으면 마지막 가을걷이로 한창 바빴으련만 봄부터 쫓겨나 떠돌아다녔으니 그해 농사는 아예 종친 셈이었다. 그녀야 이미 남편과 같은 길로 나섰으니 문제가 아니지만, 아무것도 모르는 시댁 식구들이 식량 하나 없이 어떻게 또 한 해를 넘길지 걱정이었다. 들판 어디나 마지막 햇살을 빨아들여 여물어가는 벼들이 황금빛으로 넘실거렸다.

23일, 그날도 드러나지 않은 조직원의 집에서 떠돌이생활을 하고 있던 그녀는 여수 14연대가 여수와 순천에 이어 구례까지 해방시켰다는 소식을 전해 듣고 단걸음에 자기 마을로 돌아왔다. 가을햇살이 따사롭게 내리쬐는 한낮에 신작로를 걸을 수 있다는 사실이 믿어지지 않았다. 처음으로 햇살을 본 아이도 눈이 부신지 등 깊숙이 고개를 묻고 칭얼거렸다. 오랜만에 마을사람들이 잔칫날을 앞둔 어린아이들처럼 들떠 있었다. 가까운 곳에 피해 있던 시어른들도 근 여덟 달 만에 집에 돌아와 묵은 먼지를 털어

내느라 정신이 없었다. 한동안 얼굴을 보지 못했던 좌익들도 모두 나와 인민위원회를 만든다, 사람을 뽑는다 난리였다. 그러나 남편은 다른 곳에서 일을 하는지 나타나지 않았다.

곧 군당에서 지시가 내려왔다. 면 여맹위원장으로서 해방기간을 이용하여 마을의 부녀조직을 확대, 강화시키라는 것이었다. 그러나 당시에 여자로서 할 수 있는 일이라곤 고작 연락원 일이었으니, 조직화를 어떻게 해야 하는 건지 알 리가 없었다. 주변에 도움을 청할 만한 사람도 없었다. 궁리 끝에 그녀는 그동안 좌익활동을 좋게 이야기하거나 동정하던 마을 아낙네들을 찾아다니며 조직원으로 포섭할 계획을 세우고 가능한 사람들을 꼽아 보았다.

그러나 실행에 옮길 틈도 없이 27일 아침 토벌대가 올라온다는 긴급정보가 들어왔다. 면당기관 사람들과 좌익에 협조했던 사람들 모두 허둥지둥 빈 몸으로 마을 뒷산으로 올라갔다.

아이가 딸려 제일 행동이 늦었던 그녀가 뒷산에 올랐을 때는 이미 다른 사람들은 어디론가 사라지고 보이지 않았다. 아이를 업은 채 길도 모르는 산으로 올라갈 수는 없고, 할 수 없이 혼자서 동네가 내려다보이는 안전한 장소를 찾아 몸을 숨겼다. 잠시 후 시커먼 연기가 푸른 하늘을 가리고 온 동네를 뒤덮었다. 여기저기서 숨넘어가는 비명소리가 황금빛 들녘으로 울려 퍼졌다. 산에 있는 사람들까지 연기에 질식할 지경이었다. 곡식 타는 냄새가 코를 찔렀다. 하루 종일 마을은 연기에 가려 보이지 않았다. 바람이 불어도 거센 연기는 흩어지지 않고 사람들의 비명과 울음을 실은 채 온종일 마을을 휘감고 있었다. 밤이 되어 토벌대가 물러간 뒤 마을로 내려갔더니 마을은 그야말로 아비규환이었다. 수많은 사람들이 죽고 잡혀가고 남은 사람들은 경찰이라는 말만 들어도 공포에 질렸다. 좌익들의 집과 재

117

산은 모조리 불태워지고 잿더미만 남아 있었다. 경찰들은 매일 낮마다 들이닥쳐 한바탕 마을을 뒤흔들고 돌아가곤 했다. 낮이면 그녀는 동네 뒷산에 숨어 있다가 어둠과 함께 마을로 돌아왔다.

사흘째 되는 날, 토벌대가 나갔는지 동네가 조용해졌다. 그녀는 어둠을 틈타 마을로 숨어들었다. 요 며칠 숨어 지낸 변 영감 집으로 들어서는 순간 골목에서 토벌대의 발소리가 들려왔다. 그녀는 엉겁결에 볏짚으로 된 두엄더미 안으로 몸을 숨겼다. 토벌대의 발소리가 점점 가까워졌다. 그녀를 본 것일까? 그녀는 아이의 입을 틀어막았다. 토벌대는 여기저기를 대검으로 쑤셔대며 "어서 나오라!"고 소리쳤다. 두엄더미 속으로 대검이 쑤욱, 소리 없이 파고들었다. 허리 근처로, 머리 위로, 귓가로 토벌대는 마구잡이로 대검을 쑤셔댔다. 심장이 오그라들어 아예 없어져버리는 것 같았다. 잠시 후 토벌대는 사라졌다. 그녀를 본 것은 아닌 모양이었다. 토벌대의 발소리가 사라진 뒤에도 그녀는 몸을 움직일 수가 없었다. 한참 만에야 그녀는 엉금엉금 두엄더미를 헤치고 나왔다. 위험하다고 붙잡는 집주인의 손을 뿌리치고 그녀는 밖으로 나왔다.

길에도 벌판에도 개미새끼 한 마리 얼씬하지 않았다. 그녀는 큰길을 피해 논두렁을 타고 개울을 따라 조심스럽게 부락을 빠져나갔다. 온몸에서 식은땀이 줄줄 흘러내렸다. 서너 시간 만에야 지천리 외갓집에 도착한 그녀는 외할아버지의 놀란 얼굴을 보는 순간 땅바닥에 털썩 주저앉았다. 갑자기 온몸의 힘이 빠져버린 것이다. 외갓집에서 사흘을 묵고 난 그녀는 먼동이 트기도 전에 붙잡는 외할아버지와 외삼촌의 손길을 뿌리치고 집을 나섰다. 만약에 거기 있다 잡히면 외갓집까지 쑥대밭이 될 판이었다. 동구 밖까지 따라나와, 나가면 죽는데 어디로 갈 거냐며 눈물짓던 외할아버지는 그녀의 모습이 사라질 때까지 지팡이에 기대서서 오랫동안 그녀를 지켜보았다. 그녀는 외할아버지의 따뜻한 눈길을 느끼면서도 뒤돌아보지 않았다. 외갓집에 몸을 숨기고 있으면 혹 살아날 수 있을지 몰랐다. 설사 잡힌다 해도 그때까지는 따뜻한 밥 먹고 편히 있을 수 있을 터였다. 그러나 숨어서 살 수는 없었다. 단지 목숨만 붙어 있다는 것이 얼마나 치욕스럽고 절망스러운 것인지 그녀는 알고 있었다. 자기를 그렇게 만든 게 무엇인지도 모른 채 그저 자기 삶이 아닌 것 같은 시집살이를 하면서 막막하고 답답하기만 했던 그 시절로 되돌아가고 싶은 생각은 꿈에도 없었다.

그녀는 이 골짜기 저 골짜기를 샅샅이 뒤지며 선을 찾아 헤맸다. 사나흘간 굶기도 했다. 아이는 아무리 빨아도 한 모금 나오지 않는 젖을 악착같이 빨아대다가 마침내 기진맥진해 울음을 터뜨렸다. 혹 선을 댈 수 있을까 해서 진압군이 주둔한 마을에도 숨어들었지만 좀처럼 선이 닿지 않았다. 할 수 없이 그녀는 위험을 무릅쓰고 온당리로 숨어들어갔다. 지난번 도망쳐 나온 변 영감 집에 가면 혹 선이 닿을지도 몰랐다. 변 영감은 조직원이지만 아직 노출되지 않은 상태였다. 그녀는 동네의 불빛이 다 꺼지기를 기다렸다가 변 영감 집 뒷문을 두드렸다. 벌컥 문이 열리더니 변센댁이 얼굴을 내밀었다.

"아이고. 자네가 안 죽고 살아 있었능가?"

한 달여 만에 따뜻한 아랫목에 앉자 일시에 긴장이 확 풀렸다. 배가 고팠다. 염치도 없이 쪼르륵거리는 소리를 들었는지 부리나케 나간 변센댁이 상을 차려왔다. 보잘것없는 찬 보리밥 한 덩이였지만 게 눈 감추듯 먹어치웠다.

"아나 내려놓소. 내가 볼라네."

그제야 등에 업은 아이를 내려놓았다. 하도 애를 업고 다녀서 등창 난

곳이 쓰려왔다.

"변 영감은 어디 가셨소?"

"요새 계속 집에 안 들어왔네. 아무나 잡아가는 세상이니 멀쩡헌 남정네가 집에 있을 수 있것능가. 아무튼 오늘 밤은 여기서 자게. 오늘 하룻밤이야 무슨 일 있것능가."

변센댁의 말을 귓전으로 들으면서 벽에 기댄 채 꾸벅꾸벅 졸던 그녀는 누군가 부르는 소리에 소스라쳐 잠이 깼다. 변 영감이었다.

"아이고 관산댁. 어디 갔다 인자 오셨소. 얼마나 찾았는디. 얼른 일어나시오. 당장 산으로 갑시다. 관산댁 찾아오라고 난리요."

그녀는 아이를 추슬러 업고 변 영감을 따라나섰다. 피곤하고 어두운 산길이었지만 혼자 산길을 헤맬 때와는 기분이 달랐다. 돌아가신 어머니라도 만난 기분이었다. 새벽녘에야 천은사 깊숙한 골에 숨어 있는 광의면당 사람들을 만났다. 낯선 사람들이 모두 뛰어나와 반갑게 그녀를 맞았다. 몇 날 며칠 옷도 갈아입지 못하고 수염도 깎지 못해 산적 같은 사내들이 아이를 받아 안고 그녀를 비트로 안내했다. 바닥에 깔린 돌이 아직 온기를 머금고 따뜻했다. 한쪽에서는 아침식사 준비를 서두르고 있었다. 집에서는 부엌 한번 들어가 보지 않았을 남자들이 제법 익숙한 솜씨였다. 사람들은 밥그릇을 들고 괜스레 그녀 주의를 기웃거리며 슬쩍 밥 한 수저를 덜어주곤 했다.

"많이 드시씨요."

씩 웃으며 밥을 덜어주고 가는 그들을 보며 그녀는 목이 메었다. 새벽안개가 걷히자 그들은 재빨리 안전한 곳으로 대피했다. 잠시 후 아침안개가 환하게 걷혀가는 산 위로 토벌대가 새까맣게 올라왔다. 사람들은 모두 산비탈에 엎드려 숨을 죽이고 있었다. 행여 발을 놀리다 나뭇가지가 흔들릴까 가슴을 졸였다. 날마다 그런 대피생활이 계속됐다. 아이 때문에 문제였다. 토벌대가 새까맣게 산을 덮고 이 잡듯 뒤지는 판에 철없는 아이는 울고 웃고 까르륵거렸다. 아이의 입을 틀어막는 것도 한두 번이지 당최 가슴이 조마조마해서 견딜 수가 없었다. 자칫 긴장을 풀었다가는 면당조직 전체가 박살날 판이었다. 어디 친척집에 아이를 맡겨볼 심산으로 여순사건 이후 부락마다 설치된 보초막을 피해 간신히 친척집 문을 두드렸다. 한참 후에야 사람이 나오더니 그녀를 보고는 자지러지게 놀랐다.

"누구 죽일라고 여그를 왔능가?"

말을 꺼내볼 틈도 없이 대문이 닫혔다. 시어머니가 있는 남원까지 갈 수도 없고, 다른 가족들은 어디 있는지 생사도 모르니 뾰족한 수가 없었다. 그렇다고 낯모르는 집 앞에 아이를 버릴 수도 없어서 그녀는 아이를 업은 채 돌아오고 말았다.

다같이 머리를 짜낸 끝에 다른 조직원들과 별도로 대피하기로 했다. 그러면 설령 아이 때문에 들키더라도 최소한 다른 동지들에게 피해는 주지 않을 것이었다. 서 있을 수도 없을 만큼 작은 비트였는데 빗물이 스며든 것인지 쪼그리고 앉아 있는 그녀의 허리까지 물이 차올랐다. 소변을 보러 갈 수도 대변을 보러 갈 수도 없었다. 해가 저물어 토벌대가 내려갈 때까지는 아침에 앉은 그대로 버텨야 했다. 다리가 붓고 아픈 것은 참는다고 해도, 한겨울에 차가운 물 속에 들어앉아 있자니 춥기도 하려니와 장이 상했는지 점점 설사가 심해지더니 나중에는 피똥이 나왔다. 그러나 선택의 여지가 없는 유일한 방법이었다. 참고 견디는 것 외에 뾰족한 수가 없었다.

고단한 생활이었지만 사람이란 또 어디에나 길들여지는 모양이었다. 그녀는 차츰 산생활과 조직생활에 익숙해져갔다. 누구도 그녀에게 남편의 소식을 전해주지 않았고 그녀 또한 묻지 않았다. 아이를 낳았다는 소식을 혹시 들었는지. 아이 얼굴 한번 본 적이 없는 남편이었지만 어디선가 열심히 싸우고 있으려니 생각하면 그녀 또한 힘이 솟았다. 아마 남편은 이런 상황에서도 예전처럼 장난기 가득한 얼굴로 사람들을 웃기고 있을 게 분명했다. 서로 자기가 속한 조직에서 열심히 자기 일을 하다 보면 언젠가 만날 수도 있을 테지. 지금 내가 밟고 선 이 지리산의 어느 자락을 그이도 밟고 서 있을 테지. 그녀는 간혹 따스한 눈으로 넓디넓은 지리산 자락을 바라볼 뿐이었다.

토벌대의 공격은 하루도 멈추지 않았다. 광의면당은 천은사골, 화엄사골, 문수골 등 주로 노고단 근처를 넘나들며 토벌대의 끈질긴 공격을 피해 다녔다. 토벌대가 물러간 밤에는 각 마을로 내려가 정보를 수집하거나 비밀조직을 만들고 보급투쟁을 하는 등 당 정비, 강화사업에 주력했다.

어느 날이었다. 그날도 여전히 광의면당은 새벽같이 아침을 먹고 화엄사골 능선에서 약 이백 미터 정도 올라간 중턱에서 대피 중이었다. 그때 능선 아래쪽에서 중년 여인네의 애절한 목소리가 들려왔다.

"춘산아! 춘산아아!"

간장을 엘 듯한 고함소리가 점점 가까워졌다.

"춘산아아! 에미가 왔다. 나오니라. 나오면 살려준단다. 춘산아, 어디 있냐. 어디 있냐 춘산아!"

기진맥진한 목소리는 차츰 면당이 대피한 쪽으로 다가오고 있었다.

"춘산 동무. 자네 부르는 소리 아니야?"

누군가 박춘산의 옆구리를 푹 찔렀다. 고개를 수그리고 있던 박춘산은 잠시 후 말도 없이 소리 나는 쪽으로 마구 달려가더니 어머니와 여동생, 남동생을 데리고 돌아왔다. 혹 토벌대의 작전일지도 모른다고 판단한 면당에서는 즉시 능선을 하나 넘어 문수골로 대피했다. 허겁지겁 그들을 쫓아온 박춘산의 어머니는 수용소에서 살다가 경찰들이 아들을 찾아오라고 하도 성화를 대서 예까지 왔는데 다시는 그 끔찍한 곳으로 내려가지 않겠다며 막무가내로 버텼다.

"죽어도 같이 죽고 살아도 같이 살자. 죽어도 안 내려갈란다. 그놈의 토벌대, 말만 들어도 지긋지긋하다. 우리도 여기서 너랑 살란다."

박춘산도, 다른 누구도 말이 없었다. 두 동생들도 박춘산을 붙들고 눈물로 애원했다. 고통스럽게 앉아 있던 박춘산이 굵은 눈물을 뚝뚝 흘리며 사람들을 돌아보았다.

"실은 어제도 보급투쟁 나갔다가 여동생을 만났소. 나도 오빠 따라 갈란다고, 지발 좀 데리고 가달라고 붙잡는 걸 혹시 경찰공작이 아닌가 싶어 뿌리치고 돌아섰는디…… 발이 안 떨어집디다……."

다른 사람들의 가족이라고 별다를까? 이미 토벌대의 손에 부모가 처형된 사람도 한둘이 아니었고, 다른 사람들의 가족도 모두 거지만큼도 대접해주지 않는 수용소에 들어가 있거나 생이별을 한 채 이리저리 뿔뿔이 흩어져 유랑민처럼 떠돌고 있는 형편이었다. 아무리 그래도 산생활보다는 밖에 있는 것이 편할 텐데 오죽하면 나이든 양반이 여기서 살겠노라고 억지를 쓰겠는가. 좌익 가족은 개보다 못하던 시절이었다.

그런 박춘산의 어머니를 쫓아낼 사람은 아무도 없었다. 그때 막내 박병주의 나이가 열다섯이었다. 잘 익은 밤송이처럼 단단하고 야무지던 병주는 나중에 남부군 사령관 박종하의 연락병을 지냈는데 어디에서 죽었는지 알 길이 없고 박춘산도, 그의 어머니도, 누이 정숙도 백운산과 지리산에서 토벌대의 총탄에 쓰러져 한 많은 눈을 감아야 했다. 무덤 하나 없이 온 식구가 남녘의 산에 뿔뿔이 흩어져 한줌의 흙으로 썩어간 것이다.

적과 아, 수많은 사람들이 역사의 한 장을 죽음으로 물들이며, 사건 많 았던 48년의 겨울도 차츰 저물어갔다. 처음 산에서 겨울을 맞는 사람들도 온몸으로 추위와 부딪치며 아슬아슬 겨울을 넘기고 있었다.

4

이현상과의 첫 대면

그녀가 살아온 스물두 해를 다 합친 것보다 더 복잡하고 어지럽던 48년도 어느덧 저물어갔다. 48년의 마지막 날이었다. 군당과의 연락을 맡고 있던 변 영감이 군당으로 소환된 사람들의 명단을 죽 불렀다. 그녀의 이름도 있었다. 저녁식사를 마치고 변 영감을 따라 길을 나서자마자 난데없는 겨울비가 퍼붓기 시작했다. 한여름 소나기처럼 굵은 빗발이었다. 비에다 안개까지 자욱하게 깔려 한치 앞도 분간할 수 없게 어두웠다. 뒷사람이 길을 잃지 않도록 흰 천을 꺼내 배낭 뒤에 매달았지만 그래도 앞사람을 제대로 따라갈 수가 없었다. 간신히 칠흑 같은 어둠을 헤치고 질매재(문수골에서 피아골 사이의 능선)에 도착했다.

"도저히 안 되것소. 여기서 밤을 보내고 내일 새벽에 길이 보이면 출발합시다."

자기 코앞도 분간할 수가 없어 서있는 자리에 그대로들 주저앉았다. 물이 철벅한 땅바닥이지만 앉고 보니 훨씬 편했다. 남자들이 부산하게 움직이더니 나무를 구해왔다. 변 영감은 그 어둠 속에서도 용케 비사리, 아구사리, 꽃대나무 같은 것들만 구해왔다. 비에 젖어도 잘 타는 나무들이었다. 비사리로 먼저 고깔불(고깔모양으로 세워서 불을 붙이는 것)을 놓은 뒤 큰 통나무로 모닥불을 피웠다. 축축하게 젖은 나무인데도 잘 탔다. 옴싹 물에 젖은 나무로 불을 붙이다니 신기했다. 이런 빗속에 모닥불을 피우다니, 예전 같으면 상상도 할 수 없는 일이었지만 산생활은 뭐든지 그랬다.

그녀는 아이를 안고 가만히 빗속에서 타오르는 모닥불을 바라보았다. 모닥불을 지펴놓고는 잠자는 것을 아예 포기하고 억수로 퍼붓는 비를 맞으며 밤새 오락회가 벌어졌다. 노래를 안 부르는 사람이 나무를 구해오기였다. 누구나 이 추위와 어둠 속에서 불가를 떠나 나무를 구하러 가고 싶을 리 없어서 열심히 노래들을 불러 젖혔다. 동네에서 몇 번 마주쳤는지 낯이 익은 조용식이라는 사람은 노래 대신 갖가지 짐승소리를 흉내 냈는데 어찌나 똑같은지 빗소리가 묻힐 만큼 폭소가 터져나왔다. 추위에 달달 떠는 아이를 모닥불 쪽으로 바싹 당겨 안고 있던 그녀도 눈물을 찔끔거릴 정도로 웃어댔다.

"음메에, 음메에……."

어미 소를 찾는 때 아닌 송아지 울음소리가 한겨울에 퍼붓는 비를 뚫고 멀리 퍼져나갔다. 다들 웃느라고 정신이 없는데 그녀 옆에 앉아 있던 변 영감이 슬그머니 자리에서 일어났다. 그녀가 얼른 변 영감을 붙들었다.

"영감님, 뭐 하시게요? 젊은 사람들이 구해오게 놔두고 노래 한 곡 부르세요. 노래 부르고 앉아 계시면 되잖아요."

"노래는 무슨…… 나는 노래 못해."

다들 붙잡아도 막무가내였다. 노래 안 불러도 좋으니 그만 앉아 계시라는 말도 뿌리치고 변 영감은 어둠 속으로 사라졌다. 한참 만에 변 영감은 통나무를 가득 안고 나타났다. 나무를 던져 넣자 화르르 불길이 거세게 피어올랐다. 변 영감은 그녀 곁으로 와 앉으며 아이의 머리를 쓰다듬었다. 모닥불 곁이라 추위가 풀렸는지 칭얼대던 아이는 살갗이 아프도록 퍼붓는 빗속에서도 쌔근쌔근 잘 자고 있었다.

"이놈, 이렇게 겨울비를 맞고 괜찮을란가."

아이의 머리를 부드럽게 어루만지는 변 영감의 손은 소나무 껍질처럼 울퉁불퉁 거칠고 투박했다. 가난한 농부로 농촌에서만 한평생을 살아온 변 영감, 다른 사람들 즐겁게 놀라고 소리 없이 피곤한 몸을 움직여 나무를 구해오는 변 영감에게 저절로 고개가 숙여졌다.

오락회는 밤새도록 계속됐다. 여전히 차가운 겨울비는 장대같이 퍼붓고 안개가 자욱하여 아침이 돼도 간신히 길을 분간할 수 있을 정도였다. 부옇게 드러난 길을 따라 피아골 군당 아지트에 도착하자 사람들은 마침 아침 식사를 하느라 콩을 삶고 있었다. 새해 첫날이었다. 쌀이 떨어졌다고 다들 삶은 콩 한줌씩을 아침밥으로 배식 받았다. 군당 아지트라 사람들이 제법 많았다. 면당에는 하나도 없던 여자도 드문드문 눈에 띄었다. 한쪽 구석에서 아이를 안고 젖을 먹이던 그녀는 깜짝 놀라서 벌떡 일어났다. 저만치 시아버지의 모습이 스쳐갔던 것이다.

"아버님!"

그녀는 포대기가 땅에 질질 끌리는지도 모르고 허겁지겁 시아버지를 향해 달려갔다. 그녀가 부르는 소리를 들었는지 시동생이 "형수!" 하고 외치며 뛰어왔다. 그녀가 막 시집왔을 때 젖먹이였던 일곱 살짜리 막내 시동생과 아홉 살짜리 시동생 둘이 시아버지보다 먼저 달려와 그녀의 치맛자락을 붙들고 반가워서 야단이었다. 그 사이 얼마나 고생을 했는지 통통하던 뺨이 움푹 패여 있었다. 언제나 정갈한 차림으로 점잖게 글을 읽던 시아버지도 구레나룻이 덥수룩하게 턱을 가리고 버선도 없는 맨발이었다. 불같은 성품의 당당했던 옛 모습은 찾아볼 길이 없었다. 그녀의 치맛자락에 매달리던 시동생들은 오래간만에 보는 조카가 신기한지 아이를 빼앗아 안고 어르며 장난을 쳐댔다.

어린 탓에 형수라는 말도 제대로 못하고 "형승! 형승!" 하며 끔찍이도 따르던 귀엽고 사랑스런 시동생들, 며느리밖에 모르던 시아버지, 눈시울이 뜨거웠다.

"아버님! 그동안 어떻게……."

"허……."

지금까지 겪어온 일이 꿈만 같은지 시아버지는 말을 잇지 못하고 긴 한숨만 내쉬었다.

"여기저기 댕겼제. 어른들은 집에 들어가셨고, 느이 시어머니는 남원에 가 있다는 말을 들었다. 우리는 도무지 집에 붙어 있을 수가 있어야제. 너희들 데려오라고 저 난리니……."

"여기는 어떻게 오셨습니까?"

"어디 갈 데가 있어야제 말이다. 너희들 얼굴이라도 볼까 하고 와 봤다."

모난 돌이 정 맞는다고, 제발 순리대로 살라고 언성을 높이던 어른이었다. 시아버지에게 무슨 죄가 있겠는가.

"애가 많이 컸구나. 애까지 데리고 네가 젤 고생이구나."

고물고물 손장난을 하는 아이를 가만히 지켜보던 시아버지가 그녀의 손을 꼭 쥐고는 남편과 시동생 규동이는 어찌 되었냐고 물었다. 남편의 소식은 물론이려니와 서북청년단에게 집에서 쫓겨난 후로 시동생 규동의 소식도 들은 적이 없었다. 그녀는 조용히 고개를 흔들었다. 시아버지는 그녀의 손을 더 힘주어 잡았다.

"아가, 애비는 죽어도 너는 꼭 살아야 한다, 꼭 살아야 해."

좀처럼 그치지 않을 것 같던 빗줄기가 어느 사이 함박눈으로 바뀌었다. 비에 젖은 땅이 금세 얼어붙으면서 쏟아지는 함박눈이 그대로 수북이 쌓여갔다. 눈을 맞으며 시아버지도 그녀도 돌 위에 걸터앉은 채 말이 없었다.

"형수! 우리 사흘이나 굶었소. 배고파 죽겠네. 밥 없는가?"

이상하게 젖먹이 때부터 시어머니보다 그녀를 더 잘 따르던 시동생들이었다. 그래서 밭에 나간 시어머니에게 시동생 젖을 먹이러 가는 일은 항상 그녀의 몫이었다. 엄마의 젖을 먹다가도 그녀가 팔을 내밀면 젖도 마다하고 얼른 그녀의 품으로 기어오던 시동생이 맨발로 폭우 속을 뚫고 그녀를 찾아와 밥을 달라고 초롱초롱한 눈망울을 반짝이며 그녀를 올려보고 있는 것이다. 그러나 밥이 나올 데가 없었다. 이럴 줄 알았더라면 아까 준 콩 한 줌이라도 남겨두는 건데. 그녀가 슬픈 눈으로 대답이 없자 일곱 살짜리 시동생은 시무룩하게 기가 죽은 채 더 이상 조르지 않았다. 한참 후에야 저녁이라고 또 콩 한 줌이 배급됐다. 그녀는 자기 몫의 콩을 시동생들에게 건네주었다. 그러나 둘 다 싫다고 고개를 흔들었다.

"형수 먹어요."

억지로 시동생들의 작은 손에 한 줌의 콩을 나눠주고 그녀는 뒤돌아서서 한참을 울었다. 허탈하게 앉아 있던 시아버지의 눈가에도 굵은 눈물이 맺혔다.

"아가, 어디 아픈 데는 없냐? 네 건강이 말이 아니로구나."

"속이 좀 안 좋은데 견딜 만합니다."

사실은 광의면당에서 찬물이 가득 찬 토굴에 들어앉아 며칠을 보낸 뒤로 날마다 피똥을 물처럼 쏟아내는 그녀였다. 시아버지는 주섬주섬 조끼 호주머니에서 작은 약봉지 하나를 꺼내주었다.

"어떻게 아픈지는 몰라도 안 먹는 것보다야 나을 것이다."

밤새 쉬지 않고 눈이 퍼부었다. 아침에는 피아골 전체가 새하얀 눈천지로 변해 있었다. 산을 삼켜버릴 듯 여전히 퍼붓는 눈 속을 헤치고 시아버지와 시동생들은 마을로 내려갔다.

"내려가란다……. 내려가라는데 가야제 별수 있냐."

조직원도 아닌 터에 연로한 시아버지가 아직 어린 아이들을 둘이나 데리고 생활하기에는 너무 불편한 곳이었다. 쫓겨 다니더라도 마을에 있는 것이 사는 데는 더 나을 터였다.

"가야제……."

그녀는 아이가 썼던 털모자를 벗겨 귀가 빨갛게 얼어 있는 일곱 살짜리 시동생에게 씌워주었다.

"도련님, 산에서 나 봤다는 말 절대로 하지 말아요. 누가 물어도 모른다고 해야 돼요. 알았죠?"

시동생 둘 다 눈물이 그렁그렁한 채 고개를 끄덕거렸다.

"애라도 데려갔으면 좋겠다만……."

그 말에 대답이라도 하듯 아이가 자지러지게 울어댔다. 당장 오갈 데도 없는 시아버지가 갓난아이를 데려간들 무슨 수가 있겠는가. 산에 있어도 마을로 내려가도 아이에겐 어디나 지옥일 터, 그렇다면 어미 옆에 있는 편이 나으리라. 허리까지 쌓인 눈을 헤치며 어린 시동생들은 금방이라도 쓰러질 것처럼 휘청휘청 위태롭게 산을 내려가기 시작했다. 눈은 하염없이 내렸다. 눈에 파묻힌 산 속을 해진 양말도 없이 맨발로 이리저리 헤매다 며칠 만에 마을에 들어선 그들은 곧장 경찰에 체포됐다. 경찰은 앉아 있을 기력도 없을 만큼 지친 이들을 붙잡아놓고 어디에 갔다 왔는지 바른 대로 불라며 모진 고문을 시작했다. 철없는 일곱 살짜리는 곤봉 앞에서 형수와의 약속도 잊어버린 채 "산에 갔다 왔소"라며 울음을 터뜨렸고 지칠 대로 지친 시아버지도 산에 가서 며느리 얼굴 좀 보고 왔노라고 털어놨지만, 아홉 살짜리 시동생만은 죽어도 입을 열지 않았다. 곤봉에 얻어터진 귀 한쪽이 절반이나 찢어져 피가 철철 흐르고 덜렁거리는데도 그는 입을 꾹 다물고 있었다. 보다 못한 시아버지가 그를 달랬다.

"아이 아가, 봤다고 그래라. 형수 봤다고 그래."

귓가에서 흘러내리는 핏물보다 더 진한 눈물을 뚝뚝 흘리며 아이는 소리쳤다.

"아니요! 안 봤어라. 형수 안 봤다고라. 나는 산에도 안 갔어라!"

아홉 살짜리 소년은 기어이 형수와의 약속을 지켜낸 것이다. 어린 시동생이 자기와의 약속을 지켜내느라 어떤 고초를 당하고 있는지도 모르면서 그녀는 시간만 나면 시아버지와 시동생들이 힘없이 걸어 내려가던 골짜기를 쳐다보았다.

그 날 이후 그녀는 시아버지를 다시는 만나지 못했다. 며느리 얼굴 한번 보았다는 죄로 끝내 총살을 당하고 말았던 것이다. 그토록 그립던 아들의 얼굴도 보지 못한 채 시아버지는 재판도 없이 말뚝에 묶여 한 많은 세상을 떠났다. 비슷한 이유로 끌려온 죄 없는 십수 명의 사람들이 저승길에 동행했으니 천만다행, 외롭지는 않았을 거라고 위안이라도 할 것인가. 물론 이 사실을 알 리 없던 그녀는 하염없이 쏟아지는 눈 속으로 희미해지던 시아버지의 구부정한 뒷모습과 자꾸만 뒤돌아보던 시동생들의 여윈 눈망울이 좀체 지워지지 않았다. 형수, 하고 다정하게 부르며 시동생들이 어디선가 장난기 서린 얼굴로 뛰어올 것 같았다.

그 골짜기로 웬 젊은 남자 셋이 올라오고 있었다. 쌍둥이처럼 세 사람 모두 껑충하고 호리호리한 몸집에 목에는 빨간 스카프를 두르고 있었는데 세찬 겨울바람에 휘날리는 빨간 스카프가 유난히 눈에 띄었다. 그중 한 사람은 얼마 전 그녀가 군당으로 올 때 비 내리는 밤의 오락회에서 송아지 울음소리를 기가 막히게 흉내 내던 조용식이었고, 또 한 사람은 가끔 얼굴을 본 적이 있는 선전부장 박귀성이었다. 등사기를 짊어지고 맨 왼쪽에 서 있는 남자만 낯이 설었다. 그들의 흥얼거리는 콧노래 소리가 점점 가까워졌다.

최후의 결전을 맞으러 가자
생사가 운명의 판가리다
나아가자 나아가 승리의 길로……

그들은 뭐가 그렇게 좋은지 연신 함박웃음을 터뜨리며 다가오고 있었다. 조용식과 박귀성이 그녀에게 씽긋 눈웃음을 치며 지나갔다.

등사기를 짊어진 남자가 누구인지, 그가 나중에 그녀와 어떻게 만나게 될지도 모르는 채 두 사람의 짧은 첫 만남은 그렇게 스쳐갔다. 그러나 그녀의 가슴속에는 세 남자의 활기찬 모습과 힘차게 휘날리던 빨간 스카프가 오래도록 남아 있었다. 등사기를 짊어진 남자는 바로 유혁운이었다. 그때로서는 상상도 할 수 없었지만, 최후의 시기가 지나고 절망에 빠져 새롭게 주어진 삶 앞에서 방황하던 시절에 다시 만나 동지로 연인으로 부부로 살아갈 바로 그 유혁운이었다.

세 남자의 밝은 모습을 보며 그녀는 다시 힘을 찾았다. 그녀에게만 주어진 고통이 아니었다. 웃으며 노래하는 저들 모두의 가슴속에도 그녀 못지않은 고통이 숨어 있을 것이었다. 이 고통에서 해방되려면 싸워서 이기는 수밖에 없었다. 아이를 낳을 때 차라리 죽고 싶을 만큼 통증이 밀려왔고, 그만한 진통 끝에야 새 생명이 태어났다. 그녀는 마음을 다잡았다.

눈앞의 작은 고통 하나하나에 연연해서야 무엇을 할 수 있겠는가. 작은 고통이 두려워 주저앉아 있다가는 더 엄청난 고통을 겪어야 하는 법이었다.

군당생활이 시작됐다. 군당생활은 광의면당에서보다 훨씬 수월했다. 우선 차가운 물구덩이 안에 들어가 있지 않아도 되었고, 면당보다 더 깊은 골짜기여서인지 토벌대들의 수색도 그쪽보다는 적은 편이었다. 면 여맹위원장이긴 했지만 비합법 상황에서 마땅히 할 수 있는 일이 없었다. 그녀는 밥 짓는 일부터 자신이 할 수 있는 일들을 찾아가면서 충실하게 조직생활을 해나갔다.

49년 3월 20일경 지리산 깊은 골짜기에도 서서히 봄이 오고 있었다. 어떻게 보낼까 난감하기만 했던 겨울이 어느새 봄기운에 쫓겨 가고 있었다. 유격활동을 하는 사람들에게 봄은 가장 즐거운 소식이었다. 여전히 폭설이 내리는 날도 있었지만, 눈이 내려도 양지쪽은 하루만 지나면 질퍽하게 녹았다. 그녀의 아이도 따스한 봄빛을 받으며 무럭무럭 자라났다. 잘 나오지도 않는 젖을 두 손으로 다부지게 움켜쥐고 빨아대는 아이를 가만히 들여다보고 있노라면 미안하기도 하고 안쓰럽기도 했다. 편하게 집에서 살던 때라면 최씨문중 종손이니 떠들썩한 돌잔치라도 치렀으련만 잔치는커녕 언젠지도 모르고 돌이 지났고, 굶기를 다반사로 했던 아이였다. 그래도 다른 아이들과 똑같이 작은 이빨이 돋으면서 칭얼거리기도 하고 아버지를 닮아서인지 아무것도 아닌 일에 꺄르륵 꺄르륵 숨이 넘어가도록 잘 웃기도 했다. 그러나 아이의 웃음을 봐도 암담할 뿐이었다. 이 아이가 어떻게 산에서 살아갈 수 있을까. 아이의 앞날을 생각하면 한숨부터 나왔다. 과연 좋은 세상이 올 때까지 살아남을 수 있을지…….

양지 녘에서 아이를 어르며 생각에 잠겨 있던 그녀는 누군가 부르는 소리에 번쩍 고개를 들었다. 군당책 박대수와 사십대쯤 되어 보이는 웬 낯선 사람이 서 있었다.

"중앙당에서 오신 노 동무요!"

그녀는 아이를 땅바닥에 내려놓고 노 동무라는 사람과 악수를 나눴다. 작달막한 키에 인자하고 부드러워 보이는 얼굴이었는데 매섭게 빛나는 눈 때문일까, 범상치 않은 인물일 거라는 느낌을 주었다.

"고생하오!"

눈길을 거두다 문득 노 동무의 신발이 눈에 들어왔다. 너덜너덜하게 다 해진 신발은 축축하게 젖어 있고 찢어진 운동화 틈 사이로 맨발이 내비쳤다. 그녀는 노 동무가 다른 사람들과 인사를 나누러 떠나간 뒤 자신의 짐을 뒤져 보았다. 다행히 얼마 전에 누군가 버선을 해 신으라고 준 헝겊조각이 있었다. 그녀는 아이를 등에 업고 어르면서 따뜻한 양지에 앉아 버선을 만들었다.

남편을 위해 집 툇마루쯤에서 따끈하게 내리쬐는 봄햇살을 맞으며 한가롭게 버선을 짓고 있는 것 같은 느낌이었다. 남편과 살 때는 단 한 번도 그런 기쁨을 누려본 적이 없던 그녀였다. 그러나 이제는 어느 동지 한 사람 남편만큼 소중하지 않은 이가 없었다. 아니 어쩌면 그 이상으로 소중하고 귀한 동지들이었다. 그녀는 아이를 추슬러 업은 채 다된 버선을 들고 노 동무를 찾아갔다. 중앙에서 왔다는 노 동무가 뭐하는 사람인지 누구인지도 잘 모르지만 그녀는 동지의 헐벗은 발을 따뜻하게 해주고 싶었다.

"선생님!"

그녀는 말없이 버선을 내밀었다. 노 동무는 그녀가 내미는 버선을 받아들고 싱긋이 웃었다.

"고맙소. 잘 신겠소. 그런데 내가 버선이 없는 줄을 어떻게 알았소?"

노 동무는 당장 그 자리에서 버선을 신어보았다. 발에 마침 맞았다.

"어쩌면 이리 딱 맞게 만들었소? 이옥자(이옥남의 가명) 동무라고 했소? 눈썰미가 아주 좋구만요."

그녀의 눈썰미보다 노 동무의 기억력이 더 비상했다. 단 한 번 인사를 나눴을 뿐이고 군당에만도 백여 명이 넘는데 어떻게 자신의 이름을 기억하고 있는지 신기했다. 그 뒤로 몇 번 구례군당에 들른 노 동무는 그녀를 보면 다가와 아이를 얼러보기도 하고 안아주기도 하면서 그녀를 격려하곤 했다. 이 노 동무가 바로 그 유명한 남부군 총사령관 이현상이었다. 그녀는 얼마 후 남부군으로 소환되어 이현상의 측근에서 일하게 된다.

안타깝기만 한 날들이 자꾸 흘렀다. 아이 때문에 제대로 일도 하지 못하고 고작 소소한 일이나 거들면서 동지들의 위험을 가중시키는 자신의 조건이 그녀는 못 견디게 안타까웠고, 아이에게는 어미로서 젖 한번 제대로 못 먹이는 자신이 미안했다. 처음에는 모든 것이 뭔지는 몰라도 자기가 잘못했기 때문일 거라고 생각했지만 차츰 그녀는 자기에게 주어지는 엄청난 고통이 불평등한 세상에서, 그리고 그 불평등을 유지시키려는 독재권력에서 연유한 것임을 깨달았다. 아이를 맡기러 간 그녀의 말을 듣지도 않고 대문 앞에서 돌려세우던 친척에게 느꼈던 불편한 감정의 찌꺼기도 그제야 버릴 수 있었다. 그 사람을 욕할 문제가 아니었다. 좌익의 아이를 맡았다가는 당장 자기 목에 칼이 들어오는데 아무리 착한 사람인들 목숨이 둘이 아닌 다음에야 아이를 맡을 수 있겠는가. 자신들의 권력 유지를 위해서는 자기들에게 반대하는 모든 사람을, 심지어는 핏덩어리 아이까지도 무참히 짓밟는 것, 그게 바로 적들의 본질이었다. 그렇다면 나는 무엇을 할 것인가?

그녀의 눈빛은 날이 갈수록 단단하고 매서워졌다. 키가 작아 동생을 업으면 동생의 다리가 땅에 질질 끌리던 어린 시절 종이가 없어 검정 숯으로

벽이란 벽마다 잔뜩 글씨를 썼다가 두들겨 맞던 여자, 공부가 하고 싶어 일본으로 가려다 아버지에게 들켜 강제로 시집을 가야 했던 여자, 시집가기 싫어 머리를 싹둑 잘라버렸던 그 여자는 이제 자신의 삶을 갉아먹던 모든 족쇄를 끊고 당당한 인민의 전사로 우뚝 서가고 있었다.

5_
우연한 만남

군당의 방침에 따라 49년 4월, 조직과 격리되어 따로 지내게 될 비밀 아지트로 떠나는 그녀의 마음은 한없이 무거웠다. 언제쯤 다시 동지들과 만날 수 있게 되려는지. 아이가 있는 한 불가능한 일인데……. 아이를 어디다 맡길 수 있는 길이 없을까? 산에 있는 아이의 운명이 어떤 것일지 그녀는 더 이상 생각하기도 싫었다.

광의 출신의 최 동무라는 임신부와 함께 천은사골에 있는 한 비트에서 숨어 지낸 이틀 뒤 밤늦게 광의면당 간부 두 사람이 찾아들었다. 몇 시간 대기하다 떠날 모양이었다. 최 동무와 둘만 있어도 비좁은 비트 안에 넷이 있자니 눕지도 못하고 아이를 안은 채 앉아서 꾸벅꾸벅 졸던 그녀는 벼락같은 고함소리에 놀라 고개를 번쩍 쳐들었다.

"옥남아! 뭐하고 있냐! 애기 울리지 말고 요 너머 골짝으로 가거라!"

분명 돌아가신 어머니의 목소리였다. 꿈결이 아닌 듯 하도 생생한 목소리에 놀라 주위를 둘러보는데 소변이라도 보려는 참인지 면당 간부가 막 밖으로 나가고 있었다. 순간 쉬쉬쉿 하는 낮은 신호소리와 마른 풀잎이 스삭거리는 소리가 들려왔다. 그때까지 졸고 있던 두 사람이 어느 사이 튀어나가고 있었다. 그녀도 아이를 얼른 들쳐 업고 포대기와 띠를 챙길 새도 없이 그들을 뒤따랐다. 그때였다.

"손들엇!"

동시에 강렬한 플래시 불빛이 터졌다. 평소 같으면 상상도 못했을 날렵한 동작으로 그녀는 불빛을 피해 재빨리 바로 옆의 작은 바위 뒤로 몸을 날렸다.

"없다!"

"잡아라!"

고함소리와 함께 적들이 주위로 좍 흩어지며 마구잡이로 총을 쏘아댔다.

아직 산생활도 익숙지 않은데다 지리도 잘 알지 못하는데 총탄은 사방에서 날아들고 옴짝달싹할 수가 없었다. 그녀는 발에 걸린 띠를 가만히 주워 아이를 동여매고 주위를 살펴보았다. 그녀가 숨어 있는 바위 뒤로 능선까지는 백 미터가 조금 넘는 거리였는데 서서 걸으면 땅에 코가 닿을 정도로 가파른 비탈이었다. 무조건 적의 동태를 살필 수 있는 곳으로 피해야 한다던 말이 퍼뜩 스쳐갔다. 먼저 도망친 동무들이 좌우 능선으로 빠진 탓인지 토벌대들도 비트 양 옆으로 흩어진 듯 그쪽에서 토벌대들의 외침이 들려왔다. 날이 밝으면 지금 숨어 있는 바위 뒤야 들통 날 게 뻔해서 그녀는 별수 없이 가파른 능선을 오르기 시작했다. 빨치산의 은폐물을 없애기 위해 토벌대가 불을 댄 비탈에는 그녀의 작은 몸뚱이를 숨길 만한 나무하나 없었다. 산 아래는 온갖 꽃들이 화사한 4월이었지만 지리산 음지쪽에는 야산인데도 늦게 내린 봄눈에 발이 푹푹 빠졌다. 한 걸음을 옮기기가 태산을 옮기는 것만큼 힘들었다. 게다가 경사가 워낙 급한 눈밭이라 기를 쓰고 한 발 올라가면 두 걸음씩 미끄러졌다. 미끄러지면서 어둠 속을 더듬어 타다 남은 비사리나무라도 붙잡으면 숯이 된 가지가 사글사글 바스러지거나 뿌리째 뽑혀버리는 통에 눈 위로 나동그라지기 일쑤였다. 그동안에도 총소리는 사방에서 들려왔다. 고작 백 미터 정도밖에 안 되는 거리인데 간신히 능선에 올랐을 때는 이미 환하게 동이 튼 후였다. 능선엔 어지러운 발자국과 함께 그때까지도 모닥불을 피우고 난 숯불이 발갛게 이글거리고 있었다. 밤새 진을 치고 있던 토벌대가 방금 막 떠난 모양이었다. 조금만 더 빨리 왔더라면, 아이가 한 번이라도 울음을 터뜨렸다면 꼼짝 없이 이 세상 목숨이 아닐 판이었다. 차츰 총소리가 가라앉고 있었다. 다른 동무들은 어떻게 됐을까?

낯선 능선에 홀로 서서 어디로 가야할지 막막하게 서 있던 그녀는 그곳에서 제일 가까운 화엄사골에 있을 광의면당을 찾기 위해 무조건 동쪽을 향해 걷기 시작했다. 어디가 어딘지 분간을 할 수 없으니 무작정 해 뜨는 방향만 보고 걸을 수밖에 없었다. 토벌대의 눈에 띌까봐 그녀는 좋을 길을 버리고 아사리 구멍(가시덩굴이나 잡목이 꽉 들어찬 숲)을 헤치면서 능선을 몇 개 넘었다. 발길 닿는 대로 걷다 보니 작은 소릿길이 나왔다. 아무래도 산사람들이 다니는 길 같아 그 길을 따라 걷던 그녀는 무심코 앞을 보았다가 소스라치게 놀랐다. 오십 미터 앞이 온통 누랬다. 기백 명이 넘어보이는 토벌대의 누런 군복 때문이었다. 자기도 모르는 사이에 본능적으로 그녀는 이미 산비탈에 몸을 숨기고 있었다.

그저 동쪽으로 동쪽으로 하염없이 걷고 있는데 바로 옆에서 낯익은 수화 소리가 들렸다. 둘레둘레 찾아보니 새벽에 갈라진 일행이었다. 세 명이 함께 피해 다닌 모양으로 모두 무사했다. 얼마나 반가웠는지 긴장이 일시에 풀리면서 온몸이 욱신욱신 아파오기 시작했다. 정신을 차리고 자기 모습을 살펴보았더니 정말 가관이었다. 다 해진 짚신을 신을 새도 없이 버선발로 튀어 나왔는데 그나마 눈 속에 파묻힌 발을 빼내다가 버선도 함께 빠진 모양인지 두 발 다 버선도 없는 맨발이었고, 살점이 뚝뚝 떨어져 피범벅인 발은 보랏빛으로 퉁퉁 부어 있었다. 눈밭이나 아사리 구멍을 맨발로 헤치고 다녔으니 당연했다. 한심하기 짝이 없는 자기 발을 멍청하게 쳐다보다가 불현듯 등에 업혀 있을 아이가 생각났다. 띠가 느슨하게 풀어져 엉덩이께에 걸쳐 있는 아이를 내려놓았다. 옷은 갈가리 찢어져 푸르둥둥한 맨살이 다 드러나고, 긁히고 찢겨 피투성이인 아이는 새파랗게 얼어 숨조차 희미했다. 모두 달려들어 아이의 몸을 주무르고 젖을 먹이고 한참 북새를 떨고 나자 젖을 물린 아이의 입이 고물고물 움직이기 시작했다. 생명이란 참 끈질기기도 했다.

면당으로 가기 위해 어둠을 더듬어 길을 나선 그들은 뜻밖에 사오십 명의 빨치산 부대와 마주쳤다. 이현상부대에서 보급사업 나오는 길이라고 했다. 무심코 사람들을 둘러보던 그녀는 한 남자에게 문득 눈길을 멈췄다. 근 일 년 반 만에 만나는 남편 최윤호(최규복의 가명)였다.

너무 오랜만이어서일까, 아니면 오늘 당한 일에 놀란 탓일까. 남편을 봐도 별 감각이 없었다. 피투성이 모자를 표정 없는 얼굴로 바라보던 남편은 그녀 일행과 합류하여 숙영지를 정한 다음에야 그녀 곁으로 다가와 그녀의 팔에서 아이를 건네받았다. 제 볼에 따가운 뺨을 부비는 사람이 제 아버지인 줄도 모르는 아이는 익숙한 습성으로 울지는 않고 둘레둘레 낯선 사람들을 쳐다보았다. 고생했다는 말도, 뭐 어쩌라는 말도 없이 잠시 아이를 안고 있던 남편은 훌쩍 일어나 자기 부대 쪽으로 가버렸다. 다음날 아침 그녀가 깨어났을 때 남편은 이미 떠나고 없었다. 대신 남편의 분신인 양 서투른 솜씨로 만들어진 새 짚신 한 켤레가 머리맡에 놓여있었다. 일에 지쳐 남편이 돌아오는 줄도 모르고 정신없이 자고 있는 그녀의 팔다리를 주물러주던 남편의 손길처럼 발에 꼭 맞는 짚신은 포근하고 따스했다.

광의면당을 통해 군당에 복귀한 그녀는 군당책의 지시에 따라 다시 임신부 최 동무와 함께 마천골로 가게 되었다. 군당에 있으면 위험하고 현 상황에선 사업을 할 수도 없으니 조건이 좋아질 때까지 안전한 곳에서 대기하라는 것이었다. 14연대 출신으로 구례군당에 와 있던 스물도 안 돼 보이는 어린 연락원을 따라 그녀는 최 동무와 꼬박 하루를 걸어 마천골에 있는 제기막(제기나 목기를 만들기 위해 지어놓은 통나무집)에 도착했다. 보급사정이 좋지 않아서 가지고 온 식량은 고작 쌀 두 되 정도였다. 보급이 되는 대로 갖다 주기로 했지만 사업에 바쁜 군당도 굶주리는 판에 언제 올지 기약도 없었다.

화전민 같은 단출한 생활이 시작되었다. 제기막 옆으로는 꽤 큰 개울이 흘렀다. 반야봉에서 함양 쪽으로 뻗어 내린 마천골은 크고 깊었다. 여자 둘과 갓난아이만 살기에는 조금 외롭기도 했지만 외로움 같은 것은 한가한 소리였고, 골이 깊은 탓에 토벌대의 발길이 닿지 않아 무엇보다 안전해서 좋았다. 쌀을 최대한 아끼느라 하루 두 끼씩 간에 기별도 안 갈 만큼 요기나 하고 낮에는 혹시 모르니 산상에서 대피를 하면서 그녀는 군당의 연락이 오기만 손꼽아 기다렸다. 아무 도움도 되지 못하고, 도움은커녕 어렵게 구한 쌀만 축내는 쓸모없는 짐덩이 같은 자신이 죄스럽기 짝이 없었다. 왜 아이를 낳았을까? 아이만 없었더라도 무슨 일이든 할 수 있었을 텐데. 그러나 생기면 생기는 대로 아이를 낳을 수밖에 없는 시절이었다. 아니, 그렇더라도 세상이 이렇게 험해질 줄 알았었다면 무슨 수를 써서라도 아이를 지웠을 것이다. 아니, 경찰들이 좌익 가족이나 친척까지 잡아 죽이지만 않았더라면 아이 하나쯤 시부모가 키울 수도 있었고 어디 친척집에라도 맡길 수 있었다. 아이와 동지들에 대한 죄책감에서, 한편으로는 일제시대보다 더 처참한 세상을 한탄하고 증오하며 그녀는 괴로움에 시달렸다.

좀처럼 연락은 오지 않았고 봄볕은 하루가 다르게 짙어갔다. 아직도 밤중에는 쌀쌀했지만 한낮이면 따스한 봄볕에 꾸벅꾸벅 신세 좋은 졸음이 쏟아지기도 했다.

　단오 이전에는 아무 풀이나 먹어도 독이 없다던 간부들의 말이 생각나 냇가에 비죽비죽 고개를 내미는 고사리밥풀을 뜯어먹기도 하고 참꽃(진달래)을 따먹기도 하고 닥치는 대로 나물을 뜯어먹으며 최대한 쌀을 아꼈지만, 이십 일이 지나자 가져온 식량은 바닥이 나고 말았다. 사나흘간은 나물만 한 솥씩 삶아 배를 채우거나 물로 끼니를 때웠다. 나물이 독했는지 계속 설사를 하는 바람에 탈진상태가 돼 움직일 수도 없었다. 처참한 굶주림이 계속되었다.

　쌀이 떨어진 지 열흘이 지나도 연락원은 오지 않았다. 이제는 나물이고 물이고 입에 닿기만 하면 소태처럼 써서 아무것도 입에 댈 수가 없었다. 손발에 힘이 빠지기 시작하더니 차츰 눈이 어두워지고 힘차게 들려오던 물소리도 가물가물 멀어져갔다. 아이는 기를 쓰고 젖만 빨아댔다. 젖이라고 나올 리가 없건만 아무리 밀쳐내도 아이는 악착같이 달라붙었다. 너무 세게 떠다미는 바람에 나무 바닥에 쾅 머리를 부딪치고도 아이는 울지 않고 비실비실 일어나 다시 달려들었다. 나중엔 떨쳐낼 힘도 없어 그냥 내버려 두었는데 어찌나 세게 빨아대는지 창자까지 다 빨아올리는 것 같았다. 젖꼭지가 찢어져 피가 흐르고 진물이 흘러도 아이는 떨어지지 않았다. 삶에 대한 본능은 말 못하는 아이에게도 있었다. 아이는 차츰 기력을 잃어가는지 젖꼭지에 입만 댄 채 가슴에 달라붙어 있더니 드디어 엄마의 가슴도 떠나 차가운 땅바닥에 떨어져 의식을 잃어갔다.

　굶은 지 십삼 일 만이었다. 밖에서 철썩 하는 쇳소리가 가느다랗게 들려왔다. 적인가 하는 순간 잠시 정신을 잃었던 그녀는 누군가 자기를 부르며 흔들어대는 통에 부스스 눈을 떴다.

"미안해요, 미안해요……."

눈도 침침해 흐릿하게 윤곽만 보이는 사람은 적이 아니라 그토록 애타게 기다리던 연락원이었다.

"애기가 불쌍해요. 이 동무!"

훌쩍훌쩍 울면서 연락원은 정신없이 주머니를 털어 날콩 몇 개를 꺼내 씹더니 아이 입에 넣어주었다. 의식이 없으니 삼킬 리가 없었다. 자꾸 입 밖으로 흘러내리는 걸 손가락으로 훑어 아이의 입에 넣어주고는 또 생쌀을 씹어 아이에게 먹였다. 그 와중에도 연락원은 내내 굵은 눈물을 훔치고 있었다.

"이봐요. 그렇게 울지만 말고 미음이나 끓여요. 쌀을 조금만 넣고 밀쩡하게(묽게) 끓여야 해요."

간신히 있는 힘을 다해 그녀가 쥐어짜듯이 말을 꺼내자 연락원은 후닥닥 자기 배낭에서 비상미를 꺼냈다.

"저기, 사흘 전에도 다른 연락원을 보냈는데 아무도 없다고, 행방불명이라고 해서 나는 현장조사차 나온 건데……."

그럴 리가 없었다. 다녀가지도 않고 허위보고를 하다니……. 그러나 분노도 생기지 않았다. 날콩과 생쌀을 조금 넘긴 아이는 신기하게도 금방 정신이 들어 조금씩 몸을 움직이기 시작했다. 숭늉보다 더 묽은 미음을 끓이는 동안도 내내 어쩌나 어쩌나 하면서 울먹이던 어린 연락원은 반 되도 안되는 자기 비상미를 다 털어주면서, 돌아가서 보고하고 식량을 가져오겠다며 떠났다.

금방 오겠다던 연락원은 일주일이 지나서야 뉘가 반이나 섞인 쌀 두어 되를 가지고 돌아왔다. 군당도 보급사정이 어려워 식량이 없다는 것이었다. 그러면서 군책의 지시라고 조금만 더 참으라고 했다. 언제 올지 알 수 없는 연락원에게 목숨을 저당 잡힌 신세로 또 막막한 시간이 흘렀다. 두 되라고는 하지만 뉘가 반이나 섞인 그 쌀을 갖고 얼마나 버텼는지, 간신히 지팡이를 짚은 채 일어서기는 했지만 눈도 침침하고 귀도 캄캄하고, 그녀는 죽을 날이 머지않았으리라 마음을 다져먹었다. 그러면서도 무슨 웃을 기분이 났던지 산나물 삶던 버릇대로 불 때던 부지깽이로 미음을 휘휘 저어놓고는 최 동무와 얼굴을 마주보며 쑥스러운 웃음을 터뜨리기도 했다.

6월 초순경 뜻밖에도 군책 신오동이 새벽녘에 연락원도 없이 혼자 나타났다. 무슨 영문인지 알 길이 없었다. 나타나자마자 고생 많았다며 그동안 당 사정이 좀 좋아졌으니 같이 가자고 재촉이었다. 명령이라 따라나서기는 했지만 두 다리는 후들거리고 눈이 어두워 한치 앞도 분간할 수가 없었다. 꼭두새벽에 출발해서 봉사 꼴로 더듬거리며 피아골에 있는 군당에 도착한 것은 자정도 훨씬 지나서였다.

다음날 만나는 사람들마다 그녀와 아이를 보며 혀를 찼다. 그렇지 않아도 작은 몸집에 깡말라 살이라고는 단 한점도 남아있지 않은 몰골로 혼자서는 제대로 서 있기도 힘들 지경이니 그럴 만도 했다. 자신의 손을 잡으며 눈시울을 적시는 사람들이 희미하게 어른거리는 모습을 그녀는 아무 생각 없이 초점 없는 눈으로 바라보았다. 연락원의 말과 달리 그럭저럭 먹고 사는 모습이 그녀에게라고 보이지 않을 리 없었지만 원통하다거나 분하다는 생각도, 뭔가 잘못되었다는 생각도 정말 들지 않았다. 그러나 어쩐지 군당 분위기가 심상치 않다는 것은 그녀도 몸으로 느끼고 있었다.

사람들과 간신히 인사만 나누고는 너무 피곤해 트 안에서 쉬고 있는데 누군가가 성큼 다가와 축 처져있는 아이를 끌어안았다. 남편이었다. 어쩐 일이냐고 그녀도 묻지 않았고 그 역시 단 한마디도 건네지 않았지만, 여간해서는 자신의 감정을 드러내지 않는 남편의 얼굴빛이 좋지 않았다. 쓸데

없는 짓 하지 말라며 밥상을 내던지던 시아버지에게 조금도 지지 않고 달려들던 바로 그때의 모습이었다. 화가 난 것 같기도 했고 뭔가를 꾹꾹 눌러 참는 것 같기도 했다. 말이 필요 없다는 듯 남편은 또 어디론가 휙 사라져갔다.

"형수!"

남편이 떠난 뒤 깜박 잠이 들었는데 누군가 조용히 곁에 와 앉으며 그녀를 흔들어 깨웠다. 간신히 정신을 차려보니 뜻밖에 시동생 규동이었다. 규동이 어떻게 여기 와 있을까.

"형수, 이거 좀 드세요."

어디서 가져왔는지 김이 모락모락 오르는 따뜻한 쌀밥이었다.

"도련님이 여기 웬일이세요?"

대답도 없이 규동이 물기 젖은 눈으로 자꾸 밥을 먹으라며 밥그릇을 그녀 앞으로 밀어놓았다. 작년 2.7 구국투쟁 후 서북청년단에게 집에서 떨려난 뒤로 처음 만나는 시동생이었다. 이런 일만 아니었더라면 중학에 진학했을 규동은 그때 열다섯, 아버지를 닮아 불같은 성미에 남에게 지고는 못살아 어디서나 대장노릇을 하던 그가 집안이 풍비박산 난 뒤로 얼마나 수모를 겪고 고통스러웠으면 산에까지 올라온 것일까.

"이거 먹고 빨리 나아요, 형수."

울음을 참느라 무뚝뚝한 얼굴로 그녀 앞에 밥그릇을 디밀고는 규동도 자기 형처럼 휙 사라져버렸다. 귀한 집 자식 같으면 부모 품에서 응석이나 부리고 있을 열다섯 소년의 앞에 기다리는 것은 조국의 운명과도 같은 처절한 운명이었다.

다음날 아침 일찍부터 군내 각 면당 간부 및 기관 책임자들이 속속 모여들었다. 공기가 심상치 않았다. 광의면책 유장영이 그녀를 데리러 와서 따라갔더니 군당 기관원 전부와 면당 간부들이 앉지도 않고 선 채로 무거운 얼굴빛을 하고 있었다. 곧 회의가 시작되었다.

"지금부터 구례군 당원확대회의를 하겠습니다."

누군가가 개회를 선언하자 뒤를 이어 토지면책 정호영이 손을 들고 한 발짝 앞으로 나섰다.

"당원 동지 여러분! 우리는 당과 조국을 위해 목숨을 바쳐 싸우고 있습니다. 우리 당원은 언제 어디서나 인민의 선봉대로서 솔선수범해야 함에도 불구하고 군책 신오동 동무와 일부 지도층은 무사안일주의에 빠져 귀중한 동지들의 피로 얻은 식량이나 축내며 귀족과 다름없는 생활을 즐기고 있습니다. 혁명사업에 포마드(머릿기름)가 무슨 소용이며 산에서 넥타이가 무슨 필요가 있습니까? 목전에 혁명을 둔 당간부가 여성 동무를 함부로 농락해도 되는 겁니까? 군책의 옳지 못한 사업작풍으로 인해 많은 당원 동지들이 이탈하고 어떤 동지들은 도깨비생활(당생활에서 이탈한 개인적인 도피생활)을 하고 있지 않습니까? 신오동 동무의 명백한 반당행위를 규탄합니다!"

"옳소! 옳소!"

여기저기서 박수갈채가 터져나왔다. 또 누군가가 말을 받았다.

"군책의 관료적 태도로 많은 일꾼들이 귀중한 혁명역량을 제대로 발휘하지 못하고 내팽개쳐져 있습니다. 당장 장성수 동무를 보십시오! 사십팔년도에 군책을 지냈던 장 동무는 오십단선 반대투쟁 때 옥고를 치르면서 영웅적인 투쟁을 해왔던 동무입니다. 그런데도 간부가 경찰에 체포됐다는 이유만으로 전임 군책 박대수 동무와 신오동 동무에게 비판을 당하고 지금 일개 유격대원으로 일하고 있습니다. 폐병으로 피를 쏟아가면서 장 동무가 보급투쟁을 다닐 때 군책 동무는 도대체 무엇을 하고 있었습니까? 여성 동무나 희롱하는 것이 혁명사업입니까?"

"옳소! 옳소!"

여기저기서 계속 비판이 터져나왔다. 군책과 지도층은 얼굴을 푹 수그린 채로 안절부절못하고 있었고 나머지 전원은 모두 규탄에 합세하고 있었다. 그녀는 그제야 군책이 직접 자기를 데리러 온 배경을 알 것 같았다. 이전에 분명히 규탄대회를 준비하기 위한 회의들이 있었을 테고, 그걸 미리 눈치 챈 신오동이 부랴부랴 그녀를 데려온 것일 터였다. 그때였다. 광의면책 유장영이 그녀를 가리키며 노기 띤 목소리로 외쳤다.

"동지 여러분! 저 이옥자 동무의 참혹한 모습을 보십시오. 이옥자 동무는 아이까지 딸린 여성의 몸으로 혁명사업에 뛰어든 우리의 귀중한 재산일 뿐 아니라 해방 직후부터 혁명사업에 몸 바친 이현상부대 정치위원 최윤호 동무의 아내이기도 합니다. 이 귀중한 동지를 저 지경이 되도록 방치할 수가 있습니까? 비인간적이며 비인도적인 군책 동무와 지도층의 무책임한 처사를 규탄합니다!"

터져나오는 박수갈채를 들으면서 그녀는 고개를 푹 수그렸다. 부끄러울 따름이었다. 누구를 원망해본 적도 없고, 오히려 어떤 악조건도 혁명의지로 극복해야 한다고 믿어온 그녀였다. 아이 때문에 남들처럼 일하지 못함이 죄스럽기만 한 그녀였다. 동지들의 따뜻한 애정은 눈물이 날 만큼 고마웠지만 그렇다고 하부가 상부를 치고 올라가는 이런 엄청난 일이 과연 옳은 일인지 그녀는 갈피를 잡을 수 없었다. 그러나 너도나도 일어나서 한마디씩 하는 말은 구구절절이 옳았다. 그녀 역시 지도부를 존경해야지 하면서도 여자나 끼고 사는 신오동에게 눈곱만큼도 존경심이 생기지 않던 터였다. 참석자 전원의 비판에 신오동 이하 지도층은 일체의 과오를 인정했다. 수습대책위원회를 뽑은 뒤 긴 회의가 끝났다. 수습대책위원들끼리 결정을 내린 모양인지 그녀는 당분간 광의면당에 가 있게 되었다. 면당에서 몸이 회복될 때까지 휴식을 취하라는 것이었다.

하부는 상부에 복종해야 하는 것이 제일의 철칙이던 빨치산에게 구례군당의 조직적인 하극상 사건은 도당 전체에 한바탕 회오리를 몰아왔다. 구례군당을 지도하던 백운산 특각에서도 이 문제를 둘러싸고 당의 명령을 어긴 전원을 총살해야 한다는 극단적인 의견이 나오기도 했지만, 결국은 문제의 원인도 모른 채 원칙을 어겼다고 해서 무조건 총살할 수는 없다는 다수의 뜻에 따라 조사단이 파견되고 신오동 및 몇몇 지도부의 반당적인 행위가 샅샅이 밝혀져 그들이 제명되거나 부서이동을 당하는 것으로 사건은 막을 내렸다. 전남도당에서는 최초이자 최후의 내부 사건이었다.

6_
너의 뒤를 따르리라

광의면당으로 다시 돌아간 그녀는 동지들의 눈물겨운 환대를 받았다. 식사시간이면 목이 메어 밥이 넘어가지 않을 정도였다. 솥에 밥을 지어놓고 모두 빙 둘러앉아 솥째 밥을 먹는데 다들 몇 수저 뜨지도 않고 서둘러 수저를 놓는 것이었다. 말이야 배가 부르다는 것이지만 자기에게 단 몇 숟갈이라도 더 먹이려는 마음인 것을 바보가 아닌 이상 모를 리 없었다. 혹 보급을 못해 다 같이 굶어야 할 때면 만일의 사태에 대비해 한 움큼씩 가지고 다니는 비상미를 덜어 그녀에게만 항고밥을 해다 주는 사람들이었다. 그들이라고 배가 고프지 않을 리 없었다. 쌀 한줌이 곧 생명인 판에 자기들 굶주림엔 아랑곳없이 어떻게든 자기를 먹이려는 사람들을 보면서 사람의 정이란 게 어떤 것인지, 그리고 같은 길에 선 사람들의 동지애가 어떤 것인지 그녀는 알 것 같았다. 동지들의 뜨거운 애정에 보답하기 위해서 그녀는 아이 딸린 자기가 할 수 있는 일을 부지런히 찾아다녔다. 밥을 짓는다거나, 남자들의 옷을 손봐준다거나, 마른 아구사리잎이나 칡잎을 뜯어 담배를 만들어놓는다거나 자잘한 일은 얼마든지 있었다. 자기가 시집살이를 하면서 했던 일과는 의미가 달랐다. 비록 사소한 일일지라도 동지들의 혁명사업을 돕는 일이니 그녀는 다름 아닌 혁명사업을 하고 있는 셈이었다.

면당은 활동상 편의 때문에 부락 가까운 곳에 트를 잡는 법이라서 광의 면당은 주로 화엄사골이나 천은사골 등 노고단 주변을 옮겨 다녔다. 부락이 가깝고 골이 얕다 보니 당연히 토벌대의 기습도 잦아 매일같이 부딪쳤다. 그러나 당이 인민을 버리고 깊은 골짜기로 들어갈 수 없었고, 그랬다가는 또 보급투쟁이 문제였다. 날도 밝기 전에 불빛을 가린 채 아침을 지어먹고 식사도구를 감쪽같이 비장하거나 짊어진 뒤에 모든 흔적을 없애고 고지나 능선처럼 토벌대의 움직임을 잘 살펴볼 수 있는 곳에서 산상대기를 하는 게 하루의 일과였다. 밤이야 지리에 익숙한 빨치산 세상이니 오전만 무사히 넘기면 안전하다고 판단하고 오후에는 산상에서 학습회나 토론회, 세포회의 등을 개최했다. 모택동 유격전술이나 소련당사, 당강령, 조직공작 실무교육, 선전선동 지침 등을 배우기도 했지만 그때만 해도 입산초라 다들 경험이 적었기 때문에 빨치산 생활에 필요한 원칙들을 주로 배웠다.

얼어 죽을 각오, 맞아 죽을 각오, 굶어 죽을 각오라는 빨치산의 3대 각오에서부터, 지키지 않았다가는 당장 죽음을 불러올 생활원칙들이 무수히 많았다. 만일의 경우에 대비해서 보초를 세워놓고 간부들이 조용조용한 목소리로 교육을 시작하면 모두 말 잘 듣는 어린애처럼 눈을 빛내며 하나도 놓치지 않고 머릿속에 집어넣으려고 귀를 기울였다.

빨치산은 우선 흔적을 남기지 말아야 했다. 식사 후 쌀 한 톨이라도 흘리지 말아야 했고, 숙영지의 흔적은 물론이고 이동할 때 발자국 하나라도 남겨서는 안 되는 법이었다. 걸을 때 풀을 밟으면 짓밟힌 풀이 시들기 마련이고, 그것은 나 잡으러 이리 오시오 하는 유혹과 다를 바 없었다. 또 연기를 내지 말아야 했다. 각 고지나 능선마다 적이 주둔해 있는 상황인데다 산속에서는 평지와 달리 연기가 유난히 눈에 잘 띄었다. 대개는 연기가 안 나는 비사리나무나 꽃대나무, 아구사리나무, 맹감나무 등을 사용했지만, 그런 땔감이 없을 때는 별 수 없이 옆에 지키고 앉아 무엇으로든 쉴 새 없이 부채질을 해야 했다. 담배연기도 마찬가지였다. 족적을 남기지 않는 법, 혼자 낙오됐을 때 선 대는 법, 산상대기 요령 등 여러 가지 생활수칙에 대한 세세한 교육이 끝나면 잘못됐던 경험을 발표하기도 하는 토론회가 이어졌다. 다른 동지들의 구체적인 경험을 들으면서 사람들은 생명과도 같은 생활수칙들을 익히며 빨치산다운 빨치산으로 조금씩 단련되어 갔다.

한 달 후 7월 중순경, 마천골에서 함께 생활하다 헤어진 최 동무가 딸아이를 낳았다는 소식이 들려왔다. 며칠 후 그녀는 최 동무와 함께 광의면당 조직책 최정호의 안내로 뱀사골로 갔다. 다시 격리생활이 시작되었다. 이번에는 광의면당에서 어려운 형편에도 불구하고 그녀의 건강 회복을 위한 특별배려로 식량을 대줘 별 굶주림 없이 지낼 수 있었지만 마음은 도무지 편해지지 않았다. 동지들의 피와 맞바꾼 쌀만 축내는 식충이라는 자책 때문에 견딜 수 없을 지경이었다. 마음이야 어떻든 하루 두 끼씩이라도 챙겨먹으니 차츰 건강이 회복되기 시작했다. 빨치산은 자기 면이나 군, 도의 경계를 벗어나지 않는 것이 불문율처럼 되어 있었는데, 전남 쪽만 그렇게 토벌이 심한 것인지 남원 쪽인 뱀사골은 거의 토벌이 없어 산상대기를 하지 않아도 좋을 정도였다. 게다가 계절은 한여름, 빨치산에게는 가장 좋은 때였다.

아이들은 잘 자라났다. 그녀의 아이도, 최 동무의 아이도. 아이들은 끊임없이 재롱을 피워댔다. 어느 날 부근에서 저 혼자 비척거리며 놀던 아이가 무엇을 주웠는지 그녀에게 고사리 같은 손을 내밀었다. 아이의 앙상한 손 안에 있는 것은 쌀 한 톨이었다.

"쌀, 쌀."

제 손바닥을 가리키며 아이는 분명한 발음으로 계속 쌀을 외쳐댔다. 아이의 재롱이 귀엽다기보다 묘한 서글픔이 밀려왔다. 아무도 말을 가르쳐주지 않았는데 어디서 배운 것일까? 아빠라는 말보다 쌀이라는 말을 더 먼저 배워버린 아이. 풀이며 나무며 조약돌보다 쌀이 더 귀하다는 것을 본능적으로 알아버린 아이. 그녀는 아이의 손에서 쌀 한 톨을 소중하게 받아쥐었다.

시간은 자꾸 흘러갔다. 아름드리 전나무가 꽉 들어찬 뱀사골 골짜기에도 쓸쓸한 바람이 불어오기 시작했다. 가을이었다. 뱀사골 전체가 붉게 타오를 즈음 가끔 능선으로 토벌대의 누런 군복이 보이기 시작했다. 지난 번 최정호가 다녀가면서 조선민주주의인민공화국 1주년을 기념하여 9.16투쟁이 전개되고 백운산 특각에서는 대단한 전과를 올렸다고 하더니 그 후유증인가 보았다. 최정호가 위험을 무릅쓰고 하는 일도 없는 그녀들을 위해 식량을 갖고 하룻길이 넘는 먼 길을 다니러 올 때마다 그녀는 자신이 부끄러워 고개를 제대로 들 수가 없었다. 그러나 최정호는 동무들은 지금 혁명사업을 수행하는 과정이라며 오히려 그녀들을 위로했다. 대기 기간으로 알고 자기학습과 교양사업에 열중하라는 당부였다.

"당원은 언제 어디서나 어떻게 최후를 맞더라도 웃고 죽을 수 있는 불굴의 투지를 가져야 하오. 동무들은 그 불굴의 투지를 단련하는 학습 중이지 않소?"

그러면서 최정호는 그녀들의 무안함을 달래려는 듯 활짝 웃곤 했다. 정말이지 평생 잊을 수 없는 따스한 동지애였다.

가끔씩 능선을 따라 오르는 토벌대의 모습이 보이자 그녀들도 낮이면 산상에 대피해서 짧아지는 가을해를 보냈다. 서둘러 아침을 먹고 나서 식사도구를 트와 꽤 멀리 떨어진 장소에 숨겨놓고 아이들과 함께 대피했다가 땅거미가 짙어질 무렵 다시 트로 돌아오는데, 해그림자가 길어지기만 하면 아이는 그녀를 잡아끌며 칭얼댔다.

"엄마, 맘마. 맘마."

아이는 용케도 아침나절에 취사도구를 비장했던 장소를 기억하고는 자꾸 그쪽으로 그녀를 잡아끌었다. 어쩌나 보자고 아이를 따라가면 아이는 아무리 먼 곳이라도 정확하게 장소를 찾아냈다. 모든 신경과 관심이 먹는 곳에 쏠려 있어서 그만큼 무섭게 본능이 작용하는 것일까? 그녀가 밥을 하는 동안 아이는 밥냄새를 맡으며 쭈그려 앉아 저 혼자 말도 안 되는 노래를 흥얼거리기도 하고 장난을 치기도 했다. 아이가 귀엽게 놀수록 그녀의 가슴엔 짙은 그늘이 드리웠다. 어차피 살아남을 수 없는 운명임을 그녀는 잘 알고 있었다. 그녀도 아이도 남편도. 누가 먼저냐일 뿐이었다. 그러나 그녀도 그게 언제일 줄은 알지 못했다. 그 이별이 두어 달도 남지 않은 바로 내일모레의 일이라는 것도. 자기 혼자 살아남아 그 아이를 죽인 슬픔이 지워지지 않는 피멍으로, 평생의 짐으로 그녀와 함께 할 것이라는 사실도.

머루며 다래를 따먹고 나자 산에서의 겨울은 빨리도 닥쳐왔다. 산죽으로 엉성하게 지어놓은 트에서 밤새 추위에 떨던 어느 날 아침 눈을 뜨니 온 세상이 은빛이었다. 밤새 얼마나 퍼부었는지 트가 반이나 눈에 묻혀 있었다. 눈 때문에 열리지 않는 문을 간신히 열고 나갔더니 트 바로 앞에 사진처럼 선명한 호랑이 자국이 남아있었다. 긴 꼬리 자국이며 앞발 자국이며 분명히 호랑이였다. 여전히 눈이 쏟아 붓고 있는데도 자국이 선명하게 남아 있는 걸 보니 방금 전 문 여는 소리에 사라진 모양이었다. 크고 선명한 발자국이 트 뒤쪽 숲 속으로 이어지고 있었다. 생전 처음 진기한 경험도 하면서 겨울은 깊어졌다. 산에서 두 번째 맞는 겨울이었다.

12월 말, 전날 저녁 늦게 최정호가 도착하여 서둘러 아침을 짓는데 아직 새벽 미명도 밝지 않은 맞은편 능선으로 토벌대들이 누렇게 올라가고 있었다.

"어이! 어이!"

"그쪽으로 가!"

고함소리들은 연신 터져나오고 간혹 총성도 울렸다. 그냥 지나갈 폼이 아니었다. 다 된 밥을 먹지도 못하고 짐도 챙기지 못한 채 아이들만 들쳐 업고 황급히 자리를 뜬 그들은 트에서 이백 미터 정도를 더 내려가 굵은 다래덩굴 아래 몸을 숨겼다. 온 산을 이 잡듯 뒤지는 판인지 능선 아래쪽에서도 토벌대의 고함소리가 들려오기 시작했다. 이쪽으로, 저쪽으로 하는 외침이 점점 가까워졌다.

그녀들은 각자 자기 아이의 입을 틀어쥔 손에 점점 힘을 주었다. 조그만 소리라도 새나가면 끝장이었다. 그녀는 힘이 달려 온몸을 바둥거리는 아이를 어떻게 할 수가 없었다. 최정호가 그녀의 품에서 아이를 채갔다.

이삼 미터 간격으로 죽 늘어선 토벌대가 모습을 드러냈다. 일렬횡대로 샅샅이 뒤지고 오는 판이니 그들이 있는 곳도 빠뜨리고 지나갈 리 없었다. 헉, 숨을 들이마신 채 그들은 호흡을 멈췄다. 토벌대 한 사람이 바로 그들 쪽을 뒤져왔다. 조금만 주의를 기울이면 안 보일 리가 없었다. 그렇다고 다른 데로 튈 수 있는 상황도 아니었다. 아, 이렇게 끝이 오는구나…….

그때였다. 그 토벌대원이 갑자기 오른쪽으로 방향을 트는 것이었다. 왼편을 뒤지던 토벌대원이 다시 그들 쪽으로 다가왔다. 그러자 오른편으로 방향을 돌린 토벌대원이 손을 휘휘 내저었다.

"이봐! 없어, 없어. 거긴 내가 다 뒤졌어."

그러자 토벌대원은 그들이 숨어 있는 다래덩굴을 휙 스쳐갔다. 귀찮아서 그런 것인지, 아니면 그들을 보고도 일부러 피해간 것인지는 알 수 없었다. 여순사건 이전까지는 군대 내에도 좌익세력이 상당히 조직화되어 있었고, 지리산 토벌대 중에도 동조자들이 있어서 간혹 이렇게 보고도 못 본 체하거나 식량과 총탄을 슬쩍 흘려놓고 가는 사람들이 있었다.

숨을 죽이고 있던 그들은 토벌대가 한참 멀어진 다음에야 큰 숨을 내쉬었다. 그때였다. 최정호가 그녀의 옆구리를 푹푹 쑤셨다. 옆을 보자 최정호가 말없이 고개를 떨어뜨린 채 아이를 가리켰다. 온몸이 파르스름해진 아이는 입에서 손을 뗐는데도 눈을 감은 채 미동도 하지 않았다. 얼른 아이의 가슴에 귀를 대보았다. 아무 소리도 들리지 않았다, 아무 소리도. 아득하게 멀어지는 토벌대의 고함소리 외에는.

"아!"

갑자기 최 동무가 자그맣게 비명을 질렀다. 최 동무의 팔에도 갓난아이가 힘없이 축 늘어져 있었다. 귀가 멍멍해왔다. 머릿속이 하얗게 비어갔다. 최정호가 그녀를 잡아 흔들었다.

"빨리 이동합시다!"

아지트가 있는 쪽에서 하얀 연기가 뭉게뭉게 피어오르고 있었다. 마치 영화 속의 한 장면이거나, 아니면 자기의 넋이 어디 먼 곳에서 혼 없는 자신의 몸뚱이를 바라보고 있는 느낌이었다.

"튀었어!"

"그쪽을 뒤져!"

겨울산의 적막을 깨고 총소리가 오랫동안 흐느껴 울었다.

"자, 빨리 갑시다!"

최정호의 다급한 목소리에 그녀도 최 동무도 허둥지둥 가시덤불을 헤치고 나왔다. 둘 다 혼자였다. 최정호가 앞장서 가시덤불을 헤치고 피아골 쪽을 향해 나아갔다. 뒤돌아볼 경황도 없이 최정호의 뒤를 따랐다. 어디를 어떻게 해서 토벌대가 겹겹이 둘러싼 뱀사골 능선을 빠져나왔는지, 얼마나 걸었는지, 다음날 피아골 군당에 도착했을 때 그녀는 아무것도 기억할 수 없었다. 다래덩굴 아래서의 그 숨막히던 기억만, 그 다래덩굴 아래만 그녀의 머릿속을 빙빙 맴돌 뿐이었다. 아이가 죽었다는 걸 그녀는 실감할 수 없었다. 슬픔도 서러움도 없었고, 눈물도 흘리지 않았다. 그저 밑도 끝도 없는 막막함만이 아이를 낳으려고 쫓겨난 빈집을 찾아가던 날 매섭게 휘몰아치던 눈보라처럼 오랫동안 그녀를 휘감은 채 놓아주지 않았다. 아이가 죽었다는 것도 잊어버리고 항상 아이를 추스르던 버릇으로 어깨를 으쓱하다 보면 등은 텅 비어 있었다. 언제나 정겹게 등을 짓누르던 아이의 무게가 더 이상 느껴지지 않았다. 그렇게 며칠이 지난 다음에야 비로소 아이가 아무데도 없음을, 그녀의 등에도 품에도 다른 어디에도 없음을 느끼기 시작했다. 그래도 그녀는 울지 않았다.

어차피 살아남지 못할 숙명이라면 누가 먼저 가느냐일 뿐이었다. 기왕 떠날 길이라면 조금이라도 먼저 가는 편이 낫지 않은가. 그렇게 생각하고 잊으려고 애를 쓰면서도 모성애를 뛰어넘는 데는 무자비한 자신과의 투쟁이 필요했다.

그녀는 머릿속에 거미줄처럼 엉킨 다래덩굴을 잊으려고 애썼다. 두 팔과 등의 허전한 감각을 떨쳐버리려고 안간힘을 썼다. 몇 날 며칠 굶고 났을 때와 같은 막막함이 가시고 나자 이대로 주저앉을 수 없다는 오기가 꼿꼿하게 머리를 쳐들었다.

아이를 낳던 날 방구들을 파내던 경찰들의 모습이 떠올랐다. 태어난 날부터 내쫓겼던 아이, 죽는 날까지 울음 한번 시원하게 터뜨려보지 못하고 쫓겨만 다니던 아이, 네 앞에서 결코 부끄러운 어미는 되지 않겠다. 무엇이 우리에게 이토록 질긴 운명과 슬픈 이별을 강요하는가. 어미는 그것을 부숴버리고야 말겠다. 이 땅의 모든 어미가 밥을 달라고 우는 아이 때문에 눈물 흘리지 않는, 그런 세상을 만들고야 말 테다.

언젠가 너를 다시 만나는 날 어미는 네게 당당한 모습을 보여줄 테다. 네가 큰 소리로 맑은 웃음을 터뜨려도 입을 막지 않고, 같이 웃으며 힘차고 뜨겁게 너를 안아줄 테다. 여기서 쓰러지는 건 아이를 두 번 죽이는 것과 다름없다고 그녀는 이를 악다물었다. 그러나 그녀가 아무리 내색하지 않아도 아이를 잃은 충격은 역시 컸던 모양인지 뱀사골에서 좀 좋아지던 건강이 다시 나빠졌다. 당사업을 제대로 하려면 건강이 최우선이었다. 예전처럼 다른 동지들의 짐만 될 수는 없었다. 한 사람의 일꾼으로, 아니 아이까지 두 몫의 일꾼으로 이제는 제 할 일을 다하는 투사가 되어야 했다.

7_

불굴의 투사

날이 갈수록 상황은 어려워져만 갔다. 지리산 주변의 각 면당과 군당은 부락에 접근하기가 어려워 사업도 제대로 하지 못하고 보급투쟁에 급급한 실정이었다. 그것은 더 이상 당사업이라고 할 수도 없었다. 경찰들이 산 주변의 마을을 아예 소각해버리거나, 빨치산들이 들를 만한 마을에서는 식량을 경찰서에 옮겨놓고 하루 분씩만 타다 먹게 하는 통에 보급투쟁조차 힘들어졌다.

산이 큰 만큼 빨치산 세력도 컸고, 당연히 토벌대도 엄청나게 몰려왔다. 토벌대가 날마다 일렬횡대로 그 넓은 지리산을 샅샅이 훑고 다니니 버텨낼 재간이 없었다. 50년 봄은 6.25 이후 빨치산이 완전히 궤멸될 때까지 근 7년여의 남한 유격투쟁 동안 가장 참혹한 시기였다.

토벌대의 공격이 지리산으로 집중되자 50년 1월경 이현상부대가 분산투쟁에 나섰다는 소식이 들렸다. 당시 이현상부대는 3연대, 5연대, 7연대로 편제돼 있었는데 7연대만 지리산에 남기고 박종하와 이영회가 각기 3, 5연대를 인솔하여 박종하는 백아산으로 이영회는 쌍치 가마골 쪽으로 빠졌다. 대부대가 이동하자 당연히 토벌대의 추격이 뒤따랐고, 이현상부대는 그걸 노린 것이었다. 지리산이 조금 조용해진 대신 이현상부대는 엄청난 대가를 치러야만 했다. 쌍치 가마골로 빠진 이영회부대가 거의 전멸되

다시피 하여 살아 돌아온 사람이 몇 되지 않았고, 전투의 천재라는 박종하 역시 상당한 손실을 입었다. 게다가 박종하부대가 백아산으로 해서 백운산으로 들어가자 곧 엄청난 토벌대가 그 부대를 뒤따라 들어가는 바람에 백운산을 거점으로 삼고 있는 전남도당과 광양군당 등이 막대한 타격을 입었던 것이다. 후방도 없이 완전히 고립된 상태에서는 분산투쟁이 아니라 그 어떤 기발한 투쟁이었어도 결과는 마찬가지였을 것이다. 박종하가 아무리 전투에 뛰어났어도 남한 유격투쟁 전체를 승리로 이끌지는 못했듯이.

3월 말께 무슨 일인지 도당 간부부장 정귀석이 군당에 들렀다가 그녀를 보더니 함께 백운산으로 가자고 했다. 지금 옥자 동무에게는 건강 회복이 가장 큰 과제이니 구례보다 상황이 좀 좋은 광양군당에 가 있으면서 건강을 회복하라는 것이었다. 아이를 그렇게 잃었다는 소문이 퍼져 모두 그녀만 보면 위로하고 격려할 때였다. 때마침 박종하부대가 백운산으로 간다면서 구례군당에 들렀다. 이른 저녁을 해 먹고 그들 일행은 해거름판에 군당을 떠났다. 피아골 능선을 따라 올라 왕시루봉에 도착하자 어둑어둑해졌는데 주위가 온통 불바다였다. 그날 하루 내내 왕시루봉에서 검붉은 연기가 피어오르더니 토벌대들이 춘계공세의 일환으로 불을 지른 모양이었다. 아름드리 소나무가 꽉 들어찼던 숲이 다 타고 아직 남은 잔 불길이 그때까지도 일렁이는 중이었다. 불더미를 뛰어넘기도 하고 피해서 돌기도 하며 그들은 왕시루봉 능선 비탈을 따라 내려갔다. 보름인지 둥그렇게 떠오른 달빛이 무척 밝았다.

곧게 뻗은 왕시루봉 능선이 섬진강을 앞에 두고 기세를 꺾고 몇 갈래의 작은 능선으로 나뉘는 부근에서 그들은 원능선을 버리고 한수내 쪽으로 접어들었다. 한수내와 머리마을 사이의 강이 얕아 그쪽으로 도하할 작정이었다.

그들은 섬진강이 바라보이는 능선 비탈에 걸음을 멈추고 정찰병을 내보낸 후 자리를 잡았다. 멀리 섬진강이 은빛 몸을 뒤척이고 달빛을 머금은 숲은 파르스름하게 빛났다.

한참 후에야 돌아온 정찰병은 오십 미터 간격으로 적이 잠복해 있으나 특별한 상황은 없다고 보고했다. 날이 새기 전에 백운산에 도착해야 할 판이라 그들은 서둘러 자리에서 일어났다.

"뒤로 전달! 모두 옷을 벗고 총은 거꾸로 멘다!"

뒤로 전달해온 박종하의 명령에 따라 다들 주섬주섬 옷을 벗기 시작했다. 강가에 도착해서는 옷을 벗을 만한 시간도 장소도 없는데다가 달빛이 밝아 옷 입은 채로는 적의 보초에 발각될 위험이 많기 때문이었다. 달밤에 옷을 입고 있으면 대낮보다도 더 잘 눈에 띄는 법이었다. 달빛에 총구가 반짝거릴 위험이 있어 총마저 거꾸로 메라는 것이었다. 대열에 여자라곤 그녀와 양봉순, 최봉심 세 사람뿐이었는데, 남자들은 스스럼없이 옷을 벗고 있었지만 여자들은 어떻게 해야 할지 난감하기도 하고 부끄럽기도 해서 얼굴을 붉힌 채 옷만 만지작거리고 있었다.

"뒤로 전달! 끓는 물을 확 찌끄러 대가리를 짚신짝으로 홱 문대기 전에 벗어라!"

그녀 앞에 서 있던 낯모르는 대원이 웃음을 참으며 박종하의 명령을 그대로 전달했다. 이 와중에 그걸 명령이라고 내려 보내는 박종하나 그 말을 넉살스럽게 글자 하나 안 틀리게 전달하는 대원이나 그 대장에 그 부하였다. 우습기도 하고 화도 났지만 할 수 없이 그녀는 겉옷만을 벗었다.

"뒤로 전달! 벗어라, 벗어. 안 달릴 게 달렸나? 안 본다, 안 봐. 알몸이 나올 때까지 다 벗어라! 명령이다."

결국 그녀도 다 벗고야 말았다. 생사가 달린 부대 도강에 더 이상 지장을 줄 수 없어서 벗기는 했지만 얼굴이 화끈거려 고개를 들 수가 없었다. 그러나 그녀 외에는 아무도 신경 쓰는 사람이 없어 보였다. 그저 묵묵히 걸을 뿐이었다. 언제 적에게 발각될지 모르는 위급한 상황에서 여자랍시고 시간을 끌었던 자신의 감정은 분명 호사스러운 것이었다. 지금은 여자의 몸 따위에 신경 쓸 조금의 여유도 없는 상황이었다.

　벌거벗은 사십여 명의 남녀는 산비탈을 타고 내려 섬진강에 도착한 후 다시 척후병을 보내 적정을 살피게 했다. 한참 후에 돌아온 척후병은 보초선의 위치를 보고하면서 바로 앞의 보초가 졸고 있더라고 전했다. 그들은 졸고 있는 보초 사이를 통과하여 강을 건너기로 하고 조심스럽게 물살을 헤치며 나아갔다. 총과 옷은 머리에 인 채였다. 갈수록 물이 깊어져 허깨비처럼 가벼운 그녀의 몸은 물위로 둥둥 떠올랐다. 그녀가 휘청거리며 균형을 잃고 물살에 휩쓸리자 언제 보았는지 박종하가 잽싸게 그녀를 낚아채며 한 팔을 붙잡고 질질 끌다시피 앞으로 나아갔다. 철퍼덕 철퍼덕, 아무리 조심스럽게 물살을 헤쳐도 워낙 조용한 밤이라 제법 소란스러웠다. 달빛은 눈이 부시고, 은빛으로 빛나는 강물을 헤치면서 벌거벗은 빨치산들은 조심스럽게 전진했다.

　타앙, 타당탕!

　중간쯤이나 도착했을 때 은밀하게 텀벙거리던 물소리를 헤치고 총성이 울리더니, 곧이어 건너온 쪽에서도 요란한 총성이 이어졌다. 물소리고 뭐고 정신없이 간전 쪽으로 건너온 이들은 세 명의 부상자를 끌고 백운산에 붙어 계속 올라갔다. 그녀도 박종하에게 끌려 장정들의 나는 듯한 걸음을 좇아갔다. 소개당해 텅 빈 산간마을을 지나고 중바우를 지나 곧장 쉬지 않고 달려 아침나절 제기암골에 도착했다. 그녀는 물론이고 대원 모두가 기진맥진하여 손끝 하나 들어올릴 힘이 없어보였다. 비릿하다기보다 그저 고소하기만 한 날콩을 한 줌씩 배급받아 씹어 먹고 잠깐 눈을 붙였다. 오후쯤 일어나 보급투쟁 나갈 계획을 세우는데, 식량이 전혀 없어 식사준비도 못하고 있었다. 보급투쟁은 고사하고 걸어다닐 수나 있을까 의심스러울 정도였다. 문득 예전에 군당에서 비상미로 조금 나눠준 쌀이 생각났다. 아주 위급할 때가 있으리라는 생각에서 하루이틀 굶은 적도 많았지만 남들이 다 먹을 때도 건드리지 않고 한 달 넘게 지고 다녔던 것이었다. 네 홉도 채 안 되는 양이었지만 죽 한 모금만 먹어도 안 먹는 것보다는 훨씬 나았다.

그녀가 내놓은 쌀로 죽을 끓여 보급투쟁에 동원될 대원들에게만 우선 죽 한 그릇씩을 마시게 했다. 고맙다며 다들 그녀에게도 먹으라고 권했지만 죽을 떠주는 그녀는 단 한모금도 입에 대지 않았다. 계속되는 싸움에서 먹지도 못하고 또다시 보급투쟁에 동원돼 나가는 동지들에게 단 한 수저라도 더 먹이고 싶은 게 그녀의 솔직한 마음이었다. 마천골에서 돌아와 잠시 광의면당에 있을 때 자기들의 굶주림을 무릅쓰고 자신을 위해주던 동지들의 따뜻한 마음을 그녀는 영영 잊을 수 없었다. 그녀를 위해 동지들이 서둘러 밥숟갈을 놓을 때도 그녀는 감격의 눈물을 삼키며 맹세했었다. 이 따뜻함을 잊지 않겠노라고, 자신도 그런 동지애를 배우겠노라고.

간에 기별도 가지 않을 멀건 죽 한 그릇씩을 마시고는 언제 굶었냐는 듯 사기충천하여 출동하는 부대를 바라보며 그녀는 여전히 가슴이 아팠다. 뭐라도 더 먹일 수 있다면 좋을 텐데…….

다음날, 보급사업을 나가고 남은 몇 사람은 박종하를 따라 한재골 더 깊숙한 곳으로 자리를 옮겼다. 부상자들은 약도 바르지 못한 상처에 붕대만 감은 채 고통을 삼키며 누워 있고 환자들의 시중을 들던 그녀 혼자 잠시 양지쪽에 앉아 있는데 박종하가 그녀 곁에 와 털썩 주저앉았다. 평소의 그답지 않게 침울한 기색으로 한동안 박종하는 말이 없었다. 49년 초 백운산 특각 유격대장을 하면서 스무 명에 불과하던 유격대로 상상을 초월한 전투를 벌여 기세를 떨치고 쉰 명이 넘게 유격대를 확장시켜 전투 능력을 인정받은 후 그해 9월 이현상부대로 소환된 박종하는 광양 근방의 주민들 사이에 예쁜 대장이라고 소문이 자자할 만큼 잘생긴 얼굴에 농담을 잘하고 장난기가 많은 사람이었다. 남편 윤호와 절친한 사이라 합법 시절에도 잠깐 본 적이 있었고 그 후로도 가끔 만날 때마다 친구의 부인이라며 특별히 신경을 써주기도 했지만 이렇게 침울한 박종하의 모습은 처음이었다.

"저……. 윤호 부대가 쌍치 가마골에서 전멸당했다고 하오. 어찌 되었는지 궁금한데, 금명간 알게 되겠지요. 부대 규합을 위해 다방면으로 노력하고 있으니 너무 염려는 마시오."

아이가 먼저 갔고, 이제 남편도 그 뒤를 따라갔는가. 자신의 소식을 남편이 먼저 듣게 되리라 생각했는데 남편 소식을 먼저 듣게 되었다. 별 놀라움도 일지 않았다. 언젠가 들어야 할 말을 이제 듣는 것뿐이었다. 그녀는 손을 뻗쳐 제법 다사로운 햇살을 받으며 묵묵히 앉아 있었다.

"윤호 걱정은 말고 빨리 건강이나 회복하시오. 윤호 동무는 꼭 살아있을 것이오."

다음날이었다. 보급사업을 나간 부대가 별 성과도 없이 이리저리 쫓기기만 했다며 기진맥진해서 돌아왔다. 목숨을 걸고 구해온 쌀은 얼마 되지 않았지만 그래도 며칠은 견딜 만했다. 오랜만에 처음으로 밥을 지어 먹었다. 지칠 대로 지친 대원들은 옹기종기 양지녘에 모여 잠을 자고 더러는 빨치산에게 가장 소중한 발싸개를 손질하기도 하면서 한가한 오후를 보냈다. 그녀도 옆에 작은 개울이 있기에 오랜만에 머리를 감았다. 얼마만인지 기억도 없었다. 옛날 같으면 가렵고 답답해서 견디지 못했을 텐데 사람이란 무슨 일에든 적응이 되는 것이다. 예전이라면 아이의 죽음을 이렇게 쉽게 잊을 수도 없었을 테고, 남편이 죽었을지도 모른다는 소식을 들은 다음 날 머리를 감으면서 이렇게 개운한 기분이 들 수도 없을 터였다. 편안할 때면 사소한 것에도 속을 끓이며 정신을 잃지만 죽음과 함께 생활할 때는 웬만한 고통쯤은 웃어넘길 수도 있다. 스스로 불타 없어지기 전까지는 더러운 물이 들어도 스스로 빨아들이고 어떠한 충격에도 자신의 모습을 잃지 않는 솜뭉치처럼.

그때였다. "어? 정치위원 동무!" 하는 고함소리와 함께 우르르 몰려가는 발자국 소리가 들려왔다. 정치위원? 그녀도 후다닥 소리 나는 쪽을 돌아보았다. 남편이 팔을 얽매고 부대를 향해 걸어오고 있었다. 어느새 박종하가 남편을 향해 달려갔다.

"야, 이 사람! 그럼 그렇지. 최윤호가 누군데. 최씨문중, 양반이라고 떠들어쌓더니 다 헛소린갑네. 마침 자네 얘기를 하던 중이여."

박종하는 남편의 한쪽 손을 잡고 마구 흔들어댔다.

"이 팔은 부상인가?"

남편은 대답 대신 빙그레 웃었다. 여기저기서 환호성이 터져나오고 모두들 반가워서 난리였다.

"옥자 동무! 옥자 동무!"

호들갑스럽게 그녀를 불러대던 박종하는 막 머리를 감고 나오는 그녀를 발견하고 장난기가 듬뿍 서린 표정으로 씨익 웃었다.

"아따 서방님 오실 줄을 미리 알았는갑네. 곱게 몸단장도 했응께 째가 빠지게 달려오씨요. 자, 동무들! 풍악을 울려라. 이도령과 춘향이 상봉이

다!"

와르르 웃음이 터져나왔다. 보급투쟁에 실패하고 침체되어 있던 분위기가 확 살아났다. 역시 박종하였다. 부부라고 굳이 사적으로 만날 필요는 없지만 그래도 아이 얘기는 해야겠기에 그녀는 잠시 남편을 따로 불러냈다. 막상 불러놓고 보니 무슨 말을 먼저 꺼내야 할지 막막하기만 했다.

"저 애기가⋯⋯."

"아, 알았소."

말을 채 꺼내기도 전에 남편은 침통한 얼굴로 그녀의 말문을 막아버렸다. 아이 없이 혼자 있는 것만으로 짐작이 가는 모양이었다. 듣지 않아도 뻔한 얘기일 테고 들어봐야 어찌할 수도 없이 가슴만 아픈 얘기일 터였다. 그녀로서도 꺼내기 어려운 얘기였다.

"고생 많았소⋯⋯. 어쩌겠소. 참아내야지."

말이 끊겼다. 상처가 어떠냐고, 괜찮으냐고 물어볼 법도 한데 그녀는 저쪽에 모여 있는 동지들에게 시선을 둔 채 아무런 말도 없었다. 무슨 말이 필요하겠는가. 말하지 않아도 서로 똑같은 마음인데.

"⋯⋯ 쌍치 가마골에서 되게 당했소. 어찌나 눈이 쏟아지는지 그놈의 족적 때문에⋯⋯ 좋은 동무들을 다⋯⋯ 잃었소."

"상처는?"

"괜찮소."

하긴 동지들을 다 잃은 판에 팔 부상쯤이야 대수롭겠는가. 동지들이 살아올 수만 있다면 자기의 팔이 아니라 목숨이라도 던지고 싶은 심정일 터였다. 어쩌면 남편은 혼자 살아 돌아온 자신이 원망스러울지도 몰랐다.

며칠 뒤, 이번에는 박종하가 직접 전 대원을 이끌고 보급투쟁에 나섰다. 같이 가겠다는 남편 윤호를 기어이 못 따라가게 하고 그녀와 단둘이 한재골에 남긴 채였다. 말하자면 박종하는 그들 부부를 위해 신방을 차려준 셈이었다. 오랜만에 오붓한 밤을 즐길 수도 있었으련만 윤호도 그녀도 이미 그런 일엔 무심해진 사람들이었다. 지금 돌이켜보면 그 밤이 못내 아쉽기만 한데, 그때는 두 사람 모두 꿀 먹은 벙어리처럼 입을 봉하고 앉아 멀거니 서로의 얼굴만 바라보았을 뿐이다. 밤이 이슥해지자 윤호가 말도 없이 일어나 성한 손으로 총을 메고는 부대가 내려간 쪽으로 성큼성큼 걸어가기 시작했다. 같이 가겠다는 말도 없이 그녀도 윤호의 뒤를 따랐다. 얼마나 걸었는지 섬진강이 내려다보이는 큰 바위 뒤에서 두 사람은 부대가 돌아오기를 기다렸다. 새벽이 가까워올 때까지 그렇게 단둘이 있으면서 단 한마디의 말도 나누지 않았다. 달빛에 은은하게 빛나는 섬진강을 주시하며 부대의 모습이 나타나기만 기다릴 뿐이었다.

잠시 후 강 건너편에서 총성이 울리더니, 곧 부대가 쌀을 잔뜩 짊어지고 하나둘씩 그들이 있는 쪽으로 달려오기 시작했다.

"내가 엄호할 테니 빨리 올라가!"

윤호는 성한 손으로 적들을 향해 총을 쏘기 시작했다. 맨 나중에 강을 건너온 박종하는 두 사람을 보고 반갑기도 하고 어처구니가 없기도 한 모양인지 혀를 찼다.

"어이구, 이런 쑥맥들! 재미 좀 보라니까 여기는 왜 나와 있어!"

말없이 웃고만 있는 두 사람을 향해 박종하는 고개를 끄덕거렸다.

"역시 최윤호와 이옥자 동무다워."

얼마 후 그녀는 정귀석과 함께 광양군당으로 떠났다. 남편은 아직 침울한 얼굴로 쓸쓸하게 웃으며 건강하게 지내라고 했다. 언제 다시 만날지 기약도 없는 이별이었다. 언제나 그랬던 것처럼.

광양군당은 낯선 얼굴뿐이었다. 늦추위가 닥쳤다. 내일모레가 사월인데 폭설이 내려 무릎까지 눈이 쌓였다. 겨울에는 눈이 내리면 추위가 풀리는 법인데 춘삼월에 퍼부은 난데없는 눈은 혹독한 추위까지 몰아왔다. 그날따라 토벌대의 기습공격이 들어와 군당 전체가 쑥밭이 됐다. 사람들 얼굴도 익히기 전인데다 주변 지리도 전혀 모르는 판이니 혼자 떨어지면 끝장이다 싶어 그녀는 기를 쓰고 정귀석의 뒤를 쫓아다녔다. 하루 종일 눈밭을 쫓겨 다녔더니 발이 퉁퉁 붓고 빨갛게 변했다. 손으로 눌러도 아무 감각이 없었다.

며칠 후 뿔뿔이 흩어졌던 광양군당이 다시 합류했는데, 그 사이 사람은 반으로 줄어 있었다. 합류하지 못한 반은 족제비나 까마귀 밥으로 산에 널려 있을 것이었다. 빨갛던 그녀의 발은 새까맣게 변해갔다. 버선도 없이 걸레 같은 헝겊쪼가리를 칭칭 동여맨 채 짚신을 걸친 그녀의 발을 안쓰럽게 바라보던 정귀석이 광양군 여맹위원장이라는 고 동무에게 뭐든 신을 것을 하나 챙겨주라고 지시했다. 줄 것이 없었던지 고 동무는 대답이 없었다. 그녀가 괜찮다고 사양을 했지만, 그 모습을 지켜보고 있던 정귀석이 버럭 고함을 질렀다. 큰소리 한 번 없이 늘 인자하고 말이 없던 사람이라 적이 놀라웠다.

"고 동무! 지금 동무의 자세가 그게 뭐요? 당원은 동지를 내 몸처럼 아껴야 하오. 옥자 동무의 발을 보았으면 내가 말하기 전에 스스로 무엇이라도 챙겨주고 정 없으면 동무의 버선이라도 벗어주어야 할 것 아니오! 제 몸이나 챙기는 사람이 무슨 혁명사업을 하겠소?"

그날 밤 고 동무는 사업총화 시간에 전 성원 앞에서 다시 한번 호된 비판을 당해야 했다. 자기 때문에 두 번씩이나 비판당하는 고 동무에게 미안하긴 했지만 한편으로는 뿌듯한 마음이었다. 누구나 잘못이 없을 수는 없다. 어찌 보면 사소하기 짝이 없는 작은 문제 하나하나에 대해 서로 비판하고 채찍질하면서 그들은 자기 목숨보다 동지를 소중하게 여기는 동지애를 배워가고 스스로를 교정하면서 진정한 혁명가로 변해가는 것이었다. 그녀만 해도 광의면당에서 그렇게 헌신적인 동지들의 모습을 보지 않았더라면 비상미쯤은 내 배가 고파야 먹는 것으로 생각하는 작은 이기심을 가지고 있을지도 몰랐다. 힘들고 고통스러워도 누구 하나 산 밑으로 도망갈 생각을 하지 않는 것은 지금까지는 모르고 살아왔던 따스한 인간애, 누구나 할 것 없이 똑같은 인간으로 대접하는 난생 처음인 평등한 삶, 바로 그것 때문이었다.

정귀석은 그녀에게 다시 도당으로 들어가자고 했다. 광양군당도 날마다 계속되는 적의 공세에 몸을 회복할 만한 상황이 아니었다. 거기다 식량사정도 좋지 않았다. 하루 한 끼라도 때울 수 있으면 운이 좋은 날이었다. 보급투쟁을 나가면 반드시 몇 사람은 돌아오지 못했다. 쌀 한 톨 구하지 못한 채 희생만 내고 돌아오는 경우가 허다했다. 49년 박종하가 백운산 특각에 있을 때만 하더라도 예쁜 대장이라며 좌익을 따르고 두려워하지 않던 주민들이 이제는 빨치산이라고 하면 머리를 흔들었다. 48년 말부터 계속된 보급투쟁에 수십 번씩 당하고 나니 좋은 일만 하고 말고를 떠나서 일단 자기들부터 먹고 살기가 힘들어졌던 것이다.

부근 마을은 소개당하고, 조금 떨어진 곳으로 가면 적들이 기다렸다는 듯 대응을 해오고, 그런 자잘한 보급투쟁에서 하나둘씩 대원들이 희생되고, 악순환이 꼬리에 꼬리를 물었다. 50년 봄엔 어디나 마찬가지였지만 분산투쟁 이후에 이현상부대가 백운산으로 들어오면서 토벌대까지 끌고 들어오는 바람에, 그 무렵 좀 나은 곳으로 가겠다고 지리산에서 백운산으로 옮겨온 그녀는 늑대를 피하려다 호랑이굴에 뛰어든 셈이었다. 어쨌든 정귀석은 그래도 도당이 광양보다야 낫지 않겠냐며 도당으로 가자는 것이었다. 도당으로 들어갈 채비를 했으나 광양군당 연락과에서 지금 도당도 식량이 없어 아사 직전이며, 어제 전 유격대원과 기관원들까지 총동원되어 필사의 보급투쟁에 나섰다는 연락이 왔다. 그리고 박종하가 분산투쟁 때 흩어진 부대를 규합하려고 일부 부대를 이끌고 다시 백운산에 도착했다는 것이었다. 정귀석은 도당이나 광양군당보다 박종하부대로 가자고 했다. 전투부대인데다 박종하가 워낙 신출귀몰한 사람이니 더 안전하다는 것이었다. 그들은 다시 선을 대어 박종하부대와 합류했다.

박종하부대와 합류한 다음날 바구리봉 쪽에서 아침나절부터 내내 요란한 총소리가 아련하게 들려왔다. 하루 종일 총성이 그치지 않는 것을 보니 꽤 큰 전투가 벌어진 모양이었다. 박종하는 그날 어디를 갔었는지 그 자리에 없었는데 오후가 되어서야 허겁지겁 달려오더니 부대를 끌고나갔다. 보급투쟁을 나갔다가 돌아오는 길에 도당이 바구리봉에서 거의 전멸당했는데 적이 너무 많아 지원공격을 할 수도 없고 퇴로라도 보장해주어야 한다는 것이었다. 한참 후에 도당 사람들의 짐을 대신 받아들기도 하고 우왕좌왕 사람들이 트로 밀려들었다. 박종하는 침통한 표정으로 바쁘게 뛰어다녔지만 아무리 날고 기는 그라도 몇 명 되지 않는 부대로는 중과부적이었다. 같이 가서 뭐라도 거들고 싶은데 저 하나 주체도 못하는 몸이니 따라가지도 못하고 그녀는 발을 동동 굴렀다.

그날의 피해는 엄청났다. 도당 중요 간부들만 남기고 70여 명의 도당 성원 전체가 보급투쟁을 갔는데 그날 오후까지 살아 있는 게 확인된 사람은 손가락으로 꼽을 정도라는 것이었다. 박종하의 형 박정하도 바구리봉 부근에서 적에게 당했다는 소식이었다. 박춘산도 여기서 죽고, 그를 따라 입산했던 여동생 박정숙도 며칠 뒤 전사했다. 부대 사람들 모두 어두운 얼굴이었다. 하기는 더 이상 병력을 보충받을 수도 없는 상황이니 전남도당의 최후가 머지않은 셈이었다. 그날 바구리봉에 걸린 태양도, 노을도 유난히 붉었다. 동지들이 흘린 핏빛처럼.

8

이현상부대 정치지도원으로

바구리봉의 처연한 전투가 남아있는 사람들에게 대단한 좌절을 가져왔지만, 그렇다고 스스로 굴복할 수는 없었다. 동지들의 피의 대가로 지금까지 살아남은 사람들은 그 피가 헛되지 않게 투쟁하며 살아남아야 했다.

바구리봉 전투가 끝나고 열흘이나 지났을까? 무슨 일인지 연락원도 없이 오금일이 단독으로 박종하부대를 찾아왔다. 노동자 출신이면서도 깔끔하고 허여멀쑥한 모습이 인텔리처럼 보이는 오금일은 그녀가 맨 처음 구례군당에 갔을 때 도당 오르그로 파견되어 있던 사람으로 잘 아는 사이였다. 본인과 관계없는 일이면 알아서도 안 되고 알리지도 않는 게 조직의 원칙인데다 그녀는 박종하부대와 함께 있긴 하지만 정식 부대원도 아닌 터라 오금일이 무슨 일로 들렀고 어디에서 어디로 가는지도 알 수 없었다. 아무튼 볼일을 다 끝냈는지 오금일은 떠나기 직전 그녀를 불러 함께 도당으로 가자고 했다.

하긴 건강도 좋지 않은데다 비무장인 그녀가 전투부대와 함께 지낸다는 건 여간 어려운 일이 아니었다. 6.25 후에는 여자들도 간혹 전투를 하기도 했지만, 그때만 해도 전투부대에는 단 한 명의 여자도 없었고 기관원 중에도 여자가 드물었다. 여성 전투원으로 이름을 날린 양봉순도 당시에는 박종하부대의 취사원에 불과했다. 박종하가 친구 부인이라고 특별히 신경을 써주었으니 망정이지 그렇지 않았다면 버텨낼 수도 없었을 것이다.

그녀는 오금일을 따라나섰다. 지리를 모르니 죽으나 사나 오금일 뒤에 바싹 붙어 다녀야 했다. 몇 시간을 행군한 끝에 도당 간부 몇 사람과 합류했다. 사령관이라고 불리는 작달막하고 소탈해 보이는 인상 좋은 간부도 있었고, 키가 크고 납작한 얼굴에 인자해 보이는 조직부장도 있었다. 함께 길을 걷는데 모두 며칠 굶은 기색이었다. 성큼성큼 큰 걸음으로 앞장선 오금일은 계속 취나물이나 산채를 뚝뚝 끊어서 날것으로 씹어 먹고 있었다. 다른 간부들도 따라서 생풀을 으적으적 씹어댔다. 잠깐 쉬면서 둘러보니 모두들 입 주위가 시퍼랬다. 혹시나 하고 배낭을 뒤졌더니 박종하부대에서 준 쌀이 두 홉 정도 있었다. 비상미를 나눠줄 때면 아예 안 먹을 셈으로 담아두곤 했던 터라 자기도 잊어버리고 있던 쌀이었다.

4월 하순께라 양지쪽에는 제법 산나물이 있었다. 그녀는 합다리순을 뚝뚝 끊어다 넣고 죽을 끓였다. 얼마나 정신없이 먹었던지 솥바닥이 다 드러날 즈음이었다.

"어? 죽이 쓰다?"

조직부장이라는 김병추가 얼굴을 찡그리며 말했다.

"아따, 인자 배가 부른갑구만. 여태 맛있게 먹어놓고 이제 와서 무슨 말이야?"

그렇게 말을 받은 사령관 김선우도 곧 몸서리를 치며 상을 찌푸렸다. 그러고 보니 그녀가 먹어도 너무 써서 침을 삼킬 수 없을 정도였다.

"어, 옥자 동무! 뭘 넣었는데 이래요?"

오금일이 알겠다는 듯 피식피식 웃으며 물어왔다.

"합다리요."

"저기 저런 거 말이요?"

오금일이 무슨 나무를 가리키는데, 바로 그녀가 꺾었던 합다리나무였다.

"네."

　그녀가 고개를 끄덕이자 일제히 웃음이 터져나왔다.

"그럴 줄 알았어. 옥자 동무! 저건 소태나무요, 소태나무."

　소태나무와 합다리의 생김새가 거의 비슷하다는 것이었다. 예전에 누군가 합다리라고 가르쳐주었던 기억이 나서 이왕이면 나물을 넣고 푸짐하게 끓이려고 했던 것인데 소태와 합다리를 마구 섞어서 끓인 모양이었다. 그러고 보니 소태 잎은 좀 불그스름한 게 반들반들 매끄럽고 합다리 잎사귀에는 작은 솜털 같은 게 있어 약간 뿌연 빛이었다.

"우리가 이거 보약을 먹었구만."

　그녀는 염치가 없어 얼굴을 못 들 판인데 오금일은 자꾸 짓궂게 그녀를 놀려댔다.

"동지들의 건강을 위해 소태죽을 끓여준 옥자 동무의 정성을 내 영원히 잊지 않으리다."

　오금일이 신파조로 읊어대자 김선우도 빙그레 웃으며 말을 받았다.

"정말 좋은 추억이 되겠구만."

　좋은 추억이 아니라 서글픈 추억이었다. 세상에 얼마나 배가 고팠으면 오죽해야 '소태처럼 쓰다'는 그 소태죽을 쓴 줄도 모르고 먹어댔을까. 결국 써서 못 먹고 한줌이나 남은 죽을 보면서 그녀도 빙그레 계면쩍은 웃음을 머금었다. 해방의 그날까지 우리가 살아있다면 그때쯤엔 웃으며 오늘을 기억할 수 있겠지. 어쩌면 혁명사업이란 소태 같은 것이 아닌가. 쓰디쓰지만 먹고 나면 몸에 좋은 것. 쓰디쓴 날을 웃으며 기억할 수 있는 해방은 기어코, 기어코 오고야 말 테지. 그러나 살아서 그 서글픈 추억을 되씹을 수 있었던 사람은 그녀뿐이었다. 좋은 추억이 되겠다던 김선우도, 영원히 잊지 않겠다던 오금일도 54년 빨치산 최후의 무렵에 적과 대항하다 스스로 목숨을 끊었고, 사람 좋은 미소만 띠고 있던 구례의 '각시순사' 김병추도 전투 중에 목숨을 잃었다. 소태처럼 쓰디쓴 혁명의 물결에 그들은 하나뿐인 생명까지 던져버린 것이다.

보약을 먹었다며 힘을 내서 도당에 도착했지만 그녀는 다시 구례군당으로 가서 여맹사업을 하라는 지시를 받았다. 바구리봉 사건 이후 위축될 대로 위축된 도당 형편으로는 당장 그녀에게 무슨 사업을 시킬 수도 없고, 그렇다고 그녀가 건강 회복을 위해 쉬기에도 부적합하다는 것이었다. 소태죽 잘 먹었다는 간부들의 농담 섞인 인사를 받으며 그녀는 연락원과 함께 한 달여 만인 5월 초 구례군당으로 돌아왔다.

피아골에 있던 군책 강경구를 비롯해 양순기 조직부장 등 모두들 무사하게 살아있다가 돌아온 그녀를 반겨주었다. 강경구는 작년 4월 당원 확대회의 후 신오동이 소환되어 가고 대신 파견된 사람이었는데 아주 착실하고 사업작풍이 좋았다(강경구는 전남도당 최후의 조직적인 부대를 이끈 인물로 53년 가을 도당이 박살나자 전남 내의 전 산을 돌며 남은 세력 30여 명을 규합해 산성부대를 만들었다). 양순기는 당원 확대회의의 규탄대상자 중의 한 사람이었지만 소환되지는 않고 철저히 자기비판을 한 다음 그대로 조직부장직을 맡고 있었다. 다른 간부들은 거의 각 면당에 지도검열 사업을 나가고 군당에 남아 있는 사람이라고는 군책 부인까지 네댓 명뿐이었다. 그만큼 그동안 피해가 컸던 것이다. 입산 초기만 해도 시골장터처럼 북적거리던 군당이었는데⋯⋯. 면당에서 처음 군당으로 왔을 때 와글와글하던 사람들은 지금 다 어디에 있을까.

몇 명 안 되는 식구라 전부가 보초도 서고 불침번도 교대로 섰다. 여자의 몸으로 쉬운 일은 아니었지만 그녀는 오히려 힘이 났다. 상황이 어렵다고 해서, 인원이 적다고 해서 원칙에 어긋나는 일이 용납될 수는 없는 일이었다. 식구 많은 집에 비하면 한 가족도 안 되는 단출한 인원이었지만 예전처럼 학습이나 토론회, 상호비판회도 그대로 진행되었다. 군책 자신이 보초나 불침번까지 빠지지 않는 솔선수범에 당원들은 대단한 감동을 받았고, 그럴수록 당원들은 일체의 강요 없는, 스스로의 희생정신을 발휘할 수밖에 없었다.

그녀는 일을 하기 위한 마음의 준비를 갖추기 시작했다. 여태껏 여맹위원장이라는 명목만 가졌을 뿐 실제 사업에는 손도 대지 못했던 자신의 행동은 아이 문제나 건강이나 어떤 이유에서건 비판받아 마땅한 일이었다. 마음속으로 이 일 저 일 지나간 일들을 정리하고 앞으로의 사업계획을 짜기 시작한 지 며칠 되지 않아 이현상부대의 연락원인 철도 동무(가명)가 들러 남편의 소식을 전해주었다. 자기 부상은 다 나았으며, 될 수 있으면 이현상부대로 오지 말라고 하더라는 것이었다. 이현상부대로 오지 말라니, 무슨 말인지 알 수가 없었다.

잠시 후 군책이 그녀를 불러 이현상부대에서 부른다며 소환장을 내놓았다. 남편의 말이 떠올랐다. 남편의 말이 아니더라도 그녀는 소환이 적당치가 않은 것 같았다. 아직 행군도 제대로 버텨내지 못할 정도이니 전투부대의 생활을 견뎌낼 수 있을지 의심스러웠다. 가서 견디지 못하고 예전처럼 반병신이 되어 다른 동지들 짐만 되니 적합한 일을 찾아 힘껏 노력하는 게 나을 것 같았다. 그런 자신의 심정을 솔직하게 털어놓았지만 강경구는 고개를 저었다. 소환에 불응하는 것은 반당적 행위라는 것이었다. 하는 수 없었다. 꼭 지켜야 할 명령이라면 당연히 지켜야 할 터였다.

즉각 떠나라는 강경구의 지시에 그녀는 준비를 서둘렀다. 군당에 온 후

짧은 기간이었지만 많은 생각을 했고 미진하나마 설계도 해보았는데 실행에 옮겨볼 새도 없이 떠나는 것이 조금은 아쉬웠다.

박정애라는 여성 동무도 같이 소환된 모양인지 철도 동무와 셋이 떠나게 되었다(박정애는 나중에 여성 전투원으로 소대장까지 진급하고 남성들을 지휘할 만큼 탁월한 전투가로 명성을 떨치게 된다). 강경구는 마지막 인사를 나누면서 그녀의 손을 꼭 움켜쥐었다.

"내 욕심 같아선 동무를 잡아두고 구례군 여맹사업을 시키고 싶지만 우리의 혁명 수행과정엔 어느 한 부분도 소중하지 않은 게 없소. 부디 건투를 비오."

그녀 역시 한량없이 섭섭한 마음으로 구례군당을 떠났다. 출발한 것이 해거름판이었는데 강행군을 하여 다음날 이른 아침 그곳이 어디쯤인지 함양군당에 도착했다. 다른 간부들은 모두 하급당에 지도사업 나갔다며 단둘이 남아 있던 군책과 조직책이 그녀 일행을 반갑게 맞아들였다. 함양군책은 가무잡잡하고 갸름한 얼굴에 덧니가 매력적인 삼십대 후반의 기백 있고 무척 재미있는 사람이었다. 억수 같은 장대비를 홈싹 맞으며 지어준 밥과 칡잎쌈이 그렇게 맛있을 수가 없었다. 비가 내려 그날은 토벌대의 수색도 없었고, 덕분에 오락회도 하고 얘기도 하며 충분한 휴식을 취했다.

오후 5시쯤 왕비가 개고 이슬비가 내리면서 산골짜기 가득 안개가 깔리기 시작했다. 먼 길이라 출발을 서두르는데 함양군당 동지들이 악수를 청하면서 그녀들의 손을 굳게 잡고 흔들었다.

"살아서 또 만납시다!"

살아서 또 만나자는 그 말이 그렇게 애틋할 수가 없었다. 처음 만나 몇 시간을 보낸 사람과의 이별이 그렇게 가슴 아픈 건 같이 싸우는 동지 외에는 다시없을 것이다.

토벌대들이 고지나 능선, 골짜기 등 주요 지점엔 거의 다 주둔하고 있어서 단 한시도 경계를 소홀히 할 수 없었다. 주능선을 못 타고 이리저리 돌아가니까 시간은 곱절로 걸렸다. 토벌대를 피해 산비탈을 돌기도 하고 주둔하고 있는 적의 숙영지 바로 옆을 빠져나가다가 발각되어 총격을 받기도 했다. 날이 밝았을 때 가야 할 지형을 자세히 살펴두어야 하는데 적의 수색 때문에 꼼짝도 못하고 엎드려 있다가 어둠이 밀려드는 바람에 길을 잃기도 했다. 달도 없는 밤은 찰흙처럼 어둡고 사방엔 적들의 보초가 밤새 눈을 빛내고 있고 이리저리 헤매다 결국은 날이 샜다. 적의 주둔지 바로 앞 골짜기에서 항고밥을 해먹는데 자욱한 안개가 밀려왔다. 천만다행이었다. 다시 방향을 잡아 바로 코앞도 안 보이는 안개 속에 몸을 숨기고 하루 종일 행군을 계속했다. 안개 때문에 밤인지 낮인지 구별도 안 되는데 시계를 보니 오후 5시였다. 그때까지 한마디도 없던 철도 동무가 배낭을 멘 채 털썩 주저앉으며 말했다.

"동무들, 힘들지요? 여기가 조개골이요. 거의 다 온 셈이지요. 곧 윤호 동무도 만나게 될 거요."

잠시 쉬어가자는 줄 알고 따라 앉으려는 순간 "누구엿!" 하는 수화 소리가 들렸다. 바로 이현상부대 보초였다. 이현상부대 보초가 차츰 엷어져 가는 안개 속에 모습을 드러내면서부터 그녀의 가슴은 열일곱 처녀애처럼 울렁거리기 시작했다. 이현상부대에서 왜 나를 불렀을까? 무슨 일을 하게 될까? 왜 하필 남편 윤호와 만나게 해주는 것일까? 전남에서나 이현상부대에서나 남녀문제는 매우 엄격해서 원칙적으로 부부나 연인이 함께 있는 것을 금하고 있었는데 무슨 까닭인지 궁금했다.

구례군당에서 아이를 데리고 있을 때 가끔 들러 고생한다며 격려해 주던 이현상과 축지법을 써서 지리산을 주름잡고 날아다닌다는 소문이 자자

한 지리산 호랑이 박종하, 그리고 신혼의 꿈도 깨기 전 좋은 세상 만들겠다며 부모형제, 아내까지 다 버리고 떠나버린 남편 윤호, 그들과 함께 하게 될 생활에 가슴이 뿌듯하게 벅차올랐다. 정말이지 살아서 다시 만난다는 것만큼 행복한 일도 없었다.

두근거리는 가슴을 안고 보초를 따라 이백 미터쯤 올라가보니 150여 명이 넘어 보이는 대부대가 휴식을 취하고 있었다. 낮익은 얼굴들이 그녀 일행을 보고 환성을 지르며 달려왔다. 그녀가 면당에 있을 때 형을 찾아 일가족이 입산했던 박춘산의 막내동생 병주, 14연대 출신의 이진범 사령, 연락병 방영진, 문화부 지도원 최영애가 생글생글 웃으며 뛰어왔다. 박종하도 남보다 머리 하나는 더 큰 키로 성큼성큼 다가왔다.

"고생 많았지요? 여하튼 만나서 반갑소. 자, 선생님께 인사부터 드려야지요."

박종하를 따라 백 미터쯤 올라가니 풀밭 위에 앉아 책을 읽는 이현상의 뒷모습이 보였다.

"선생님, 옥자 동무 왔습니다."

박종하의 말이 끝나기도 전에 이현상은 책을 놓고 일어서며 그녀의 한쪽 손을 잡고는 부드럽게 어깨를 다독거렸다.

"왜 이리 늦었소. 고생 많았지요? 그런데 윤호는 어데 갔소. 윤호 불러요."

이현상의 말이 끝나고 부관이 달려가기 무섭게 남편을 데리고 왔다. 급히 달려오던 남편은 그녀를 보는 순간 멋쩍은 표정으로 싱겁게 웃었다. 여러 사람 앞에서 남편을 만나려니 어색하고 부끄러워서 손이 내밀어지지 않았다. 남편도 그런 모양이었다.

"악수 안 하오? 악수해야지."

이현상이 두 사람을 부추기자 박종하가 기다렸다는 듯이 덥석 말을 받았다.

"사람들이 영 촌스러워서 그래요."

갑자기 박종하가 근엄한 표정을 짓더니 말을 이었다.

"나한테는 절도 잘 받들만 자기 남편한테는 악수도 않네."

이현상이 빙그레 웃으며 물었다.

"천하의 박종하가 옥자 동무에게 절을 다 했소?"

그녀는 쑥스러워서 가만히 발끝만 내려다보고 있는데 박종하는 여전히 근엄한 얼굴로 잘도 떠들어댔다.

"그렇습니다. 사회에서 지하사업할 때 옥자 동무를 만났는데 어찌나 무섭게 생겼던지 하도 무서워 저도 모르게 그만 마당으로 뛰어나가 큰절을 해버렸지요. 염치도 없이 내 절을 덥석 받더라니까요. 옥자 동무만 보면 그 생각이 나서 억울해 죽겠습니다."

남편은 유난히 하얀 잇속을 다 드러낸 채 싱글벙글 웃고 있고, 이현상은 개구쟁이 아들 녀석을 보는 것처럼 허허 너털웃음을 웃으며 박종하를 쳐다보다가 이윽고 그녀를 바라보았다.

"좋은 인연들이오. 옥자 동무는 고생도 많이 했고 하니 어서 건강을 회복하고 부대 어머니 역할을 맡아주어야겠소. 동지애, 부부애로 서로 격려하고 협조하면 사업이 더욱 잘되리라 믿소."

이현상 앞을 물러나와 그녀 부부와 함께 내려오던 박종하는 계속 그녀를 바라보며 고개를 갸웃거렸다.

"먼 여자가 저렇게 무섭게 생겼으까이. 얼마나 무서웠으면 천하의 박종하가 절을 다 했것어."

그러더니 박종하는 남편의 옆구리를 슬쩍 건드렸다.

"야 윤호야. 너 무서워서 옥자 동무랑 어떻게 살았냐. 응? 안 무섭디?"

하는 수 없이 그녀는 웃고 말았다. 세상에 뭐 저런 사람이 다 있을까, 우습기도 하고 신기하기도 했다.

당시 이현상부대는 날이 갈수록 격해지는 토벌작전 때문에 계속되는 격전에서 수많은 희생자를 냈고, 후방이 없는 유격전이라 보급문제로 더 많은 인명손실을 보았다. 그래서 부대 재정비와 사기앙양을 위해 깊숙한 조개골에 와서 휴식을 취하는 중이었다. 여순사건 직후 14연대를 주축으로 7백여 명에 이르렀던 이현상부대는 매번 전투에 수많은 병력을 잃고 고작 150명 정도가 남아 있을 뿐이었고, 부대편제는 이현상을 총사령관으로 하여 3, 5, 7연대의 3개 부대와 부대본부, 호위대로 이루어져 있었다. 그녀는 며칠 후 본부 정치지도원으로 임명되었다. 정치지도원이 해야 할 일은 엄청나게 많았다. 사는 것 같지 않게, 언제 찾아올지 모르는 죽음을 늘 대비하고 사는 생활이었지만 역시 사람 사는 세상이라 자잘한 문제들이 많았다. 상호비판회나 토론회 등을 통해 해결할 수 있는 문제도 있지만 공개할 수 없는 일들도 있게 마련이었다. 아무리 당성이 좋고 동지애가 좋아도 사람따라 더 좋고 싫은 감정이 생기는 것도 당연했다. 지휘관과 부대원도 호흡이 잘 맞아야 최고의 성과가 나는 법이라 인간관계만큼 중요한 것도 없었다. 그녀는 부대원 한 사람 한 사람 고민은 없는지, 무슨 변화는 없는지 세밀히 관찰했다. 고민이 있어 보이는 대원에게 일부러 다가가서 말을 들어주기도 하고, 상담한 내용은 상부에 건의하여 반영하기도 했다. 자신의 활동이 겉으로 드러나는 일은 아니었지만 그녀는 자기 일이 아주 좋았다. 이현상이 처음 했던 말대로 정말 그녀의 역할은 어머니의 역할이었던 것이다. 어쩌면 이현상은 아이를 잃고 난 그녀의 마음을 그렇게 달래주고 싶었는지도 몰랐다. 게다가 그녀로서는 입산한 지 두 해가 다 되어가지만 아이 때문에 체계적인 조직생활을 해보지 못하다가 처음으로 구체적인 자기 임무를 수행하면서 비로소 살 것 같은 기분이었다.

일을 열심히 하면 할수록 당에 대한 죄책감도 아이에 대한 죄책감도 차츰 엷어져갔다. 너무 바빠 세월이 어떻게 흐르는지도 모를 정도였다.

9

새로운 사랑, 새로운 삶

보초는 전투부대가 담당하지만 불침번은 지위고하나 남녀의 구별 없이 누구나 교대로 서야 했다. 전투부대가 보급투쟁을 나간 어느날 그녀는 숙영지에서 약 백 미터 정도 떨어진 곳에서 야간보초를 서고 있었다. 눈이 아리게 총총한 별들만 반짝일 뿐 지리산 깊은 골의 밤은 참으로 적막했다. 조작법을 배우기는 했지만 아직 한번도 쏴보지 못한 총을 들고 그녀는 어둠에 휩싸인 앞만 뚫어지게 쳐다보고 있었다. 바람 한 점 없이 조용한 봄밤이 깊어갔다. 투명한 별빛을 머금은 연둣빛 나뭇잎이 은은하게 빛났다. 그녀는 가만히 손을 내밀어 갓난아이의 새살처럼 부드러운 나뭇잎을 어루만졌다. 그때, 갑자기 뒷목덜미에 차가운 총구가 느껴졌다. 내가 여기서 소리도 없이 당해버리면 보초를 믿고 곤하게 잠든 부대는 어떻게 될 것인가.

"손들엇!"

낮은 목소리였다. 소리라도 지를까. 내가 죽더라도 잠깐 사이지만 그 사이에 부대는 어떻게든 움직일 수 있지 않을까. 아니 어떻게 이 놈을 처치할 방법은 없을까. 순간적으로 많은 생각들이 스쳐갔다. 그때였다.

"죽지 않으려면 주의해요!"

차가운 목소리에 뒤돌아보니, 벌써 저만큼 걸어가 버린 남편의 모습이 어둠 속에 드러났다. 기왕 여기까지 왔으면 따뜻한 말 한마디라도 해주고 갈 수 있지 않은가. 다정한 말 한마디도 없이 사라져버린 남편의 뒷모습을 바라보면서 그녀는 처음으로 남편이 야속해졌다. 왜 그럴까? 예전에는 한없이 너그럽고 다정하던 남편이었다.

억지 시집을 와서 남편과 단둘이 있을 자리만 되면 도망가 버리고 최씨 집 종부는 입에 거미줄을 쳤나 보다고 온 동네에 소문이 날 만큼 아예 입을 닫고 살 때도 남편은 어떻게든 그녀를 웃게 만들려고 온갖 장난을 다 쳤었다. 열다섯 명이 넘는 시집식구들 뒤치다꺼리하느라, 아직 젖먹이인 막내 시동생을 돌보느라 파김치가 된 그녀가 베틀 앞에 앉아 있으면 그녀를 밀쳐내고 자기 솜씨를 보여주겠다며 그녀 일거리를 다 해결해주던 남편이었다. 그녀가 작은 실수를 할 때마다 나무라는 시할머니와 시어머니 앞에서 익살을 부리는 통에 그녀의 실수쯤은 웃고 넘어가게 만들어주던 남편, 밤마다 그 큰 체구에 그녀의 작은 옷을 꿰입고 신파극을 한답시고 설쳐대다 기어이 옷을 망치고야 말았던 남편, 어디서 구했는지 일년감(토마토)이나 홍당무, 시금치 같은 처음 보는 야채 씨앗들을 구해 와서 심었다가 온 동네에 나눠주던 남편. 그때 마을사람들은 성의가 고마워서 받기는 했지만 이런 걸 무슨 맛으로 먹느냐며 남편 몰래 갖다 버리곤 했었다. 시지도 달지도 않은 일년감 먹기 싫어 도망치는 그녀를 붙들어다가 건강에 좋은 거라며 기어코 그녀의 입에 넣어주던, 그렇게 자상하고 친절한 남편이었는데……. 요즘 들어 감독관처럼 그녀의 잘못만 캐내려고 하는 남편이 그녀는 어쩐지 멀고 아득하게 느껴졌다.

그날 사업총화 시간이었다. 남편이 불쑥 일어나더니 아까의 사건을 일일이 보고하는 것이었다.

"…… 이런 보초에게 어떻게 부대의 안전을 믿고 맡기겠습니까? 옥자 동무는 오늘 일에 대해 철저하게 자기비판해야 할 것입니다. 혼자 서는 보초지만 전 부대의 안전을 책임져야 하는, 가장 중요한 혁명사업의 하나라는 것을 잊었습니까?"

얼굴을 들 수가 없었다. 남편의 말은 물론 구구절절이 옳았다. 그러나 꼭 이렇게 할 수밖에 없는가. 가슴 한편으로 서늘한 바람이 밀려드는 느낌이었다. 자신의 치부를 들켜버린 것 같은 무안함과 남편에 대한 서운함으로 더듬거리며 자아비판을 하던 그녀는 자기를 똑바로 응시하고 있는 남편의 눈길과 마주쳤다. 남편의 눈길은 매섭고 날카로웠다. 서운한 마음으로 눈길을 돌리던 그녀는 남편과 자기를 바라보며 따뜻하게 웃고 있는 이현상을 보았다. 선생님은 왜 웃고 계시는 걸까? 그녀는 이현상의 따스한 웃음과 남편의 냉정한 표정이 좀처럼 이해되지 않았다.

그 후로도 남편은 그녀가 하는 일마다 불쑥 나타나서 무슨 트집을 잡아서든 그녀에게 경고를 내리기 일쑤였고, 행군이라도 하는 날이면 가장 무거운 짐을 그녀에게 맡기곤 했다. 오기가 치솟아 그녀도 두말없이 남편이 가져온 짐을 짊어졌는데 당연히 맨 나중에 처지기 마련이었다. 대열을 놓치지 않으려고 부리나케 걷다 보면 남편이 혼자 그녀를 기다리고 있었다. 그러나 그뿐이었다. 그녀의 모습이 시야에 나타나면 짐을 받아줄 생각도 않고 자기 혼자 앞서 가버리는 것이었다. 그러다 또 처지면 말없이 기다리고. 보다 못한 박종하가 가끔씩 그녀의 짐을 대신 들어주는 것도 못마땅한 기색으로 보거나 달려와서 말리는 남편이었다.

한 달이 지났다. 몸이 약해 늘 비실거리던 그녀도 이제는 웬만한 남자 못지않게 행군을 하고 보초도 설 수 있게 되었다. 그제야 그녀는 남편의 행동을 이해할 수 있었고, 이현상의 그 말없는 웃음도 이해할 수 있었다. 남편은 그렇게 조금씩 그녀를 단련시키고 있었던 것이다. 남편은 그녀를 진정한 혁명가의 길로 한 걸음씩 이끌기 위해 더 큰 사랑을 선택한 것이었다. 남편의 사랑에 비하면 그녀의 사랑은 얼마나 협소한 것이었는가. 여성과 남성이 동등하고 부자와 가난한 자가 동등한 세상을 만들어야 한다는 말 앞에서 난생 처음으로 온몸이 떨리는 흥분을 맛보았던 자신의 가슴속에는 평등하지 못한 세상에 대한 불만과 동시에 여자를 남자에게 종속적인 것으로 보는 세상의 편견이 숨어 있었음을 그녀는 그때서야 알아차렸다. 남편에 대한 서운함은 그런 기대가 배신당한 아픔의 표현이었다. 어쩌면 그녀는 자신도 모르는 사이에 남편이 자신의 실수를 눈감아주고 약한 자신을 보호해주길 기다렸는지도 몰랐다. 그러나 그런 행위는 곧 그녀를 영원히 나약한 여자로, 남자의 종속물로 만드는 함정일 뿐이었다. 남편은 그녀를 자기의 아내로만 본 것이 아니라 영원히 한길에서 살아갈 동지로, 한 인간으로 바라보고 대우한 것이었다.

이제는 무거운 짐을 지고도 대열에서 뒤떨어지지 않고, 보초도 제법 노련하게 설 수 있게 된 자신을 바라보면서 그녀는 남편 역시 자신만큼 새로운 모습으로 변해 있다는 걸 알았다. 남편의 사랑은 얼마나 많이 달라졌는가. 가슴 저 깊은 곳에서부터 남편에 대한 뜨거운 애정이 솟구쳤다. 남편이 징병에 끌려갈 때 솔문에 매달려 휘날리는 일장기를 보고 착잡해 했던 것은 사랑 때문이 아니었다. 남편이 살아 돌아왔을 때 반가웠던 것도 사랑이 아니었다. 그것은 단지 어쩔 수 없이 함께 보낸 시간과 그 시간 속에서 길들여진 정이었을 뿐이다. 그러나 지금은 다르다. 만일 다시 누군가와 새롭게 시작할 수 있다면 이제는 그녀 스스로의 자유로운 선택으로 다른 사람 아닌 바로 최윤호를 사랑하고 결혼할 것이다.

그들 부부는 이현상부대 모든 사람의 사랑을 한꺼번에 받을 수 있었고, 사람들은 틈만 나면 두 사람을 묶어주려고 극성을 부렸다. 잠시 쉴 수 있는 짬만 나면 그들 부부를 둘러싸고 온통 웃음꽃이 피었다. 박종하의 장난기가 발동하지 않을 리 없었다. 남편은 박종하와 함께 자는 날이면 늘 담요 한 장만 들고 쫓겨났다. 마누라한테 가서 자고 오라는 거였지만 남편은 그녀 근처에도 오지 못한 채 잘 곳이 없어 서성거렸고, 부근에서 그 모습을 지켜보는 그녀도 조금은 우습고 조금은 안쓰럽게 바라볼 뿐 함께 잘 생각은 꿈에도 하지 않았다. 보급사업이 없는 날이면 박종하는 그들 부부를 놀려대느라 바빴다.

"어이, 윤호 동무. 옥자 동무랑 씨름 한판 해봐. 응?"

박종하가 아무리 질퍽거려도 남편은 그저 사람 좋은 미소만 머금고 있었다. 그러면 박종하는 고자질쟁이 어린애처럼 쪼르르 이현상에게로 달려갔다.

"선생님, 윤호가 제 말은 안 듣는데요. 선생님이 씨름 한판 시키십시오."

쉬는 시간이면 늘 무슨 책이라도 읽는 게 습관인 이현상은 책을 놓고 빙그레 웃었다.

"그래? 윤호 앞으로, 옥자 동무 앞으로!"

이현상의 말이니 나서지 않을 수가 없었다. 그러나 씨름을 하라는 데야 어쩌겠는가. 그저 둘 다 웃고 섰을 수밖에. 사람들은 여기저기서 재촉을 해대는데 정작 판을 벌인 박종하는 이제 또 심술이었다.

"제미, 장가도 못 간 놈은 이거 약 올라 죽겠구만. 윤호 저거 입 찢어진다, 찢어져. 호랑이 같은 옥자 동무가 어디가 좋은가 몰라."

그녀도 이제 박종하의 농담에 면역이 돼서 그 정도 얘기쯤이야 웃으며 지나칠 수 있었다. 사람들이 하도 성화를 부리면 윤호는 씩 웃으며 힘도 들이지 않고 그녀를 한 손으로 휙 집어던져 버렸다. 그때부터 박종하가 신

186

나게 나설 차례였다. 윤호도 박종하와는 씨름으로 한판 붙었다. 그러나 워낙 체격도 크고 힘 좋은 박종하에게 당할 재간이 없었다. 결국 윤호를 메다꽂은 박종하는 그녀를 답싹 집어다가 쓰러진 윤호 위에 앉혀놓는 것이었다. 그 큰 체구의 남편을 본의 아니게 깔고 앉아서 그녀는 조금 계면쩍기도 했지만, 빙그레 웃고 있는 이현상이나 동지들을 볼 때면 한없이 즐거운 마음이었다.

남편 최윤호와 박종하는 이현상부대 내에서 악동으로 소문난 콤비였다. 장난이라면 남편도 박종하 못지않았다. 보급투쟁에 실패해서 대원들이 풀이 죽어 있는 날이면 느닷없이 밥을 먹던 박종하와 윤호가 눈을 찡긋거리며 벌떡 일어나 먹던 밥그릇을 수저로 두들겨대며 춤을 추었다. 밥그릇이야 우그러들든 말든 두 사람은 꽹과리를 두들기듯이 박자에 맞춰 밥그릇을 두들겨대고, 신이 오르면 남편은 냄비나 항고를 등에 집어넣고 곱새춤으로 사람들을 웃겼다.

이현상부대 대원들은 잠시도 우울할 짬이 없었다. 두고 온 부모형제들이며 사람 같지 않은 생활 속에서 고민이 없을 리 없었지만 그런 생각에 깊이 빠질 틈도 없이 바쁘기도 했고 생활이 즐겁기도 했던 것이다. 굶주림 속에서도 이현상부대가 웃음을 잃지 않은 데는 그런 지도자들의 영향이 컸다.

어느 날인가, 보급투쟁을 나갔던 박종하가 엄지손가락만 한 고깃덩어리를 그녀에게 내밀었다.

"내가 옥자 동무 줄라고 특별히 가져온 것이요. 먹어보시오."

"이게 뭔데요?"

"아 글쎄. 일단 먹어보라니까요."

박종하는 웃음기도 없이 천연덕스럽게 정말 그녀가 안쓰러워 특별히 생각하는 것처럼, 남들이 볼세라 그녀를 재촉하는 것이었다. 뭔지도 모르는 것을 그래도 먹을 거니까 주었으려니 싶어 물어뜯었는데 아무리 힘을 줘도 뜯기질 않았다. 두 손으로 움켜쥐고 있는 힘껏 뜯었는데도 도저히 먹을 수가 없었다.

"하하하하."

갑자기 박종하가 허리를 쥐고 웃어대기 시작했다.

"세상에 옥자 동무. 그게 뭔지나 아시오?"

아무리 봐도 불그스름하고 길쭉한 그게 뭔지 알 수가 없었다.

"세상에 먼 여자가 소 그것을 다 먹는대?"

민망해서 고개를 들 수 없었다.

"아이, 윤호야. 니 마누라 소 그것을 다 먹는다. 어쩔래?"

박종하가 윤호며 이현상이며 온 부대를 돌아다니며 옥자 동무가 소 그것을 먹더라고 떠들어대는 바람에 한동안 그녀는 부대 안에서 유명해지고 말았다. 창피해서 고개를 들 수 없을 정도였지만, 짐도 무거운데 그것을 산 위까지 들고 와서 특별히 그녀를 생각하는 척 천연덕스럽게 내민 박종하를 생각하면 그녀도 웃음이 터져나왔다.

산중인데다 날마다 쫓겨 다니는 판이니 제대로 된 교재가 있을 리도 없고 6.25 전에는 마땅한 강사도 없이 제대로 된 학습을 받기도 어려웠지만 그나마의 교육이라도 그녀는 그렇게 신날 수 없었다. '사회발전사'며 '해방 후 조선'이며, 새로운 사실을 하나씩 알아갈 때마다 예전엔 그렇게 멀고 낯설고 재미없던 세상이 그녀 곁으로 쑥쑥 다가오는 느낌이었다. 남이 쳐놓은 거미줄에 걸려 바둥대는 것 같던 지난날의 삶도 이제 그녀는 이해할 수 있을 것 같았다. 아버지에게 소박당한 채 어린아이들을 거느리고 밤마다 이야기책으로 외로움을 달래야 했던 어머니의 삶도, 그 어머니를 버려야 했던 아버지, 여자니까 일본글 같은 것 배울 필요 없다며 결혼하기 싫어서 머리까지 잘라버린 그녀를 한 달 만에 시집보낸 그 아버지의 삶도 이제 그녀는 흐르고 변화하는 세상 속에서 이해하고 받아들일 수 있었다. 아버지는 여자가 공부하는 것조차 싫어 서둘러 시집보낸 딸이 남편과 함께 더 새로운 공부를 하며 이렇게 살고 있는 줄 짐작이나 하고 있을까. 아버지가 준 최고의 선물은 그리고 보면 서둘러서 지금의 남편에게 시집보내준 것이었다.

그러나 적들은 그들이 웃으며 살아갈 수 있도록 놔두지 않았다. 탄압의 고삐는 나날이 조여 오고 결단의 시기는 점점 다가오고 있었다. 후방 없는 유격전의 미래⋯⋯. 지리산 주변의 각 도당들은 몇 남지 않은 인원을 데리고 기아에 허덕이며 간신히 목숨을 부지하고 있었다. 이현상부대야 워낙 탁월한 전투부대라 그 정도는 아니었지만, 각 도당의 처참한 상황은 머지 않은 미래에 닥칠 바로 자신들의 운명이었다.

10_

무주 입성

그녀가 처음 도착했던 조개골 부근에서 이리저리 옮겨 다니던 이현상부대는 6월 초 악양골 쪽으로 장거리 이동을 했다. 하동 쪽의 악양골은 골이 얕아 대부대가 장기간 머물기에는 적당치 않은 곳이었다. 그녀로서는 왜 악양골로 옮겨왔는지 알 수 없었지만 며칠이 지난 어느 날 다시 어디론가 떠나게 되었다. 그러나 이번의 이동은 지금까지 지리산에서 이리저리 옮겨 다닌 것과는 전혀 다른 것이었다. 당시에는 중요 간부 몇 사람을 제외하고는 목적지가 어딘지, 왜 이동을 하는 건지 아무도 알지 못했다. 탈락자가 생길지도 모르는 만약의 경우에 대비해 목적지는 당연히 비밀이었다.

지리산에서 만 1년 8개월 동안 유격투쟁을 해왔던 이현상부대는 계속되는 엄청난 피해에 후방 없는 유격전은 도저히 불가능하다고 판단하고, 마지막 사활을 건 대이동을 시작한 것이었다. 살아남을 수 있는 유일한 방법은 월북, 즉 북으로 가는 길뿐이었다.

아무튼 적의 이목을 분산시키기 위해 7연대와 환자 50여 명은 그대로 지리산에 남겨둔 채 이현상과 박종하의 인솔하에 3연대와 5연대, 본부, 호위부대 전원이 어떻게 될지 모르는 기나긴 장도에 나섰다.

"부대 총집합!"

190

부산하게 짐을 꾸리던 모든 대원이 질서정연하게 모여들고 간단명료한 주의사항과 군호, 비상선 등이 하달되었다. 땅거미가 내리자 긴 대열이 움직이기 시작했다. 요소요소에 배치된 토벌대를 피해 지리산을 벗어나는 일은 숨가쁜 긴장의 연속이었다. 게다가 사이사이 보급투쟁을 해야 했다. 하동군 악양에서 산청군의 시천, 휴천면을 거쳐 함양으로 이현상부대는 힘겨운 북상을 계속했다. 중간에 원래 잡은 코스에서 한참 빠져나와 보급투쟁을 하거나 보급투쟁 후 추격해올 적에게 이동경로를 숨기기 위해 지리산 부근을 계속 전전하는 바람에 북상길은 자꾸만 늦춰졌다. 그러나 다행히 큰 전투는 없어 사상자는 거의 나지 않았다.

함양, 거창을 거쳐 덕유산에 도착한 것은 7월 초순 무렵이었다. 숨쉴 틈도 없이 행군을 계속했는데도 지리산에서 덕유산까지 근 한달 남짓 걸린 것이다. 처음 보는 덕유산은 지리산처럼 웅장하지는 않았지만 대신 포근하고 정겨웠다. 그만하면 숲도 좋고 산세도 좋아 빨치산이 생활하기에 조금도 손색이 없는 산이었다. 토벌대는 주둔해 있지 않았다.

이미 이 무렵엔 6.25로 인해 모든 군인이 전선으로 이동한 뒤였지만 놀랍게도 이현상부대는 그때까지 전쟁 소식을 모르고 있었다. 이현상부대의 정보가 그렇게 늦었던 것은 당시 토벌대의 횡포가 너무 심해 인민들이 위축되었던 탓도 있었을 것이고, 정세를 모르는 이현상부대가 다급하게 목표한 정보 - 적의 주둔상황 - 만 다그치고 훌쩍 떠나버리는 바람에 인민들이 말할 기회가 없었거나, 아니면 이미 알고 있으리라고 생각했던 탓일 것이다. 그러나 무엇보다 중요한 원인은 이현상부대가 당조직이 아니어서 고정적인 정보원이나 지하조직선을 갖지 못한 탓이었다.

아무튼 해방의 소식도 모르는 채 덕유산에 도착한 그들은 깊숙한 골짝에 들어가 숙영지를 잡고 식사를 한 후 흥겨운 오락회를 열었다. 부상자도 없이 안전하게 목적지에 도착한 데 대한 자축연인 셈이었다. 모든 병력이 전방으로 빠졌으니 군경의 추격이 없었던 것인데, 6.25 소식을 모르는 이현상부대로서는 대단한 성과라고 자축하지 않을 수 없었다. 장난꾼 박종하도 노래만은 자신이 없어 늘 빼기 일쑤였는데 이날은 웬일인지 빼지도 않고 그의 유일한 십팔번인 〈갑돌이와 갑순이〉를 열심히 불러 젖혔다. 듣는 사람이 좀 껄끄러울 만큼 엉성한 실력이었지만 워낙 오랜만에 부르는 노래라 우렁찬 박수가 터져나왔다. 자기 노래가 끝나고 나자 박종하의 장난기에 또 발동이 걸렸다.

"자, 지금부터 윤호 동무와 옥자 동무가 다정한 합창을 하겠습니다."

노래라면 모르는 게 없고 틈만 나면 노래를 부르는 윤호라 자신 있게 그녀의 손목을 붙잡고 얼른 앞으로 나갔다.

어둔 밤 탄환은 초원으로 날고
바람은 전선을 흔든다
별들만 반짝인다……

박수가 터지고 합창이 이어지고 흥겨운 밤은 깊어만 갔다. 지금 생각하면 그렇게 쫓겨다니던 시절에 무슨 웃음이 그리도 흔했었는지. 그러나 생사를 건너뛰며 살던 시절이라 사소한 것 하나도 그만큼 귀중하고 즐거웠던 것인지 모른다.

덕유산에서 며칠 몸을 푼 이현상부대는 계속 북상하기 위해 무주 쪽으로 다시 행군을 시작했다. 덕유산을 벗어나기 전 이현상부대는 경치 좋기로 소문난 무주구천동에서 잠시 행군을 멈추고 휴식을 취했다.

"옥자 동무!"

192

한가하게 불어오는 바람을 맞으며 휴식 중인 동지들의 편안한 모습을 바라보던 그녀는 이현상의 부름에 얼른 달려갔다.

"저기 마을이 보이지요?"

　이현상은 단 한 번도 함부로 말을 하는 법이 없었다. 아주 어린 소년 대원에게나 여성 동무에게나 하급원들에게도 절대 반말을 쓰지 않았다. 너무 깍듯한 말과 태도에 저절로 고개가 숙여질 정도였다. 그녀는 이현상이 가리키는 곳을 보았다. 계곡 바로 아래 작은 마을이 보였는데 소개당한 부락인지 사람의 흔적도 없고 그 흔한 개 울음조차 들려오지 않아 조금씩 시들어가는 오후햇살에 어쩐지 쓸쓸하고 허전해 보였다.

"내가 일제시대에 숨어 다닐 때 저 마을에서 머슴을 살았지요."

　무슨 말을 더 할 듯하다가 이현상은 말없이 저녁 짓는 연기 한 가닥도 올라오지 않는 마을을 가만히 내려다보고 있었다. 힘들게 한평생을 살아온 노인네처럼 담담해 보이기도 하고 조금 지쳐 보이기도 하는, 그러나 절대로 꺾이지 않을 것 같은 그런 모습이었다. 선생님은 지금 무슨 생각을 하고 계실까? 일제시대부터 이 나라의 해방과 인민의 해방을 위해 살아오신 분, 언젠가 자기의 지난 시절을 잠깐 얘기하면서 쓸쓸한 어조로 "집사람이 고생 많이 했지요" 하며 자신의 고통은 뒤로 감추며 웃던 분, 자기 큰딸이 그녀와 동갑이라 그녀가 마치 딸처럼 느껴진다며 귀여워해주시던 분, 그녀는 조금의 흐트러짐도 없이 단정한 자세로 바위에 앉아 텅 빈 마을을 내려다보는 이현상이 그가 앉아 있는 바위처럼 느껴졌다. 붉은 기가 도는 짙은 밤색 안경테가 저녁햇살을 받아 유난히 붉게 보였다.

　속리산으로 가기 위해 무주 쪽으로 행군하던 이현상부대는 무주 적상산에 머물면서 정찰병을 내보냈다가 뜻밖의 정보를 입수했다. 정찰병이 밭을 갈고 있는 농부를 만났는데 벌써 한 달 전에 전쟁이 일어나 어제 대전이 함락되고 무주도 경찰이 다 후퇴해 텅 비어 있다는 것이었다. 그러면서 이상한 듯이 당신들은 왜 그러고 다니느냐고 묻더라고 했다. 이현상은 즉시 새로운 정찰조를 파견했다. 무주읍 부근까지 접근했다 돌아온 정찰조 역시 똑같은 소리였다. 워낙 뜻밖의 소식이라 실감이 나지 않아 어리병벙한 모습으로 다들 옆 사람의 얼굴만 바라보았다. 한동안 침묵이 흘렀다. 지금까지 산에서 지나온 시간보다 훨씬 더 길고 영원한 침묵 같기도 했고 순간인 것 같기도 했다. 서서히 사람들의 얼굴이 긴장과 흥분으로 달아오르더니 함성이 터져나오기 시작했다. 그녀는 얼른 남편을 찾았다. 남편 역시 흥분을 눌러 참는 듯한 표정으로 그녀를 바라보고 있었다. 해방! 드디어 해방의 그날이 온 것인가! 미친 사람처럼 펄쩍펄쩍 뛰며 만세를 부르고 돌아다니는 사람, 옆 동지를 껴안고 땅바닥을 데굴데굴 구르는 사람, 적상산은 함성과 만세 소리로 달아올랐다. 긴급 간부회의가 열렸다.

"부대 총집합!"

간부회의에서 무슨 결정이 내렸는지 이현상이 성큼성큼 총집합한 부대 앞으로 나섰다.

"동지 여러분! 드디어 해방의 순간이 가까워지고 있습니다. 이 해방이 있기까지 얼마나 많은 우리 동지들이 피를 흘리며 쓰러졌습니까! 이 자리에서 우리와 함께 감격을 누려야 할 그 많은 동지들…… 지금 우리 곁에 없습니다."

이현상은 더 이상 말을 잇지 못하고 붉게 충혈된 눈으로 묵묵히 허공을 바라보았다.

"그러나 동지 여러분! 아직도 안심할 때는 아닙니다. 우리 앞에는 더 험난한 길이 기다리고 있을지도 모릅니다. 우리는 앞서간 동지들의 뜻을 기려 기필코 혁명을 완수하고 새 세상을 건설해야 합니다. 우리는 이제 무주

읍으로 진격하려 합니다. 인민들에게 절대로 피해를 끼치지 마십시오. 인민대중 없이는 혁명도 없습니다. 만약 이 원칙을 어기는 동지에게는 가혹한 책임이 주어질 것입니다. 말 한마디라도 공손하게 해야 합니다. 인민은 이 세상의 주인입니다. …… 자, 해방의 감격은 조금 미루었다가 무주에 진입한 후에 나누기로 합시다."

열화와 같은 박수가 잠잠해지자 박종하가 다시 앞으로 나와 진입의 방법과 행동원칙을 설명했다. 만일의 경우에 대비해서 취사도구 등 필요한 물건들은 모두 덩굴이 우거진 곳에 비장하고 각자의 짐을 챙겨들었다. 진입준비를 끝내고 서 있는 그녀에게 남편이 다가왔다.

"아직 긴장을 풀 때가 아니오. 단단히 각오하시오. 혁명의 길은 언제나 멀고 험한 법이오."

남편의 눈길은 그녀를 지나쳐 먼 곳을 향하고 있었다. 멀고 험하다는 혁명의 끝을 보고 있는 건지도 몰랐다. 이런저런 생각도 없이 그녀는 묵직한 쇠망치로 뒤통수를 한 대 얻어맞은 사람처럼 멍하기만 했다.

햇살이 환한 아침나절에 무주 진입이 시작되었다. 신작로를 걷는 기분이 참 묘했다. 산길보다 훨씬 편해야 할 텐데, 얼마 지나지 않아 편하기는커녕 발바닥이 땅겨오고 균형이 잡히지 않아 자꾸 앞으로 거꾸러질 것 같았다. 산길이 몸에 밴 탓인가 보았다. 한여름의 뜨거운 햇살을 온몸으로 받으면서 그녀는 그제야 가슴이 뛰기 시작했다. 언제던가. 여순사건 직후 대낮에 마을로 달려가던 기억이 떠올랐다. 불과 2년도 안 된 일인데 까마득한 옛날 같았다. 그날의 다사롭던 가을볕 대신 눈부신 여름해가 이글거리고 신작로의 가로수 잎은 검푸른 색으로 무성하게 타오르고 있었다. 함성 소리와 뜨거운 햇살 속을 헤치고 나아가는 대열의 중간쯤에 선 그녀는 하늘을 둥둥 떠가는 기분이었다.

민가가 나타났다. 하나둘씩 사람들도 나타나기 시작했다. 만세 소리를 듣고 집에서 뛰어나온 사람들은 같이 만세를 부르기도 하고, 악수를 하러 달려오기도 하고, 혹은 거지 떼보다 남루한 행색으로 환하게 웃으며 지나가는 빨치산을 의아하게 쳐다보기도 했다. 누군가 시원한 우물물을 한 바가지 떠다 대열 앞에 내밀었다. 길가에 늘어선 사람들의 박수 소리에 귀가 멍멍했다. 이날을 위해 숨져간 수많은 동지들의 모습이 스쳐갔다. 다래덩굴 아래 남겨두고 온 아이의 마지막 모습이 떠올랐다. 질식해서 파랗게 죽어 있던 아이, 그때는 슬픈지도 몰랐다. 인민들의 함성 속에서 비로소 아이를 잃은 설움과 해방의 감격이 한꺼번에 터져나오기 시작했다. 아가, 이제 다시는 이 해방의 감격을 뺏기지 않으마. 우리들의 피로 지키마. 나와 네 아버지와 우리 모두의 힘을 합쳐 오늘의 이 감격을 영원히 우리 것으로 만들어 네 앞에 바치마.

내리쏟는 햇살을 뚫고 무주읍이 서서히 모습을 드러냈다.

11_
전선을 향해

"선두 정지!"

박종하의 명령이 전달되고 서서히 대열이 멈추기 시작했다. 정찰대가 돌아온 모양이었었다. 부대가 정자나무 그늘 아래서 쉬는 동안 간부회의가 소집되어 작전계획이 짜여졌다. 만일의 경우 후퇴하지 못한 경찰병력이 남아 있을지도 몰랐다.

무주는 구례보다 훨씬 조그맣고 조용한 소읍이었다. 아직 전쟁의 발길이 닿지 않은 무주는 한가하고 평화로웠다. 이현상부대는 세 패로 나뉘어 박종하가 선두를 끌고 조그만 시냇물 건너편에 있는 경찰서 정면으로 진격하고 나머지 양 부대는 좌우로 협공하기로 했다. 본부가 속해 있는 후속 부대도 앞에총을 한 채로 산개하여 들판을 가로질러 뛰어갔다. 선발대가 무주읍 민가 속으로 사라지자 그녀의 부대는 경찰서를 오른쪽으로 끼고 돌진해 들어갔다. 담 너머로 목을 빼고 구경하는 주민들도 있었고, 담벼락에 쭈그려 앉아 부대를 유심히 바라보는 주민들도 있었다. 선발대 쪽에서 총소리가 간헐적으로 들려왔다. 그녀의 부대는 총 한 방 쏘지 않고 곧장 경찰서에 다다랐다.

"조선민주주의인민공화국 만세! 만세! 만세!"

먼저 도착한 선발대가 경찰서 안에 집결하여 목이 터져라 외쳐대는 만세 소리였다. 선발대가 뒤따라오는 부대를 두리번거리며 이현상을 찾았다.

"선생님!"

"선생님! 해방입니다!"

이리 뛰고 저리 뛰고 땅바닥을 나뒹구는 대원들을 묵묵히 쳐다보던 이현상은 고개를 들고 저 멀리 우뚝 솟아 있는 덕유산을 바라보았다. 울음을 삼키느라 목울대가 오르내렸다. 잠시 후 이현상은 정치일꾼들을 불러 모았다.

"동무들! 지금 전투부대가 읍내를 수색하고 있소. 동무들은 읍내를 돌며 인민을 안심시키고 인민들 전원을 경찰서로 모이게 한 다음 적들이 약탈해놓은 식량을 인민들에게 모두 분배해주시오."

그녀도 경찰서를 샅샅이 뒤져 낡은 메가폰을 하나 구해 들고 곧 읍내로 달려갔다. 어디가 어딘지도 모르면서 닥치는 대로 골목을 돌며 그녀는 목청껏 외쳤다. 타는 듯한 태양도, 빗물처럼 흘러내리는 땀도 그녀는 모두 잊었다.

"친애하는 인민 여러분! 우리는 조국과 인민의 해방을 위해 싸워온 지리산 인민유격대 이현상부대입니다. 우리의 원수, 미 제국주의의 주구 경찰을 축출하고 인민의 부대가 무주를 해방시켰습니다. 안심하고 밖으로 나오십시오. 곧 경찰서에서 적들이 약탈해간 여러분의 식량을 다시 배급할 것입니다. 친애하는 인민 여러분은 지금 곧 경찰서로 모여 주십시오! 친애하는……."

목이 잠기도록 외치고 다니는 그녀 뒤로 수많은 주민들이 줄을 이었다. 경찰서 운동장은 입추의 여지가 없이 사람들로 들어차 있었다. 정치일꾼들은 주민들 틈 사이를 비집고 다니면서 선전선동에 열을 올렸다. 누군가 그녀를 단상으로 떠밀었다. 어디를 다녀왔는지 박종하가 땀을 뻘뻘 흘리며 활짝 웃고 있었다.

"한마디 해요!"

얼떨결에 단상으로 밀려 올라온 그녀는 별 수 없이 메가폰을 잡았다.

"지리산 인민유격대 정치지도원 이옥자입니다. 그동안 간악한 원수들의 치하에서 얼마나 시달리셨습니까? 오늘의 승리는 영용한 우리 인민군대와 전체 조선인민의 불굴의 투쟁으로 이루어진 것입니다. 저희 지리산 인민유격대는 이현상 동지의 탁월한 지도하에 지금껏 지리산과 덕유산 등 남조선의 험악한 산들을 누비며 인민들과 더불어 목숨을 초개같이 버리며 오늘을 위해 싸워왔습니다. 친애하는 군민 여러분! 오늘의 승리는 그런 동지들의 피로 얻어진 것입니다. 먼저, 우리 민족을 짓밟은 일제와 미제에 대항해 싸우다 돌아가신 애국 혁명 지사들의 영령을 위해 묵념을 올립시다!"

어떻게 말을 하고 단상을 내려왔는지 정신이 하나도 없는데 사람들이 우르르 몰려들어 그녀의 손을 붙잡고 고생했다며 난리였다. 그때였다. 마흔도 넘어 보이는 늙은 아낙네가 갑자기 사람들을 밀치고 나타나더니 그녀를 부둥켜안고 통곡을 터뜨렸다.

"아이고오. 우리 딸은 어딨어요, 우리 딸은……."

아낙네는 억센 힘으로 그녀를 쥐어뜯으며 울부짖었다. 아낙네의 딸도 좌익활동을 하다 경찰에게 학살당했다는 것이었다. 사람들이 달려들어 떼어놓으려고 했지만 원한에 사무친 어머니의 힘은 대단했다. 그러나 이미 죽어버린 사람을 어쩔 것인가. 어쩌지도 못하고 몸을 내맡긴 채 이리저리 흔들리고 있는 그녀를 보다 못해 옆에 서 있던 정치위원 유주목이 아낙네를 달랬다. 간신히 빠져나와 정신을 차리고 보니 남편과 박종하가 희색이

만면하여 그녀를 지켜보고 있었다. 그녀는 자기도 모르게 남편에게 달려가 얼싸안고 감격을 나누고 싶은 충동을 느꼈다. 그녀가 대견스러운 듯 남편은 기분 좋은 웃음을 머금고 있었다.

"아따! 오늘 이옥자 날이대? 한 턱 내야겠어."

박종하의 농담이야 웃으며 스쳐가는 수밖에 방법이 없었다. 남편이 얼른 그녀를 돌려세웠다.

"저거 보시오."

이현상이 단상 위에 올라가 열변을 토하고 있었다. 우레와 같은 박수 소리가 그칠 줄 몰랐다.

"지리산 인민유격대 만세!"

"김일성 장군 만세!"

잠시 후 유주목 정치위원이 식량을 나눠줄 테니 질서 있게 줄을 지어 따르라며 식량 영단창고를 향해 앞장서자 와, 하는 함성과 함께 줄을 서느라 운동장에 가득한 사람들이 한데 엉켜 야단이었다. 쌀을 나눠주는 유격대원들은 모두 여기저기 얼마나 뛰어다녔는지 방금 물에서 건져놓은 것 같은 꼴이었다.

그녀는 박종하와 남편과 함께 경찰서로 돌아왔다. 보초근무 중이던 유격대원이 흥분에 들뜬 목소리로 외쳤다.

"동무들! 저기, 저기 좀 보세요."

보초가 가리키는 대로 뒤를 돌아봤더니 말로만 들었던 따발총을 멘 인민군 30여 명이 온몸에 풀을 꽂아 위장을 하고는 경찰서를 향해 행진해오고 있었다.

"야! 인민군이다!"

"저 총이 따발총이다!"

대원들이 우르르 인민군을 향해 뛰어갔다. 즉시 유격대 전원이 총집합하여 인민군과 마주보고 서서 일일이 한 사람씩 악수를 나누고 끌어안고 서로 외쳐댔다.

"인민군 만세! 빨치산 만세!"

인민군은 모두 스물도 안 돼 보이는 앳된 소년들이었는데 무거운 따발총을 등에 메고 군복 위에는 그물을 씌워 위장을 한 것이 어리지만 늠름하고 장한 모습이었다. 조금 전 금산을 점령하고 내려오는 인민군 정찰대라고 했다. 그들은 인민들이 돌아간 운동장에 하루 종일 햇빛에 데워진 미지근한 사이다 몇 병을 갖다 놓고는 땅바닥에 주저앉아 이야기꽃을 피웠다.

"그 유명한 지리산 빨치산 동무들을 이렇게 만나니 꿈 같습네다레. 동무들은 도대체 어떻게 지금까지 투쟁했습네까? 잠은 어데서 잡네까? 밥은 어떻게 해먹고 불은 어떻게 피웁네까?"

그녀 바로 옆에 앉아 있던 어린 인민군은 처음 만난 빨치산이 신기한지 그녀가 대답할 사이도 없이 난생 처음 듣는 이북 사투리로 이것저것 마구 질문을 쏟아놓았다. 새까맣게 그을린 얼굴엔 아직도 솜털이 보송보송한 채로 지금까지 싸운 얘기를 해달라며 눈을 빛내는 인민군 소년이 그렇게 귀여울 수 없었다. 다정한 오누이처럼, 형제처럼 어깨를 끼고, 혹은 손을 부여잡고 빨치산과 인민군은 이런저런 얘기를 나누느라 기나긴 여름날이 저물어가는 것도 모르고 있었다.

어둑어둑해져서야 인민군은 이별을 아쉬워하며 금산으로 돌아갔다. 해방 첫날이 그렇게 저물어가고 있었다. 해방 소식을 들었던 순간부터 어떻게 하루가 지나갔는지 정신을 차릴 수가 없었다. 경찰서 사무실의 책상들을 붙여놓고 그 위에 누운 빨치산들 중 그 누구도 그날 밤 제대로 잠들지 못했다. 지나간 날들, 그리운 동지들을 떠올리며 이리저리 뒤척이다 보니 어느새 먼동이 터오고 있었다. 밤새 정찰 나갔다 그제야 돌아온 대원들이 무주에는 개새끼 한 마리 없다며 마룻바닥에 드러누웠다.

"아이구, 잠이 와 죽겠네."

그렇게 말하는 유격대원들도 하품을 해댔지만 정작 자리에 눕자 몸을 뒤척이며 잠을 이루지 못하는 눈치였다. 그녀는 옆에 놓아둔 카빈총을 어깨에 둘러메며 밖으로 나왔다.

"지도원 동무! 잘 주무셨어요?"

밤새 보초를 섰던 대원이 전혀 피로하지 않은 목소리로 밝게 인사를 건넸다. 어둠이 채 가시지 않은 거리엔 사람 그림자 하나도 없었다. 맑은 공기가 상쾌했다. 앞 냇가엔 벌써 잠이 깬 대원들이 들뜬 얼굴로 세수를 하느라 북적대고 있었다.

마을주민들이 아침밥을 날라왔다. 오랜만에 보는 김치며 오이며 군침이 돌았지만 막상 먹어보니 맵고 짜고 입 안에 불이 붙는 것 같았다. 맨밥 한 덩이에 운이 좋아야 소금 한 번 빨아먹는 것이 식사의 전부였으니 고춧가루 범벅인 김치가 맵지 않을 리 없었다. 눈물을 찔끔거리고 입을 후후 불면서 밥 한 그릇을 다 비우고 난 그들은 모두 우물가로 달려가 벌컥벌컥 찬물을 들이마셨지만 화끈거리는 매운 맛은 좀처럼 가라앉지 않았다.

잠시 후 부대는 경찰서 안에 모여 선전선동 사업 나갈 조를 짜고 마을을 배치하느라 어수선했다. 비행기 소리가 점점 가까워졌다.

쾅!

두두두두…….

바로 근처에 있는 건물이 포탄에 맞은 듯 요란한 폭발음이 울려왔다.

"빨리 튀어!"

박종하의 고함에 따라 대원들이 우르르 몰려나갔다. 메가폰을 찾느라고 맨 구석에 있던 그녀는 마지막으로 청사를 빠져나왔다. 막 문을 빠져나가는 순간 고막이 찢어질 듯한 폭발음과 동시에 그녀는 바람에 날려 허공에 붕 떴다가 화단으로 나동그라졌다.

"빨리 외곽지대로 가라!"

박종하의 고함소리였다. 군사정치 간부들이 총동원되어 부대철수를 서둘렀다. 정신을 차리고 일어났더니 무주읍내 곳곳에서 불길이 치솟고 자욱한 화약연기가 눈앞을 가렸다. 읍내는 완전히 아수라장이었다. 폭격을 피해 거리로 쏟아져나온 주민들이 우왕좌왕 이리 뛰고 저리 뛰고, 아이들의 자지러지는 울음소리가 거리를 메우고 있었다. 외곽으로 빠지라던 박종하의 지시대로 그녀는 계속 뛰었다. 선혈이 낭자한 민간인들의 시체가 여기저기 내널려 있었다. 관청이나 민가를 가리지 않고 비행기의 기총소사가 계속되었다. 어제만 해도 만세 소리 드높던 무주읍은 잠깐 사이에 불바다로 변했다. 빨치산은 두 사람의 동지를 잃었을 뿐이지만 민간인들의 희생은 이만저만이 아니었다. 전투경험 한 번 없는 사람들인데다 피하고 어쩌고 할 경황도 없이 밀어닥친 공습이라 어린애와 노약자의 피해가 컸던 것이다. 이현상부대는 흩어진 동지들을 규합하여 읍내에서 조금 떨어진 적상면 어느 마을로 들어가, 대전 전선지도부에 간 이현상을 기다리며 며칠을 묵었다.

이 마을에서도 부대는 날마다 대여섯 명씩 조를 짜서 돌아다니며 선전선동하느라 정신이 없었다. 박종하와 함께 있는 부대 본부는 밤마다 이야기를 해달라고 몰려드는 주민들로 만원이었다. 예쁜 대장 박종하는 어딜 가나 인기만점이었다. 가는 동네마다 젊은 처녀들의 가슴에 봄바람을 심어놓는 박종하였다.

"아이고, 먼 사람들이 요리 염치가 없으까이. 돈도 안 줌서 이야기만 하라고 시켜쌓네!"

그러면서도 박종하는 밤이 깊도록 신기하게 귀를 기울이는 주민들에게 빨치산의 살아온 이야기를 구성지게 풀어놓았다. 그녀에게 소 그것을 먹였다는 대목에서는 누구나 할 것 없이 배를 잡고 눈물을 찔끔찔끔 흘리며 웃어댔다.

"이제 그만 일어납시다."

박종하가 가서 자야겠다며 방을 나서자 주인집 여자가 이상하다는 듯 그녀에게 물었다.

"아주머니랑 저 대장님이랑 내외간 아니요? 왜 따로 가서 잔다요?"

그녀와 박종하가 다정하고 스스럼없어 보이니 당연히 부부간인 줄 안 것이다.

"아유, 우리 남편은 따로 있어요. 저 대장님은 총각인데요."

그녀가 웃으며 대답하자 모여 있던 사람들이 모두 고개를 갸우뚱거렸다.

"부부간도 아닌디 어찌 그리 다정하다요? 남자가 참말로 싹싹하고 정이 많구만."

외간 남자와는 함부로 말도 못하는 세상이었으니 여자, 남자 차별도 없고 서로 다정한 빨치산이 이상해 보이는 것은 당연한 일이었다.

며칠 뒤 이현상부대가 마을을 떠날 때 식량이 필요해서 보급을 해야 했다. 해방이라고 긴장이 조금 풀렸었는지 대원들이 아무 집에나 들어가려고 하자 박종하가 대원들의 덜미를 잡아챘다.

"아이, 그 집 생긴 걸 봐라. 뭐 뺏을 게 있겠냐. 니 호주머니까지 털어주고 나와야 쓰것다. 어째? 들어가서 니 것 좀 나눠주고 나올라냐?"

가서 좀 보태주고 나오라고 대원의 등을 떠밀던 박종하는 대원들을 데리고 마을에서 가장 큰 기와집으로 불쑥 들어갔다. 집안 규모로 보아 천석 농사는 충분히 짓고도 남을 살림이었다.

"아주머니, 나 예쁘게 생겼지라? 사위 안 삼고 싶소?"

보급사업 들어간 사람이 엉뚱한 말을 꺼내놓자 뭐라도 뺏길까봐 울상을 짓고 있던 주인여자가 어리둥절해서 자기 앞에 서 있는 키 크고 잘생긴 박종하를 쳐다보았다.

"해방되면 와서 아주머니 사위 할 테니 쌀 좀 주시오. 사위가 굶어서야 장모 체면이 쓰것소?"

어처구니가 없었는지 주인여자가 웃으며 창고 열쇠를 꺼내놓았다.

"안 내놓라고 그랬는디 우리 사위라니 안 줄 수가 없네요. 이왕 가져가는 거니 필요한 만큼 가져가고 그 대신 참말로 우리 사위 합시다."

넉살 좋은 주인여자의 말에 이번에는 박종하가 너스레를 떨었다.

"어쩌까. 나는 장가갔는디. 우리 마누라가 얼마나 예쁜지 아시오? 아주머니 딸 예뻐요? 예쁘면 장가 두 번 가지요 뭐."

주인여자의 승낙을 받고 창고에 가득 쌓여 있는 쌀을 마음껏 가지고 나온 박종하는 대원들을 시켜 살기 어려운 집에 한두 말씩 나눠주게 했다. 박종하는 늘 그랬다. 아무리 부잣집을 가더라도 강제로 빼앗아오는 법이 없었고, 웃으며 내놓지 않고는 배길 수가 없게 만드는 것이었다. 50년 봄 그렇게 굶주림에 허덕일 때도 가난한 집에 들어가 식량을 가져오다가 박종하에게 들키는 날에는 불호령이 떨어졌고, 얼마 구하지도 못한 식량을 한 되라도 그 집에 도로 갖다주고 와야 했다. 늘 농담이나 하던 사람이 한번씩 화를 낼 때면 남자들도 찔끔 오줌을 지릴 정도였다. 나중에는 이현상 부대 전체가 박종하를 닮아갔다.

그런 까닭에 부대가 그 마을을 떠나올 때는 마을사람들이 모두 나와 건강하게 살아있다가 해방되면 다시 꼭 들러 달라며 작별을 아쉬워했다. 며칠밖에 함께 생활하지 않았는데도.

24일 무렵 대전의 전선지도부에 갔던 이현상이 돌아왔다. 이현상은 무주에 도착한 그날 금산까지 내려온 인민군이 보낸 지프차를 타고 대전으로 떠났었다. 이현상이 돌아오자마자 출동준비 명령이 떨어졌다. 부근 마을에 흩어져 있던 부대가 한 곳에 집결했다.

"그동안 고생이 많았습니다. 대전에서 중앙지도부를 만나 그동안 우리 지리산유격대의 영웅적인 투쟁을 높이 평가받았습니다. 우리는 앞으로 적진 깊숙이 침투하여 적들을 교란시키고 인민군의 남하를 하루빨리 앞당겨야 합니다. 패주하는 적을 쫓아 부산까지 완전히 해방시켜야 우리의 임무가 끝남을 명심하시고 투쟁의 고삐를 단단히 조여 맵시다. 지금부터 남쪽을 향해 계속 전진합시다. 우리 손으로 적들을 완전히 격퇴합시다!"

유격대답게 후방을 교란하러 간다는 것 외에 어디를 향해 가는 것인지도 부대원들은 모르고 있었다. 곧바로 행군이 시작되었다. 강행군을 밀어붙인 그들은 육십령고개를 넘어 함양, 안의로 해서 이틀 뒤 새벽녘에 거창읍내에 도착했다. 이미 인민군들이 들어와 있어서 그날은 인민군들의 경비 덕분에 편히 쉴 수 있었다.

휴식시간이 되자 다들 발이 아파 끙끙 앓아댔다. 단 한 사람도 발이 성한 사람이 없었다. 산에서라면 그 정도쯤이야 한겨울에 맨발로 걸어도 별문제가 아니었을 텐데, 익숙지 않은 신작로길이라 물집이 잡히고 갈라터지고 퉁퉁 부어서 그 꼴로 여기까지 온 게 용하다 싶을 정도였다. 신발을 벗어 발을 살피고 있는 모습을 보고 놀란 인민군들이 당장 거창읍내 병원으로 그들을 데려갔다. 물집을 터뜨리고 응급처치는 했지만 통증은 가라앉질 않았다. 발이 나을 새도 없이 절뚝거리며 다음날도 행군이 계속되었다. 낙동강에서 십 킬로미터쯤 떨어진 고령군의 어느 산기슭에 부대가 자리를 잡고 하룻밤 묵을 채비를 서두를 때였다.

"선생님!"

건장하고 탄탄하게 생긴 삼십대의 한 사나이가 비명처럼 이현상을 부르며 대열을 가로질러 뛰어오고 있었다.

"녹 동무!"

이현상도 벌떡 일어나 달려오는 녹 동무를 부둥켜안았다.

"살아 있었구려. 죽은 줄로만 알았소⋯⋯."

두 사람은 눈물을 글썽이며 반가워서 어쩔 줄을 몰랐다. 함양군당에서 당사업을 하던 녹 동무는 1949년 이현상의 특별지시로 서울에 침투했다가 붙잡혀 서대문형무소에 투옥 중 6.25로 풀려나 서울특별시 무기과장을 지냈다. 며칠 전 서울시 군사위원회의 소환을 받고 들어갔더니 이전에 이현상부대에 있었느냐고 물었다. 그렇다고 했더니 공문을 하나 주면서 그걸 함양 부근에 있을 이현상부대에 빨리 전달하라고 했다. 그 공문에는 "대구 팔공산을 점령하여 후방을 교란하고 인민군의 남진을 도우라"고 적혀 있었다. 이미 이현상이 대전 군사지도부에서 낙동강 도하를 명령받은 뒤였는데, 당시만 해도 지휘체계가 제대로 운영되지 않아 서울 군사위원회에서는 그 사실을 몰랐던 것이다. 이현상부대의 행로도 전혀 모르는 상태에서 아마 지리산 부근을 벗어나지 못했을 테니 함양으로 가보라고 했던 것이다. 그날로 녹 동무는, 전북 김제군 당위원장을 지내고 그 무렵에는 그와 함께 무기과에서 일하던 김갑제와 함께 이현상부대에게 서울 군사위원회의 명령을 전달하기 위해 부랴부랴 달려온 것이다. 명령이야 이중으로 전달된 것이지만 이날 도착한 녹 동무는 다음날의 낙동강 도하작전에서 대단한 공훈을 세운다. 그의 정찰이 아니었다면 이현상부대 역시 그 어려운 낙동강 도하를 성공하지 못했을지도 모른다.

마을에 국군의 프락치들이 숨어있으리라고 보고, 부대의 행적을 눈치 채일까봐 부대는 산기슭에서 그날 밤을 보냈다. 다음날 아침 이현상이 녹 동무를 불렀다.

"녹 동무가 김갑제 동무와 함께 낙동강으로 정찰을 나가주시오. 도하할 만한 지점을 알아보고 낙동강 상황도 자세히 알아보시오."

두 사람은 민간인 복장으로 갈아입고 피난민을 가장해 마을로 내려갔다. 마을에서부터 낙동강변까지 온통 피난민으로 북적거리고 있었다. 국 군이 후퇴하면서 곧 이 부근이 쑥대밭이 될 테니 모두 피난을 떠나라고 했다는 것이다. 그러나 낙동강을 건널 방법이 없어 다들 강변 모래사장에 보따리를 내려놓고 발을 동동 구르고 있었다. 피난민이 어찌나 많은지 사방에 똥덩어리들이 내질러져 발을 디딜 빠끔한 틈도 없을 정도였다. 이현상은 헤엄쳐서 도하할 만한 지점을 알아보라는 것이었는데, 낙동강은 섬진 강과 달리 너무 깊고 넓은데다 상류 쪽에 비가 왔는지 물이 불어 도저히 배 없이는 도강이 불가능했다. 녹 동무라고 이곳 지리나 사람을 아는 것도 아니고 부대는 자기만 기다리고 일을 텐데 난감하기 짝이 없었다. 녹 동무와 김갑제는 강변에 나와 있는 피난민을 붙잡고 말을 붙여보았다.

"아이고, 이거 어디로 피난을 하라는 말인지. 헤엄을 칠 수도 없고……."

"글쎄 말이오. 저 아래 마을에 원래 배가 있었다고 하는데 국군이 후퇴하면서 다 빼앗아가 버렸다오. 배가 없으니 이거 어쩌나."

귀가 번쩍 뜨였다. 일단 뱃사공을 만나면 무슨 수가 생기지 않을까 싶어 두 사람은 부랴부랴 아랫마을 산다는 뱃사공을 만나러 갔다. 물어물어 찾아갔더니 뱃사공은 마흔이 조금 넘은 중년의 사내였는데 배가 없냐고 물어보자 별로 마땅찮은 기색으로 그들을 흘깃 쳐다보았다.

"경찰들이오?"

"아닙니다."

"경찰도 아닌데 뭐 하러 강을 건너려고 하시오?"

"여기가 쑥대밭이 된다고 하던데……."

딱히 대답할 말이 없어 우물쭈물하다 말끝을 사렸다.

"돌아가시오. 인민군들이 뭐 하러 무고한 사람을 죽이겠소. 그럴 리가 없으니 피난 갈 생각 말고 얌전히 집에 앉아 계시오."

김갑제와 녹 동무는 순간적으로 마주보며 눈빛을 빛냈다. 딱히 인민군의 편을 든 것은 아니지만 분명히 뱃사공의 말에는 그런 뜻이 내포되어 있었다. 잠시 후 녹 동무는 결단을 내리고 자신들의 신분을 밝혔다.

"사실 우리는 지리산유격부대요."

뱃사공이 갑자기 반색을 하며 되물었다.

"그게 정말이오? 당신들이 정말 빨치산이란 말이오?"

"그렇소."

"내 이럴 줄 알았소. 내가 참말 잘했지. 라디오를 들어보니 꼭 이쪽으로 인민군이 내려올 것 같습디다. 그래 국군이 배를 다 내놓으라는데 혹 인민군이 이쪽으로 오면 쓸 일이 있겠다 싶어 배 세 척을 강바닥에 가라앉혀놓았소. 나도 팔로군 출신이오. 팔로군에 있다가 해방된 후 고향에 와서 이 짓 한 지 삼 년 됐소. 그래 사람들이 얼마나 되오?"

죽었던 부모가 다시 살아온 것보다 더 반가웠다. 이제 길이 열린 것이다.

"백여 명 됩니다."

"지금 부대는 어디 있소?"

"좀 떨어진 산에 대기하고 있습니다."

"그래, 강은 언제 건너려오?"

"오늘 중으로 건너야지요."

"그럼 서둘러야겠소. 오늘 밤 달이 한밤중 되기 전에 뜰 것이오. 그 전에 강을 건너야 하오."

그들은 부랴부랴 부대로 돌아왔다. 보고가 끝나자마자 당장 저녁식사와 함께 다음날 먹을 주먹밥을 준비하기 시작했다.

일찍 저녁식사가 끝나고 부대는 출동준비를 서두르고 있었다. 배급받은 비상미와 내일 먹을 주먹밥을 배낭에 챙겨 넣고 필요한 물건들을 정리하며 대원들이 부산하게 움직이고 있는데 박종하가 불쑥 그녀를 찾아왔다.

"옥자 동무! 윤호를 따라가겠소?"

밑도 끝도 없이 박종하는 남편을 따라가겠느냐고 다그쳤다.

"무슨 말이에요?"

"아 글쎄, 빨리 대답해요."

무슨 일인지는 모르지만 구태여 남편을 따라갈 필요가 없을 것 같았다.

"본부에 그냥 있겠어요."

"그럼 그렇지. 알았소."

더 이상 말도 없이 박종하는 휙 사라져버렸다. 그것이 남편과의 마지막일 줄을 어떻게 알았으랴. 그 후로 그녀는 다시 남편을 볼 수 없었다. 그녀가 만일 그날 남편을 따라갔으면 어떻게 됐을까.

당시 최윤호는 이영회부대 정치위원이었다. 그날 이영회부대가 무슨 임무를 띠고 무슨 일을 하다 본부대와 영영 합류하지 못했는지는 아직도 수수께끼로 남아 있다. 본부대와는 다른 코스로 도하를 하려다 전멸한 것이지, 아니면 다른 임무를 수행하고 뒤늦게 도강을 하다 전멸한 것인지 아무 튼 오십여 명을 끌고 갔던 이영회부대는 이영회와 유화열이라는 간부만 살아남았을 뿐 다른 사람들은 아무도 돌아오지 않았다. 낙동강을 건넌 본 부대와 합류하지 못한 이영회는 그 얼마 후 8월 초순께 광주에 모습을 드러냈다. 미군복을 쫙 빼입고 유화열과 함께 미군 지프를 타고 나타난 이영 회는 밝은 모습이었으며 부대원들은 어떻게 되었느냐는 유혁운의 물음에 낙동강에서 잘 싸우고 있노라고, 자신은 특수연락차 왔노라는 대답만 할 뿐이었다. 전멸당했다는 말은 차마 할 수 없었던 것인지, 아니면 다른 무 슨 일이 있었던 것인지는 알 수 없다. 낙동강 도하작전에서 이영회부대의 활약은 역사의 저편으로 영원히 사라져버렸다. 같이 전투작전을 짰을 이 현상부대의 모든 간부가 죽어버렸고, 광주에 왔다가 다시 지리산으로 돌 아가 이현상부대가 51년 지리산으로 남하할 때까지 부근의 사람들을 규 합하여 경남부대를 만들어 싸우던 이영회도 죽었으며, 유일하게 살아남은 이영회부대의 유화열은 오랜 고생 탓인지, 아니면 고문 탓인지 지나간 아 무것도 기억하지 못하니 증언할 사람이 전혀 없는 것이다. 이현상부대에 서는 나중에야 그날 밤 인민군 복장이 아닌 사람들이 강을 건너다 전멸했 다는 주민들의 정보만 입수했을 뿐이다. 여러 가지 정황과 정보로 보건대 이영회부대가 맨 마지막으로 남아 도강을 하려다 실패한 것은 분명한데, 다른 임무는 전혀 없고 단순히 마지막 도강조였던 탓에 강을 건너지 못한 것이라면 왜 박종하는 그 바쁜 와중에 그녀에게 와서 남편을 따라가겠냐 고 물었던 것일까? 이영회는 부대가 전멸당한 직후 자기 부대를 완전히 잃 은 지휘자의 모습과는 전혀 다른 모습으로 무슨 특수연락을 하러 광주에 나타난 것일까? 그 정황에서 도강 외의 다른 임무를 맡았다는 것도 납득하 기 어려운 일이고, 그렇다고 다른 임무가 전혀 없었다고 하기에는 박종하가 그녀에게 한 말도, 이영회의 모습도 역시 납득하기 어렵다.

 이제는 도저히 알 수 없는 그 일이야 어쨌든, 그녀는 왜 박종하가 자기에게 그런 말을 했는지도 금세 잊어버리고 남편 한 번 쳐다볼 새도 없이 행장을 챙기기에 바빴다. 다시 못 볼 줄 알았다면 남편의 얼굴을 한 번이라도 더 봐둘 걸, 그녀는 두고두고 가슴이 아팠다.

 해가 저물 무렵 150여 명의 이현상부대가 작은 동산에 집결했다. 승리감에 도취된 그들의 표정은 더없이 밝았다. 박종하가 쩌렁쩌렁한 음성으로 작전명령을 내리기 시작했다.

12_
낙동강 전선을 넘다

"오늘 밤 우리는 낙동강을 도하할 것입니다. 유격부대답게 적진 깊숙이 침투하여 후방을 교란시키고 인민군이 낙동강 도하를 완수하도록 지원하는 것이오. 우리 지리산유격대 전원은 오늘 밤 죽음을 각오해야 할 것이오. 낙동강 건너에는 적의 제일, 제이, 제삼의 철통같은 방어선이 구축되어 있는데 목숨을 걸고라도 기어이 돌파해야 하오. 도강 즉시 우리는 비슬산을 점령할 것이오. 정확하지 않으나 강에서 비슬산까지는 직선으로 이십 킬로미터가 넘습니다. 저기 달빛 속으로 어슴푸레 보이는 저 산이 바로 비슬산이오. 도강 즉시 저 산만 바라보고 무조건 숨이 멎을 때까지 달려야 날이 새기 전에 다다를 것이오. 낙오될 경우에는 저 비슬산으로 오시오."

이현상부대는 익숙한 어둠을 더듬어 낙동강을 향해 진군했다. 낙동강이 바라보이는 곳에서 포복으로 논밭을 지나 오백 미터 앞까지 진격한 부대는 강가 콩밭에 몸을 숨기고 도강신호를 기다렸다. 어둠 속에 하얀 강줄기가 희미하게 빛나고 있었다. 여름이라 모기가 극성이었다. 소리도 내지 못하고 그대로 모기에 뜯기고 있으려니 가려워서 온몸이 비비 꼬였다.

유엔군이 있다는 강 건너편은 전등불이 대낮처럼 환하게 밝혀져 있고 몇 분 간격으로 조명탄이 터져 강 부근이 불현듯 모습을 드러내곤 했다. 저곳을 무사히 건너야 하는 것이었다. 잠시 후 선두가 움직이기 시작했다.

50여 명의 1진 전투부대가 먼저 떠났다. 얼마나 지났을까. 본부와 이현상 호위대가 포함된 2진에 출발명령이 전달됐다. 총성 한 방 나지 않는 걸 보니 1진은 무사히 도강에 성공한 모양이었다. 다섯 걸음도 옮기기 전에 바로 머리 위에서 펑 하고 조명탄이 터지면서 어둠에 잠겨 있던 강가로 강한 빛이 쏟아져 내렸다. 그녀는 자기도 모르게 땅바닥에 바싹 엎드렸다. 다시 대열이 움직였다. 이렇게 몇 차례를 반복한 끝에 강에 도착했는지 강물이 발목에서 찰랑거렸다. 뱃사공이 나룻배를 대놓고 기다리고 있었다.

몇 분 만에 오륙십 명의 대원들이 재빠르게 승선했다. 삐거덕거리며 나룻배가 천천히 미끄러지기 시작했다. 좌악 강물이 갈라지는 소리와 배 흔들리는 소리가 조용히 울려 퍼졌다. 옆에 있던 대원이 대못을 건네주며 배에 총구멍이 나면 틀어막으라고 했다. 팔로군 출신의 뱃사공이 익숙한 솜씨로 배를 저어갔다. 그에게는 아마도 살아서 마지막 건너는 뱃길이었을 것이다. 강을 건너는 동안도 몇 번씩 조명탄이 터졌다. 다들 뱃바닥에 납작하게 엎드렸다. 강 언덕이 점점 가까워졌다. 아직 달이 뜨지 않아 조명탄이 꼬리를 긋고 사라지면 강은 부연 어둠에 잠겼다.

"전달! 하선준비!"

하선준비 명령이 내렸다. 그때였다. 강 언덕에서 요란한 총성과 함께 비 오듯 총탄이 쏟아지고 쉴 새 없이 조명탄이 터져 대낮처럼 강을 밝혔다. 부대는 비호처럼 배에서 뛰어내려 무릎까지 차오른 물 속을 달려 나가기 시작했다.

"돌격!"

부대는 총을 쏘며 유엔군이 점령한 강 언덕을 향해 돌진했다. 모래밭은 포복 전진하여 순식간에 강 언덕에 도착했는데 이미 양키는 어디론가 사라지고 그들이 점령한 강 언덕으로 사방에서 총탄이 퍼부었다. 비슬산을

향해 먼저 달려간 선두부대 쪽에서도 요란한 총성이 들려왔다. 십여 분이
지났을까?

"양키들이 도망간다! 한 놈도 남기지 말고 잡아라!"

박종하의 고함소리에 섞여 알아들을 수 없는 양키들의 비명소리도 들려
왔다. 곧 전투가 끝나고 다시 전진명령이 내렸다. 방금 전투가 벌어진 기
동로에는 미군의 지프와 트럭이 수십 대 즐비하게 늘어서 있었다. 기동로
를 가로질러 십 미터쯤 떨어진 곳에 보릿대가 쌓여져 있었다. 그곳을 막
스쳐 지날 때였다.

"조선민주주의인민공화국 만세!"

여자의 카랑카랑한 외침과 함께 수류탄의 폭발음이 귀를 때렸다. 1진으
로 강을 건넜던 여성 소대장 매 동무가 방금 전투에서 중상을 입고 행동이
불가능하자 자폭을 했다는 것이었다. 애통에 잠길 짬도 없이 부대는 계속
논두렁을 타고 달렸다.

"날 새기 전에 붙어야 산다! 죽지 않으려면 뛰어라!"

간부들이 이리저리 뛰어다니며 외쳐댔다. 날이 새기 전까지 부대가 비
슬산에 도착하지 못하면 마지막이었다. 다시 강을 건너갈 배도 방법도 없
고, 죽으나 사나 비슬산을 향해 뛰는 수밖에 없었다. 산이며 들, 냇물, 마
을을 가리지 않고 닥치는 대로 직선으로 통과했다. 앞을 가로 막고 나서
는 자그마한 동산이나 마을에는 적들이 진지를 구축하고 있었지만 비켜서
돌아갈 틈이 없으니 싸워서 격퇴해야만 했다. 총격을 받으면 이현상부대
는 옆으로 좍 산개해 돌격, 하고 고함을 지르며 돌진하여 적을 물리쳤다.
밤새 그러기를 십여 차례, 한참 뛰고 있는데 선두에서 갑자기 콩 볶는 듯
한 총성이 터졌다. 방금 전까지만 해도 대열의 후미에서 "개밥 되기 싫으
면 빨리 뛰라"고 재촉하던 박종하가 어느 사이엔지 선두에서 벽력같은 소

리로 "돌격! 한 놈도 남기지 마라!"며 외치고 있었다. 전 부대가 지축을 뒤흔들 듯 함성을 지르며 자그마한 언덕 위로 돌진해 들어갔다. 그녀는 순간적으로 다리 힘이 풀려 그 자리에 털썩 주저앉았다. 몇 초쯤이나 숨을 돌렸을까. 낙오되면 끝이다 싶어 순간적으로 발딱 일어나 언덕을 넘고 다시 논밭을 달리기 시작했다. 다리가 후들후들 떨렸다. 누군가 그녀의 팔을 확 낚아채더니 옆구리에 끼다시피 하고 비호처럼 달렸다. 대열의 앞뒤로 종횡무진 뛰어다니며 대원들을 독려하던 박종하였다. 앞뒤로 뛰어다니니 그녀보다 서너 배는 더 뛰었을 박종하였다. 그의 짐이 되고 싶지 않았다. 그녀는 박종하의 팔을 뿌리치고 있는 힘을 다 쥐어짜 달려갔다.

"저기가 비슬산이다! 조금만 힘을 내라!"

지쳐 있던 대원들이 박종하의 힘찬 고함소리에 다시 놀라운 속도로 비슬산을 향해 치달렸다. 잔솔나무가 드문드문 나 있는 자그마한 언덕이 나타났다.

"선두 정지! 전방에 적이다! 은폐하라!"

박종하의 돌연한 고함이 그치기도 전에 솔밭 사이에서 불꽃이 튀기 시작했다.

"아직 조준사격 못한다! 돌격!"

"돌격! 와아!"

박종하의 지휘에 따라 대원들은 수천 명의 함성보다 더 큰 함성을 내지르며 불꽃 튀는 솔숲으로 질주해 들어갔다. 양키들의 묘한 고함소리와 총소리가 요란한 소음 속으로 대원들은 계속 달렸다. 잠시 후 총소리가 멎었다. 방금 지나온 솔숲을 따라 비슬산이 이어지고 있었다.

"와! 만세!"

누군가의 선창이 들리자 일제히 만세를 외치며 그날 밤중으로는 도저히 올 수 없을 것 같던 비슬산을 오르기 시작했다. 날은 환하게 밝아 있었다. 비슬산을 점령하기가 무섭게 양키들이 새카맣게 달려들었다. 밤새도록 달려오고도 물 한 모금 마시지 못한 대원들은 하루 종일 셀 수 없이 많은 적과 맞붙어 싸웠다. 지리산은 어디나 고지에서 잠깐만 내려가면 물이 흔한데 비슬산에는 물줄기는커녕 작은 옹달샘 하나 없었다. 산 입구에 있는 물을 길어오기 위해 특공대가 대원 몇 명의 호위를 받으며 내려갔다. 잠시 후 용케도 단 한 사람의 부상자도 없이 특공대가 물을 가지고 올라왔다. 자기 자리를 뜰 수 없어 취사원들이 물을 들고 이리저리 돌아다니며 물을 배급했다. 생쌀을 우물거리며 대원들은 이제 여유 있게 벌 떼처럼 달려드는 미군을 상대하고 있었다. 조금만 밀린다 싶으면 미군들은 꽁무니를 감추고 도망치기 바빴다. 숫자가 워낙 많으니 그래도 끊임없이 교대하여 밀고 들어오긴 했지만, 단숨에 서울을 빼앗기고 낙동강까지 밀려 내려온 터라 미군의 사기가 완전히 땅에 떨어져 있을 때였다. 이영회가 이끄는 마지막 3진이 도강에 실패하는 바람에 백여 명도 되지 않는 이현상부대였지만 적군에 완전히 둘러싸여서도 사기는 하늘을 찌를 듯했다. 곧 있으면 인민군이 낙동강 전선을 돌파하고 내려올 거라고 굳게 믿고 있었던 것이다.

8월 초 낙동강을 건너간 이현상부대의 이른바 '낙동강 시절'은 두 달 동안 계속됐다. 곧 건너올 것 같던 인민군은 좀처럼 건너오지 못하고 낙동강에서 대치한 전선은 움직일 줄 몰랐다. 비슬산에 무사히 도착한 이현상부대는 중앙군사위원회의 명령대로 대구 팔공산을 점령하기 위해 녹 동무와 김갑제를 민간인으로 위장하여 정찰을 내보냈다. 다음날 돌아오기로 했던 이들은 사흘 후에야 간신히 돌아왔다. 팔공산 곳곳에 미군과 국군, 경찰이 진을 치고 있는데, 숨어서 겨우 중턱까지 올라갔지만 더 이상 올라갈 수가 없었다는 것이다. 한 번 더 정찰을 내보냈지만 결과는 마찬가지였다.

결국 대구 점령을 포기한 이현상부대는 사방의 적들과 대치한 채 달성, 성주, 청도, 창녕 등 대구 부근 일대를 휘젓고 다니면서 미군 주둔지 습격, 군용차량 파괴, 경부선 열차 습격 등 기습공격을 감행했다. 8월 10일경에는 달성에 있는 미군 통신대를 습격하여 상당수의 무장을 확보했고, 가져올 수 없는 차량과 통신기재는 모두 불태웠다. 그 불길이 밤새도록 달성을 환하게 밝힐 정도였다. 곧이어 8월 말 창녕에 주둔한 미군 대대를 습격한 이현상부대는 수십 대의 차량과 탱크를 폭파하고 미군 포로를 생포하기도 했다.

단 한 번의 패배도 없었다. 매일 밤잠도 제대로 못 자고 이 산 저 산을 옮겨 다니며 하루도 빠짐없이 전투를 하느라 엉덩이만 땅에 닿으면 배낭을 짊어진 채 그대로 곯아떨어지는 생활이었지만 승승장구하여 사기는 하늘을 찌를 듯했다. 행군을 하다가 휴식명령이 내리기만 하면 다들 그 자리에 쓰러지다시피 꾸벅꾸벅 졸았다.

"아이가? 잘 잔다, 잘 자. 개밥 되게 더 자그라."

박종하는 나무에 기댄 채 혹은 동료들끼리 등을 맞대고 잠에 취한 대원들을 툭툭 밀치고 돌아다녔다. 그녀는 도강하는 날 워낙 고생을 한데다가 그 후에도 계속 비슬산과 마찬가지로 물이 없는 산을 돌아다니며 제때 밥을 먹지 못해 장염이 도지고 위장병까지 생기는 바람에 고생을 하고 있었다. 밥만 먹었다 하면 토하고 설사를 해대니 기운도 없고 무릎의 통증이 심해 한번 앉으면 다시 일어설 수가 없었다. 그러니 남들은 휴식시간이 돼서 자리에 앉아도 그녀는 선 채로 계속 다리를 움직이고 있어야 했다. 며칠을 굶어도 배고픈지는 모를 지경이었고 차라리 굶고 있는 게 속이 편했다.

기습투쟁 나간 박종하가 무슨 약인가를 구해다줘서 먹기도 했지만 효과가 없었다. 밥을 입에 대지도 못하고 토하기만 하는 그녀에게 이현상은 자기 몫의 물을 먹지도 않고 아껴뒀다가 그 귀한 것을 내밀었다.

"윤호 동무가 살아있어야 할 텐데……."

그녀를 볼 때마다 이현상은 애잔한 눈길로 말끝을 흐렸다. 이현상부대는 자리를 옮길 때마다 이동로를 표시해놓고 후속부대가 도착하기를 간절히 기다렸지만 그녀의 남편 윤호가 정치위원으로 있던 이영회부대는 끝내 합류하지 못했다. 이상하게 그녀는 남편이 죽었으리라는 생각이 들지 않았다. 마지막 인사도 못하고 갈라진 남편이 언젠가 환하게 웃으며 다시 부대로 돌아올 것만 같았다. 그때까지 자신이 살아있을지는 하늘만이 아는 일이겠지만.

남루하던 이현상부대는 남자 여자 할 것 없이 모두 노획한 미군복으로 갈아입었고, 그동안 전투에서 너무 오래 사용하는 바람에 총구가 넓어진 낡은 총을 모두 버리고 전원 새 엠원이나 카빈으로 단장했다. 무기는 물론이고 식량에 담배에 미제가 아닌 것이 없었다.

한번은 미군 비행기가 산을 지나치면서 뭔가를 떨어뜨리고 갔다. 14연대 출신으로 아직 소년티가 가시지 않은 김흥복이 대원들을 몇 끌고 달려가더니 레이션 박스를 한 아름씩 짊어지고 왔다. 작지만 단단한 몸집에 미군복을 멋지게 뽑아 입은 김흥복은 싱글벙글 웃으며 손에 들고 있던 것을 쫙 펼쳐 보이는데 미군 성조기였다. 성조기가 펼쳐진 곳에 레이션 박스를 떨어뜨리더라는 것이다. 다음부터 미군 비행기가 나타날 때마다 김흥복은 잽싸게 성조기를 땅에 펼쳤는데 아니나 다를까, 레이션 박스와 약품, 탄약 등이 무더기로 쏟아졌다. 미군 비행기가 설사 대원들을 보았더라도 모두 미군복을 빼입고 있으니 구별할 수도 없었을 것이다. 김흥복의 기지가 아니었더라도 워낙 날마다 전투를 해대니 물자는 뭐든지 흔했다.

8월 중순경, 현풍면 어느 과수원에 주둔해 있는 미군 대병력을 기습한 이현상부대는 밤늦도록 잠복해 있다가 미군의 오락회가 끝날 무렵 공격을 개시해 그 부대를 완전히 박살내고, 싸울 생각도 없이 기타와 아코디언을 든 채로 손들고 나와 버린 30여 명의 미군 포로까지 끌고 비슬산에 도착했다. 특별히 미군 포로를 가둬둘 만한 곳도 없어서 미군이 가진 총을 빼앗고 몇 사람이 교대로 보초를 섰다. 다들 죽는 줄 알았는지 벌벌 떨며 자진해서 무기를 내놓았는데 일본인과 미국인 사이의 혼혈아 하나가 펄펄 날뛰면서 일본말로 떠들어댔다.

"보쿠노 뎃포 구레. 도로보다치 쟈나이카(총 내놔라. 순 도둑놈들이다)."

포로로 잡혀온 마당에 땅바닥을 데굴데굴 구르며 총 달라고 떼를 쓰는 모습이 어이없다 못해 귀여워서 다들 허허 웃어댔다. 잠시 후 박종하가 와서 포로 관리에 대한 지시를 하고 있는데, 눈을 크게 뜨고 물끄러미 살피던 그가 박종하가 대장이라는 것을 알았는지 붙잡고는 당신네 부하들이 순 도둑놈들이라 총도 빼앗아가고 시계도 빼앗아갔는데 돌려달라고 요구했다.

"야 이 새끼야, 가만히 있어!"

박종하가 미군 혼혈아의 이마에 알밤을 하나 먹이고는 씨익 웃었다. 한 사람 한 사람 몸을 뒤지며 수색을 하는데 한 미군이 비명을 지르며 뭔가를 가슴에 품고는 빼앗기지 않으려고 안간힘을 썼다. 총을 빼앗아도 가만히 있더니 도대체 뭔가 싶어 억지로 빼앗아 보니 붉은 입술연지가 찍힌 애인의 편지였다. 총은 내놓아도 애인 편지는 빼앗길 수 없다는 것이었다. 그뿐만이 아니었다. 포로로 잡혀온 놈들이 하모니카는 물론이고 아코디언과 기타까지 둘러메고 있었다. 아코디언을 한번 켜보라고 주었더니 벌떡 일어나 아코디언을 받아들고 신나게 음악을 연주하기 시작했다. 죽을지 살지 의심스러운 표정으로 기가 죽어 있던 다른 미군들도 발장단을 치며 흥에 겨워 노래를 따라 불렀다. 그 뒤로 이현상부대는 아무 때나 음악을 연주했다가 적에게 조발될까봐 악기를 미군에게 맡겨놓지 않았지만 가끔씩 미군에게 악기를 주고 연주를 부탁하기도 했다. 무슨 노래인지도 몰랐지만 노래는 단지 그 선율만으로도 통하는 게 있었다.

미군들은 포로를 감시하는 그녀를 네짱(누나)이라 부르며 좋아했다. 그녀를 불러 자기 애인의 사진을 보여주고는 손짓발짓으로 예쁘지 않느냐며 자랑하기도 했고, 보고 싶어 죽겠노라고 편지에 입을 맞추기도 했다. 그런 미군들이 철없는 막내동생처럼 귀엽기도 했지만 그녀는 좀체 미군들을 이해할 수 없었다. 어쩌면 전쟁터에서 저렇게 태평할 수가 있는 걸까. 밥이 먹기 싫다고 흰죽을 쒀 달라며 포로 주제에 음식투정까지 부리던 그들도 비행기가 나타났다 하면 새파랗게 질려서 어쩔 줄을 모르고 날뛰며 비명을 질러대다가 얼굴만 땅에 처박고 엉덩이는 하늘로 치켜 올린 채로 벌벌 떨었다.

죽음이 그렇게 두려운 것일까? 그녀도, 이현상부대의 누구도 그렇게 죽음을 두려워해본 적이 없었다. 빨치산에 죽음이란 살아있다는 것만큼 친숙한 것이기도 했다. 사람은 누구나 죽음의 의미를 모를 때 엄청난 공포를 느낀다. 그러나 죽음의 의미를 아는 순간 죽음은 곧 또 다른 삶인 것이다. 월급을 받고 돈 때문에 남의 나라 전쟁터에 팔려온 미군들이 자기 죽음의 의미를 알았을 리 없다. 그들에게 만리이국에서의 전사는 그야말로 자기 삶의 끝이며 개죽음 외에는 아무것도 아닌 것이다. 그러나 빨치산은 달랐다. 그들은 스스로 죽음을 선택한 사람들이었다. 그들의 죽음은 미제국주의에 짓밟힌 조국의 해방이며 억압당하는 삼천만 인민의 해방을 약속하는 징표였다. 어쨌든 미군과 몇 번 싸워보고 미군 포로를 겪어본 이현상부대는 그 뒤로 미군만 보면 지던 싸움도 승리로 이끌 정도였다. '저 몰랑한 노란개'도 못 잡아서야 백전불굴의 빨치산이라는 이름이 아깝다는 생각 때문이었다. 그러나 포로가 되면 무릎을 꿇고 앉아 타는 냄새가 나도록 손을 비비며 살려달라고 애원하던 미군 뒤에는 고도로 발전된 기술과 엄청난 무력, 그리고 군수품을 팔아 부를 축적하는 군수재벌을 가진 자본주의의 종주국 미국이 있었다. 이현상부대는 그걸 몰랐다. 백 명의 이현상부대가 만 명의 미군 부대를 이길 수는 있지만 '미국'은 이길 수 없다는 것을 말이다.

낙동강을 사이에 둔 치열한 전선은 한동안 움직이지 않았다. 인민군은 끊임없이 낙동강을 도하하려고 시도했지만 번번이 실패로 끝났다. 미군에게 낙동강은 도저히 포기할 수 없는 마지막 보루였다. 간혹 낙동강 도하에 성공한 인민군 소부대들은 전멸을 당했다. 시체는 손을 대면 탄가루처럼 바스러졌다. 원자탄의 일종인 네이팜탄에 희생된 것이었다.

주전선이야 어떻든 유일하게 낙동강을 도하한 이현상부대는 마음껏 경북 일대를 휘젓고 다녔다. 낙동강 시절에는 밥 한 끼 편하게 먹어본 기억이 없을 정도였다. 뒤에서 주먹밥을 먹고 있을 때 앞에서는 치열한 전투가 붙고, 이쪽을 한번 들쑤셔놓고 저쪽으로 도망치면 사방에서 적이 달려들고 하는 식이었다. 하루라도 맘 놓고 안전하게 묵을 만한 장소도 없었다. 이현상부대는 사방에서 밀려오는 적들에게 포위를 당해도 별로 놀라지 않았다. 지리산 주변의 군경은 계속 깨지면서도 악착같이 달려들었던 반면 미군들은 숫자로 밀어붙일 뿐 조금 밀린다 싶으면 도망가기 바빴다.

"선생님! 어디로 갈까요?"

박종하가 벙글벙글 웃으며 물으면 전투에 관한 한 박종하를 전적으로 신임하고 있던 이현상도 마주보고 웃으며 말했다.

"사령관 가는 데로 따라 가야지."

박종하는 커다란 손바닥을 펴들고는 침을 퉤 뱉아 오른쪽 손가락으로 힘차게 침을 튀겼다.

"선생님! 오른쪽으로 빠지라는데요?"

"그럼 갑시다!"

침이 튄 방향으로 이현상부대는 기세 좋게 퇴각해갔다. 쫓아오는 미군보다 퇴각하는 이현상부대가 더 기세등등하고 당당했다.

9월도 저물어갈 무렵이었다. 인민군이 낙동강 도하작전을 펴다 조발됐는지 낙동강변에서 한밤중에 수십 킬로미터 떨어진 마을까지 쾅쾅 대포소리가 울려 퍼졌다. 박종하가 비슬산 정상으로 뛰어올라갔다.

"인민군이 도하한다!"

박종하의 외침에 모두들 자다 말고 튀어 일어나 멀리 아스라하게 보이는 낙동강을 주시했다. 야광탄이 꼬리에 꼬리를 물고 밤하늘을 화려하게 수놓고 사방에서 불기둥이 치솟아 올랐다. 손에 땀이 배이도록 긴장해서 인민군을 응원했지만 그날 밤 인민군의 도하작전은 대실패로 끝났다. 1개 사단이 도하작전을 시도했으나 1개 연대가 강을 건너고 두 번째 연대가 강을 건널 무렵 적에게 노출돼 거의 전멸하다시피 한 것이다. 며칠 뒤 이현상부대는 낙오돼서 잔뜩 겁에 질려 숨어 있는 인민군 4백여 명을 발견했다. 강을 건넌 1개 연대 3천 명 중 4백 명만이 살아남은 것이었다. 얼마나 호되게 당했는지 미군복을 빼입은 이현상부대가 미군인 줄 알고는 싸울 생각도 없이 도망치기 바빴다.

인민군의 도강작전이 실패로 끝나고 며칠쯤 지났을까, 미군 비행기가 계속 북쪽 하늘로 날아가고 미군 트럭들도 밤낮 없이 환하게 불을 밝힌 채 북쪽으로 올라가고 있었다. 게다가 며칠간 이현상부대에 대한 공격이 잠 잠했다. 이상한 느낌이 들었다. 당장 정찰병을 마을로 내려 보내 정보를 수집했더니 미군이 인천으로 상륙해 이미 서울이 함락되었고, 계속 미군 부대가 북상 중이며, 이 근처의 미군들도 모두 북상하여 마을이 텅 비어있 다는 것이다. 인민군들도 모두 후퇴했다는 정보였다. 이현상부대라고 다 른 방도가 없었다.

"후퇴합시다!"

이현상의 명령이 떨어졌다. 그날 밤중으로 이현상부대는 영천을 향해 강행군을 시작했다. 9월 30일, 이미 모든 인민군과 당기관이 조직적인 후 퇴명령을 받고 후퇴한 뒤였다. 적진 깊숙이 최남단까지 침투해 있던 이현 상부대는 뒤늦게 평양을 향해 북진을 시작했다.

이리하여 꼭 두 달간의 낙동강 시절이 막을 내렸다. 단숨에 서울을 함락 하고 대전을 무너뜨렸던, 그 막강했던 인민군의 어떤 부대도 넘지 못한 낙 동강을 넘어 백 명도 안 되는 병력으로 수십 군데의 미군 기지를 공격하고 적진 사이를 누비고 다니던 이현상부대는 결국 먼저 후퇴한 인민군의 뒤 를 따라 북으로 향해야 했다. 혹시 살아 있을지도 모르는 이영회부대를 위 해 북상한다는 표지를 남겨놓고. 그러나 아무도 영원한 후퇴라고는 생각 하지 않았다. 아군의 희생자도 거의 없이 잠 한번 맘껏 자보지 못하며 싸 웠던 낙동강 시절을 구빨치산들은 이현상부대의 본때를 보여준 가장 치열 하고도 가장 탁월했던 한때로 기억한다.

13_
머나먼 북상길

1950년 10월 2일 이현상부대는 영천을 통과했다. 비행기 폭격이 얼마나 심했는지 영천은 완전히 잿더미였다. 전쟁의 폐허 위에도 가을은 깊어가고 있었다. 미군이 이미 북진해버린 중부전선은 텅 빈 상태였고, 수많은 인민군 낙오병들과 당기관원, 좌익 지지자들이 적의 뒤를 따라 북을 향해 후퇴하고 있었다. 영천을 지나 태백산맥을 타고 북상하기 위해 울진으로 향하는 길에 잠시 휴식을 취하던 이현상은 남루한 인민군 낙오병을 보더니 눈살을 찌푸렸다.

"이봐요!"

이현상이 인민군 병사를 불러 세우자 초조하고 지친 표정으로 힘없이 걷고 있던 인민군 병사가 이현상을 돌아보았다.

"우리는 자랑스런 인민의 부대요. 힘을 내시오. 잠시 후퇴를 한다고 그렇게 엉망이어서야 되겠소. 단추도 채우고 먼지도 털고 총도 똑바로 드시오. 행색이 남루해지면 사기도 떨어지는 법이오."

이현상의 지적에 놀란 인민군이 당장 차려 자세로 황급히 단추를 채웠다.

"저, 그쪽은 어느 부댑니까?"

"우리는 지리산 유격부대요!"

"같이 후퇴할 수 없겠습니까?"

"좋소. 같이 갑시다."

부대를 잃어버리고 혼자 떨어진 병사는 어머니를 잃어버린 아이와도 같다. 그 막막함과 절박함, 두려움은 겪어보지 않은 자는 모를 것이다.

"밥이나 먹었소?"

"하루 종일 꼬박 굶었습니다."

이현상은 본부 취사대원 이창례를 돌아보며 생쌀이라도 한줌 주라고 일렀다. 그렇게 낙오된 병사나 기관원들을 부대 뒤에 따르게 하고 이현상부대는 영일, 양양, 울진의 동해안 도로를 따라 오른편으로 확 트인 동해를 끼고 북진하다 도계재를 넘어서부터는 태백산맥을 타기 시작했다. 미군 보급도로인 기동로를 피해 북상하려는 사람들로 좁다란 산길은 초만원이었다. 앞서간 인민군들도 태백산맥을 타고 후퇴한 모양이었다. 거친 산길은 반질반질 잘 닦여 있었다. 아마도 산맥이 생겨난 이래 이처럼 많은 사람의 발길이 닿았던 적은 결코 없었으리라. 위로 올라갈수록 부대 뒤에 따라붙은 낙오병과 피난민의 숫자가 기하급수적으로 늘었다. 삼팔선을 넘을 때는 거의 만여 명에 가까울 정도였다. 사람이 많아지니 식량보급이 우선 문제였고, 부대만 후퇴하는 것보다 시간도 훨씬 지체될 수밖에 없었다. 그러나 이현상과 박종하는 누구든 의지해오는 모든 인민은 돌보고 보호하라는 엄명을 내렸다. 인민군 정규사단인 방호산의 6사단이 4백 명의 병력을 안전하게 후퇴시켰다고 그 후 칭찬이 자자했던 것을 생각하면 백 명도 안 되는 부대로 만여 명을 규합하여 안전하게 후퇴한 이현상부대의 공적은 참으로 대단한 것이었다. 이현상부대 전원은 말끔한 미군복으로 빼입고 번쩍거리는 엠원을 든 채 좌우 어깨와 허리에 탄띠를 두르고 미제 수류탄을 주렁주렁 매달고 있었다. 하루에 오십 킬로미터씩 고되게 행군하는

가운데서도 그들은 어깨를 짓누르는 탄띠를 절대로 벗어던지지 않았다. 궁핍하기 짝이 없는 지리산 시절을 겪었던 터라 총알 하나가 대원들에게는 목숨처럼 소중했던 것이다. 따라오는 사람은 거절하지 말라는 이현상의 엄명이나 그 엄명을 당연한 것으로 받아들인 것도 그 시절에 경험한 동지애 때문이었다.

비록 후퇴 중이긴 했지만 낙동강에서 대단한 전과를 기록한 이현상부대의 사기는 하늘을 찌를 기세였다. 평양으로 간다는 사실에 그들은 가슴이 부풀었다. 삼팔선을 넘기만 하면, 평양에만 가면, 유대인들이 젖과 꿀이 흐르는 가나안 땅을 찾아가듯 그들은 자신들의 꿈과 휴식이 이루어질 그곳으로 간다고 생각했다. 이현상부대는 그때까지도 소식이 없는 이영회부대를 위해 백묵으로 갈림길의 큰 바위마다 표지를 남겨놓았다.

"지리산 빨치산 후속부대는 본대를 따르라!"

본대의 애타는 기다림은 빗물에도 쉽게 지워지지 않고 오랫동안 바위 위에 남아있었지만 끝내 후속부대는 본대를 따르지 못했다. 그들이 젖과 꿀이 흐르는 가나안에 결국 도착할 수 없었듯이.

살아서 돌아갈 수 없으리라고 생각했을 만큼 몸이 좋지 않았던 그녀는 나중에 동료들이 우스갯소리로 놀렸던 것처럼 정말 조상 묏자리 하나는 잘 썼던 것인지 죽지 않고 살아남아 북상길에 올랐다. 주먹밥 하나도 소화시키기 어려웠으니 하루 오십 킬로미터의 행군이 벅차지 않을 리 없었다. 내리막길 같은 곳은 아예 데굴데굴 구르면서 그녀는 대열에서 처지지 않으려고 안간힘을 썼다. 그녀 못지않게 고통스러워한 사람은 하수복이었다. 하수복은 낙동강 시절에 창녕에서 캄파(조직동원)된 본부 의무요원이었는데 행군이라고는 난생 처음이었을 테니 떨어지지 않고 쫓아온 것만도 용했다. 일본에서 자라 해방 후에야 고국에 돌아온 하수복은 서양사람처럼 눈이 파랗고 깔끔하게 생긴 스물이 갓 넘은 미인이었다. 캄파라고는 하지만 강제성을 띤 것은 아니어서 본인이 싫다면 충분히 거절할 수도 있었는데 부모도 없이 단 하나뿐인 어린 동생까지 두고 부대를 따라온 것을 보면 아마도 이전부터 이쪽 사상에 동조하고 있었을 것이다. 한국말도 서투른데다 워낙 말이 없어 어떤 뜻으로 부대를 따라온 것인지 확실히 알 수는 없지만, 아무튼 부대에 들어온 후 하수복은 다른 사람과 다름없이 헌신적으로 일했다. 그러나 하수복은 힘들다는 말 한마디 없이 약품이 가득 담긴 배낭을 꼭 짊어지고 종종걸음으로 부대를 쫓아왔다.

그때 이현상부대에는 여자들이 열 명 정도 있었다. 반달음박질로 밀어붙이는 행군에서 제일 곤란한 것이 여자들의 용변문제였다. 남자들이야 행군 도중에 잠깐 서서 볼일을 보면 끝났지만 여자들은 그럴 수가 없었다. 후퇴인파가 끊임없이 올라오는 길에서 실례를 할 수도 없는 노릇이고, 대열에서 빠져나와 용변을 보고 나면 부대는 이미 한참 앞서가고 있어 숨 돌릴 짬도 없이 줄곧 달려가야 했다. 그렇지 않아도 힘든 판인데 박종하는 일부러 도저히 용변을 볼 수도 없는 곳에서 휴식명령을 내리기 일쑤였다. 양쪽으로 깎아지른 듯한 절벽이라 기어오를 수도 없는 곳에서 대열을 멈춰놓고 박종하는 싱글싱글 여자들을 놀려댔다. 안 볼 테니까 대열이 양쪽으로 늘어선 길 가운데에서 볼일을 보라는 것이다. 결국 용변을 참고 길을 걷자니 자연 걸음걸이가 뒤뚱뒤뚱 오리 폼이 될 수밖에 없었다. 그러면 박종하도 여자들의 폼을 그대로 흉내 내서 어기적거리며 걷는 것이다. 웃을 수도 없고 울 수도 없고 진퇴양난이었다. 간부회의 시간에 여자들도 용변시간을 달라고 강력히 건의한 끝에 간신히 시간을 얻어내기는 했지만 강행군을 하다 보면 어느새 도루묵이 되고 말아 용변문제는 항상 골칫거리였다. 어쩔 수 없을 때는 여자들이 둥그렇게 원을 짜고 한 사람씩 원 안에서 용변을 보기도 했다.

삼척, 명주를 지날 무렵부터는 식량난으로 허덕이기 시작했다. 마을에 내려가 봐야 그 엄청난 대열을 먹여 살릴 수도 없었다. 들판에는 누렇게 벼가 익어가고 있었다. 그 벼를 훑어다 각자 하나씩 가진 자기 병에 넣고 나무막대로 콩콩 찧어 껍질을 벗겼다. 양발 사이에 병을 끼고 쌀을 찧다보면 엉뚱하게 발등을 찧어 시퍼렇게 멍이 들기도 했고, 부지런히 한나절이나 붙잡고 찧어봐야 겨우 쌀 한두 홉이나 얻을 수 있을 정도였다.

네 것 내 것이 없던 시절이기는 했지만, 그래도 취사원들은 자기 직속상관을 조금이라도 더 먹이려고 무엇이건 조금씩 챙겨두기 마련이었다(부대에 따라 취사 단위도 달랐다). 특히 박종하 같은 사람은 정이 많아 식량이 보이는 대로 남에게 나눠줘 버리는 바람에 박종하가 시키는 대로 따라 했다가는 사령부가 당장 굶을 판이라 본부 취사원 이창례는 박종하 몰래 쌀을 냄비 속에 한 움큼, 항고 속에 한 움큼, 여기저기 조금씩 감춰놓았다. 이창례는 스물두셋 정도 된 순천 처녀였는데, 예쁜 얼굴은 아니었지만 싹싹하고 애교가 많아 대원들의 귀염을 많이 받고 있었다.

"어이, 이 동무. 이리 좀 와봐요!"

박종하가 이창례를 소리 높여 부를 때면 몸이 좋지 않거나 굶어 힘없는 사람을 발견했다는 신호였다.

"우리 뭐 먹을 것 좀 남았지?"

"아이, 암것두 없어요오."

이창례는 배낭을 얼른 뒤로 숨기며 손을 휘휘 내저었다.

"배낭 들고 이리 와봐!"

"정말 없대니깐요."

눈을 찡긋거리며 이창례는 귀엽게 몸을 흔든다. 그러나 성큼성큼 다가

온 박종하가 이창례의 배낭을 빼앗아 들고 뒤져보면 쌀 한 줌이라도 꼭꼭 숨겨져 있기 마련이었다.

"예끼, 이 도둑놈."

혼자 먹으려던 것도 아니고 박종하 자신을 위해 정성껏 숨겨놓았던 쌀을 빼앗기고 뾰로통하게 입을 내밀고 있는 이창례에게 알밤을 한 대 먹이고 박종하는 그 쌀을 몸이 아픈 대원들에게 모두 털어주었다.

"다 같이 갈라 먹어야지. 쌀이야 또 만들면 될 것 아닌가."

낙동강 시절에 워낙 몸을 상한 이옥자에 대한 박종하의 배려는 따뜻했다. 게다가 남편마저 죽었는지 살았는지 소식이 없는 터라 박종하는 특별히 그녀를 위해주었다.

"옥자 동무! 옥자 동무가 죽으면 나 윤호한테 큰일 나······. 윤호는 죽을 사람이 아니오. 어떤 일이 있어도 꼭 살아올 테니까 걱정 말아요."

박종하는 그녀가 안쓰러운지 늘 그렇게 위로했지만 남편이 설사 죽었다고 한들 절망할 그녀는 아니었다. 그리고 죽을 사람이 아니라는 박종하의 말처럼 그녀 역시 남편이 살아있으리라는 막연한 기대를 버리지 못하고 있었다.

기아에 허덕이면서도 이현상부대는 삼팔선을 향해 부지런히 내달렸다. 태백산맥에는 어느새 겨울이 오고 있었다. 10월 중순 이현상부대는 양양에 도착했다. 한동안 보이지 않았던 동해바다가 멀리 내려다보였다. 드디어 삼팔선을 넘은 것이다.

"양양 현남면의 어떤 집은 윗방은 이북, 아랫방은 이남, 그렇다오."

누군가 산 아래로 내려다보이는 양양을 가리키며 말했다. 양양, 6년 만에 어머니에게 돌아온 아버지를 따라 와서 몇 년 동안 살았던 곳이다. 봄이면 붉은 열구꽃이 바닷가를 물들였는데 겨울이 가까운 바다는 짙푸르다 못해 검었다. 저기 현북면 어디에는 시집간 뒤로 몇 년간 얼굴 한번 보지 못한 동생들이 있을 것이다. 동생들은 잘 있을까. 참으로 오랜만에 동생들의 모습이 떠올랐다. 젖먹이 때 어머니를 잃고 소아마비까지 앓았던 막내는 학교를 다닐 만한 나이가 됐는데 학교나 다니고 있을지……. 그녀의 집까지 찾아와 아버지를 만나고 학교에 입학하게 만들어준 김진환 선생은 어떻게 됐을까. 어린 학생들에게 김일성 장군 이야기를 들려주기도 하고 러시아어로 된 책을 읽기도 했던 걸 보면 그때부터 이미 마르크스 사상을 가지고 있던 사람인지도 몰랐다. 그가 없었다면 영영 학교 문턱을 넘을 수 없었을 테고 그녀의 인생도 많이 달라졌을 것이다. 코피로 검붉게 물든 선생의 강의록을 훔쳐보며 미지의 세계, 알지 못하는 더 넓은 세계를 꿈꾸던 그녀는 여기에 서 있는데 그 선생은 어떻게 됐을까. 나이로 보자면 일제의 발악적인 징용을 피할 수 없었을 텐데, 어쩌면 낯선 이국땅에서 죽었는지도 모르고 그녀처럼 조국을 위해 싸우고 있을지도 몰랐다.

삼팔선을 넘었다는 감격에 겨워 이현상부대는 환호성을 지르며 양양 어느 마을로 달려 내려갔다. 그러나 마을에는 노인네와 아낙네 몇 사람뿐 모두 피난을 갔다는 것이었다. 남아있는 아낙네들이 반가워하면서 정성껏 식사를 대접하긴 했으나 이현상부대는 어쩐지 쓸쓸했다. 삼팔선만 넘으면 대단한 환영을 받을 거라고 믿고 있었던 것이다. 삼팔선 위 이북도 모두 다 북쪽을 향해 각 마을 인민위원회의 통제에 따라 조직적으로 후퇴하고 있었다. 가는 곳마다 마을은 비어 있었고 그들을 맞는 건 노인네와 아녀자들뿐이었다. 얼마 전 평양까지 미군이 진격했으니 당연한 일이었지만 이현상부대는 그것조차 모르고 있었다. 적이 점령한 평양을 목표로 그들은 행군 중인 것이었다.

삼팔선을 지나면서부터는 낙오병들이 자기 부대를 찾아가기도 하고 이 북의 당기관을 찾아가기도 해서 화천, 철원을 지날 때쯤엔 천여 명만이 남았다. 철원 고원에서 미군과 맞부딪쳐 격퇴하고 평강으로 들어가 경원선 철길에서 다시 미군과 맞닥뜨린 이현상부대는 여기서도 미군을 손쉽게 물리쳤다.

후평을 일 킬로미터쯤 앞둔 지점이었다. 이현상부대의 척후가 숨가쁘게 대열 중간에 선 이현상을 부르며 달려왔다.

"이승엽 동지가 오십니다."

"뭐?"

놀란 이현상이 그 자리에 우뚝 멈춰 섰는데, 곧장 백마를 타고 달려온 이승엽이 훌쩍 말에서 뛰어내렸다.

"현상이 살아 있었구나!"

비명처럼 내지른 이승엽의 첫마디였다. 두 사람은 부하들 앞도 아랑곳없이 부둥켜안고는 땅바닥을 떼굴떼굴 뒹굴며 반가워서 어쩔 줄을 몰랐다.

이승엽은 널리 알려진 대로 박헌영의 뒤를 잇는 남로당의 이인자로 전쟁 당시 서울시 인민위원장과 남조선해방지구 군사전권위원직을 겸임하고 있었다. 인민군 낙오병과 남조선의 당기관원들이 태백산맥을 통해 수없이 북상 중이라는 말을 듣고 그들을 수습하기 위해 십여 명의 수행원을 끌고 나왔다가 뜻밖에도 오랜 동지 이현상을 만난 것이다.

큰 키에 얼굴이 길쭉하고 날카로운 인상의 이승엽은 이현상부대원을 일일이 찾아다니며 악수를 나눴다. 이현상과 박종하가 이승엽과 함께 부대를 돌면서 한 사람씩 모두 소개를 했다.

"이쪽은 이옥자 동무로 부부가 모두 빨치산입니다."

"여자의 몸으로 고생이 많았소."

이승엽이 박종하의 말에 고개를 끄덕이며 그녀의 손을 힘차게 쥐었다. 말로만 듣던 그 유명한 이승엽 동지를 만나다니! 가슴이 설레었다.

잠시 후 이현상과 이승엽은 부대에 휴식명령을 내려놓고 한 시간 동안 무슨 이야기를 나누더니 곧 출발명령을 내렸다. 이십 분쯤 지났을까. 남쪽의 마을과 달리 부락이 오밀조밀 모여 있지 않고 밭 가운데 오다가다 한 채씩 집들이 서 있는 어느 마을에서 행군이 멈췄다. 집은 텅 비어 있고 주민은 한 사람도 보이지 않았다. 거기서 묵을 모양인지 부대별로 집이 배정되었다. 참으로 오랜만에 민가에서 자는 잠이었다.

다음날도 부대는 떠나지 않았고 대신 어디 가 있었던 것인지 그 마을 기관원들이 쌀과 반찬 등을 잔뜩 가지고 돌아왔다. 여맹원들이 잠시 이리저리 부산하게 뛰어다니더니 어느새 밥을 지어왔다. 며칠 뒤에는 어디에 숨겨놨었는지 소와 돼지도 내놓았다. 소 돼지를 잡고 성대한 잔치가 벌어졌다. 북상하는 도중 내내 부대원을 단 며칠간이라도 푹 쉬게 해주는 것이 소원이라고 입버릇처럼 중얼거리던 이현상의 바람대로 잘 먹고 잘 자고 잘 쉬며 며칠이 흘러갔다. 이때 계속 북진 중이던 미군은 이미 10월 26일경에는 후평보다 훨씬 위쪽인 원산, 평양, 신의주 등을 점령하고 있었지만 후평까지는 적의 손길이 미치지 않아 안전지대였다.

전투가 없어 휴식이라는 것이지 말 그대로 편안하게 쉬는 휴식은 아니었다. 이현상부대는 북상해오는 사람들을 심사해 대원으로 편입시키고 날마다 신병들의 군사교육과 정치사상교육에 바빴다. 중국군이 참전해 미군을 인해전술로 밀어붙이며 승승장구 남진 중이라는 소문이 떠돌았다. 이현상부대 대원들은 이러다 싸워보지도 못하고 조국해방전쟁이 끝나는 것 아니냐며 안절부절못했다. 11월 10일경 정식으로 부대가 재편

되었다.

승리사단(약 500명) - 사단장 이진범, 정치위원 유주목
인민여단(약 170명) - 사단장 김재연, 정치위원 김삼홍
혁명지대(약 130명) - 사단장 서흥석
본부(약 60명)

총참모장엔 박종하, 본부 정치위원엔 차일평이 임명됐고, 전체는 무려 860명에 이르는 대부대였다. 부대의 정식 명칭도 조선인민유격대 4지대로 바뀌었으나, 통상 남반부 인민유격대로 불렸다. 이 중 승리사단은 여순사건 이후 구빨치를 중심으로 한 중핵부대였으며, 인민여단은 주로 후퇴 중이던 기관원, 남조선 의용군, 민간인 중에서 지원자를 뽑아 새로 만들어진 부대였고, 혁명지대는 원래 충청지방에 침투할 예정으로 경기와 충청 출신들로 편성된 부대였다. 혁명지대와 인민여단은 승리사단과 별도의 행동을 할 경우도 많아서 흔히 두 부대를 묶어 연합부대라고 부르기도 했다.

부대재편이 끝난 며칠 뒤 소집명령이 내렸다. 그 무렵 부대가 남진하는 중국군을 돕기 위해 곧 후방 깊숙이 침투할 거라는 소문이 퍼져 있던 터라 출동인가 했더니, 무슨 의식이 거행될 모양으로 이현상, 박종하 등과 낯모르는 십여 명의 사람들이 대열 앞으로 나가 일렬로 섰다.

"일동 차렷!"

이진범의 우렁찬 고함소리가 울려퍼졌다.

"오늘 중앙간부들을 모시고 남조선 인민유격투쟁에서 영웅적인 투쟁을 한 동무들에게 시상을 하게 되었음을 영광으로 생각하며 의식을 진행하겠

습니다. 먼저 국가 제창이 있겠습니다."

아침은 빛나라 이 강산
은금의 자원도 가득 찬
삼천리 아름다운 내 조국
반만년 오랜 역사에
찬란한 문화로 자라난
슬기론 인민의 이 영광
몸과 맘 다 바쳐
아끼고 길이 받드세.

처음으로 마음껏 불러보는 국가였다. 하얗게 서릿발이 내린 들판을 녹이며 뜨거운 애국가 소리가 점점 드높아졌다. 이 국가 한번 맘대로 불러보지 못한 채 얼마나 많은 동지들이 죽어갔는가.

"이번에는 혁명선열 동지들에 대한 묵념이 있겠습니다."

이진범의 말이 끝나자 낙동강 시절에 어디선가 나팔을 하나 구해 배낭 뒤에 매달고 다니던 한월수가 나팔을 들고 앞으로 나갔다. 애잔한 진혼곡이 흘러나왔다. 그렇지 않아도 애통한 가슴을 쥐어뜯는 서러운 곡조였다. 낮게 흐느끼던 울음소리가 점점 커지더니 걷잡을 수 없는 통곡으로 변했다. 묵념시간도 끝나고 한월수의 나팔도 멈췄다. 그러나 앞에 서 있던 이현상과 박종하는 여전히 눈물을 훔치고 있었고 대원들의 통곡소리는 더 높아만 갔다.

"진정하십시오!"

이진범이 낮고 차분하지만 흥분된 어조로 말을 이었다.

"우리의 혁명은 이제부터입니다. 한라산과 지리산, 남반부 곳곳에 붉은 피를 뿌리고 가신 동지들의 원수를 기어이 갚고야 말 것을, 우리 여기서 다시 한번 결의합시다!"

"옳소! 옳소!"

추수도 끝나고 텅 빈 겨울들녘으로 목 메인 함성소리가 쩌렁쩌렁 울려 퍼졌다. 잠시 후 이현상이 단 위로 올라가 김일성이 지리산 인민유격대에 보내는 메시지를 낭독하고 그동안의 투쟁을 치하하는 시상식이 이어졌다. 낙동강전투에서의 공훈으로 박종하와 이진범이 영웅 칭호를 받고 구대원 거의 전원에게 국기훈장 1, 2, 3급과 모범전사 등의 상이 수여되었다. 그녀도 국기훈장 2급을 받았다. 정세의 형편상 우선 가장으로 수상하고 곧 정장과 교환할 것이며 시상과 동시에 상의 효력이 인정된다고 했지만, 가장이건 정장이건 상을 받았다는 것조차 구대원들은 실감하지 못하고 있는데 부락민들은 부러워서 야단이었다.

상을 받은 후부터 신문기자들이 벌 떼처럼 몰려들었다. 어디서 소문을 들었는지 부부 빨치산이고 산에서 아이를 잃었다는 것까지 다 알고는 〈로동신문〉 기자, 〈민주조선〉 기자, 〈프라우다〉 기자라는 사람들이 몇 명씩 떼로 몰려와 여자의 몸으로 어떻게 유격활동을 했는가, 그동안 지리산 빨치산은 어떻게 싸웠는가, 남편과 아이는 어디서 어떻게 잃게 됐는가, 꼬치꼬치 물어대는 통에 진땀을 뺄 정도였다. 하루는 영화인이라는 사람이 커다란 사진기 같은 걸 들이대고는 포즈를 취해 달라고 성화였다. 어색해서 이러지도 저러지도 못하고 어정쩡하게 서 있는데 사방에서 플래시가 터졌다. 잠시 후에는 누군가 갈색 갈기가 멋지게 휘날리는 말 한 필을 끌고 오더니 밭 가운데로 그녀를 데려가 말에 올라타라고 했다. 카메라 몇 대가 그녀를 주시하고 누군가 그녀를 덥석 안아 말 위에 올려놓았다. 자신의 몸집만이나 한 총을 여윈 어깨에 걸친 채 헐렁한 미군복을 입고 엉성한 폼으로 말 위에 걸터앉아 플래시를 받으면서 그녀는 지나간 시절이 꿈만 같았다. 우리 모두 어떻게 여기까지 왔는가. 참으로 기적 같은 일이었다. 지리산 골짜기를 수없이 옮겨 다니며 무주로, 낙동강으로, 그리고 삼팔선을 넘어 그들은 후평까지 왔다. 그들이 그렇게 꿈꾸던 평양도 지척이었다. 그러나 아직 조국의 전쟁은 끝난 것이 아니었고, 그들의 기나긴 투쟁의 여정 또한 아직 끝난 것이 아니었다.

14

후평리 반전

시상식이 끝난 다음날 밤이었다. 박종하의 연락병 박병주가 새까만 눈을 반짝거리며 그녀를 데리러 왔다. 박종하가 부른다는 것이었다. 멀찍하게 떨어진 옆집에 박종하의 숙소가 있었다. 강원도 산간지방이라 매서운 겨울바람이 옷깃을 파고들었다.

"아, 옥자 동무."

무슨 일인지 박병주까지 내보내고 단둘이 마주 앉았다. 마른 흙벽에서 푸근한 흙냄새가 풍겨왔다.

"우리 내일 남조선으로 떠나오. 옥자 동무는 이곳에 남아서 공부를 계속하고 훌륭한 지도자가 되시오."

"……"

"어떻소? 여기 남겠소?"

혼자 이곳에 남는다? 부대는 남조선으로 내려가고?

"싫습니다!"

그녀는 단호하게 대답했다. 낙동강에서 선이 떨어진 남편도 남편이려니와 지금까지 함께 동고동락해온 부대와 떨어진다는 것은 상상할 수 없는 일이었다. 죽음이 그들을 갈라놓는다면 몰라도. 남아서 공부를 하라는 것이 강력한 유혹이긴 했지만 그것은 해방된 후에라도 얼마든지 할 수 있는

238

일이었다.

"동무 건강상 남조선에 가더라도 유격투쟁을 할 수 있겠소?"

"할 수 있습니다."

"잘 생각해보시오. 이제 겨울이오. 이 혹한에 건강이 그래 가지고 살아남을 수 있겠소?"

"죽더라도 부대와 함께 가서 죽을 것입니다. 저 혼자 떨어질 수는 없습니다."

"허, 고집도 참. 옥자 동무의 의사가 정 그렇다면 더 이상 강요하지는 않을 테니 오늘 밤 시간을 두고 다시 한번 생각해보시오."

숙소로 돌아와 있는데 이번에는 이현상의 호출이었다. 그새 박종하가 보고를 한 모양이었다. 이현상은 승리사단 정치위원 유주목과 같이 있었다.

"그래, 기어이 부대를 따라가겠소?"

"예!"

"다시 한번 생각해보시오. 옥자 동무는 공부를 하는 게 소원이라고 하지 않았소?"

"공부는 해방되고 나서 해도 됩니다. 여기까지 고생하며 함께 왔는데 저만 편하게 남아 있을 수 없습니다."

"지금까지 투쟁한 것만으로도 조국은 동무의 헌신적인 애국심을 충분히 인정할 것이오. 건강도 좋지 않으니 여기 남도록 하시오!"

"제가 짐이 되어서 그러십니까? 짐 안 되게 하겠습니다. 부대와 같이 가게 해주십시오. 저도 동지들과 함께 싸우고 싶습니다."

구빨치 중의 누구라도 혼자 남으라는 제의를 받았다면 그녀와 똑같이 반응했을 것이다. 혼자 살아남는다는 것은 그들 모두에게 상상도 할 수 없는 일이었다. 조국을 위해 싸우다 동지들 곁에서 죽는 것, 이것이 그들의 유일한 목표이자 유일한 꿈이었다.

다음날(14일이나 15일) 새벽 비상이 걸렸다. 곧바로 아침을 먹고 희뿌옇게 밝아오는 새벽 들판에 9백여 명의 전 대원이 줄지어 섰다. 이현상과 박종하의 연설이 끝나고 나자 붉은 태양이 환하게 솟아올랐다. 부대는 곧 왔던 길을 되짚어 남쪽을 향해 난생 처음이자 마지막이 될 북조선 땅을 벗어나기 시작했다. 그들 뒤로는 수십 마리의 황소가 부대가 먹을 식량을 싣고 뒤따랐다.

평강을 지나 철원, 화천, 양구를 가로질러 오대산을 탔는데 중부지역은 완전히 공백상태나 다름없었다. 기동로에는 미군의 보급행렬이 줄을 잇고 있었지만 큰 전투 한 번 없이 남부군은 진부령에 도착했다. 멀리 넘실거리는 동해바다가 바라보였다. 이곳에서 진부지서를 습격, 점령한 남부군은 그날 나팔을 불며 돌격했었는데 그 후로 나팔만 불고 공격하면 적들이 혼비백산 도망치기 바쁠 정도였다. 이곳에서 남부군은 태백산맥을 버리고 소백산으로 향했다.

50년도 저물어가고 있었다. 거의 매일 눈보라가 휘몰아쳤다. 눈보라가 그치고 눈 쌓인 산 위로 달이 뜨면 이루 말할 수 없이 아름다웠다. 달빛에 반짝이는 은백색 산맥으로 남부군의 긴 행렬이 이어졌다.

박종하의 장난기는 멈추는 법이 없어 걸핏하면 그녀를 불렀다.

"어이, 옥자 동무. 이리 와봐!"

또 무슨 장난을 치려나 싶어 그녀가 미적거리고 있으면 문화지도원 최영애가 그녀의 팔을 잡아끌었다.

"같이 가 봐요. 오라잖아."

최영애는 박종하의 애인으로 소문나 있었다. 구빨치 시절부터 남부군에서는 남녀문제를 엄격히 통제했다. 그런 문제가 생길 때마다 간부회의에 부쳐 대책을 논의하고 전체토론에 부칠 정도였는데 이상하게 박종하와 최영애의 연애는 남부군 내 최초의 연애여서인지, 아니면 연애를 해도 별 문제가 없어서인지 모두 다 아는 사실인데도 별 문제 없이 지나갔다. 연애라고 해도 빨치산의 연애는 바깥세상의 연애와 전혀 달랐다. 그저 가슴에나 품고 서로 따뜻한 말 몇 마디 나누는 것 외에는 더 이상 꿈꿀 수도 없고 꿈꾸지도 않았다. 연애를 할 만큼 한가한 상황도 아니었지만 워낙 많은 사람들이 부대끼다 보니 그 후로도 가끔 연애사건이 생기곤 했다. 남모르게 연애를 할 수도 있었으련만 박종하의 성격이 워낙 소탈하고 솔직하다 보니 그런 감정을 애써 숨기지도 않았다. 최영애는 이화학당에서 성악을 전공한 인텔리로 활달하고 붙임성이 좋았다. 최영애는 얼마 후 속리산에서 덕유산으로 향하던 도중 부상으로 낙오되었는데 다음 날 대원들이 데리러 갔을 때는 이미 그 자리에 없었다. 죽었다면 시체라도 남아 있으련만 흔적도 없었던 걸 보면 지금쯤 어딘가에서 소리 없이 살아가고 있을지도 모른다.

"옥자 동무. 지금부터 내가 하는 대로 따라 해봐요. 자, 달도 밝습니다 그려."

박종하는 밑도 끝도 없이 달도 밝습니다그려, 하는 신파조의 대사를 따라 하라며 간드러지는 목소리로 자기가 먼저 읊어대는 것이었다. 그녀가 피식 웃고만 있으면 최영애가 불쑥 나섰다.

"제가 할게요, 참모장 동무. 달도 밝습니다그려."

"아이가. 예쁘잖은 며느리, 달밤에 삿갓 쓰고 나서네. 옥자 동무 보고 하랬지 누가 영애 동무한테 시켰나."

박종하의 채근에 못 이겨 할 수 없이 무뚝뚝하게 한 번 따라 했다.

241

"달도 밝습니다그려."

"먼 여자가 그래? 참말로 옥자 동무 데리고 산 걸 보면 윤호가 용하다니까. 좀더 부드럽게 시 읊듯이 할 수 없어요? 나랑 영애 동무랑 한번 시범을 보일 테니까 잘 듣고 따라 해봐요! 영애 동무 해봐!"

"달도 밝습니다그려."

최영애는 날름 박종하가 시킨 대사를 그럴듯하게 읊었다.

"보름달잉께 밝지."

박종하가 무뚝뚝한 남자 목소리로 말을 받았다.

"가시걸랑 종종 편지나 해주세요."

"글을 알아야제."

연극대사를 읊듯 간드러지는 여자와 무뚝뚝한 남자의 이별 장면을 흉내내면서 그들은 흰 눈밭 위에 발자국을 남기며 끊임없이 걸어갔다. 정말 달도 밝은 밤이었다.

"영애 동무, 노래나 한 곡 해봐. 〈승리의 새해〉를 불러보지. 오늘이 새해 첫날인데."

그러고 보니 1951년 1월 1일 아침이 밝아오고 있었다. 최영애가 한 소절을 부르자 주위에서 하나둘씩 따라 부르기 시작하더니 나지막한 합창이됐다.

눈보라 치는 산상에서 승리의 새해를 맞아
원수와 싸움 싸움에 기억이 새로워라
조국에 바친 이 몸, 인민에 바친 이 몸
최후의 승리를 향해 용감히 선두에 있어라

승리의 새해가 밝았다면 얼마나 행복했으랴. 그 새해 뒤로 참담한 내리막길이 기다리고 있다는 것을 그들은 아직 몰랐다.

눈보라를 헤치고 소백산에 도착했다. 동남쪽으로는 경북 영풍군, 남쪽으로는 예천군이 있고, 남서쪽으로는 문경군 새재와 죽령을 통과하는 국도가 있어 후방을 교란하는 유격투쟁에는 더없이 좋은 곳이었다. 본격적인 전투가 시작되었다. 소백산 주위를 여기저기 돌아다니며 남부군은 한 달여간 수많은 전과를 올렸다. 단양경찰서와 문경경찰서 습격, 문경에 있는 미군부대 습격, 수안보를 중심으로 한 주요 도로 매복, 기습투쟁, 영풍 미군부대 습격, 기동로인 죽령 국도 열흘가량 차단 등으로 남부군은 자신의 임무대로 후방의 미군에게 막대한 타격을 입혔다.

양봉순이 낙동강 시절에 갈고 닦은 전투실력을 유감없이 발휘해서 미군의 탱크를 까고 부대에 이름을 날리기 시작한 것도 바로 이 소백산 죽령 전투에서였다. 고장이 났는지 탱크 한 대가 따로 떨어져 미군들이 들락거리고 있는데 양봉순이 자기가 처리하겠다며 소리도 없이 가까이 접근해서 탱크 위로 뛰어올라 뚜껑을 열고 수류탄을 까 넣은 것이다. 지리산에 있을 때만 해도 아직 신참이었던 양봉순은 낙동강 시절을 거치며 남자보다 더 용감하고 탁월한 전사로 성장해 그 뒤로는 남자 대원들도 양봉순에게는 꼼짝을 못할 정도가 되었다.

영풍 미군부대를 습격했을 때는 무기, 실탄, 군수품 등을 다량으로 노획하여 9백여 명의 전 대원이 미제 무장을 갖추고 국방군복으로 바꿔 입었다. 뿐만 아니라 적군을 상당수 포로로 잡았다가 돌려보냈는데 그 중 몇 사람은 타락할 대로 타락한 국방군에 더 이상 못 있겠다며 함께 있게 해달라고 해서 부대에 합류시키기도 했다. 그때까지만 해도 긴 머리를 틀어 올리던 여자들이 남자들과 똑같이 하이칼라 머리를 하게 된 것도 이 부근에서였다. 미군이나 국방군이 망원경으로 여자가 있다는 것만 확인하면 만만하게 보고 끈질기게 달려든 까닭이었다. 전투부대장들의 강력한 건의로 그녀가 앞장서서 머리를 잘랐다. 시집가기 싫다고도 머리를 잘랐었는데 망설일 이유가 없었다.

"아따, 인물이 훤하네. 그러고 보니 옥자 동무도 미인이구만, 또 미인 되고 싶은 여성 동무 없어?"

남자처럼 하이칼라 머리를 하고 난 그녀를 보더니 박종하가 멋있다며 다른 여자들을 부추겼다.

"저도 깎을랍니다."

양봉순이 그녀의 뒤를 이어 머리를 깎자 다른 여성 동지들도 거의 다 머리를 깎았다. 머리통이 좀 허전하긴 했지만 머리가 짧으니 편한 게 한두 가지가 아니었다. 숲속을 다닐 때도 머리가 길면 나뭇가지에 걸리고 엉켜서 이만저만한 고생이 아니었는데 그럴 염려도 없었다.

소백산 지역에서 몇 번 당하고 난 적들은 비행기를 총동원하여 네이팜탄까지 투하했다. 땅 위의 적이야 맞붙어 싸우면 되지만 비행기 공습은 당할 도리가 없었다. 남부군은 다시 소백산을 버리고 속리산으로 향했다. 눈이 한 길 높이로 쌓인 산중에서 검푸른 미군복은 한밤중에도 선명하게 눈에 띄었다. 군복 위에 흰 천으로 만든 두루마기—말이 두루마기지 제대로 옷을 지어 입을 여유가 없으니 앞뒤만 간신히 구별할 수 있을 정도로 대충 형태만 갖춰 꿰맸을 뿐이었다—를 걸쳐 입고 그들은 어둠을 이용해 눈 쌓인 산맥을 타고 계속 남하했다. 비행기의 공습은 끊임없이 이들을 쫓아왔고 이 무렵부터 재귀열 환자가 하나둘씩 생겨나기 시작했다. 처음에는 과로를 해서 염병(장티푸스)에 걸린 줄 알았으나, 나중에 평양 중앙방송을 듣고서야 미군의 세균 살포로 인한 것이고 병명도 염병이 아니라 그와 비숫한 재귀열이라는 것을 알았다. 재귀열이 퍼진 것은 남부군뿐만이 아니었다. 남쪽의 전남도당도 재귀열로 엄청난 희생자를 냈고, 거의 같은 시기에 북쪽에서도 재귀열이 창궐해 환자들이 속출했다. 남부군에서도 날이 갈수록 환자가 늘어났다. 살을 엘 듯한 추위 속에서 환자를 들것에 싣거나 둘러메고 혹은 부축한 채 부대는 계속 남쪽을 향했다. 워낙 환자가 많아지니 나중에는 40도가 넘는 고열에 시달리며 나무꼬챙이처럼 마른 환자들이 혼자 힘으로 걸을 수밖에 없었다. 군인 코트를 걸쳐 입고 호주머니에 손을 찌른 채 힘없이 비틀거리며 남부군은 2월 초 간신히 속리산에 도착했다.

부대의 절반 정도가 환자여서 전투는 생각할 수가 없었다. 속리산 제일 깊숙한 골짜기에 환자들을 격리시켜 놓고 남부군은 보급투쟁과 약품 확보에 주력했다. 적의 이목을 분산시키기 위해서 남부군은 성한 사람들만 뽑아 다시 부대를 편성하고 이진범, 김흥복, 김금일, 손관일, 임현태, 정정기, 고현석 등에게 각각 50여 명의 대원을 배당했다. 48년 이래 백전불굴이었던 이 노장들은 각자 보은, 옥천, 괴산, 문경, 상주, 의성 등 여섯 개 군을 휩쓸고 다니며 적의 시선이 환자들이 있는 속리산에 미치지 못하도록 위장하고 적의 후방병력 주둔지와 경찰서 등을 습격하여 적들을 종횡무진 교란시키고 다녔다.

환자들은 따로 환자 트에서 의무요원들과 함께 머물렀고, 그녀가 속해 있는 본부는 이현상 호위대와 함께 속리산 속능선을 이리저리 옮겨 다니며 천막을 치고 생활하고 있었다. 2월 말쯤, 눈이 쌓인 산속은 한참 추울 때였다. 자기 전 천막 안에 불을 피우고 남은 숯불 위에 돌을 놓아 초저녁에는 제법 따뜻했지만 새벽까지 온기가 남아있을 리 없었다. 잔뜩 웅크린 채 새우잠을 자고 있는 그녀의 어깨를 누군가 조용히 흔들었다.

"옥자 동무, 추운데 그만 자고 일어나요. 나가서 불을 쬡시다."

이현상의 비서(문서 담당, 나중에는 기요과장이라 함) 이준희였다. 광양 출신으로 그녀와 나이가 비슷한 이준희는 광양군당 위원장을 지낸 이봉옥의 동생이었다. 이준희와 함께 밖으로 나왔더니 사방은 아직 캄캄한 어둠에 묻혀 있는데 취사대원들이 분주하게 아침을 준비하고 있었고, 추위에 잠이 깬 몇몇 정치부 식구들이 식사준비를 거들며 솥 옆에서 불을 쬐고 있었다. 솥 주위에 둥그렇게 앉아 있는 사람들 사이로 끼어들었다. 보글보글 밥 끓는 소리가 정겹게 들려오고 나지막이 주고받는 사람들 정담 속에서 어둠에 휩싸인 산도 서서히 깨어나기 시작했다.

갑자기 요의가 느껴졌다. 기껏 따뜻하게 풀린 몸을 다시 얼리기 싫었지만 웬일인지 도저히 참을 수가 없었다. 참을 때까지 참는 훈련이 잘돼 있는 그녀였는데 그날따라 왜 그렇게 급했는지 알 수가 없다. 별 수 없이 취사장과 제법 멀리 떨어진 눈밭을 헤집고 들어가 막 일을 보려는 순간이었다. 그녀의 머리 바로 위로 쉬쉬쉿! 하는 이상한 소리가 들리더니 잠시 후 산을 뒤흔드는 폭음과 함께 처절한 비명소리가 들려왔다. 허겁지겁 달려갔더니 밥하는 불빛을 보고 쏜 것인지 포탄이 바로 솥 위로 떨어져 주변에 앉아 있던 사람들이 걸레조각이 되어있었다. 그녀 옆에 앉아있던 이준희도 형체를 알아볼 수 없을 정도였다. 방금 전까지 그녀와 얘기를 나누던 사람인데. 전쟁터에서 죽음의 비애를 되씹는다는 것은 한낱 사치에 불과했다. 곧바로 적의 공습이 시작됐다. 중상을 입은 이창례를 들것에 싣고 갈 겨를도 없이 주변의 한적한 곳에 옮겨놓고 부랴부랴 자리를 떴다. 다음날 이창례를 데리러 갔을 때 이창례는 눈 위에 붉은 피를 물들이고 그 핏빛 눈을 이불 삼아 숨져있었다. 속리산까지 오면서 전투에서도 별 희생을 내지 않았던 남부군인데 그날 새벽의 어이없는 기습으로 여섯 명이 숨졌다. 허망한 죽음이었다.

　수많은 재귀열 환자들이 죽은 채 시체로 실려 나갔고, 날마다 더 많은 환자가 생겨났다. 박종하가 부대를 이끌고 이곳저곳을 돌아다니며 약품을 보급해왔지만 아스피린이 최고의 약이었다. 이가 병을 옮기고 다닌다는 것을 알기야 했지만 도대체 이를 근절시킬 방법이 없었다. 추위에 떨며 끙끙거리고 있는 환자들의 옷을 벗겨 활활 타오르는 모닥불 위에서 탈탈 털면 후두두둑 이 타는 소리가 요란했다. 어디서 그렇게 많은 이가 생기는지 날마다 옷을 털어도 날마다 그만큼씩 또 이가 생겼다. 게다가 재귀열은 한 번으로 그치는 게 아니었다. 몸조리를 조금만 잘못 했다가는 두 탕, 세 탕, 심지어는 다섯 탕을 하는 사람들도 있었다. 병이 나을 때쯤이면 환자들 모두 배가 고파서 눈에 불을 켜고 먹을 것을 찾았다. 그렇게 입맛이 당긴다는 것이었다. 그러나 입맛이 당기는 대로 먹어댔다가는 영락없이 재발하는 바람에 식량이 충분했더라도 환자가 원하는 대로 줄 수가 없었고 식량이 충분할 리도 없었다. 먹을 게 없으면 환자들은 총을 지팡이 삼아 비틀거리고 다니며 나무껍질을 벗겨 먹는 등 닥치는 대로 먹어치웠다.

　인민여단의 참모장 김태규도 재귀열을 다섯 탕이나 앓았다. 마지막 다섯 탕을 앓을 때는 도저히 가망이 없다고 다들 포기하고 말았다. 그러나 사람의 운명이란 참으로 알 수 없는 것이다. 소백산을 지나자마자 재귀열에 걸린 김태규를 업고 부축해서 속리산까지 데려온 인민여단 정치주임 녹 동무가 용변을 보러 부대와 조금 떨어진 숲 속으로 들어갔다가 막 겨울잠에서 깨어나 세상에 나온 뱀 한 마리를 발견했다. 그때까지 뱀을 먹은 적은 없었지만 혹시 저걸 먹으면 김태규가 나을지도 모른다는 생각에 용변을 보던 채로 녹 동무는 주변의 돌을 하나 주워 던졌다. 한 번에 정통으로 맞았다. 엉거주춤하게 앉은 상태로 한 번 만에 뱀을 맞추기가 결코 쉬운 일이 아닌데 묘한 우연이었다. 그때 김태규는 의식을 잃고 거의 죽어가고 있었다. 뱀 껍질을 벗긴 후 녹 동무는 김태규를 흔들어 깨웠다.

"태규 동무! 살려면 이거 좀 먹어봐!"

의식을 잃고 있던 김태규는 녹 동무가 먹여주는 뱀을 비몽사몽간에 우물우물 씹어 삼켰다. 그 뱀고기를 먹고 김태규는 오랜 병에서 회복되었다. 그 다음부터 녹 동무는 대원들을 시켜 뱀을 잡게 하여 배낭에 넣어가지고 다니면서 환자들에게 뱀을 먹이기 시작했다. 뱀이 정말 효험이 있는 것인지 아무튼 뱀을 먹은 환자들은 더 이상 재발하지 않고 거뜬하게 나았다. 정치일꾼들은 죽은 동지들의 시체를 매장하고 그 위치와 사망날짜를 꼼꼼하게 기록했다. 얼마나 많이 죽어나갔는지 시체를 매장하는 것만도 힘이 벅차 같이 앓아누울 정도였다. 재귀열로 사망한 숫자를 아무도 정확하게 기억하지는 못했지만 최소한 백 명 이상이 죽었을 거라고 한다. 죽은 동지들의 이름과 매장장소를 적었던 기록만 남아있어도 좋으련만 문서를 비장했던 장소도 이제는 모두 잊어버렸고, 설사 장소를 기억하더라도 오랜 세월의 풍화에 남아있기나 하려는지…….

아무튼 그렇게 많은 사람들이 재귀열에 걸렸는데도 용케 그녀는 병에 걸리지 않았다. 덩치 좋고 건강하던 김태규까지 병에 걸릴 정도인데 밥 한 끼 제대로 못 먹고 비리비리하던 그녀는 멀쩡했던 것이다. 그녀뿐만이 아니고 구빨치 중에서는 병에 걸린 사람이 드물었다. 환자 옆에서 같이 먹고 자고 환자들의 시체를 치우고 했는데도 전염되지 않은 것이다. 구빨치들은 자기들이 이제 사람이 아니라 완전히 야생동물화 돼서 그런 모양이라고 입을 모았다.

봄이 되자 기세를 떨치던 재귀열도 차츰 가라앉기 시작했다. 이미 백 명이 넘는 희생자가 났고, 살아남았다 하더라도 몇 탕씩 재귀열을 앓고 거의 폐인이 된 대원들이 많았다.

야산에 봄빛이 무르익은 어느 날 그녀는 박종하가 이끄는 보급투쟁에 따라나섰다. 보급투쟁이라고 무조건 식량을 약탈해오는 것이 아니었다. 보급투쟁에는 항상 정치일꾼들이 따라가 정세를 설명하기도 하고 유격투쟁의 의의와 보급투쟁의 필요성을 설명해서 어차피 내놓을 식량이라 하더라도 최대한 주민들의 동의를 구하고 보급투쟁을 납득시켰다. 속리산 주변의 어느 마을이었다. 부대가 마을을 포위하고 있는 사이에 그녀도 전투대원을 몇 데리고 살림살이가 괜찮아 보이는 어느 집으로 들어갔다. 제법 윤기가 도는 살림 같은데 주인여자가 내일 먹을 식량도 없다고 딱 잡아뗐다.

"우리는 미제로부터 우리 민족을 해방시키기 위해 투쟁하는 남조선 인민유격대입니다. 억지로 뺏겠다는 것이 아니고 해방되면 다 갚을 겁니다. 조국을 해방시키기 위해 서로 도와야 하지 않겠습니까? 아주머니야 어디서든 식량을 구할 수가 있지만 보시다시피 저희는 빨치산으로 아주머니가 도와주지 않으면 당장 굶어야 합니다……."

아무리 설명을 해도 여자는 막무가내였다. 은근히 부아가 치밀었다. 형편이 좋지 않은 집이라면 들어오라고 해도 들어가지 않는 것이 남부군의 보급원칙이고, 그녀 역시 보급투쟁 나갈 때마다 부잣집에서 그릇 하나라도 가져다 가난한 집 문 안으로 들여 주곤 했었다. 충분히 살 만한 집이 분명한데 여자가 딱 잡아떼는 것이었다.

"아주머니, 그럼 우리가 집을 뒤져서 나오면 다 가져가도 좋습니까? 그때 가서 딴 말씀 마시고 알아서 조금만 나눠주십시오."

"아이고, 뒤지든 말든 알아서 해요! 우리는 내일 끼니도 없으니까."

부대원들과 함께 그녀는 집안을 샅샅이 뒤지기 시작했다. 살림을 살아

본 여자라 그녀의 직감이 남자보다 빨랐던 것일까? 남자들은 부엌으로 들어가서 쌀독을 뒤지느라 난린데 그녀는 우연히 장독대로 돌아가 보았다. 여자가 그렇게 잡아뗄 정도면 허술하게 숨겼을 것 같지 않아서였다. 장독대에 웬 떡시루가 뒤집어진 채 놓여있기에 어쩐지 이상해서 들춰보았더니 아니나 다를까. 떡시루 안에 커다란 장독이 파묻혀 있고 쌀이 가득 들어있었다. 그녀는 정신없이 배낭을 내려 쌀을 퍼 담았다. 진작 없으니 이것만 가져가라고 한두 되를 내놓았더라면 그것으로 끝났을 텐데 없다고 잡아뗴다 몇 말을 손해 보는 것이었다. 정신없이 쌀을 퍼 담고 있는데 멀리서 퇴각을 알리는 마지막 신호가 들려왔다. 먼젓번 신호를 듣지 못한 것이다. 허겁지겁 일어나서 배낭을 짊어지고 부엌을 통과해 나오려는데 누군가 등 뒤에서 그녀를 딱 붙잡았다. 억센 남자의 힘이었다. 그녀는 엉겁결에 앞에 메고 있던 총의 방아쇠를 당겼다. 등 뒤에 있는 사람이 총에 맞을 리도 없건만 갑자기 총성이 울리자 놀라서 그녀를 놓고 뒤로 주춤 물러섰다. 그 틈에 그녀는 무거운 배낭을 짊어진 채 마구 집결장소로 달렸다. 대원들은 이미 다 모여서 출발하려는 찰나였다. 그녀가 도착하자 다들 반가워서 환호성을 올렸다. 총소리가 나기에 죽은 줄 알았다는 것이다.

"옥자 동무! 개밥 됐는 줄 알았더니 명이 길구만."

윤호에게 맞아 죽을까봐 걱정을 태산같이 했는데 살아 돌아와 다행이라며 박종하는 그녀의 무거운 배낭을 빼앗아 들고 환하게 웃었다.

4월 20일경, 각 군으로 나가 투쟁 중이던 부대가 전원 집결했다. 오랜만에 전 부대가 속리산에 모여 며칠간 휴식을 취하며, 그 무렵 선이 닿은 충북 유격대의 안내로 청주 해방작전을 준비했다. 나중에 남부군에서 대단한 활약을 한 문춘이 바로 이때 충북 유격대에 있다가 남부군에 합류했다. 청주 지리에 밝은 충북 유격대원 중 한 사람을 안내자로 데리고 김홍복이 단독으로 청주시를 정찰하고 왔다. 김흥복은 여수 14연대의 사병 출신으로 그때 나이가 스물서너 살쯤 된 아직 어린 청년이었는데 유난히 크고 둥근 눈이 인상적이었다. 앳된 얼굴에 몸동작이 민첩하고 날쌘 김흥복은 어린 나이에도 불구하고 탁월한 전투능력으로 여순사건 이래 이현상부대의 핵심 지휘관이었다. 김흥복만이 아니고 당시 남부군의 주요 지휘자들 대부분이 스무 살이 겨우 넘거나 스물다섯 안팎의 젊은이들이었다. 박종하도 그때 겨우 스물다섯의 청년이었다.

51년 4월 말경 남부군은 아직 치유되지 않은 환자를 제외하고는 전원이 청주 해방작전에 동원되었다. 속리산에서 청주까지는 꼬박 이틀간의 행군거리였다. 주공격부대와 퇴각로 보장부대로 나눠서 각자 출발했는데 주공격부대는 박종하의 직접 지휘하에 이진범, 김흥복, 김금일, 손관일 등 맹호 같은 지휘자만 골라 5명을 1개 조로 한 총 48명의 결사대였다. 박종하는 충북 방위군사령부를 담당하고 김흥복은 청주경찰서, 손관일은 미 CAC 본부, 이진범은 청주형무소, 나머지 조는 은행을 점령하기로 하고 치밀한 작전계획을 수립했다.

결사대는 박종하의 지휘하에 청주 부근까지 접근해 야산에서 하루를 보내고 어두워지자 쏜살같이 청주시내로 돌입했다. 그리고는 각 기관 책임자들이 회의 중이어서 방어가 허술한 무방비상태의 청주시를 일순간에 점령했다. 남부군은 적의 차량 수십 대를 동원해 형무소에 수감되어 있던 4백여 명의 좌익수와 전리품을 실은 다음 유유히 예비대가 대기하고 있는 장소에 가서 자동차를 모두 소각한 뒤 전리품만 가지고 그날 밤중으로 무사히 속리산에 도착했다. 남한 내의 유격대로서 도청소재지를 점령한 것은 이것이 최초이자 마지막이었다. 청주작전이 끝난 직후 평양 중앙방송에서는 어떻게 해서 그렇게 빨리 정보를 입수했는지 남부군의 승리를 치하하고 작전을 승리로 이끈 박종하와 김홍복에게 영웅 칭호를 내린다는 방송을 내보냈다. 이때 청주형무소에서 탈옥한 좌익수들은 심한 영양실조에 걸려 발빠른 남부군의 행군을 따라붙지 못해 낙오되어 다시 수감되기도 했고 일부는 남부군에 편입해 최후까지 용감하게 싸우다 전사했다. 특히 청주 출신의 양(楊) 모라는 사람은 나중에 남부군 대대장까지 지내다 대성골전투에서 포로로 잡혀 광주형무소 교수대에서 이슬로 사라졌다.

청주 해방작전에서 은행을 점령하여 상당한 화폐를 획득한 남부군은 이후 보급투쟁 시 그 돈을 쌀과 맞바꿔 미안함을 덜기도 했다. 부대본부와 함께 속리산에 남아 있던 그녀는 작전이 끝나고 돌아온 한 부대의 부대원이 소시민적인 개인주의라고 해서 심하게 질책당하는 것을 보았다. 청주에서 뭔가를 구한 대원이 그걸 보고하지 않은 모양이었다. 지금 생각하자면 그 정도 사소한 걸 가지고 뭘 그렇게 난리였을까 싶지만 당시에는 그게 아니었다. 보급투쟁을 나간 부대가 혹 신발이나 옷가지를 구해오는 경우도 있었지만 자기가 구했다고 해서 자기가 그걸 가지는 경우는 거의 없었다. 신발 한 짝이라도 다 보고하고 부대 안에서 가장 발이 안 좋은 대원에게 그 신발을 주는 것이 남부군의 사업작풍이었다. 그 정도의 동지애가 아니었다면, 언제라도 뒷주머니에 자기 것을 챙기는 요즘의 세태대로였다면, 그 혹독한 조건 속에서 이탈하지 않고 어떻게 싸울 수 있었겠는가.

이 무렵 주전선은 원주, 평택 선에 머문 채 장기전으로 접어들고 있었다. 중국군이 합세하여 다시 죽 밀고 내려오리라고 생각했던 남부군은 더 이상 전선이 내려오지 않자 속리산 부근에서 맴돌며 후방교란 작전에 주력했다. 전선이 움직이질 않으니 남부군만 계속 남하할 수가 없었던 것이다.

청주작전 이후 남부군은 다시 충북, 경북으로 분산되어 제2전선에 집결한 미군과 국방군의 주둔지를 기습하고 군용도로를 습격하여 유격대의 임무를 훌륭하게 수행했다.

속리산까지 내려오는 동안 전투에서 큰 희생자가 나지는 않았지만 수많은 전투를 치르는 동안 알게 모르게 한두 사람씩 희생자가 생겨났고 무엇보다 재귀열로 인한 희생이 너무 컸다. 후평을 출발할 때 860여 명에 달했던 인원 중에 실제 전투가 가능한 대원은 절반이 조금 넘을 정도였다. 게다가 청주작전 후 국군과 경찰의 반격이 시작되었다. 미 공군의 공중폭격으로 더 이상 속리산에서 버틸 수가 없게 되자 남부군은 석 달여간 활약하던 무대를 버리고 아직 회복되지 않은 환자들과 그들을 보살필 의무요원, 보급요원 등 총 50여 명을 속리산에 남겨놓은 채 눈물을 머금고 다시 남진을 시작했다. 무슨 까닭에서인지 남부군들이 '관평 시절'이라고 불렀던 속리산에서의 석 달은 재귀열 환자들 때문에 가슴 아프긴 했으나, 이후로는 다시 오지 않을 남부군의 가장 화려한 시절이었다.

15_
남부군의 고향 지리산으로

속리산을 출발하여 백화산을 지나고 추풍령고개를 넘고 황학산을 거쳐 민주지산에 도착한 것은 아카시아 꽃내음이 향긋한 5월 중순이었다. 경상, 충청, 전라 3도의 접경지점인 민주지산에는 진달래가 지고 철쭉이 한창이었다. 덕유산 동북쪽에 자리 잡은 민주지산은 그리 높지 않은 산이지만 숲이 좋고 산세도 좋은데다 바로 앞에는 무주, 서쪽으로는 금산, 영동, 옥천, 동쪽으로는 금릉과 상주를 끼고 있으며 경부선 철도가 지나는 곳으로 적의 후방을 교란하는 데는 최고의 조건을 갖고 있었다. 남부군은 여독을 풀새도 없이 몇 개의 부대로 나눠 부근의 미군, 국군 주둔지와 경부선 철도 등을 습격하며 십여 일을 보냈다. 전투마다 승승장구 단 한 번의 패배도 없었다. 따뜻한 날씨 덕분인지 그동안 재귀열 환자들이 상당히 회복되어 남부군은 또다시 남쪽으로 이동했다. 여기서 인민여단과 혁명지대 두 부대를 묶어 연합부대라 하고 수도산을 거쳐 가야산 정면으로 진출하여 성주, 고령, 달성, 창녕, 합천 등지의 후방교란 투쟁을 전개하도록 했다. 승리사단과 본부는 연합부대가 출발한 다음날 덕유산으로 향했다. 연합부대와 승리사단은 두 달 후 덕유산 밑의 기백산에서 합류하게 된다.

민주지산을 떠난 승리사단은 지경령에서 207부대와 충돌, 청주 해방작전 이후 최대의 전과를 올리고 여기에서 노획한 무기로 그때까지 무장이 변변찮았던 충북 유격대를 완전히 무장시키고 나머지는 부근에 비장해 두었다가 전북에서 보충된 60여 명의 병력까지 완전무장시켰다. 그 후로 207부대나 203부대는 남부군이란 말만 들어도 전의를 상실하고 싸움을 피해갈 정도였다.

지경령작전을 성공리에 마친 승리사단과 본부는 덕유산 송치골에 거점을 마련하고 상당 기간 체류하게 되었다. 남한에서의 유격투쟁을 포기하고 북상하던 길에 덕유산에서 6.25 소식을 접하고는 그 후 꼭 일 년 만에 다시 돌아온 것이다. 후평에서 덕유산까지 참으로 먼 길이었다. 그때까지만 해도 남부군의 누구 하나 다시 지리산으로 돌아가 자신들의 삶을 거기서 마감하리라고는 생각하지 못했다.

덕유산에서 한 달쯤 지난 어느 날 이현상과 이현상의 호위부대, 중요 간부 50여 명은 어디로 간단 말도 없이 송치골에서 사라졌다. 이현상은 떠나기 전날 밤 조용히 그녀를 불렀다. 이미 여름이었지만 지난겨울 내내 눈밭을 뒹굴던 바로 그 미제 군복 차림이었다. 그렇다고 남루한 인상은 아니었고 오히려 고통스런 세월의 풍화가 적당하게 스며든 백전불굴의 노장 같은 모습이었다.

"나는 내일부터 당분간 부대를 떠나 있을 것이오. 옥자 동무가 책임지고 참모장을 잘 보필해주시오. 꼭 부탁하오!"

먼 길을 떠나는 아버지처럼 박종하를 잘 부탁한다는 것이었다. 그만큼 박종하가 소중하기 때문이었겠지만, 그녀는 결국 이현상과의 약속을 지키지 못하고 말았다.

다음날 핵심 간부들이 대부분 떠나버리고 나자 본부가 너무 썰렁해 그녀도 승리사단과 함께 행동하게 되었다. 한참 지난 후에야 이현상이 지리산에 먼저 가 있고 남부군 역시 지리산으로 들어갈 계획임을 그녀도 알게

255

되었다. 지리산으로 간다는 것도 당시에는 마지막 보루로 생각한 것이 아니었다. 그때만 해도 남부군이 승승장구하고 있을 때였고 전선의 상황 역시 절망적인 것은 아니어서 지리산으로 간다는 것은 후방교란 투쟁을 장기적으로 할 수 있는 거점을 찾아간다는 것일 뿐이었다. 48년부터 지리산을 무대로 싸워왔던 구빨치에게는 고향을 찾아가는 것과 같은 설렘도 있었을 것이다.

7월 초순경 승리사단은 송치골을 떠나 육십령고개에 도착해 전북 부대의 보충병 60여 명을 인수받았다. 이 육십령고개는 50년 7월 대전 전선지도부에서 낙동강 도하를 명령받고 해방 소식에 기세등등해서 낙동강을 향해 갈 때 들렀던 곳이었다. 그때는 제대로 싸워보지도 못하고 전쟁이 끝날까 노심초사 쏜살같이 달리던 길이었다. 태백산맥을 거슬러 올라갔다가 다시 소백산맥을 타면서 남부군은 지난 일 년을 보내온 것이다.

승리사단은 육십령고개의 전북 어귀인 장수군 명덕분지를 기습공격했다. 명덕분지는 북쪽으로 덕유산 제2봉, 동남쪽은 천 미터의 소백산맥으로 둘러싸이고 서쪽에는 백화산이 있는 전형적인 산간마을인데 터가 넓어 마을도 제법 크고 인구도 많았다. 게다가 전주에서 거창으로 통하는 국도가 분지의 중앙을 가로지르고 전주로 빠지는 국도가 있어 교통의 요지일 뿐만 아니라 군사적으로도 중요한 지점이어서 상당한 병력이 주둔하고 있었다. 국도가 있어 적의 지원병이 몰려들 가능성이 높아 장기적인 해방구로 확보하긴 힘들더라도 당분간의 보급투쟁과 적을 교란하기에는 좋은 장소였다. 이 명덕전투 역시 박종하의 특징대로 새벽 기습작전이었다.

서서 생각하고 걸으면서 생각하는 사람이라고 이현상이 혀를 내두를 만큼 박종하는 두뇌회전이 빠른 사람이었다. 워낙 가만히 앉아 있지를 못하는 성질이기도 했지만 아무리 큰 전투라도 앉아서 오밀조밀 계획하고 고민하는 법이 없었다. 전투에 천부적인 재질이 있기도 했지만 박종하가 대부분의 전투에서 큰 성과를 얻을 수 있었던 것은 다름 아니라 적의 허를 찌르는 기습전술 때문이었다. 박종하가 전투에서 승리하는 첫 번째 비결은 완벽한 정보수집에 있었다. 전투를 치르기 전에 반드시 몸소 현장답사를 해서 적들의 동태와 지형을 정확하게 파악하고 난 뒤에야 부대를 끌고 들어갔고, 현장에 도착해서도 장시간 잠복하는 게 박종하 전투의 특징이었다. 어떤 때는 하루 스물네 시간을 꼬박 잠복해 있기도 했다. 순간을 포착하여 이길 자신이 있을 때만 과감하게 밀고 들어가는 것이다.

"에이, 오늘은 안 되겠어!"

그렇게 그만두고 돌아온 적도 한두 번이 아니었다. 그렇게 사전준비가 철저한 박종하의 전투는 또 오래 끄는 법이 없었다. 5분 내지 10분이면 대부분의 모든 전투가 끝났다. 그날의 명덕전투도 박종하다운 지휘로 눈 깜짝할 사이에 끝났다. 모든 보루가 5분 만에 점령된 것이다. 이날 수명의 경찰 사망자와 30여 명의 포로가 생겼는데 박종하는 전투에 희생된 경찰관들에게 수의를 만들어 입히고 관까지 어디선가 구해 정중하게 장례를 치러주었으며, 포로 역시 다시는 경찰 짓을 하지 않겠다는 각서를 받은 후 고향에 갈 여비까지 주어 모두 석방했다. 이날 전투에서 희생당한 경찰관의 부인은 남편이 적의 손에 죽었음에도 불구하고 잘생기고 너그러운 박종하에게 반해 며칠 뒤 부대가 철수할 때 기어이 따라오겠다며 나섰다가 박종하에게 욕을 먹고 눈물까지 흘리며 돌아섰다. 그 사건을 두고 박종하는 죽을 때까지 내내 "여자는 속이 없다"며 여성 대원들을 놀려먹기도 했다.

비록 사흘 동안이었지만 오랜만에 남부군은 민가에서 편히 잠을 자며 휴식을 취했다. 해방구라고 해도 주민들의 생활이 달라진 것은 아무것도 없었다. 작은 국민학교는 평소대로 수업을 진행했고, 벼가 무릎께까지 무성하게 자란 들판은 여름햇살을 받으며 더없이 평화로웠다. 그날 밤에 전부대원은 오랜만에 고깃국을 배불리 먹었다. 그동안 몇 달 동안이나 신발 한번 벗지 못하고 땅바닥에서 뒹굴다가 여름이라 불은 안 때지만 온돌방에 드러누우니 기분이 묘했다. 고향에 돌아온 것 같기도 하고 지난날들이 꿈결 같기도 했다. 남편은 어디에 있을까. 살아서 이 자리에 함께 있다면 얼마나 좋을까. 몸이 편한 탓인지 오랜만에 남편이 그리웠다.

"지도원 동무! 저 소리 들려요?"

곁에 누워 있던 박정애가 들뜬 목소리로 물었다. 가만히 귀를 기울이니 어느 집에선가 다듬이질 소리가 은은하게 들려오고 있었다. 전쟁의 와중에 한가로운 다듬이질 소리가 묘한 정취를 자아냈다.

"옛날 생각 나네요. 나두 다듬이질이라면 자신 있는데……."

옛날 이야기를 한다고 누가 뭐라는 것은 아니지만 빨치산들은 자기 과거 얘기나 사회에서 한 일 등의 얘기는 거의 하지 않았다. 고향사람이 아니라면 산에서 같이 생활한 것 외에 개인의 약력은 전혀 모르는 경우가 태반이었다. 사실 고향 생각이나 옛 생각이 날 겨를이 없었고, 그런 생각이 많다는 것은 바로 긴장이 해이해졌다는 증거이기도 했다. 박정애도 같은 구례 출신이고 절친하게 지내는 사이면서도 그녀와 과거생활을 얘기해본 적이 없었다. 어쨌든 이렇게 온돌방에 누워, 그것도 고향이 그리 멀지 않은 곳에서 오랜만에 다듬이질 소리를 듣고 있자니 아련한 생각 속으로 빠져 들어갔다. 박정애도 더 이상 말없이 몸을 뒤척이는 것이 두고 온 가족들을 생각하는지 몰랐다. 밤늦게야 겨우 설거지를 끝내고 들어와 다듬이질을 하고 있자면 남편 윤호가 어느새 그녀의 손에서 방망이를 빼앗아 서툰 솜씨로 다듬이질이 아니라 방망이질을 하듯이 휘두르곤 했다. 그때는 바라지도 않던 시집을 온 뒤라 남편의 다듬이질 소리가 정겹다기보다 짜증스럽기만 했는데……

"지도원 동무!"

누군가 방문 앞에서 그녀를 불렀다. 박종하의 연락병 박병주였다. 그녀가 광의면당에 있을 때 온 가족이 아들을 찾아 입산했던 바로 그 박춘산의 동생으로 아직 어린 소년인데다 행동이 민첩하고 영리해서 박병주는 온 부대의 귀여움을 독차지하고 있었다.

"참모장 동무가 오시랍니다."

박병주가 생글생글 웃고 있는 걸 보면 안 좋은 일은 아니고 또 무슨 장난을 치려는 게 분명했다. 그렇다고 안 가고 버티고 있다가는 밤새도록 부르러 올 판이라 별 수 없이 그녀는 박병주를 따라나섰다. 안내하는 대로 대청마루로 갔더니 도포를 입은 웬 노인네가 돗자리를 깔아놓고 긴 담뱃대를 두드리며 앉아있었다.

"어허, 우리 딸내미 오는가."

영락없는 늙은 영감의 목소린데 가만 보니 박종하였다. 그녀가 어이없어 웃고 있으려니 오랜만에 아비를 봤으면 큰절을 해야지 가만 있는다고 난리였다.

"쯔쯧. 저런 후레자식 같으니라고. 어디서 배워먹은 버릇인고. 냉큼 절 올리지 못할까!"

그 집 아이들까지 삥 둘러서서 웃고 난리였다. 그것이 그녀가 본 박종하의 마지막 장난이었다.

다음날 아침 명덕에서는 어제 풀려난 경찰 포로들의 주선으로 유례없는 빨치산과 경찰의 휴전회담이 벌어졌다. 빨치산 대표는 이북 출신의 승리사단 정치위원 이봉갑이었다. 명덕을 이쪽의 해방구로 인정해주면 당분간 경찰에 대한 공격을 금지할 테니 당분간 휴전협정을 맺자는 요구였지만, 사실은 시간을 벌어 보급품을 안전하게 후송하려는 계획이었다. 지원병력이 시급했던 경찰에서도 다음날 정오까지 단 하루의 휴전협정에 응했지만 정오가 되기도 전에 경찰의 공격이 시작됐다. 그러나 이미 보급품을 다 빼돌린 승리사단은 적의 대포 소리를 행진곡 삼아 단 한 사람의 희생자도 없이 유유히 퇴각했다.

덕유산에서 며칠 명덕전투의 피로를 푼 남부군 승리사단은 두 달 전에 헤어진 연합부대와 합류하기 위해 기백산으로 향했다. 기백산을 향하는 도중 백주에 함양군 서하지서를 습격해 점령하기도 하고 백전지서를 포위하기도 했다. 장수 백운산으로 가 장수군 계남면에 있는 경찰 주둔지를 기습공격하고는 기백산 중턱을 돌아 위천면 어느 이름 모를 골짜기에 도착한 승리사단은 작은 시냇물 옆 잡목숲에 숨어 연합부대를 기다렸다. 정확하게 약속시간이 되자 정찰대 몇 명이 나타나더니 잠시 후 150여 명의 연합부대가 일렬횡대로 열을 지나 나타났다. 반가운 얼굴들이었다. 재귀열을 다섯 탕이나 앓고 완전히 해골이 됐던 인민여단 참모장 김태규도 그 사이 많이 건강해져서 예전의 그 무뚝뚝하고 믿음직한 모습을 되찾고 있었다. 하룻밤에 백 리씩을 거뜬하게 날아다닌다고 해서 경남 일대에서 '비호동무'라고 소문났던 인민여단 정치주임 녹 동무도 언제나처럼 건장한 모습이었다. 혁명지대는 어찌된 일인지 보이지 않아 녹 동무에게 물었더니 충청도 출신인 그들은 자기 임무지로 갔다는 것이었다.

연합부대 역시 승리사단과 마찬가지로 자기들이 맡은 경남북지역 일대를 누비며 막대한 전과를 올렸다고 했다. 연합부대 중에는 처음 보는 얼굴들이 스무 명가량 끼어 있었는데 모두 머리를 빡빡 깎은 모습이었다. 알고 보니 연합부대가 해인사를 기습, 점령했을 때 데려온 해인사 부설 해인대

학에 다니던 학생들이라는 것이었다. 강제징발한 게 아니라 모집을 해온 것인데 나중에 이들 중 인간의 의지를 뛰어넘는 빨치산의 생활을 견디지 못하고 중도에 도망가 버린 사람도 있었고, 못 견디겠으니 내려 보내달라고 해서 정식으로 내려 보내준 사람도 있었으며, 개중에는 끝까지 남아 장렬한 최후를 마친 사람들도 있었다. 나중에 지리산에 들어가서 그녀는 그들 중 한 사람과 자주 얘기할 기회가 있었는데 그녀와는 전혀 다른 생각에 부닥쳐 충격을 받았던 기억이 선명하다. 아마 호기심 때문에 거기까지 따라왔으리라고 생각되는 그 '김'이라는 해인대 학생은 늘 그녀를 붙잡고 질문을 해댔다.

"도대체 당신들은 뭐 하러 이런 고생을 하지요. 여자가 힘들지도 않아요?"

"물론 힘들기야 하죠. 그러나 조국이 미제에 짓밟혀 신음하고 있는데 젊은 우리가 조국을 위해 투쟁하지 않으면 누가 우리 조국을 지키겠어요."

"당신들이 이렇게 싸운다고 뭐가 달라집니까? 어차피 힘센 놈이 이기게 돼 있는 거고 우리 같은 사람들이야 내 한 몸 편하면 되는 거죠."

"그런 생각이 바로 이 나라를 좀먹는 거라고 생각되지 않아요? 젊은 사람이 왜 그런 생각을 하죠. 일본이 이 땅을 점령하고 있을 때 일제에 부역한 사람들의 핑계가 바로 그거였다는 거 몰라요?"

김은 더 이상 대답 없이 풀대궁만 잘근잘근 씹고 있다가 한참 만에야 안타깝다는 듯 그녀를 보았다.

"어쨌든 사람의 생명이란 고귀한 것 아닙니까? 지도원 동무도 살아남아야지요. 내가 죽고 없는데 해방이며 혁명이 무슨 소용이 있겠습니까. 지도원 동무도 자수를 하고 내려가세요. 여자가 이게 무슨 고생입니까?"

안타까운 것은 오히려 그녀였다. 김을 욕하고 싶은 생각은 없었다. 저런 사람이 왜 여기까지 올라와서 저 고생을 할까 불쌍하기도 하고 한심하기도 했다. 결국 김은 그 후 부대를 이탈하고 말았지만 김만 생각하면 언제나 마음이 찜찜했다. 생명이 고귀하다는 것은 무엇인가. 그 말은 옳다. 그러나 고귀한 생명을 고귀하게 대접하지 않는 세상이라면 어쩔 것인가. 그 고귀한 생명이 가난에 짓밟히고 침략자에게 짓밟히는 세상이라면 단순히 살아남기 위해서 비굴해질 수는 없는 것 아닌가. 가끔씩 그녀는 그렇게 살아남은 김이 무엇을 하고 있을지 궁금해지기도 했다.

어쨌든 연합부대와 합류한 승리사단은 그날 밤중으로 지리산을 향해 장거리 행군을 몰아붙였다. 밤중에 출발하여 새벽까지 거의 달음박질로 산을 넘고 내를 건너고 마을을 달렸지만 낙오자는 단 한 명도 없었다. 그 정도의 구보쯤이야 구빨치에게는 아무것도 아니었다. 빨치산들은 불가능이란 없다고 믿고 있었다. 실제로 보통사람이라면 여자의 몸으로, 그것도 하루에 고작 주먹밥 하나 정도의 분량도 소화시키지 못하는 병자의 몸으로 하룻밤에 오십 킬로미터를 걷는다거나 한겨울에 모포 한 장으로 눈구덩이에서 잠자는 것을 상상이나 하겠는가. 눈 속도 그렇게 자고 있노라면 솜이 불처럼 포근하게 느껴진다는 것을 짐작이나 하겠는가. 그러나 그렇게 해야 되는 상황에선 모두 무엇에나 도전했고 도전하면 분명히 됐다. 하늘의 달을 따오는 것이야 불가능하겠지만 사람의 몸으로 참고 버티고 도전하는 일에는 자신 있는 빨치산들이었다.

거창 양민학살사건으로 유명한 거창 신원면까지 그날 밤에 몰아붙인 남부군은 곤한 새벽잠에 빠져있는 주민들을 깨워 이른 아침을 시켜먹고 수저를 놓기가 바쁘게 폭우가 퍼붓는 들판을 가로질러 달렸다. 폭우 때문에 캄캄하던 하늘이 조금씩 갤 무렵, 야트막한 산줄기가 길게 뻗어 내린 곳에 경찰의 견고한 보루 네 개가 사오십 미터 간격으로 늘어서 있었다. 공격한

지 십분도 안 돼 싱겁게 전투가 끝났다. 워낙 불의의 기습에 놀란 경찰들이 제대로 응사도 못하고 줄행랑을 놓아버린 것이다. 상당한 무장을 확보한 남부군은 빗속을 계속 달려 합천군 천마산에 도착했고, 천마산과 황매산 두 곳을 이리저리 옮겨 다니며 며칠간 부근 적의 거점을 공격했다.

8월 초순(10일에서 12일 사이), 남부군은 남부군 유격투쟁의 정점을 이루는 가회지서 습격투쟁을 시작한다. 이 가회지서 습격투쟁을 마지막으로, 승승장구하던 남부군의 투쟁은 고개를 꺾기 시작한다. 이후로는 단 한 번의 전투에서도 승리하지 못하는 것이다. 그리고 남부군은 그곳에서 48년 이래 남부군을 지휘해왔던 탁월한 지휘자 박종하를 잃게 된다.

16

남한 유격투쟁사에 빛날 영웅의 최후

가회작전은 청주 해방작전을 능가하는 대단한 전과를 올렸다. 경찰 사살 숫자는 정확하지 않지만 상당수의 경찰이 이 전투에서 전사했고 포로만도 백여 명이 넘었다. 빨치산이 생포한 포로로는 최대 숫자였다. 부근 경남도당 유격대의 지원까지 받아 7백 명이 넘는 유격대가 오랜만에 땀에 전 옷을 벗어던지고 새 옷으로 갈아입었으며 총기 5백여 정, 실탄 3십만 발을 노획했고, 박격포탄은 전 대원이 여자들까지 일인당 두 개씩을 짊어졌는데도 산더미처럼 남아 별 수 없이 폭파하고 후퇴했을 정도였다.

오전 일찍 시작된 전투는 순식간에 끝나고 지서와 부근 마을을 점령한 채 해가 설핏하게 기울었다. 전투현장에서 본부에 돌아와 있던 박종하는 다시 현장으로 나가기 직전 그녀와 함께 숙소의 마루에 걸터앉아 있었다. 건너편 황매산에 걸린 저녁노을이 유난히 붉고 화려했다.

"내 막내동생이 계집애인데, 가만 있자 올해 열네 살쯤 됐나……."

지금까지 그렇게 숱한 장난을 치고 가깝게 지낸 박종하였지만 자기 집안 얘기를 하긴 처음이었다. 전혀 뜻밖의 얘기에 그녀는 웬일인가 싶어 박종하를 물끄러미 쳐다보았다. 늘 장난기 가득하던 얼굴이 아련한 그리움으로 젖어가고 있었다.

"지금 중학교를 갔으려나. 내가 비합 시절에 우리 막내가 국민학생이었는데 똘똘하고 야무져서 레포 심부름을 많이 했어요.”

“갑자기 동생은 왜…….”

“글쎄요. 갑자기 보고 싶어져서요.”

황혼을 보고 있던 시선을 돌려 박종하는 조금 쓸쓸한 눈빛으로 그녀를 보았다.

“윤호가 그립지 않아요, 옥자 동무?”

“…… 언젠가 만나게 되겠지요.”

“윤호, 살아 있을지도 몰라요. 그렇게 쉽게 죽을 사람이 아니니. 모두 살아 있다가 해방되면 만나야지. 꼭 만날 거요.”

붉은 핏빛에서 연한 보랏빛으로 변해가는 하늘을 한동안 바라보던 박종하는 금세 밝아진 얼굴로 그녀의 등을 툭 쳤다.

“옥자 동무! 해방되면 우리 구례사람들 다같이 모여 고향 갑시다. 육이오 때도 고향땅 한번 못 밟아보고 곧장 전투하러 갔으니 이번에는 단단히 휴가 얻어서 말이오!”

어쩐지 기분이 이상해서 같이 가겠다는 그녀를 오지 말라며 기어이 떼놓고 박종하는 현장에 다녀오겠다며 보랏빛 하늘을 이고 마을을 떠났다. 다음날 아침 10시쯤 됐을까. 이진범이 흙빛이 된 얼굴로 찾아와서 다짜고짜 말도 없이 그녀를 잡아끌었다. 마을을 가로질러 한참을 달음박질친 후에야 이진범이 무겁게 입을 열었다.

“참모장이 부상이오!”

“아니! 어느 정돈데요?”

이진범은 아무 대답이 없었다. 앞장서서 급하게 달려간 이진범은 마을이 끝나고 자잘한 소나무가 우거진 야트막한 동산 앞에서 걸음을 멈췄다. 차일평, 임현태, 김흥복 등 중요 간부들 십여 명이 모여 있는데 모두 침통한 표정이고 김흥복의 눈은 시뻘겋게 충혈돼 있었다. 그리고 그 가운데 가마니에 덮인 시체 한 구가 놓여 있었다. 그녀는 가마니를 들춰보았다. 눈으로 직접 확인하지 않고는 도저히 믿을 수가 없었다. 미군복을 입고 나갔던 어제의 그 모습 그대로 이마가 총탄에 뚫려 온 얼굴이 피투성이가 된 채 싸늘하게 누워 있는 시체는 바로 박종하였다. 박종하는 죽음을 예감했던 것일까. 느닷없이 막내가 보고 싶다고, 해방되면 다 같이 고향에 가자고, 평소에는 꺼내지도 않던 말을 하고 나가더니 시체가 되어 돌아온 것이다.

"산에 숨어 있던 패잔병이 유효사격 거리 밖에서 쏜 총의 유탄에 맞고 그 자리에서 절명했소. 죽기 직전에 자기 죽은 걸 알리지 말라고, 이 선생님도 안 계신데 부대에 안 좋을 거라고, 그 말만 남겼소."

다들 너무 놀라 울지도 못하고 묵묵히 땅만 보고 서 있었다. 누군가 그녀에게 어디서 구한 것인지 삼베를 내밀었다. 수의를 지으라는 것이었다.

"본부 외에는 절대 비밀로 하시오. 우리도 이렇게 충격이 큰데 일반대원들이 알게 되면 충격이 엄청날 것이오."

박종하가 직접 지휘하여 보급사업을 나간다고 하면 앓아누웠던 사람도 벌떡 일어나 자기도 따라가겠다고 할 만큼 하부 대원들에게 절대적인 신임을 받던 박종하였다. 다른 사람은 다 죽어도 박종하만은 절대 죽지 않을 것 같았는데, 영웅의 죽음치곤 너무나 어이없었다. 이긴 전투에서, 그것도 패잔병이 쏜 유탄에 맞다니! 총알이 빗발치는 전투 중에 꼿꼿이 서서 진두지휘를 해도 총알이 비껴가던 박종하가 아니었던가.

어떻게 돌아와서 어떻게 수의를 지었는지 기억에 없다. 그녀가 자진해서 매장하는 곳에 따라가지 않은 것인지, 아니면 다른 이들이 그녀를 못가게 막았던 것인지도 기억에 없다. 아무튼 그녀는 박종하의 시체를 매장하는 곳에는 가지 않았다. 참모장을 부탁한다던, 무사하게 보필하라던 이현상의 마지막 말이 자꾸 떠올라 박종하의 죽음이 마치 자신의 잘못인 것처럼 그녀는 가슴이 저렸다.

박종하의 죽음은 부대 내에서 일체 비밀에 부쳐졌지만 간부들에게 준 충격만도 엄청났다. 박종하의 죽음 이후 남부군은 두 번 다시 전투에서 승리를 거두지 못했다. 물론 그 패전의 원인이 박종하의 죽음에만 있었던 것은 아닐 것이다. 후평에서 지리산에 도착할 때까지는 아직 주전선에 적들의 모든 관심이 쏠려있었고 이후에는 휴전협정이 거의 확실시되면서 적의 병력이 지리산으로 몰려든 탓도 있었을 것이고, 빨치산과 오랫동안 싸우면서 단련된 적들이 갈수록 강해진 탓도 있었을 것이다. 그러나 만일 박종하가 살아있었다면 남부군의 투쟁은 많이 달라졌을지도 모른다. 49년 여순사건의 주역들이 군경 합동작전에 거의 박살이 났을 때도 박종하는 스무 명도 안 되는 백운산 유격대를 2백 명 이상의 대부대로 늘렸고, 여수 14연대의 잔류세력들을 규합해 이현상부대를 이끌었으며, 50년 초기의 그 가혹했던 탄압에도 이현상부대는 엄청난 피해를 보았지만 박종하가 이끄는 부대만은 그리 큰 타격을 입지 않았다. 시대가 영웅을 만든다고 하지만 그렇게 탄생한 영웅은 또 시대를 변화시키기도 하는 것이다.

박종하를 매장했던 간부들 중 누구도 지금은 살아있지 않다. 차일평 정치위원이 어딘가에 살아있을 테지만 이 남한 땅에는 없다는 말이 들리고, 그 외의 군사간부들은 이후의 전투에서 모두 전사했다. 그래서 48년부터 51년까지 남한 유격투쟁을 이끌던 최고의 지도자가 어디에 묻혀 있는지조차 알 수 없는 것이다. 남한의 현대사가 어둠에 묻혀 있듯이 박종하의 죽음 또한 지나간 역사의 저편에 묻힌 채 아직도 자기 같은 사람들이 숱하게 생겨나는 조국의 오늘을 묵묵히 지켜보고 있을 뿐……

다음날 아침부터 미군 비행기의 기총소사가 정신 차릴 새도 없이 퍼부어졌다. 박종하가 죽은지도 모르는 대원들은 그가 왜 보이지 않는지 궁금해 하면서도 짊어질 수 있는 대로 보급품을 짊어지고 황매산을 거쳐 입석마을까지 밀어붙였다. 입석은 산청읍이 멀지 않은 야지마을로 지리산이 바로 하루거리의 지척이었다.

남부군은 입석에서 8.15 기념식을 하면서 사나흘을 묵었다. 박종하를 잃은 남부군은 어머니를 잃은 자식처럼 아는 사람은 아는 대로, 모르는 사람은 모르는 대로 박종하가 보이지 않으니 서운해서 풀이 죽어 있었다. 8월 16일, 입석 뒷산을 넘어 서쪽을 바라보며 종일 행군한 남부군은 시원한 강물이 내려다보이는 산모퉁이에 이르렀다. 대열에서 환호성이 터져나왔다. 바로 지리산의 초입 달뜨기가 녹음에 우거진 채 웅장한 모습을 드러낸 것이다. 구빨치에게는 꼭 1년 2개월 만의 귀향이었다.

그날 중으로 경호강을 건너 웅석복 어느 골짜기에 도착한 부대는 그곳에서 노숙하고 다음날 지리산 거림골과 중산리 입구에 있는 시천지서, 삼장지서와 덕산리 외곽에 있는 경찰초소를 공략했다. 작전지휘는 속리산에서 합류한 충북부대 출신의 문춘이 맡았다. 하룻밤을 꼬박 새우고 교전한 끝에 삼장지서와 덕산리 경찰초소는 점령했으나 시천지서는 요지부동이었다. 다음날 오후에 김흥복이 현지 확인을 하고 난 후 민가에 피해가 있더라도 박격포 사격을 시작하라는 명령을 내렸다. 그러나 박격포는 민가에 전혀 피해를 주지 않고 두 발 모두 정확하게 지서 안에 명중했다. 아군도 꽤 많은 피해를 보면서 세 군데를 모두 점령한 남부군은 사흘간 경찰지원군과 싸우면서 보급품을 충분히 확보하고 중산리골 아랫마을인 곡점으로 후퇴했다. 이제 완전히 지리산의 품으로 돌아온 것이다.

지리산의 여름은 비가 잦다. 워낙 산이 크고 웅장하니 아래쪽의 날씨로는 산 날씨를 짐작키도 어렵다. 지리산에 처음 도착한 다음날도 여름비가 퍼붓기 시작했다. 앞으로 닥칠 남부군의 처절한 운명에 대한 불길한 예고라도 하듯이.

곡점 개울가에서 하루를 묵은 부대는 여름비를 그대로 맞으며 왼편의 물줄기를 따라올라 거림골에 도착했다. 부대가 여장을 풀고 나자 이진범이 그녀를 데리러 왔다. 여수 14연대 출신으로 얼마 후 논골에서 있을 부대개편에서 박종하 대신 남부군의 전투 총책임자가 되는 이진범은 박종하와 달리 말수가 적고 조용한 사람이었다. 박종하가 어린애처럼 솔직하고 밝고 용감하다면 이진범은 그야말로 은근하고 중후한 사나이 같은 인상을 주었다. 그녀는 이진범을 따라 뱀사골에 있다는 이현상을 만나러 갔다. 오랜만에 만나는 반가움보다 박종하의 소식을 어떻게 알려야 할지 눈앞이 캄캄했다.

앞서 지리산에 들어온 본부는 뱀사골에 큼직한 트를 지어놓고 안정된 생활을 하고 있었다. 이현상의 부관 고송균이 그녀를 반갑게 맞아들였지만 도저히 웃음이 나오질 않았다. 이현상의 얼굴을 보는 순간 그동안 내내 참았던 눈물이 한꺼번에 터져나왔다. 소리를 내서 울 수도 없고 그녀는 죄인처럼 고개를 숙인 채 뜨거운 눈물방울만 뚝뚝 흘리고 있었다.

"선생님, 참모장이······."

"알고 있소."

이현상 역시 목 메인 소리로 깊은 한숨을 토해냈다.

"아까운 동무를 잃었소. 남한 유격전의 영웅인데······."

이현상도 고개를 숙인 채 침통한 표정으로 아무 말이 없었다(전화도 무전기도 없는 산중에서 어떻게 이현상이 벌써 그 소식을 알고 있었는지, 빨치산의 사업을 모르는 사람이라면 당연히 의아해 할 것이다. 그러나 당시 남부군만이 아니라 남한의 모든 산악당들도 하부당의 보고서는 선요원, 레포 등을 통해 주기적으로 상급당에 집중되었다. 그 뒤의 엄청난 공세 속에서도 상부에 대한 보고는 필수적이었으며, 그래서 본부에서는 보고서와 문서보관이 가장 큰 문젯거리였다. 지리산과 남한에 있는 산 곳곳에 비장되어 있을 당시의 문서들을 찾아낼 수 있다면 남한 유격투쟁의 소소한 부분까지도 다 밝혀낼 수 있을 테지만 요즘같이 비닐도 없던 시절에 동굴 같은 곳에 비장한 종이들이 40여 년이 지난 지금까지 무사할지……. 게다가 비장을 담당한 사람들은 핵심 간부들로 거의 다 전사해 장소를 찾을 길이 없다).

무거운 침묵이 흘렀다. 목이 메어 더 이상 앉아 있을 수가 없었다. 조용히 밖으로 나왔더니 본부 의무요원 하수복이 뒤따라 나왔다.

"참모장 소식 들은 후로 선생님은 식사도 거의 못하세요."

아직도 한국말이 서툰 하수복의 눈가에 맑은 이슬방울이 맺혀 있었다. 그녀가 며칠 본부에 머무르는 동안 부대는 마천지서를 습격했다가 점령도 못한 채 막대한 피해를 입었으며, 14연대 출신의 노장 김금일 연대장까지 부상을 입어 사기가 크게 떨어졌다. 무엇보다 사기진작이 필요했다. 전 부대가 널찍한 달궁골로 옮겨 충분히 휴식을 취하며 대원들의 정치교양 사업을 집중적으로 전개하면서 때로는 오락회도 갖고 사기앙양에 최선을 다했다. 열흘 정도 지난 어느 날 전 부대는 전북부대와 남원군 유격대와 함께 운봉을 습격했으나 마천전투보다 더 처참하게 패배하고 말았다. 운봉은 자그마한 면소재지이긴 하지만 지리산의 관문이자 남원에서 함양으로 통하는 기동로가 있어 207, 203 경찰부대 등 대부대가 주둔해 있었던 것이다. 대원들이 위축된 상태에서 운봉 복수투쟁이라 하여 며칠 뒤 트럭을 탈취하여 하동읍의 목책 바리케이드를 밀고 들어갔으나, 하동에서도 역시 경찰 대병력이 주둔해 있어 읍을 점령하지도 못한 채 퇴각하고 말았다.

몇 번의 전투에서 수많은 희생자를 낸 남부군은 얼마 뒤 달궁골 부근인 논골로 들어와 전반적인 부대개편을 실시하고 전투대열을 재정비했다. 이때 비로소 박종하 참모장 중심이었던 부대를 개편해 참모장을 없애고 이진범을 제1부사령관, 문춘을 제2부사령관으로 하여 참모장 임현태, 차일평을 정치위원으로 두고 그 휘하에 81사단과 92사단 두 부대를 두었다. 81사단장에는 김흥복, 81사단 참모장에는 김태규, 92사단장에는 김재연이 임명됐다. 부대개편이 끝난 얼마 후 본부 이하 전 부대가 피아골로 이동해 그곳에서 화개장터를 습격하여 다수의 약품을 얻는 등 오랜만에 짤짤한 성과를 올렸다. 화개장 습격이 끝난 후 부대는 다시 피아골로 돌아와 며칠간 휴식을 취하며 후평 이후 첫 번째 훈장수여식이 열리고 오락회가 열렸다.

이미 전사하고 없는 박종하가 청주 해방작전의 공훈으로 후평에 이어 이중영웅이 되었으며, 역시 청주 해방작전 공훈을 인정받은 김흥복과 죽령전투에서 미군 탱크를 폭발시킨 양봉순에게는 영웅 칭호가, 그 외 정치일꾼들에게는 각급 국기훈장, 유격대원들에게는 군공메달과 모범전사 칭호가 수여됐다. 이옥자는 후평에 이어 피아골에서도 국기훈장 3급을 받았다.

그날 밤에는 널찍한 터에 나무를 베어다 무대까지 만들어놓고 연극과 춤과 노래가 어우러졌다. 6.25 전까지는 탭 댄스라는 것이 없었는데 인민군 낙오병이 합류하면서부터는 전 부대에 탭 댄스가 유행이었다. 어떤 여성 대원들은 춤추는 대원들을 보며 빙긋이 웃고 있는 이현상을 기어이 무대로 끄집어내서 함께 손을 붙잡고 춤을 가르치기도 했다. 고통 속의 한 가닥 웃음이어서 더 절실했던 것일까. 최근의 전투에서 수많은 전우들을 잃은 슬픔을 잠시 잊고 빨치산들은 춤과 노래에 휩쓸려 유쾌한 초가을 밤을 보내고 있었다.

이현상에게 노래를 시키려는 대원들의 합창 소리가 적막에 휩싸인 깊고 깊은 지리산 골짜기로 메아리쳤다.

나오시오 나오시오
안 나오면 박격포!
쉬쉬쉬쉿! 펑!

17_
그리운 사람들

흥겨운 오락회를 보낸 남부군은 다시 노고단으로 이동했다. 숲이 울창했던 노고단은 토벌대들이 나무를 다 베어내고 불태우는 바람에 민둥산이 되어 있었다. 민둥산이 된 노고단에 아침이 왔다. 산은 변했어도 그 유명한 노고단의 새벽운해만은 변함없이 장관이었다. 그날 오후 이현상이 그녀를 불렀다.

"옥자 동무! 친정 다녀오고 싶지 않소?"

친정이란 구례군당을 이르는 말이다. 가보고 싶지 않을 리가 없었다. 그리운 동지들이 지금껏 살아 있을지!

"구례군당이 바로 요 아래 천은사골에 있소. 고 동무와 함께 잠시 다녀오시오."

이현상의 배려로 그녀는 이현상의 부관인 고성균과 함께 멀지 않은 천은사골의 구례군당으로 갔다. 해방되면 구례사람들 모두 함께 고향에 가자던 박종하의 마지막 말이 떠올랐다. 박종하도 남편 윤호도 그러나 지금은 없다.

천은사골에는 웬일인지 흰옷을 입은 노인과 부녀자 등 민간인들이 골짜기 가득 넘실거리고 있었다. 전남도당에서 조만간 닥칠 겨울공세에 대비해 지리산으로 파송한 투쟁인민과 노약자들이었다.

"옥자 동무!"

군당위원장 강경구가 그녀를 보더니 하던 일도 멈춘 채 덥석 그녀의 손을 잡고 반가워서 어쩔 줄을 몰라 했다. 저만치 조직부장 양순기도 환하게 웃으며 달려왔다. 정말 친정에라도 다니러 온 기분이었다. 그날 밤이 이슥하도록 그들은 무슨 얘기였는지 지금은 기억나지도 않는 묵은 얘기보따리를 풀어놓고 시간 가는 줄 몰랐다.

"참, 최규동 동무는 어떻게 됐지요?"

그녀가 거의 굶어 죽어가다 구례군당으로 왔을 때 군당에 올라와 있던 시동생 규동이의 안부가 궁금해서 물었더니 둘 다 한동안 대답이 없었다.

"올 봄에 전사했소!"

한참 만에야 강경구가 무거운 어조로 대답했다.

"전투 중에 낙오됐는데 다음날 비상선에 와 있습디다. 총상을 입어 다리 한쪽이 완전히 너덜너덜해졌는데 그 몸으로 전투장소에서 한참 먼 비상선까지 기어서 왔는지 두 무릎이 뼈가 보일 지경으로 엉망이 돼 있었어요. 후송도 하기 전에 그 자리에서 그만……."

그날 그녀에게 준 따뜻한 쌀밥 한 그릇이 그의 마지막 선물인 셈이었다. 정이 많고 급한 성질이라 사소한 불의 하나 그냥 넘기지 못하던 어린 소년이었는데……. 그가 이 혼돈의 역사를, 이 싸움의 의미를 제대로 알았을 리도 없다. 좌익 형을 둔 죄로 견딜 수 없는 수모를 당하자 형을 따라 산으로 올라오고 형을 따라 죽은 것이다. 무릎의 살이 다 닳아 뼈가 튀어나올 때까지 기어이 산을 찾아 기어오면서 그는 무슨 생각을 했을까. 가슴이 미어지는 것 같았다.

새벽같이 노고단에 있는 남부군 본부로 돌아왔더니 이미 부대는 전남의 7연대와 합동으로 중동지서 습격투쟁을 나가고 없었다. 본부 사람들은 멀리 중동들판이 내려다보이는 성삼재에서 가슴을 졸이며 지켜보고 있었다. 그날 오후 지서점령에는 실패했지만 상당한 보급성과를 올린 부대원들이 짐을 잔뜩 짊어지고 성삼재를 올라왔다. 그녀도 나가서 짐을 받아들고 있는데 저쪽에서 낯이 익은 한 남자가 레닌모자를 쓴 채 짐을 지고 땀을 뻘뻘 흘리며 올라오고 있었다. 분명히 예전에 구례군당위원장을 하던 박대수 같은데 예전과는 너무나 달라진 모습이었다. 일제시대 농업학교를 나와 군청 농업기수를 하던 박대수는 당간부일 텐데 저렇게 보급투쟁을 나가 짐을 지고 올 리가 없는 것이다. 그러나 레닌모 밑으로 뻗친 곱슬머리하며 분명히 박대수였다. 긴가민가 유심히 살피던 그녀의 눈과 낯익은 남자의 눈이 마주쳤다.

"아이고, 이거 옥자 동무 아니요! 살아 있었구려."

박대수는 짐을 놓고 달려와 그녀의 손을 붙들고 눈물을 글썽거렸다. 조금 관료적인 데가 있어 진한 애정을 갖고 있는 사람은 아니었지만 여하튼 오랜만에 살아 있는 옛 동지를 만나고 보니 그녀도 몹시 반가웠다. 게다가 예전과 너무나 달라진 모습이 안타깝기조차 했다.

"왜 이렇게 짐을 많이 지고 오세요?"

"중동작전이 끝나고 오는 길이요."

"그런데 여기는 웬일로……."

박대수는 대답 대신 겸연쩍은 듯 웃을 뿐이었다. 무슨 까닭에선지 며칠간 남부군에 머물던 박대수는 곧 전남도당의 호출을 받고 옮겨갔다. 나중에 알고 보니 전남 7연대장을 지내던 박대수는 사랑하던 여성이 자수를 해서 헬리콥터를 타고 다니며 지독하게 선무방송을 하는 바람에 질책을 받고 평당원으로 강등된 것이었다. 자기가 연대장을 했던 부대의 평대원으로 있는 고통이 이만저만했을 리 없다. 그러다가 구례군당 시절부터 잘 아는 이현상이 지리산에 도착했다고 하자 무단이탈해서 온 것이다. 결국 다시 전남도당으로 돌아간 박대수는 더 혹독한 자기비판과 함께 출당처분까지 받았다. 이후 박대수의 행적은 참으로 눈물겨웠다. 백의종군해서 유격부대를 따라다니던 박대수는 눈이 몹시 나빴는데 안경까지 전투에서 잃어버려 밤이면 앞사람의 옷을 붙잡고 걸어다녀야 할 정도였다. 정말 철저하게 자기비판을 했던 것인지 그런 악조건에서 고군분투하며 성실하게 임무를 수행하던 박대수는 한참 후에야 다시 출당이 해제되고 광주지구당책을 지냈다. 53년 여름, 그때까지 남아 있던 광주지구당의 전 성원 30여 명은 보급투쟁을 나갔다가 적에 조발돼 오전 내내 총격전을 주고받으며 교전했지만 결국 총탄이 다 떨어져 대원 대부분이 전사하고 박대수는 허벅지에 중상을 입은 채 포로가 됐다. 당시만 해도 어떻게든 생포하려고 하던 때라 박대수가 생각만 있었다면 충분히 살아남을 수도 있었을 것이다. 들것에 실려 오는 도중 내내 자살을 기도하던 박대수는 곡성 석곡면 운용리라는 마을에 도착했을 무렵엔 온몸이 피투성이가 되어 있었다. 허벅지에서 계속 피가 솟구쳐 지혈을 시켜주려고 했지만 박대수는 피를 많이 흘려 백지장처럼 창백해진 얼굴로 경찰을 걷어차고 마구 반항을 해대 옆 사람들까지 피를 뒤집어쓰고 비릿한 피로 범벅이 됐을 정도였다.

"미제의 앞잡이 놈들! 역사가 너희들을 심판할 것이다!"

박대수는 경찰에게 침을 뱉고 욕설을 하며 대들었다.

"이런 개새끼! 쏴버려!"

"조선민주주의인민공화국 만……"

외마디 비명이 채 끝맺지도 못하고 사라졌다.

부잣집에서 고생 없이 자란 박대수는 좌익활동을 처음 시작했을 때는 개인주의적이고 관료적인 데가 많은 사람이었다. 출당처분까지 받게 된 것도 그런 까닭이었다. 그러나 그는 이후의 활동 속에서 오랜 경험에서 굳어진 자신의 습성이나 인간성까지 놀라운 의지로 극복해냈다. 그리고 진짜 인민의 전사다운 최후를 마쳤다. 그녀는 가끔씩 박대수야말로 새로운 사회를 건설하기 위한 투쟁이 어떻게 한 개인까지 새로운 인간으로 변화시키고 단련시키는지를 보여준 탁월한 전형이 아닐까 생각해보기도 한다. 자신의 습관이나 성격을 바꾸려고 노력해본 사람이면 알 것이다. 그것이 얼마나 고통스럽고 힘든 일인가를. 그러나 박대수는 기어이 그걸 해낸 것이다.

중동전투가 끝난 오후 또 하나의 슬픈 소식이 들려왔다. 전남 7연대장 박태중이 전사했다는 것이었다. 그의 본명은 조용식으로 그녀가 맨 처음 구례군당으로 오던 날 한겨울에 퍼붓는 폭우 속에서 송아지 울음을 흉내 내던 바로 그 빨간 스카프의 사나이였다.

"또 아까운 동지를 하나 잃었소······."

이현상은 노고단의 붉은 낙조를 묵묵히 바라보고 있었다.

중동작전이 끝나자 곧 곡성 해방작전이 시작됐다. 전 부대가 오랜만에 큰 전투를 앞두고 술렁거렸다. 노고단에서 옮긴 부대가 그때 어느 골짜기에서 묵었는지는 기억에 없지만, 주변에 빨래를 할 수 있을 정도의 계곡이 있는 곳이었다. 서늘한 가을 날씨에도 볕도 좋아 빨래를 널면 금세 말랐다. 부대가 떠나기 전날 그녀는 무엇을 하러 갔던지 계곡에 나갔다가 빨래를 하고 있는 이진범의 연락병 방영진과 마주쳤다. 방영진은 여순사건 직후 중학생이던 열넷의 나이로 입산한 홍안의 소년이었다. 얼굴이 유난히 크고 둥근 방영진은 돌 틈에 어색하게 쪼그리고 앉아 열심히 빨래를 하고 있었다.

"영진 동무, 그거 이리 줘. 내가 빨아줄게."

그녀가 앞에 가서 빨래를 빼앗으려 하자 방영진은 물 묻은 손을 휘휘 내저었다.

"안 돼요, 지도원 동무. 사령관이 아시면 큰일 나요."

아무래도 빨래나 바느질은 여자 솜씨가 훨씬 좋을 수밖에 없어서 남자들 대부분이 여자들에게 쉽게 부탁하기도 하고 여자들도 자청해서 남자들의 일을 도와주곤 했지만 이진범과 임현태만은 예외였다. 두 사람 모두 광주 4연대 출신으로 성격까지 비슷해 늘 붙어 다니는 단짝이었는데 그 둘은 절대로 여자에게 일을 부탁하지 않았다. 빨래건 바느질이건 철저하게 자체해결이었다. 도와주겠다고 해도 남의 바느질 해줄 시간이 있으면 그동안에 학습이라도 하라고 무뚝뚝하게 대답하는 것이었다. 사령관이 그러니 연락병인 방영진도 다른 사람의 도움을 아예 거절하는 것이었다. 그 방영진이 다음날 부대가 출발하기 직전 그녀를 찾아와 천에 돌돌 만 자그마한 수첩과 만년필을 내밀었다.

"이걸 왜?"

"만년필은 지도원 동무가 가지고, 수첩은 나중에 해방되면 우리 집에 좀 갖다 줘요, 지도원 동무!"

"영진 동무가 갖고 있지 이걸 왜 나를 줘?"

"나는 다시 못 와요."

"그게 무슨 소리야?"

"저는 싸우다 죽을 거예요. 해방되면 꼭 우리 집에 갖다 주세요."

그렇게 말하는 방영진의 얼굴에 슬픔이나 두려움 같은 건 없어 보였다.

"무슨 소리를 그렇게 해. 이건 내가 갖고 있다 돌아오면 줄게. 열심히 싸우고 와."

"에이, 나는 죽을 건데 뭐. 지도원 동무! 안녕히 계세요!"

방영진은 그녀에게 꾸벅 인사를 하더니 등을 돌리고 마구 달려갔다. 빨치산들이 똥가방이라고 불렀던 미제 군용가방을 착 둘러메고, 날쌘 동작이었다.

5일 후쯤 곡성투쟁을 끝내고 부대가 돌아왔다. 그녀는 열심히 방영진을 찾았다. 그러나 항상 이진범 곁에서 둥그스름한 얼굴 가득 환한 웃음을 짓고 있던 방영진은 보이지 않았다.

"사령관 동무, 영진 동무는……."

"…… 그렇게 됐소."

이진범은 더 이상 말이 없었다. 방영진은 정말로 자신의 죽음을 예감했던 것일까. 에이, 나는 죽을 건데 뭐, 하고 달려가던 방영진의 모습이 쉽게 지워지지 않았다. 방영진이 죽음을 예감하고 다시 오지 못할 길을 떠나면서 누나처럼 따르던 그녀에게 주고 간 마지막 선물은 그 후의 숱한 공세에서 어디로 갔는지 흔적도 없고, 해방되면 전해주어야 할 그의 수첩도 펴보지도 않은 채 고이 넣어두었는데 역시 찾을 길이 없다.

승리라고 할 수도 없고 패배라고 할 수도 없이 양측 다 상당한 피해를 내고 보급사업만 제대로 했던 곡성전투에서 양봉순과 임현태가 부상을 당했고, 소대장이던 박정애는 총알이 턱을 뚫고 가는 바람에 부상이 완쾌된 후에도 영영 자신의 얼굴은 되찾을 수 없었다.

곡성전투가 끝나자 오랜만에 남부군의 휴식이 찾아왔다. 10월 7일경 지리산 주변의 전 빨치산이 달궁골로 집결, 한 달여간 달궁을 해방구로 장악하고 발전기를 가져다가 전기까지 발전시켜 여순사건 이래 가장 편안한 시절을 맞은 것이다.

본부는 달궁에서 동편으로 능선을 사이에 둔 뱀사골에 머물면서 6개 도당 회의를 개최했다(이현상을 다른 어떤 책에서는 덕유산에서 이미 경험

교환회란 이름으로 6개 도당 회의를 개최했다고 적혀 있지만 당시 중앙당에서 파견되어 있던 고위간부의 증언에 따르면 전혀 근거 없는 이야기로, 이 뱀사골에서 최초의 회의가 열렸다고 한다). 이 회의의 논의내용은 아직 명확하게 밝혀져 있지 않다. 이 회의를 통해 이현상이 남한 유격투쟁을 통일적으로 재편하고 지도하려고 했다는 것은 분명한데, 그것이 후평에서 만난 이승엽의 지시에 따른 것인지, 아니면 유격투쟁의 효율성을 기하기 위해 이현상 스스로 계획한 것인지는 미확인이다. 앞서의 책에서는 이현상이 후평에서 이승엽으로부터 지시받은 남한 유격대 개편구상에 따른 것이며 남로당 출신이면서도 김일성 추종세력인 박영발과 방준표가 그 계획에 반발하고 나선 것을 남로와 북로 간의 세력다툼으로 평가하고 있는데, 이 뱀사골 회의 결과 만들어진 남부 지도부에서 조직임무를 담당했던 어떤 증언자에 따르면 이승엽이 여운철에게 준 남한의 각급 당과 유격대의 정치적 지도에 관한 위임장은 여운철 개인의 신분을 보장하는 신임장이었을 뿐 남한의 각급 당과 유격대 전반에 관한 개편과 지도를 뜻하는 것이 아니었다고 한다. 즉 이현상이 어떤 목적(현실적으로 남한 유격투쟁을 통일적으로 지도해야 할 필요성이거나 아니면 명예욕)에서건 여운철에게 준 신임장을 확대해석하고 악용했다는 것이다. 어느 쪽이 진실인지는 알 수 없다. 어쨌든 뱀사골의 6개 도당 회의 결과 남한의 유격투쟁을 유일통합체제로 개편하고 그것을 지도할 남부 지도부를 결성했다. 당시에는 고위간부가 아닌 이상 알 수 없는 내용이었다.

소련이 유엔에서 한국전의 휴전을 제의하고 전세가 휴전 쪽으로 기울어가고 있다는 것을 안 것도 바로 이 뱀사골에서였다. 물론 상급간부들이야 휴전이 제의된 6월 말부터 알았을 것이고 각 지방당의 일반 당원들도 이전부터 알고 있는 일이었지만 남부군은 당조직이 아닌 전투부대라 항상 모든 정보가 그렇게 늦었던 것이다. 휴전협정 시 빨치산의 거취문제에 대해 많은 빨치산 수기들이 마치 당시의 빨치산들이 휴전이 되면 북으로 올라갈 수 있으리라고 기대했으며 그것이 좌절되었을 때 북에 대한 배신감과 함께 남한 유격투쟁에 대한 절망을 느낀 것처럼 그린 것은 사실과 다르다. 물론 개중에는 그런 사람들도 있었을 것이다. 그러나 대부분의 빨치산은 당시 최대한 적의 병력을 끌어들여 주전선으로 향하는 적의 힘을 분산시키는 것이 자신들의 유일한 임무라고 생각했고 그 임무를 위해서는 기꺼이 자기 목숨을 내던질 각오가 돼 있었다. 물론 머지않아 해방이 될 거라는 확신 속에서 말이다. 그것이 무모했건 어리석었건 순수한 혁명성에서였건 적어도 당시의 실정은 그랬다. 모든 정보가 차단되고 매일매일 전투에 쫓기는 상태에서 일반대원들은 실제로 당장 내일의 자기 운명조차도 모르고 살 때였고, 보통의 상식으로 생각할 수 있는 감상쯤은 끼어들 여지도 없던 시절이었다.

18

어느 나팔수의 사랑 이야기

본부가 뱀사골에 자리를 잡은 얼마 후 중동으로 보급사업을 나가게 되었다. 어쩔 수 없이 하는 보급사업이었지만 최대한 민폐를 줄이고 혁명투쟁의 필요성을 선전선동하는 것이 정치부원들의 일이었다. 중동 어느 마을로 들어간 그녀는 동네 맨 첫 집으로 들어갔다.

"주인어른 안 계십니까?"

몇 번 주인을 불러도 대답이 없더니 잠시 후 웬 여자가 아는 사람처럼 반색을 하며 버선발로 달려 나왔다.

"아이고! 형님. 어쩐 일이시오?"

그제야 그 집이 자기도 몇 번 온 적이 있는 친가 쪽으로 가까운 친척집이라는 게 생각났다.

"아이고, 참말로 살아계셨구만요. 안 그래도 얼마 전에 밤손님들이 왔기에 형님 소식을 물었더니 살아계신다고 합디다. 할머님이 그 말을 듣고 형님 오시면 준다고 곶감을 잔뜩 깎아놓고 손주들도 못 먹게 하더니만……. 어제도 형님 안 오나 하면서 계란 몇 개를 감춰놓고 계십디다. 가보실라요? 내가 모셔다 드릴게."

"언제 거기까지 가겠는가."

"아이고, 진작 이 동네로 이사 오셨어요. 바로 조 위그만요."

아주 어린 시절 몇 년 같이 살았던 후로는 함께 있지 않았지만 소박을 맞다시피 친정으로 돌아가 힘겹게 살아가는 며느리와 손주들이 안쓰러워 유난히 그녀를 귀여워해주시던 할머니였다. 그녀는 동생뻘 되는 아낙네의 안내로 작은집과 살고 있다는 할머니를 찾아갔다. 골목마다 대원들이 뛰어다니느라 부산했다. 한가롭게 잠들어 있던 동네 개들이 일제히 짖어댔다.

　"할머니! 할머니! 옥남이예요. 옥남이 왔어요!"

　"아이고, 아가! 아이고오. 참말로 살아 있었구나. 안 죽고 살아 있었어이."

　방문이 벌컥 열리면서 허리가 다 꼬부라진 팔순의 할머니가 맨발로 뛰어나와 그녀를 안고 대성통곡을 터뜨렸다. 어디선가 방아 찧는 소리가 들려오더니 금세 온 동네로 퍼져나갔다. 막 추수가 끝나고 아직 방아를 찧지 않은 상태라 집집마다 가져갈 만큼의 벼를 방아에 찧고 있는 것이다. 벼 상태로 가져가면 껍질 벗기기가 여간 힘든 게 아니었다. 절구통이 있을 리 없으니 병 같은 것에 집어넣고 나무막대로 하루 종일 찧어야 쌀 몇 줌씩이나 겨우 얻을 수 있을 정도였다. 그녀를 어루만지며 통곡하던 할머니가 별안간 마당가의 볏짚더미로 달려가 손을 찔러 넣고 한참 휘휘 젓더니 곶감 꼬챙이 몇 개를 들고 왔다. 어린 조카들이 달라고 해도 안 주고 숨겨놨던 바로 그 곶감이었다. 작은어머니는 옆에서 그녀가 가져갈 쌀방아를 찧고 있는데 할머니는 옷이며 버선이며 뭐든 하나라도 더 집어주려고 부리나케 방을 오고갔다.

　"아이, 느그 신랑은 어찌 됐냐? 살아 있냐?"

　그녀는 말없이 고개를 저었다. 그때쯤엔 그녀도 남편이 죽었으리라 짐작하고 있었다. 한 가닥 희망이야 여전히 남아있었지만.

"아이고, 세상에!"

그쳐가던 할머니의 통곡이 또다시 시작됐다. 계란을 기어이 넣어주려는 할머니와 실랑이를 하다 보니 어느새 동쪽 하늘이 부옇게 밝아오고 있었고 다들 철수했는지 동네가 조용했다. 철수신호도 듣지 못할 만큼 긴장이 풀리다니, 조직사업을 하면서 난생 처음 있는 일이었다. 할머니에게 인사할 경황도 없이 뛰어나와 추수가 끝난 텅 빈 들판을 가로질러 또 다른 마을을 지나 간신히 산 밑에 도착했다. 저만치 대열의 꼬리가 막 사라지고 있었다. 조금만 늦었더라도 낙오될 뻔한 것이다.

소소한 보급투쟁만 하면서 한 달여간 뱀사골에서의 꿈같은 시간이 스쳐갔다. 전투나 행군 중에는 천막도 치지 못하고 배낭을 베개 삼아 땅바닥에서 잠들기 일쑤고 천막을 치더라도 남자 여자 할 것 없이 옆으로 누워 새우잠을 자야 했는데 뱀사골에서는 부서별로 천막 하나씩을 차지하고 편한 잠을 잘 수 있었다. 여자들도 남자들과 별도로 천막생활을 했는데 그때 정치부엔 여자가 둘뿐이어서 그녀와 간부부장인 조복애 단 둘만의 단출한 잠자리였다.

조복애는 남부군에서 유일하게 그녀보다 나이가 많은 여자로 지리산에 도착한 후에 합류했는데 일본에서 대학을 졸업한, 당시로서는 보기 드문 인텔리 여성이었다. 조복애는 하동 옥종면의 지주 출신으로 성분개조를 위해 노동자와 결혼까지 했다고 한다. 당시의 누구나 그랬듯이 조복애가 자기 입으로 직접 자신의 과거와 전력을 밝히지 않아 뭐하는 사람인지도 몰랐지만 말하는 것이나 생활태도로 짐작컨대 그녀가 존경하지 않을 수 없을 정도로 대단한 사람이었다. 언제나 언니처럼 그녀를 북돋워주고 채찍질해주던 조복애는 그해 겨울의 수도사단 공세를 함께 지내고 "옥자 동무, 해방되면 서울에서 만납시다"라는 인사만 남긴 후 어디론가 떠나갔다. 조복애가 지하로 잠입해서 무사히 일본으로 떠났다는 말을 들은 것은 한참 후의 일이었다. 조복애만 생각하면 그녀는 유난히 하얗고 보드라워 만지면 곧 녹아버릴 것 같던 조복애의 하얀 손이 생각났다. 전체적으로 뼈가 가늘고 살이 많아 다감한 여성적인 느낌을 주지만 실제로는 농담도 잘하고 대장부 같던 조복애는 이론이나 행동이나 그녀가 처음이자 마지막으로 접한 탁월한 여성 혁명가였다. 그리운 조복애가 어쩌면 지금 북녘땅 어디엔가 살아 있을지도 모르는 일이다. 일본으로 무사히 건너갔다고 했으니 그럴 가능성도 있을 것이다.

10월이지만 산중은 한겨울, 불을 피우지 않으면 추워서 견디기 힘든 날씨였다. 천막 칠 자리에 길고 야트막한 홈을 판 뒤 그곳에 불을 피우면 잠시 후 이글거리는 숯불이 남는다. 그 위에 납작한 돌을 얹어놓으면 작은 온돌(빨치산들은 그것을 페치카라고 불렀다)이 되는 셈이다. 뜨끈뜨끈하게 달아오른 돌 위에 산죽을 척척 베어다 깔고 담요 한 장을 펴 놓으면 한겨울밤에도 너끈히 날 수 있었다. 조복애와 단둘이 누워 있으면 그곳이 산속이라는 것도 치열한 전투 중이라는 것도 믿기지 않게 평화스러웠다. 이론이라고는 배울 틈도 없어 문외한인 그녀에게 조복애는 많은 것을 가르쳐주었다. 언젠가 남녀 간의 문제가 화제에 오른 적이 있었다. 아무리 남녀문제가 엄격한 남부군이라 해도 세상과 격리된 채 남자여자가 한 덩어리로 살아가는데 문제가 전혀 없을 수 없었다. 어떤 집단이든 남녀문제가 전혀 없다면 그것은 인간의 집단이 아니라 신의 집단일 것이다. 어쩌다 남자들과 함께 자게 될 때면 극히 드문 일이긴 하지만 슬그머니 손이 올라오는 경우도 있었다. 아마 그녀가 그런 불만을 토로했던 것 같다.

"어떻게 혁명가가 그럴 수가 있지요?"

정말로 그녀는 그런 사람들을 이해할 수 없었다. 적어도 혁명가라면 자신의 모든 감정과 본능까지도 철저하게 지배할 수 있어야 된다고 생각하고, 그래서 간혹 그렇지 못한 사람들을 보면 지위고하를 막론하고 존경심이 생기지 않는다는 것이었다. 조복애는 그런 그녀를 보며 다정하게 웃었다.

"러시아에 나타샤라는 유명한 여자 혁명가가 있었어요. 어디서나 이성문제는 있기 마련이어서 나타샤도 옥자 동무와 같이 그런 괴로움을 당한 모양이에요. 나타샤는 그럴 때마다 상대방이 다치지 않게 정중히 거절하면서 그 뒤로 그 사람이 무안해질 만큼 신경을 써주고 도와주었다고 해요. 그러니 처음에야 어떤 생각이었든 상대방도 자기 자신을 반성하지 않을 수 없었던 것이지요. 혁명가가 그래서는 안 된다는 동무의 생각은 옳지만 그렇다고 그런 동지들을 무시해버리는 태도도 나빠요. 우리는 동지들을 평가하고 심사하는 게 아니잖아요. 동지들이 그런 과오를 극복하고 정말 훌륭한 혁명가가 될 수 있도록 도와주어야지요."

사실 그녀도 남자들이 그럴 때마다 마음속으로 우스운 사람으로 치부해버릴 뿐 그 사람을 이해하거나 변화시키려는 노력을 해본 적은 없었다. 조복애의 말을 듣고 나서야 자신의 태도가 개인주의적이었다는 것을 느꼈지만 그 후로도 그런 남자들을 바라보는 그녀의 태도는 쉽게 고쳐지지 않았다. 오랜 세월이 지난 후 바깥 세상에 나와서야 그녀는 당시의 자신들이 얼마나 순수했는지—그녀가 그렇게 경멸했던 몇몇 동지들조차도—를 비로소 알아차렸다.

그러던 어느 날 한월수가 그녀를 찾아왔다. 구례 간전사람으로 여순사건 때 입산해서 당시 81사단 대대장이던 한월수는 남부군에 나팔부대라는 이름을 선사한, 바로 그 나팔 부는 사나이였다. 농사를 짓다가 입산했다는 한월수는 보통의 농사꾼들과는 조금 달랐다. 나팔 부는 솜씨야 물론

일류였고 판소리도 멋지게 뽑을 줄 알았으며 춤도 둘째가라면 서운할 정도였다. 농담도 잘하고 그런가 하면 남보다 외로움도 쓸쓸함도 많이 탔다. 달빛이 처연하게 밝은 밤엔 난데없이 한숨을 몰아쉬며 달빛에 취하기도 하고 가을이면 바람에 날리는 낙엽을 하염없이 바라보기도 하는 한월수였다. 넉넉한 집에서 태어났더라면 예술을 했을 사람인지도 몰랐다. 조근조근 말을 잘하고 또 말을 즐기는 사람이라 그녀와도 이런저런 얘기를 자주 나누던 한월수는 그녀를 찾아와서 여느 때와 달리 말을 꺼낼 듯 말 듯 망설이고만 있었다. 무슨 고민이 있는 모양이었다.

"옥자 동무, 내가…… 내가 말이요. 사랑하는 사람이 생겼어."

불쑥 말을 꺼내놓고 한월수는 한숨을 내쉬며 묵묵히 어둠에 잠긴 검은 숲만 응시하고 있었다.

"투쟁하기도 바쁜 와중에 사랑은 무슨 사랑이에요. 그것도 간부가."

"그래, 그렇지요? 역시 안 되겠지요?"

한월수는 땅이 꺼져라 한숨을 내쉬었다.

"월수 동무! 조금만 참아요. 해방되고 나서 그때 가서 마음껏 사랑하면 되잖아요."

"그래야 되겠지요? 역시 지금은 안 되겠지요?"

그녀에게가 아니라 마치 자기 자신에게 되새김질하는 투였다. 힘없이 어깨를 축 늘어뜨리고 돌아간 한월수는 얼마 후 또 그녀를 찾아왔다.

"옥자 동무, 도저히 안 되겠어. 벌써 남모르게 몇 번 만났는걸."

"아니 남모르게 만날 데가 어디 있다구."

"잠잘 때 바깥에서 잠깐 만났지. 만나서 춤 배웠어."

춤을 배웠다는 말에 언뜻 떠오르는 사람이 있었다.

"정자예요?"

문정자는 후평에서 함께 온 문화선전대원으로 무용을 했는데 뛰어난 미인이었다. 얼굴이 예쁘다 보니 말도 많고 사업작풍도 썩 좋은 편은 아니었다.

　"옥자 동무, 사랑해서 두 사람이 더 좋아지면 되잖아. 알고 보니 정자 동무도 순박한 데가 있어요. 정자 동무를 훌륭하게 만들 자신이 있다구. 그래도 안 될까?"

　"그렇게만 된다면야 누가 뭐라겠어요. 싫다고 해도 사랑하라고 하지. 잘 해봐요. 지켜볼게요."

　신이 나서 자신 있다며 돌아간 한월수의 말대로 문정자는 서서히 변해 가기 시작했다. 놀라울 정도였다. 뭐라고 비판만 하면 팽그르르 토라지곤 하던 문정자가 진지하게 비판에 귀를 기울이고, 무슨 일을 시키면 귀찮아 하고 대충대충 때우기 일쑤더니 나중에는 무슨 일이든 앞장서 나서고 웃으면서 즐겁게 일하는 것이었다. 그녀의 보고를 통해 한월수의 사랑 얘기를 알고 있던 간부들은 문정자의 변하는 모습을 보고 혀를 내둘렀다.

　"저 정도면 이거 다른 동무들도 연애를 부지런히 하게 해야겠구만요."

　"글쎄 말입니다. 연애는 한월수와 문정자처럼! 하는 구호를 하나 만들어야겠는데요."

　한월수와 문정자의 사랑 얘기는 두고두고 남부군의 화젯거리로 등장했다. 빨치산의 수기치고 사랑 얘기가 나오지 않는 게 없다. 어떤 수기에서는 마치 빨치산들이 날마다 환락의 밤을 보낸 것처럼 씌어져 있기도 하다. 물론 빨치산이라고 사랑이 없었을 리 없다. 그러나 빨치산들의 사랑은 밖에서 생각하는 사랑과는 전혀 질이 다르다. 결혼까지 한 그녀가 남편과 한 부대에 있으면서도 단 하룻밤도 함께 자지 않았으니 하물며 미혼남녀의 사랑이야 두말할 나위가 없다. 전남과 남부군의 숫자만 해도 총 몇천을 헤아리니 그중에 수십 명쯤은 물론 예외도 있었을 것이다. 어디에나 예외란 있는 것이니까. 빨치산들의 대부분은 사랑이 뭔지 생각할 겨를도 없이 적과의 대치 속에서 긴장한 채 살았다. 더러는 그 와중에도 애틋한 사랑을 하기도 했으나 그것은 그야말로 서로 말없이 지켜보는 것이거나 동지로서 격려하는 사랑일 뿐이었다. 문화선전대원 문정자에게 좋아하는 춤을 배우며 사랑을 느끼고 그 사랑으로 부대의 말썽꾸러기 문정자를 다른 동지들보다 더 탁월한 전사로 변화시킨 한월수의 사랑이 아마 빨치산의 전형적인 사랑의 모습일 것이다. 한월수는 자기 삶의 마지막 가을을 혁명의 물결 속에서, 그리고 사랑의 물결 속에서 가장 빛나고 아름답게 보내고 있었다.

지리산의 가을은 눈 깜짝할 사이에 지나간다. 산꼭대기에서부터 화려하게 타오르는 단풍이 아름답다고 생각한 순간 낙엽이 지고 거센 북풍과 함께 겨울이 닥쳐오는 것이다. 남부군의 마지막 낙원도 순식간에 지나갔다. 11월 초 서남지구 경찰병력이 총동원되어 비행기까지 합동으로 달궁을 공격해 들어왔다. 대형폭탄과 기총사격에 밀려 남부군은 결국 한 달여의 천국을 버리고 그 달 말까지 지리산 곳곳의 골짜기를 전전하면서 월동준비에 바빴다. 그것이 전부가 아니었다. 깊어가는 겨울과 함께 남한 빨치산을 거의 전멸시키다시피 한 그 유명한 수도사단의 공세가 다가오고 있었던 것이다. 후평에서 9백여 명에 가까운 대부대로 승승장구하던 남부군은 이 수도사단의 공세가 끝나고 난 후 150여 명 정도만이 간신히 살아남는다. 그 수많은 인민군 정규부대도 넘지 못한 낙동강을 넘어 종횡무진 적의 심장을 들쑤시고 다니던 남부군, 후평에서부터 지리산까지 몇천 리 장정 동안 유격부대답게 후방의 적을 마음껏 섬멸하고 다니던 남부군의 사실상의 유격투쟁은 이제 막을 내리고 있었다.

남부군이 완전히 전멸하기까지는 아직도 이 년이 더 남았지만 그동안 남부군이 보여주었던 것은 유격투쟁의 실질적인 성과보다도 조국해방에 대한 불꽃같은 집념으로 세계역사상 유례없는 악조건을 헤치고 끝까지 순결하게 혁명정신을 지켜낸 아름다운 인간의 모습이었다. 거대한 불꽃으로 타올랐던 그들은 재가 되지 않고 숯이 되어 언젠가 다시 다가올 해방의 밑불로 자신을 남기고 간 것이다.

19_
기나긴 겨울, 머나먼 해방

11월 말 지리산 상봉에는 이미 흰눈이 덮여 인간의 접근을 불허하듯 웅장하고 신비로웠다. 이 골짝 저 골짝 지리산의 숱한 골짜기를 누비고 다니던 남부군은 산그림자가 검게 드리울 무렵 전투채비를 끝내고 학동골에 줄지어 섰다. 이영회가 지휘하는 경남 57사단과 합동으로 악양지서를 습격하기 위해 출정하는 길이었다.

"우리는 조국과 인민 앞에 최후의 피 한 방울까지 바쳐 싸울 것을 맹세합니다!"

결의가 끝나자 〈출정가〉를 부르는 합창 소리와 함께 대열이 서서히 움직이기 시작했다.

어둠을 타고 악양분지에 도착한 남부군은 새벽이 밝아옴과 동시에 공격을 개시했다. 하동과 화개 쪽에서 넘어오는 길만 차단하면 아늑한 분지인 악양은 그 분지 안에 수십 개의 부락이 들어앉아 있는데 들이 넓어 대부분이 부촌이었다. 분지를 지키는 경찰병력 정도야 상대가 아니었다. 악양은 쉽게 점령되었다. 그동안 전남에서 지리산으로 파송되어온 투쟁인민과 당 기관원들이 줄을 지어 보급품을 산으로 나르기 시작했다. 남부군의 정치부원들도 마을을 이리저리 뛰어다니며 선전선동을 하고 문화선전대원들은 아이들과 주민들을 불러놓고 혁명노래를 가르치느라 눈코 뜰 새가 없었다. 학동골에서 악양까지 오는 동안 내내 "꼬불꼬불 첫째 고개"를 불러대다 유주목에게 "그놈의 꼬불꼬불은 듣기도 싫으니 제발 딴 노래 좀 부르라"고 지청구를 듣기도 했던 조복애는 그래도 끄떡없이 꼬불꼬불을 흥얼거리며 씩씩하게 마을로 달려갔다. 힘든 행군을 별로 해본 적이 없을 텐데 지친 기색도 없었다.

마을을 점령한 그날 오후 석양이 질 무렵이었다. 화개 쪽에서 제법 강력한 적정이 나타났다. 경찰쯤이야 하고 화개 쪽 담당 81사단이 자신 있게 덤벼들었지만 적들은 만만치가 않았다. 그제야 확인해보니 경찰이 아니라 주전선의 핵심부대인 수도사단이었다. 국군 정규군의 토벌작전이 시작된 것이다. 그해 겨울 내내 계속된 공세로 수많은 빨치산을 죽음으로 몰아간 국군부대는 주선선의 핵심 부대였던 수도사단과 5사단, 8사단이었다. 주전선의 핵심부대까지 후방으로 빼돌렸으니 남한 유격대는 조국해방전쟁에서 유격대로서의 자기 역할을 충분히 기대 이상으로 수행한 셈이다. 지도부에서는 전남도당의 정보입수로 수도사단이 대대적인 공격을 위해 정찰중이라는 것을 알고 있었지만 한참 눈이 쌓일 1, 2월 중순경에야 공세가 시작되리라고 예측하고 있었다. 짐작보다 너무 빨랐던 것이다.

즉각 후퇴명령이 내려졌다. 이미 적들은 하동 쪽에서도 까맣게 몰려들었다. 국군병력에게 겹겹이 포위된 남부군은 구사일생으로 포위망을 뚫고 수많은 희생자를 낸 채 청학동골로 후퇴했다. 이틀간 눈 한 번 못 붙이고 전투와 행군에 지친 대원들이 여기저기 흩어져 막 숨을 돌리려는 찰나 박격포탄이 우박처럼 쏟아져 내렸다. 순식간에 백여 발의 포탄이 날아든 것이다. 대열을 추스를 새도 없이 청학동골을 벗어난 남부군은 앞서 퇴각한 본부와 접선하기로 한 거림골로 치달렸다. 그녀는 본부와 함께 거림골 무기고 트 부근의 산죽밭에 엎드려 초조하게 부대를 기다리고 있었다. 약속 시간이 지났는데도 좀처럼 부대는 도착하지 않았다. 얼마나 지났을까. 이쪽에서 내보낸 정찰병이 김홍복과 함께 달려왔다.

"청학동골에서 또 한바탕 붙었습니다. 포위망을 간신히 뚫고 나오는 길입니다."

"부대는 어떻소?"

"희생자가 많습니다……."

유난히 정이 많아 하부원들을 아버지처럼 보살피던 유주목이 곁에서 통탄의 한숨을 토하고 있었다. 본부와 합류한 부대는 거림골에서 밤을 나기로 하고 일단 거기까지 가져온 보급품을 비장했다. 박격포가 쏟아지는 그 상황에서도 짐을 챙겨온 대원들이 상당수였다. 한쪽에서는 식량을 비장하고 한쪽에서는 얼음이 주렁주렁 달린 산죽과 칡넝쿨로 초막을 엮느라 부산했다. 얼음덩이를 만지고 있으려니 손이 성할 리 없었다. 곱아서 펴지지도 않는 손으로 초막을 거진 다 만들었을 무렵이었다. 어둑어둑해진 건너편 산능선으로 적정이 나타났다는 보고가 들어왔다. 고생한 보람도 없이 기껏 만들어놓은 초막에서 다리 한 번 뻗어보지 못하고 부대는 다시 대성골을 넘어 의신부락으로 향했다. 이때가 12월 1일경, 국군 5사단과 8사단, 수도사단 등 3개 사단과 경찰병력이 총동원된 수도사단 공세(3개 사단의 합동작전이었지만 빨치산들은 통틀어 수도사단 공세라 불렀다)가 막 개시된 시점이었다. 이듬해 2월 7일까지 두 달간 4만 명이 넘는 대병력이 한꺼번에 지리산으로 쏟아져 들어온 것이다.

사흘 밤을 꼬박 새운 상태로 의신마을 외곽능선에 있는 초소를 기습 공격한 남부군은 여기서 한 소년의 영웅적인 투쟁으로 초소점령에 성공했다. 고지에서 쏘아대는 기관총 때문에 점령이 늦어지자 81사단 소속의 소년전사 강만원이 포복으로 접근, 기관총 사수를 발로 걷어차고 기관총을 끌어안은 채 고지를 굴러 내려온 것이다. 강원만은 구례군 봉서리 출신으로 여순사건 직후 자기 형이 토벌대에게 총살당하는 것을 목격하고는 형의 원수를 갚겠다며 지리산으로 빨치산을 찾아온 어린 소년이었다. 그때 나이 열넷이나 됐을까. 나이는 어리지만 입산 직후부터 박병주와 같이 박종하의 연락병을 하면서 그 고된 낙동강 도하투쟁을 함께 하고 후평까지 갔다 내려온 노병이었다. 박종하가 죽은 뒤 81사단에 배치된 강만원은 이날 의신마을에서 결정적인 공훈을 세우고는 얼마 뒤 대성골 피의 전투에서 최후의 한 방까지 다 쏘고는 장렬하게 전사한다. 그의 나이 열여덟이었다.

강만원의 영웅적인 투쟁 덕분에 의신마을에서 따뜻한 아침을 먹은 부대는 곧 마을을 떠났다. 마을 어귀 감나무 높은 가지에는 아직도 붉은 감 몇 개가 위태롭게 매달려 있었다. 강인한 철의 투사 빨치산에게도 애잔한 향수를 불러오는 것들이 있었는데, 남쪽 마을 어디에나 흔한 감나무도 그중 하나였다. 새벽닭 우는 소리, 다듬이질 소리를 들으면 누구라도 잠시 쓸쓸한 추억에 잠기곤 했다. 마치 그들 자신의 운명처럼 위태롭게 홍시 몇 개가 매달린 감나무를 뒤로 하고 4백 명에 가까운 부대는 주능선을 거슬러 올라 벽소령 밑 삼점마을로 행군, 거기서 숙영준비를 하고 있던 국군을 기습하여 퇴각시켰다. 날이 어두워지고 있었다. 산그림자를 타고 뱀사골의 어느 지능선에서 그날 밤을 보냈다. 지리산의 모든 능선이 토벌대가 밝힌 불로 흡사 어느 도시의 야경을 옮겨놓은 것 같았다. 그 토벌대의 숲 사이에서 4백의 대부대가 숨을 죽이고 있는 것이다. 눈구덩이 위에 나뭇가지를 얼기설기 깔아놓고 그 위에 그대로 쓰러져 추워할 틈도 없이 모두 깊은 잠에 빠져들었다.

잠시 눈을 감았다가 뜬 것 같은데 어느새 기상명령이 내렸다. 주위가 희끗희끗 밝아오기도 전에 식사를 끝내고 그 자리를 떠난 부대는 며칠간 토벌대의 눈을 피해 이리저리 돌아다녔지만 어디에고 적의 발길이 닿지 않은 곳이 없었다. 적에게 조발돼 몇 번 작은 전투를 치르면서 부대는 연하천 부근의 명선봉을 감고 돌아 빗점골 북쪽 어느 개울가에 도착했다. 부대는 커다란 바위 뒤의 빙판에 앉아 아무것도 먹지 못한 채 목이 마르면 눈을 한 움큼씩 집어먹으며 꼬박 이틀을 잠복해 있었다. 쭈그려 앉은 자세로 몸을 움직일 수도 없고 소리를 낼 수도 없었다. 기침은 왜 그렇게 나오는지, 숨소리는 왜 또 그렇게 크게 들리는지 미칠 노릇이었다.

"전달! 손발을 부지런히 놀려라!"

가만히 있다가는 동상에 걸리는 것이다. 빨치산에게 발만큼 중요한 것도 없었다. 걸을 수 없으면 모든 것이 끝나기 때문이다. 오죽하면 공화국의 발이라고 했을까. 대원들 모두 숨을 죽이고 쭈그려 앉은 채로 끊임없이 손과 발을 비비고 꼼지락거렸다. 그 겨울공세가 끝나고 났을 때는 대원들 모두가 총을 쏘면서도 발가락을 계속 움직이고 있을 정도로 동상방지에 이력이 나 있었다. 지리산은 11월부터 4월까지 근 6개월간 눈에 덮여 있다. 그 눈밭에서 고무신으로 혹은 짚신으로 어떤 경우에는 그것도 없이 맨발로 살면서도 동상을 이겨낼 수 있었던 것은 그만큼 철저하게 발을 관리했기 때문이다. 물론 그렇게 철저하게 주의해도 어쩔 수 없이 동상에 걸리곤 했지만 썩어 들어가서 발을 잘라낼 정도의 중증은 면할 수 있었다. 그래서 빨치산들은 겨울이면 앉으나 서나 열심히 발을 놀린 것이다.

그 와중에도 무정한 잠은 쏟아졌다. 보름간 계속된 1차공세를 통틀어 하루에 두어 시간씩도 못 잤으니 눈구덩이건 얼음 위건 가릴 게 없었다.

꾸벅꾸벅 졸다 앞사람의 등에 머리를 박기를 수차례, 드디어 이동명령이 내렸다. 엉덩이까지 얼음이 돼버린 느낌이었다.

산등선에는 거의 백 미터 간격으로 적들이 피워놓은 모닥불이 활활 타오르고 부대는 그 모닥불 사이를 소리 없이 빠져 얼마 전 악양전투에서 확보한 식량을 비장했던 거림골로 갔지만, 식량은 단 한 톨도 남아 있지 않고 부근에 남겨놓았던 부상자들의 시체 너덧 구만 눈 속에 나뒹굴고 있었다. 부대는 다시 허탈한 발걸음을 천왕봉 쪽으로 돌렸다. 중산리 능선을 따라 행군한 부대가 폐허가 된 법계사에서 트를 치고 있을 때였다. 보초선에서 난데없는 총성이 울리더니 곧 전투가 벌어졌다. 적세가 크지 않았는지 잠깐의 교전 끝에 적을 물리치긴 했지만 한바탕 전투가 붙은 곳에서 그대로 숙영할 수는 없는 노릇이었다. 부대는 다시 상봉 고지를 향해 오르기 시작했다. 짧은 겨울낮이 어느새 저물고 있었다. 그때였다. 반대편에서 수십 명의 빨치산 대열이 눈을 헤치며 힘겹게 전진해오고 있었다. 경남도당이었다. 그 넓은 지리산을 이리저리 쫓겨 다니다 우연히 마주친 것이다.

"아이고! 서방님!"

대열이 바로 곁으로 스쳐갈 무렵 경남도당의 한 여자가 누구를 가리키는 것인지 서방님! 하고 비명처럼 외치더니 무서운 힘으로 눈발을 뚫고 달려와 녹 동무를 붙들고 섧게 울어댔다. 신발도 없이 맨발로 눈 속을 걸어왔는지 발싸개마저 너덜너덜 다 헤지고 퉁퉁 부은 자줏빛 맨살이 드러나 있었다. 녹 동무의 가까운 친척이라는 여자는 내내 울면서 멀어져갔다. 녹 동무의 고향은 함양 어느 마을로, 대부분이 좌익에 투신해 한문중간인 동네가 풍비박산이 났다. 처음에야 젊은이들만 시작한 일이었을 테지만 한 문중이 그렇게 되고 보니 노인네도 아낙네도 경찰의 등쌀에 견디질 못하고 모두 입산한 것이다. 눈보라 속에서의 눈물겨운 상봉은 그렇게 스쳐갔다.

탈진하기 직전 부대는 눈에 파묻혀 형체도 없고 바닥과 나무기둥 몇 개만 초라하게 남아 있는 숯막에서 하루를 묵었다. 다음날 아침 일찍 부대는 천왕봉에 도착했다. 거대한 바윗덩어리로 된 지리산 상봉에는 온 세상을 삼켜버릴 듯 거센 광풍과 굉음이 소용돌이치고 있었다. 도저히 눈을 뜨고 서 있지 못할 정도였다. 인간의 침입을 거부하는 분노의 표현일까. 상봉 아래 멀리 바라보이는 섬진강과 수많은 마을은 더없이 평화스러워 보였다.

부대는 커다란 바위를 바람막이로 삼아 아침을 짓기 시작했다. 취사반원들이 짐을 푸는 동안 대원들은 나무를 구하러 주변으로 흩어졌다. 사람 키를 넘는 눈 속에서 무슨 나무를 구하겠는가. 그러나 빨치산에게 불가능이란 없다. 손으로 발로 밥그릇으로 눈을 헤치고 대원들은 어떻게든 나무를 구해왔다. 원래 산에서는 무겁고 거추장스러워서 갖고 다니지 못하는 솥뚜껑 대신 광목을 둘러씌워 밥을 한다. 그러면 웬만큼 높은 곳에서도 밥이 설지 않는다. 그런데 그날은 눈을 솥에 퍼 넣고 불을 때서 녹인 다음 씻지도 않은 쌀을 집어넣고 평소 하던 대로 광목을 씌웠는데도 웬일인지 밥이 되지 않았다. 밑에서는 타는 냄새가 진동하는데 위에서는 김도 오르지 않는 것이다. 김이 오르길 아무리 기다려도 끓을 생각도 하지 않았다. 별수 없이 솥을 열어봤더니 밑바닥만 시커멓게 탔을 뿐 김도 오르지 않은 채 완전히 생쌀이었다. 물기만 젖은 쌀을 밥이라고 돌렸더니 유주목이 당장 호통이었다.

"이 쌔끼! 이걸 밥이라고 했나!"

취사반원이 따로 있지만 부대 내의 모든 일은 살림살이 하나까지도 원래 정치부원의 책임이었다. 전투 실패의 책임도 그 전투부대 정치위원들의 책임인 것이다.

"아무리 해봐도 이렇습니다."

"무슨 변명인가. 노력을 안 하니 그렇지."

"돌을 얹고 별짓을 다했습니다만 밥이 끓지도 않는데요."

"하나 얹어서 안 되면 두 개 얹으면 될 거 아닌가."

그녀로서는 최선을 다한 것이건만 유주목의 호통은 매서웠다.

"그 정도로는 어림도 없습니다. 기압 문제인 것 같은데요. 노력을 안 한 게 아닙니다."

"이 쌔끼, 이거 또 시작이구만. 끝까지 우길 텐가?"

"유 동무가 아무리 우겨도 소용없어. 이번엔 옥자 동무가 맞았어."

아무 말도 없이 물에 불은 생쌀을 씹으며 두 사람의 입씨름을 지켜보던 이현상이 빙그레 웃으며 끼어들었다. 마흔이 넘은 정치위원 유주목은 원래 아무에게나 쉽게 반말을 하고 친근하게 굴어 이현상과는 또 다른 매력을 지닌, 소탈하고 정이 많은 사람이었다. 노동자 출신이면서도 이론이 좋은 유주목은 또 고집 세기로 유명해서 한번 의견을 밝히면 끝까지 그걸 우기는 버릇이 있었다. 그런 고집은 그녀 역시 만만치 않아서 이전부터 무슨 말만 났다 하면 서로 입씨름이 붙기 일쑤였다. 키가 작고 여윈 몸집에 자그마한 눈이 유난히 새까매서 재치가 넘쳐흐르게 생긴 그는 입씨름을 하다하다 안 되면 "이 쌔끼!" 하며 그녀의 엉덩이를 한 대 툭 치고는 했었다. 지리산 상봉에까지 쫓겨 와서 두 사람의 입씨름이 또 한판 붙은 것이다. 이현상의 중재로 유주목이 입맛을 쩝쩝 다시며 물러나긴 했지만 그날의 정겨운 다툼을 사무치게 그리운 추억으로 남기고 유주목은 그 후 어느 땐지 소식이 끊기고 말았다. 빨치산에게 있어 무소식이란 희소식이 아니라 죽음 아니면 생포를 의미했다. 유주목이 생포됐다는 말은 그 후 어디서도 들은 적이 없으니 아마 지리산 어느 골짝엔가 무덤도 없이 누워 있을 것이다.

지리산 상봉의 추위는 지독했다. 눈에 젖은 채로 불을 쬐고 있으면 옷의 앞자락은 불이 붙어 타는데 뒷자락에는 고드름이 주렁주렁 매달렸다. 영하 삼십 도는 족히 넘을 날씨였다. 게다가 옆 사람의 말소리도 잘 안 들릴 정도의 매서운 서북풍을 생각하면 실제 체감온도는 그보다 훨씬 더했을 것이다. 내복도 없이 여름부터 입었던 군복 하나로, 눈에 젖은 고무신이나 짚신으로 그들은 그 추위를 견뎠던 것이다.

워낙 춥고 북쪽 응달이라 적정이 없으리라 생각해서 당분간 머물려고 왔던 길이었지만 그대로 있다가는 적보다 더 무서운 추위에 얼어 죽을 판이었다. 아침을 해먹은 뒤 그들은 다시 지리산 상봉을 내려와 제석봉 쪽으로 향했다. 지리산의 서북쪽 음지인 제석봉 능선엔 그녀가 푹 파묻힐 정도로 눈이 쌓여 있었다. 간부들의 필사적인 지휘로 눈을 헤치고 걷기 시작했다. 선두에 선 사람이 어깨와 온몸으로 눈을 밀치고 서서히 나아갔다. 선두는 계속 교대됐다. 간신히 한 사람이 지나갈 만큼의 통로가 생기면 무정한 바람이 세차게 불어와 다시 통로를 메워버리기 일쑤였다. 휘몰아치는 눈바람에 모두 눈을 뒤집어쓰고 허연 눈사람으로 변해갔다. 눈에 젖은 옷은 곧 꽁꽁 얼어붙었다. 포효하는 바람소리가 모든 소리와 시간을 다 삼켜버린 듯했다. 대열의 어디쯤에선가 노랫소리가 퍼져 나왔다.

참고 견디는 고향마을 만나러 가자, 출진이다
고난에 찬 산중에서도 승리의 날을 믿었노라

높은 산을 넘어 넘어
눈에 묻혀 사라진 길을 열고
빨치산이 영을 내린다
원수를 찾아 영을 내린다

20_
사지에 몰린 남부군

나중에야 수도사단의 공세가 4차에 걸쳐 지리산과 주변의 야산을 돌아가며 보름의 간격을 두고 실시되었다는 것을 알았지만 당시에는 그런 사정을 알았을 리 없다. 시간도 장소도 몽롱한 채 그저 사방으로 쫓겨 다니며 수많은 전투를 치르고 수많은 희생자를 냈다는 것만 기억날 뿐이다. 어느 날 갑자기 지리산 전 능선에서 일제히 모닥불이 사라졌다. 12월 말까지 계속된 1차공세가 끝난 것이다.

이 1차공세에서 남부군 사령부 총정치위원이던 차일평이 생포되었다. 당시는 바로 옆에서 전사하지 않는 한 누가 어디서 전사한 것인지 자수한 것인지 묻지도 않고 알려주지도 않을 때였다. 차일평의 생포 역시 마찬가지였다. 1차공세가 끝난 직후부터 차일평이라는 이름으로 귀순권고 삐라가 뿌려지기도 하고 비행기의 선무방송이 들려오기도 했지만 대원들은 아무도 그걸 믿지 않았다. 후평에서부터 남부군에 합류한 차일평은 김일성대학 철학과 교수를 지냈다는, 삼십대 중반의 전형적인 학자풍의 사나이로 그녀의 학습을 담당한 개인교수이기도 했다. 훗날에야 차일평이 실제로 적에게 협력했다는 사실을 알게 된 그녀는 한동안 분노에 치를 떨기도 했다. 그에게는 혁명의 순결성보다 자신의 생명과 지식이 더 중요했던 걸까. 그녀를 감탄시키던 놀라운 지식과 이론이 한

낡 관념이었을 뿐일까. 적어도 그가 인간인 이상 아마 적에게 구걸한 나머지 인생 동안 그의 앞에 기다리는 것은 굴욕과 자기파괴와 참담함뿐이었을 것이다.

비슷한 시기에 생포(한국정부의 발표로는 귀순자수였다고 하지만 다른 여러 사람들의 증언으로 미루어보건대 생포가 분명하다)된 전 중앙민청위원장 오운식과 그의 부인 역시 차일평과 함께 육군 본부의 2등 문관으로 적에게 협력하다가 양심의 가책을 이기지 못하고 군 건물을 방화하고 자살하려다 발각되었다. 토벌대장 차일혁의 친척이었던 오운식의 아내는 무기형을 받고 오운식은 사형대의 이슬로 사라졌다. 최후의 순간에 수렁에 빠진 자신을 건져내고 혁명가다운 최후를 선택한 것이다.

한두 사람이야 어땠건 대부분 남한 사회주의자들은 최후의 순간까지 적과 투쟁하면서 마지막 총 한 방까지 적을 향해 겨누다가 전사하거나 자폭으로 자신의 생명을 거두었다. 이현상도, 박종하도, 김흥복도, 이진범도, 이영회도, 전남도당의 박영발이나 김선우도, 전북도당의 방준표도, 모두 자신의 동지들이 숨져간 차가운 산기슭에서 자신들이 이루지 못한 해방을 꿈꾸며 죽어간 것이다.

차일평의 변절을 알았건 몰랐건, 국군 비행기가 자수하면 아무것도 묻지 않고 살려준다는 삐라를 온 산이 하얗게 뒤덮이도록 뿌려대도, 수많은 삐라는 뿌려진 자리에서 그대로 썩어가거나 빨치산들의 뒤닦개로 긴요하게 쓰일 뿐이었다.

공세가 끝났어도 굶주림은 여전했다. 지리산 주변 가까운 마을들은 적들의 경계도 심할 뿐만 아니라 식량소개도 철저해서 죽음을 불사하고 보급투쟁을 나가봐야 쌀 몇 되 구하기가 어려웠다. 부대는 예전에 식량 비장했던 곳을 샅샅이 뒤지고 다녔지만 이미 토벌대들이 다 불태운 뒤였는데,

간혹 어떤 기특한 국군병사가 남기고 간 것인지 은밀한 바위 뒤편 같은 곳에 멀쩡한 쌀가마니가 숨겨져 있기도 했다. 토벌대가 남긴 선물은 그뿐이 아니었다. 공세가 끝난 후면 빨치산들은 주둔지 부근을 샅샅이 뒤지며 국군이 버리고 간 총탄이며 온 산에 거미줄처럼 내널린 전화선을 긁어모으느라 신바람이 났다. 귀찮아서 버리고 간 건지 무수한 탄환이 눈밭에 뒹굴고 있기도 했고, 어떤 때는 "동지들의 투쟁을 지지합니다. 끝까지 투쟁하십시오"라는 메모와 함께 탄환 수천 발이 곱게 숨겨져 있기도 했다. 48년 이래 조직적인 투쟁이 가능했던 53년까지 남한의 유격대는 단 한 번도 후방에서 무장을 지급받지 못했다. 적과 맨몸으로 싸워 무장을 시작하고 적의 무장을 탈취해 끝까지 투쟁하다 궤멸한 것이다. 공세 후에 버려진 총탄도 제법 상당한 양이었다. 말하자면 국방군과 경찰은 빨치산의 무장까지 공급하면서 싸운 셈이다.

수도사단의 겨울공세는 그것으로 끝난 것이 아니었다. 52년 새해가 밝아오자 곧 2차공세가 밀어닥쳤다. 몇 날 며칠 잠도 못 자고 쫓겨 다니던 어느 날이었다. 부대는 북쪽의 어느 속능선에 겨우 자리를 잡고 서둘러 아침식사를 준비하기 시작했다. 벌써 먼동이 터오고 있었다. 능선 위에서 휘몰아치는 바람소리뿐 무거운 적막이 눈에 덮인 겨울산을 짓누르고 있었다. 보글보글 밥이 끓어가는 옆에서 대원들은 눈 위에 그대로 쓰러진 채 배낭을 베고 잠들거나 불가에 둘러앉아 불에 달군 나무꼬챙이로 허리띠에 구멍을 뚫고 있었다. 굶주린 배를 졸라매기 위해 구멍을 안쪽으로 더 뚫고 있는 것이었다. 빨치산의 허리띠는 보통 사람의 허리띠보다 구멍의 수가 배쯤 된다. 며칠 굶을 때는 허리를 졸라매야 하고 어쩌다 맘껏 한 끼라도 먹는 날에는 배가 잔뜩 부풀어 바깥쪽으로 구멍을 몇 개쯤 더 뚫어야 간신히 허리띠를 묶을 수 있는 것이다. 사람의 위장은 그만큼 탄력적이었다.

워낙 그런 것인지 위장까지 빨치산의 습관대로 개조된 것인지는 알 수 없으나.

끓는 밥냄새처럼 달콤하고 향기로운 것은 없다. 대원들은 고소한 밥냄새에 지금까지의 모든 피로도, 죽어간 동지들에 대한 애통함도 잊고 상쾌한 기분으로 기대에 부풀어 있었다. 그때였다. 남쪽에서 날아온 박격포탄이 어느 부대의 취사장을 명중시키며 펑! 하고 요란하게 터졌다. 곧이어 집중사격이 쏟아졌다.

"능선으로 오르라!"

김흥복의 고함 소리에 따라 기대에 부풀었던 밥도 버리고 부대는 적이 공격해오는 맞은편 북쪽 능선을 향해 쏜살같이 달렸다. 급경사진 맞은편 능선은 응달이어서 눈이 잔뜩 쌓여 있고 붙잡을 만한 자잘한 나무 한 그루 없었다. 눈 사이로 비죽 고개를 내민 억새풀만이 발밑에서 바스러질 뿐이었다. 급한 오르막길이 한 칠백 미터쯤 될까? 뒤쪽에서는 계속 적의 집중사격이 퍼붓고 있었다. 엄폐물 하나 없는 눈 쌓인 비탈길로 와 몰려간 대원들은 죽자사자 능선 고지를 향해 치달렸다. 총탄이 씽씽 주위를 스쳐갔다.

"아이쿠!"

그녀의 등 뒤에서 낮은 비명소리가 들리더니 눈 위로 퍽 고꾸라지는 소리가 들렸다. 누군지 뒤돌아볼 새도 없었다.

"으아아악!"

뒤쪽에서 또다시 처절한 외마디 비명이 들려왔다. 바람처럼 질주해가는 그녀의 옆에서도 소리 없이 사람들이 쓰러졌다.

꾸르르륵……. 상처에서 피가 흘러나오는 소리일까. 묘하게 낮고 둔한 소름끼치는 소리가 총탄이 빗발치는 속에서도 선명하게 들려왔다. 그녀

앞에는 쓰러진 시체뿐 아무도 보이지 않았다.

"빨리빨리!"

누군가의 덥수룩한 머리가 능선 바위틈에서 불쑥 솟아오르더니 안타깝게 고함을 질러댔다. 이제 그녀 한 사람을 향해 집중사격이 쏟아지고 있었다. 이십 미터쯤 남은 비탈이 영영 닿지 못할 곳처럼 아득하게 느껴졌다.

"조금만, 조금만 더!"

능선에서 응원소리가 들려왔다. 이십 미터, 십 미터, 오 미터……. 누군가가 능선 바위를 훌쩍 뛰어넘더니 쏜살같이 달려와 그녀를 휙 잡아끌었다. 그녀는 기진맥진한 채 정신을 잃고 말았다. 몽롱한 의식 속에 누가 그녀의 몸을 흔들어대고 있었다. 가까스로 눈을 떠보니 이진범이었다. 능선고지 바로 아래에서 이진범이 그녀를 낚아채 휙 집어던진 뒤로 기억이 없는데 잠깐 혼절했던 모양이었다.

"자! 갑시다."

이미 부대는 저만치 달려가고 있었다. 일어나서 몇 발자국 뛰는데 이상하게 바지가 엉덩이께까지 줄줄 흘러내렸다. 그제야 바지를 보니 낙동강시절부터 차고 다녔던 미제 가죽혁띠가 두 동강이 나 있었다. 탄환에 맞은 것이다.

"옥자 동무 명 한번 길구만."

하기야 지금까지 그렇게 죽을 고비를 넘긴 게 한두 번이 아니었다. 등에 걸머진 항고가 총탄에 우그러들기도 했고, 머리를 스쳐간 총탄에 난데없이 가지런한 가리마가 생기기도 했다. 그 총탄이 영 점 일 밀리미터만 낮게 날아왔더라도 그녀는 이미 이 세상 사람이 아니었을 것이다. 다른 사람보다 훨씬 허약한 몸으로 그때까지 살아남은 것을 어떻게 설명할 수 있을까.

그곳에서부터 내내 적에게 추격당한 부대는 몇 개의 능선을 돌고 돈 끝에 커다란 바위가 듬성듬성 솟아난 한 고지 위로 뛰어올라갔다. 그녀도 바위를 하나 골라 몸을 숨기고 총을 내려 방아쇠를 당기는데 웬일인지 총이 나가질 않았다. 총까지 꽁꽁 얼어붙은 것이다.

"총이 안 나갑니다!"

"총이 얼었습니다!"

사방에서 총이 안 쏴진다고 아우성이었다. 누군가 그녀의 총을 낚아채더니 등을 돌리고 바지춤을 내려 총 위에 오줌을 갈기기 시작했다. 그녀는 오줌이 묻은 총을 받아들고 쏘기 시작했다. 그제야 총구가 불을 뿜었다. 얼마나 격전이 계속됐을까! 후끈후끈 달아오른 총신에서 뜨거운 열기가 솟구쳤다. 덜컥 소리가 나더니 더 이상 총알이 나가지 않았다. 탄환이 떨어진 것이다. 저만치 바위 하나를 건너 총을 안고 엎어진 동지의 시체가 보였다. 자기 총을 뒤로 내던지고 쓰러진 동지를 향해 달려갔다. 여기저기 총탄이 떨어져 내던진 총이 수북하게 쌓여 있었다. 바위에 부딪친 총탄에 우수수 돌조각이 쏟아져 내렸다. 바위에 상체를 기댄 채 죽어 있는 동지의 가슴에서 총을 빼낸 그녀는 다시 미친 듯 총을 갈기기 시작했다. 푹푹 쓰러지면서도 적은 끊임없이 밀려왔다.

"퇴각!"

개미 떼처럼 밀려오는 적세를 감당하지 못하고 그들은 동지들의 시체를 남겨둔 채 다시 능선으로 달리기 시작했다. 그 후로 이삼 일간 쫓고 쫓기는 추격전이 계속됐다. 간신히 추격을 따돌린 부대는 백무골 어느 개울가에서 오랜만에 숙영준비를 하고 있었다. 며칠 만에 단잠을 잘 수 있으리라는 꿈은 마천골에서 대규모의 적정이 나타나는 바람에 산산조각이 나고 말았다. 부랴부랴 행군채비를 마친 부대는 마천 쪽에서 올라오는 적을 피해 눈 쌓인 비탈을 걸어 오르기 시작했다. 두세 시간쯤 묵묵하게 걸어 올랐을까? 갑자기 앞에서부터 전달이 내려왔다.

"전달! 뒤로 돌아!"

대열은 왔던 길을 다시 되돌아 내려가기 시작했다. 산 능선에서 불어오는 바람은 차고 매서웠다. 왔던 길을 반쯤 내려갔을 때였다.

"뒤로 전달! 정지! 정지!"

갑자기 정지명령이 내리자 꾸벅꾸벅 졸면서 건성으로 걷고 있던 사람들이 앞사람에게 툭툭 부딪치며 멈춰섰다. 앞지도 못하고 발이 얼까봐 제자리걸음을 하며 서 있는데 한참 만에 다시 뒤돌아서 능선을 향해 오르라는 전달이 내려왔다. 아마 앞뒤로 다 적정이 나타난 모양이었다.

"자자, 기운들 내라! 곧 날이 샌다!"

대대장급 이상의 간부들이 대열의 앞뒤로 뛰어다니며 대원들을 격려했다. 대원들보다 두 배 이상 걷고 있는 셈이었다. 간부들이라고 대원들보다 잠을 더 잤거나 먹을 걸 잘 챙겨먹었을 리 없다. 오히려 대원들이 자는 시간에도 작전회의다 정찰이다 잠시도 쉴 틈이 없었다. 그러나 박종하 이래로 남부군의 전투간부들은 최전선에 나와 직접 현장지도를 하는 것이 거의 상례화돼 있었다. 그래서 간부 소모율이 일반부대에 비해 훨씬 높았고, 이 겨울공세가 끝나고 난 후에는 간부보존 운동이 벌어질 정도였다. 그러나 간부보존 운동이 벌어진 다음에도 간부들이 최전선에서 싸우는 것은 여전했다.

"전달! 선두 정지!"

대열을 멈추더니, 또 왔던 길을 되짚어가라는 것이었다. 양쪽에 나타난 적정을 피해 밤새도록 능선을 오르내리기를 수십 차례, 노고단 쪽의 하늘이 불그스름해질 무렵 능선이 머지않은 곳에서 드디어 휴식명령이 내렸다. 한 시간쯤 쉬었을까. 세석 쪽 능선의 적들이 빠지고 있다는 정찰대의 보고가 들어왔다. 대열을 정비하고 이동을 시작하는데 길옆에 어느 대원이 두 무릎에 얼굴을 묻고 쪼그려 앉은 채로 움직일 기미가 없었다. 일어나라고 했지만 여전히 응답이 없었다. 누군가 다가서서 앉아 있는 대원의 어깨를 툭 쳤더니 스르르 옆으로 쓰러져버렸다. 숨이 멎은 것이다. 거기서 그렇게 영영 일어나지 못한 사람이 대여섯 명쯤 되었다.

최후의 한 방울까지 다 쥐어짜서 거기까지 걸어왔다가 영영 일어나지 못한 동지들의 시체를 두고 대열은 능선을 향해 총탄처럼 튀어올랐다. 주능선에 올라서는 순간, 사람들 모두 몇 발자국씩 휘청거리며 뒤로 물러서야 했다. 무서운 강풍이 휘몰아쳤던 것이다. 눈인지 작은 얼음알갱이인지 모를 것들이 얼얼하게 얼굴을 때렸다.

철수한 지 얼마 되지 않았는지 적들이 주둔했던 주능선에는 아직 꺼지지 않고 이글거리는 숯불 무더기가 점점이 흩어져 있었다. 순식간에 능선을 넘어 중산리골로 건너간 부대는 숨을 죽인 채 한동안 잠복해 있다가 동쪽으로 지능선을 몇 개 넘어 그날 해질 무렵 거림골 무기고 트(거림골은 그곳에 예전 여수 14연대가 무기를 비장해둔 곳이 있다 해서 무기고 트라고 불렸다)에 도착했다.

굶주리고 지친 대원들이 오랜만에 두 다리를 뻗고 잠에 취할 즈음이었다. 보초선에서 보고가 들어왔다. 부대가 낮에 이동해온 루트를 따라 국방군이 뒤쫓아 온다는 것이었다. 즉각 철수명령이 내려졌다.

원한의 대성골전투가 바로 그날 밤이었는지 며칠 더 쫓긴 뒤였는지는 분명하지 않다. 어쨌든 그 무렵 밤이면 지리산 전체가 하나의 거대한 불꽃으로 변했다. 능선마다 고지마다 빠끔한 틈도 없이 주둔한 국방군의 모닥불이 화려하게 지리산을 수놓았던 것이다. 남부군은 두더지처럼 그 불꽃 사이를 누비며 쫓겨 다니다 대성골까지 밀려들어갔다.

21_

피의 전적, 원한의 대성골

하루 종일 적의 추격에 쫓겼다. 무심한 하늘은 눈까지 쏟아 붓고 있었다. 눈을 잔뜩 뒤집어쓴 아름드리 전나무 가지가 무게를 못 이겨 땅 끝에 닿을 듯 말 듯 휘어지곤 했다. 무릎까지 푹푹 잠기는 눈을 밟고 남부군 81사단과 사령부는 세석평전 서쪽을 행군하고 있었다. 잠시 부대가 정지했다. 경남부대와 경남도당을 마주친 것이다. 주로 천왕봉 동쪽 부근을 무대로 옮겨 다니던 경남도당도 적에게 쫓겨 그곳까지 밀려온 것이었다. 그렇게 많은 병력이 함께 이동한다는 게 위험한 일이긴 했지만 사방이 적으로 둘러싸여 있으니 다른 방도가 없었다. 이 대부대는 적정을 피해 세석평전 서쪽을 돌아 칠성봉 아래 대성골로 접어들었다. 대성골에 도착한 것이 새벽쯤 되었을까. 이상하게 그날 새벽까지 사방에서 빨치산들이 대성골로 몰려들었다. 얼마 전 거림골에서 갈라졌던 92사단도 대성골로 밀려왔고, 전남부대에서 지리산으로 파송했던 투쟁인민과 노약자들, 조금 전에 만난 경남도당, 경남부대, 지리산을 무대로 싸우던 적어도 천 명 이상의 빨치산들이 사십 리가 넘는 대성골 넓은 골짜기에 총집결한 것이다(이 피의 전투가 끝나고 나서야 남부군은 작전 총화를 통해 국방군이 며칠 동안 전 빨치산을 대성골로 몰아넣기 위해 교묘하게 대성골로 가는 길목만 터놓았다는 결론에 도달했다. 그렇지 않고서야 지리산 숱한 골짜기를 놔두고 전 부대가 대

310

성골로만 집결할 수 없는 것이다).

아직 동도 터오기 전이었다. 함정이 분명하다고 판단한 남부군과 경남 부대의 전투지휘관들이 모두 모여 빠져나갈 방법을 물색하고 있는데 갑자기 동남북 세 방향에서 신호탄이 일제히 터지기 시작했다. 동시에 사방 능선에서 포탄이 원을 그리며 날아들었다. 일제사격이 쏟아졌다. 교교한 달빛만 흐르던 지리산 전체가 총성과 함성과 처절한 비명의 도가니로 변해갔다.

그녀는 본부와 함께 꽤 높은 바위 뒤에 몸을 숨기고 있었다. 전투가 시작된 지 삼십 분쯤 지났을까. 피투성이 환자들이 줄을 이어 뒤로 옮겨지고 있었다. 사령부의 정치부원들도 모두 달려 나가 부상환자들을 본부가 있는 조금 아래 우묵한 평지로 나르기 시작했다. 본부 의무요원 하수복이 이리 뛰고 저리 뛰며 환자들을 치료하느라 정신없었다. 간호원 출신이었지만 하수복의 의술은 웬만한 의사보다 나았다. 총탄 제거수술은 물론이고 동상환자의 절단수술까지 못하는 게 없었다. 하수복은 솜씨도 솜씨려니와 워낙 일 욕심이 많아서 늘 일을 찾아다닐 뿐만 아니라, 맨몸 행군도 벅찬 판에 약을 구할 수 있는 대로 구해 약으로 배낭을 가득 채워 다니는 튼실한 일꾼이었다.

환자들은 끊임없이 실려 왔다. 잠시 후 선두에서 지휘하던 이진범이 결사대를 조직하러 달려왔다. 대기 중이던 후방 부대와 정치부원들이 너도나도 손을 들고 일어났다. 20여 명의 결사대가 동지들의 시체를 넘어 앞으로 달려 나갔다. 그 결사대원들 대부분이 들것에 실려 나왔다.

"여기 이 환자 지혈 좀 시켜야겠소!"

삽시간에 수십 명으로 늘어난 환자들 사이를 돌아다니던 이현상이 의무요원을 황급히 불렀다. 의무요원과 함께 그쪽으로 달려갔더니 배에 관통

상을 입은 환자였는데 구멍이 뻥 뚫린 상처로 꾸역꾸역 밀려나오는 창자를 손으로 거머쥐고 배 안으로 밀어넣고 있었다. 미끌미끌한 창자는 자꾸 손가락 사이로 비어져 나왔다. 도저히 손을 대볼 수도 없는 부상이었다.

"동무! 한 방, 한…방만…… 쏴줘……."

손 위로 줄줄 흘러내리는 창자를 움켜쥐고 환자는 자기를 쏴달라며 애원이었다. 이미 이현상은 다른 환자를 보러 달려가고 그녀와 의무요원 최연심은 어쩔 줄을 모르고 환자만 쳐다보고 있었다.

"제발! 제……."

고통으로 몸을 뒤틀며 환자가 마지막 힘을 모아 소리쳤다.

"혁명을 위해서…… 나를 쏴……."

최연심이 천천히 총을 빼들었다. 자신의 머리로 향하는 자기 동지의 총구를 바라보는 환자의 얼굴에 알 듯 말 듯 희미한 미소가 떠올랐다.

"조선민주주의인민공화국 만세!"

타앙!

만세소리와 총성이 거의 동시에 울려 퍼졌다. 희미한 미소를 머금은 채 환자는 눈 위에 머리를 떨어뜨렸다. 갑자기 뜨거운 무엇인가가 솟구쳐 올랐다. 그것은 그녀 자신도 주체할 수 없는 뜨거운 불길이었다. 저 동지에게도 사랑하는 가족이 있었을 것이다. 아름다운 추억도 있었을 것이다. 누구보다도 뜨거운, 삶에 대한 열정도 있었을 것이다. 그러나 그는 웃으며 죽었다. 마지막으로 사랑하는 조국의 이름을 외치며 죽어갔다. 마치 꿈속의 한 장면처럼 모든 것이 잠시 움직임을 멈추는 것 같았다. 그녀는 천천히 주위를 둘러보았다. 어두운 하늘로 긴 꼬리를 남기며 불빛을 터뜨리는 야광탄, 들끓는 포탄과 총성, 쓰러진 동지들의 시체, 붉은 피로 젖어가는 새하얀 눈밭, 자욱한 화약연기, 이리저리 뛰고 있는 수많은 동지들…….

그러나 그것은 꿈이 아니었다. 48년부터 지금까지의 삶이 꿈이 아니듯, 외세에 짓밟히는 조국의 현실이 꿈이 아니듯.

환자들로 가득 찬 움푹한 분지는 온통 피에 젖어 얼어붙은 눈이 시뻘겋게 물들어갔다. 저쪽에서 또 환자가 들것에 실려 오고 있었다. 그녀는 환자를 받으러 달려갔다. 저쪽에서 이진범의 고함 소리가 들려왔다.

"동지들 저쪽을 돌파해야 합니다! 안 그러면 전멸이오! 결사대를 지원할 동지들은 앞으로 나오시오!"

환자를 받다 말고 그녀도 앞으로 달려 나갔다. 분노에 찬 대원들이 앞을 다투어 우르르 일어났다. 이진범이 지원자들을 대충 골라냈다. 마구 달려온 그녀가 숨을 헐떡이며 지원자 대열에 서자 이진범이 그녀를 확 밀쳐냈다.

"사령관 동무! 저도 가겠습니다!"

그녀처럼 지원했다가 빠진 강만원이었다. 핏발 선 두 눈이 이글이글 불타고 있었다. 지난번 의신부락에서 적의 기관총을 빼앗아 들고 나온 열여덟 난 소년을 묵묵히 쳐다보던 이진범이 강만원의 어깨를 두드리며 말했다.

"동무는 이따 나오시오!"

"싫습니다. 지금 싸우게 해주십시오!"

그러나 이진범은 기어이 강만원을 떼어놓고 앞으로 달려 나갔다. 핏발선 눈으로 달려가는 결사대를 바라보던 강만원이 갑자기 총을 움켜쥐고 결사대를 쫓아 달렸다. 근처에서 포탄이 터지면서 바윗가루가 사방으로 흩어졌다. 한참 만에 김흥복이 숨을 헐떡이며 달려왔다.

"저쪽이 뚫렸습니다. 지금 빠져나가야 합니다. 빨리 따라오시오!"

대원들 모두 환자들이 있는 곳으로 달려갔다. 경상자들부터 한 사람씩 부축해서 퇴각로로 달렸다. 그러나 움직일 수 없는 중상자들이 너무 많았다.

"동무! 그냥…… 가시오!"

두 다리에 총상을 입고 누워 있던 동지가 어쩔 줄을 모르고 발을 구르는 대원들에게 말했다.

"한 놈이라도 더 때려잡고 죽겠소. 수류탄이나 몇 개 주고 가시오!"

김흥복이 뒤처진 대원들을 추스르러 달려왔다. 그들은 수류탄 몇 개를 부상자들의 손에 쥐어주었다.

"…… 동지들! 다시 데리러 오겠소."

"우리 걱정 말고 빨리 가시오."

수류탄을 움켜쥔 부상당한 동지들을 남겨둔 채 그들은 수많은 동지들의 목숨으로 열린 퇴각로를 달리기 시작했다. 여기저기 처참한 시체들이 즐비했다.

"조선민주주의인민공화국 만세!"

"조선노동당 만세!"

달려가는 대열의 뒤로 펑펑 하는 수류탄 폭발음과 동시에 피맺힌 절규가 사방에서 터져나왔다. 최후의 한 방까지 다 쏘고 난 동지들이 자폭하는 소리였다. 만세 소리는 끊임없이 들려왔다. 피눈물을 흩뿌리며 간신히 적의 포위망을 뚫고 동지들의 시체를 넘고 넘어 그들은 달렸다.

대성골에서는 그 며칠 뒤까지 총성이 계속됐고 검붉은 불길이 그치지 않았다. 81사단과 92사단을 합쳐 4백 명에 가까웠던 남부군 중에 그날 대성골을 빠져나온 사람은 150명 정도였고(상당기간이 흐른 뒤에 다 합류한 사람의 수가 그 정도였으니 그날 본대와 함께 후퇴한 사람은 백 명도 채 안 될 것이다), 57사단은 사단장 이영회가 40여 명을 데리고 탈출에 성공했으며, 역시 57사단에 있던 노영호도 남은 부대원 20명과 함께 대성골을 탈출했다. 경남도당 위원장 남경부는 그곳에서 전사했다. 경남도당은 완전히 박살난 것이다. 수백 명이 포로로 잡혔고 수백 명이 그곳에서 목숨을 잃었다. 결사대를 뒤쫓아 나갔던 강만원은 온몸에 벌집처럼 총상을 입고도 끝까지 총을 놓지 않고 싸우다가 총탄이 떨어지자 마지막 남은 수류탄으로 조국의 이름을 목메어 외쳐 부르며 자폭했다. 적의 손에 죽는 것조차 그는 허용하지 않았던 것이다.

"피의 전적, 원한의 대성골……."

남부군 정치부에 있던 시인 이명재는 대성골전투를 그렇게 적었다. 대성골전투 이후로 대성골 계곡물이 몇 날 며칠 핏빛으로 붉었다 한다.

22

우리의 죽음을 슬퍼 말아라

"누구야!"

"누구야!"

대성골을 간신히 빠져나와 어느 능선을 향해 오르던 대열의 선두에서 몇 마디가 오고가더니 갑자기 육박전이 벌어졌다. 국군 정찰대와 정면에서 맞닥뜨린 것이다. 사격거리도 되지 않는 곳이었다. 대열의 후미는 날째게 바로 옆의 산죽숲으로 몸을 던졌다. 정찰대가 몇 되지 않았는지 육박전으로 때려눕히고 잠시 후 그들은 오십 미터 정도 떨어진 바위숲으로 단숨에 뛰어올라 제법 커다란 바위 뒤로 몸을 숨겼다. 정찰대와 부딪친 거라면 분명히 본대가 부근에 있을 터였다. 아닌 게 아니라 곧 사오십 미터 앞 사방에서 적들이 나타났다. 부근은 허리 높이까지 산죽이 넘실거리는 산죽밭이었다.

"야! 가시내다!"

적들의 고함 소리가 분명하게 들려왔다. 곁에서 얼마 전에 노획한 국군 무전기를 듣고 있던 이진범이 이현상을 돌아보았다.

"선생님 잡으라고 난린데요. 사령부가 포위된 걸 아는 모양입니다."

사령부가 포위된 걸 알고 있다면 여간해서 물러갈 리가 없었다. 아직도 해가 지려면 까마득하게 먼 시간이었다. 남부군의 최후의 순간이 경각에 달려 있었다. 신중을 기하는 것인지 적들은 쉽게 돌진해오지 않았다. 남부군은 둥그렇게 원을 그린 형태로 정치부원이고 간부고 할 것 없이 서로의 등을 지고 앉아 양면으로 접근하는 적에게 총구를 노리고 있었다.

"곧 총공격이 개시된다! 한 사람이라도 무너지면 몰살이다!"

이진범과 김흥복이 무릎걸음으로 대원들 사이를 돌아다니며 마지막으로 사기를 북돋우고 있었다. 그녀는 총을 움켜쥔 손에 단단히 힘을 주었다. 언제나 출정식에 앞서 외치던 맹세가 떠올랐다.

"우리는 조국과 인민 앞에 최후의 피 한 방울까지 바칠 것을 맹세한다!"

곧 사방을 포위한 적들이 일제히 고함을 지르며 돌격해 들어왔다. 순식간에 총성이 작열하면서 화약연기가 부옇게 앞을 가렸다. 얼마나 흘렀을까. 갑자기 주위가 조용해졌다. 믿을 수 없는 적막이었다. 바위 밖으로 설핏 고개를 내밀고 보니 적들이 다시 원위치로 물러나 있었다. 온몸에 쥐가 내릴 듯한 긴장의 시간들이 초조하게 흘렀다. 잠시 뒤 다시 적들의 반격이 개시됐다. 그렇게 몇 번의 적막과 총성이 교차됐을까. 중천에 떠 있던 해가 어느새 기울고 있었다. 해그림자가 그들이 버티고 있는 바위숲까지 밀려들 무렵 적들도 빛이 사라지듯 순식간에 빠져나갔다. 궤멸의 위기를 희생자도 별로 없이 무사하게 넘긴 것이다.

서서히 이동을 시작하던 중에 그녀는 박종하의 연락병이던 박병주가 한 대원과 실랑이를 벌이고 있는 것을 보았다. 그 대원이 자기 등을 박병주에게 들이대고 업히라는데 박병주는 한사코 싫다고 우겨댔다. 그 무렵 누구나 발이 성한 사람이 없었는데 박병주는 동상이 심해서 이미 꺼멓게 썩어 들어가 걷지를 못했다. 그런데도 그는 다른 동지에게 폐가 될까봐 업히기 싫으니 혼자 버려두라고 했다.

"어허. 여기 혼자 있다가 개(국군)들이 오면 어쩔려구?"

등을 들이밀던 대원이 안타깝게 박병주를 보았다. 박병주는 언제나 생글생글 웃던 대로 별 두려움 없이 자기 머리에 손으로 총을 들이대는 시늉을 했다.

"쏴주고 가요."

빨치산에게 발은 곧 생명이었다. 걷지 못하면 끝인 것이다. 영리하고 야무진 박병주가 그걸 모를 리 없었다. 어차피 죽을 목숨인데 다른 동지까지 힘들게 하고 싶지 않았던 것이다. 업히라던 대원이 주먹으로 박병주의 머리통을 쿵 소리가 나도록 한 대 쥐어박았다.

"이놈 새끼! 내가 어떻게 너를 쏘누. 빨리 업혀, 이놈아."

일주일 넘게 굶은데다 계속 뛰다시피 행군을 했으니 무슨 힘이 남아 있겠는가. 숨이 끊어질 만큼 누구나 극도로 지친 상태였다. 그런 대원의 등에 업힌 박병주의 영리한 두 눈에 반짝이는 이슬이 맺혀 있었다(그런 박병주도 결국은 어머니와 누나와 형의 뒤를 따라 지리산에서 숨을 거두었다).

몇 날 며칠을 굶었을까. 허리띠를 아무리 졸라매도 허기는 가시지 않았다. 마지막 순간을 빠져나와 어디선가 잠시 휴식을 취할 때였다. 취사대원이 거무죽죽한 물 한 사발씩을 모두에게 돌렸다. 가죽 혁대를 삶은 물이었다. 그거라도 마시고 나니 훨씬 허기가 가셨다. 자, 이제 어디로 가야 할 것인가.

다행히 대성골작전이 끝난 뒤로는 공세가 대단치 않았지만 국군이 완전히 빠져나간 것은 아니었다. 적의 포위망을 피해 이리저리 돌아다니면서 그들은 천지에 내널린 동지들의 시체를 보았다. 족제비가 파먹었는지 얼굴을 다 쥐어뜯긴 시체도 있었고 검게 그을린 시체도 있었으며, 심지어 여성 동지들의 시체는 유방이 예리한 칼로 도려져 있거나 여자의 은밀한 부위에 막대기가 꽂혀 있기도 했다. 어떤 날은 밤중에 도착해서 밥을 지어먹고 다음날 깨보니 동지들의 시체가 퉁퉁 불은 채 물 속에 잠겨 있기도 했다. 그 물로 밥을 지어먹은 것이다. 도처에 시체투성이였다.

대성골전투가 끝나고 보름쯤 지났을 무렵, 살아남은 150명가량의 대원이 거림골에 모두 모였다. 한 달 전의 삼분의 일도 안 되는 숫자였다. 하나씩 둘씩 낙오됐던 사람들도 용케 본대를 찾아왔다. 연기냄새, 담배냄새를 찾아 온 산을 헤매다가 부대를 만나기도 했고 굶주림을 견디다 못해 혹시 이전에 소를 잡았던 곳이니까 소뼈라도 어디 남아 있지 않을까 하고 거림골로 온 사람들도 있었다. 빨치산의 후각은 한마디로 동물과 비슷했다. 국군의 담배냄새와 빨치산의 담배냄새를 분간하는 것은 물론이고 능선 하나 건너에서 풍기는 담배냄새나 연기냄새까지도 맡을 수 있을 정도였다. 홀로 떨어져 산 속을 헤매다가 동지들의 냄새를 발견했을 때의 기쁨을 어떻게 설명할 수 있을까. 조난당해 무인도에 갇힌 사람이 가까운 바다로 지나는 배를 발견했을 때의 심정이 아마 그럴 것이다. 그렇게 살아서 만난 남부군은 서로 얼싸안고 통곡의 피눈물을 흘렸다.

낙동강전투에서 크나큰 공헌을 했던 녹 동무가 다시 부대와 합류한 것도 이 무렵이었다. 그는 대성골전투 전에 두 다리에 총상을 입어 어느 환자 트에 후송되어 있었다. 그 환자 트에는 가슴에 총상을 입은 인민군 출신의 고급장교와 의무요원, 그리고 이현상의 친조카인 이인영이 연락병으로 함께 있었다. 어느 날, 아마 대성골작전이 끝난 얼마 후였을 것이다. 녹 동무는 인민군 장교와 함께 이야기를 나누고 있었다. 인민군 장교는 제때 치료를 하지 못해 총상을 입은 환부에 고름이 가득 차서 숨을 쉴 때마다 고름이 버그럭버그럭 소리를 내며 끓어올랐다. 녹 동무가 안타까운 표정을 짓자 오히려 인민군 장교는 웃으며 대답했다.

"조국과 인민을 위해서 싸우다 죽는 게 뭐가 억울하겠습네까?"

그때였다. 부근에서 보초를 서고 있던 이인영이 다급한 얼굴로 달려왔다.

"또 빗질합니다!"

토벌대들이 일이 미터 간격으로 일렬로 줄지어 산을 훑는 것을 빗질이라고 하는데 빗질을 했다 하면 그 자리에서는 버틸 재간이 없었다. 환자 트에 있는 총인원은 다섯, 어떻게 싸워볼 도리가 없는 수였다. 도저히 움직일 수 없는 인민군 장교와 또 한 사람만을 바위틈에 숨겨놓고 세 사람은 맞은편 능선으로 달리기 시작했다. 녹 동무는 오른쪽 허벅지에서 왼쪽 허벅지를 뚫고 나간 총탄에 구멍이 네 개나 뚫린 상처가 아물지도 않았지만 다리가 아프다는 것도 까맣게 잊어버리고 눈이 쌓인 비탈길을 뛰어올랐다. 이백 미터쯤 되는 비탈길을 반쯤 올랐을 때 등 뒤에서 총탄이 날아오기 시작했다.

"어!"

여자인 의무요원이 이상한 소리를 내더니 눈 위로 고꾸라졌다. 조금 후에는 그보다 뒤처져 있던 이인영 역시 비명을 지르며 눈 위로 굴러 떨어졌다. 녹 동무는 아득하게 보이는 고지를 향해 '비호 동무'답게 쏜살같이 뛰어올랐다. 그 능선을 다 올라 다른 능선을 하나 더 넘고서야 겨우 숨을 몰아쉬며 달음박질을 멈췄다. 이제 그 혼자 남겨진 것이다. 잔뜩 흐려 있던 하늘에서 함박눈이 퍼붓기 시작했다. 눈을 맞으며 그는 부대를 찾으려고 골짜기들을 샅샅이 뒤졌다. 몇 개의 골짜기를 뒤졌지만 연기냄새도 담배냄새도 맡을 수가 없었다. 죽음도 그만큼 고통스럽지 않을 것 같았다. 고독감이 뼛속까지 스며들었다. 눈은 며칠간 끊임없이 퍼부었다. 쇳덩이보다 더 무거워진 다리는 이제 꼼짝도 할 수 없었다. 다리를 질질 끌며 녹 동무는 별수 없이 처음 도망쳤던 환자 트로 돌아가 보았다. 이인영의 시체도 의무요원의 시체도 보이지 않았다. 인민군 장교와 또 다른 환자만이 온몸에 수십 발의 총을 맞고 벌집이 되어 쓰러져 있었다. 시체를 두고 간 걸 보면 나머지 두 사람은 죽지 않고 부상만 당한 채 끌려간 것인지도 몰랐다. 사그락사그락 가볍게 눈 내리는 소리만 한적하게 들려왔다. 그는 환자 트와 조금 떨어진 곳의 어느 바위틈으로 기어 들어갔다. 혼자 몸을 간신히 누일 수 있을 정도였다. 졸음이 오는 것인지 의식이 없어지는 것인지 자꾸만 눈이 감겼다. 그때였다. 분명히 눈 내리는 소리와는 다른 발자국 소리가 점점 가까워지고 있었다.

"동무······."

가물가물한 정신에도 동무라는 소리는 선명하게 들려왔다. 달려 나가고 싶었지만 몸을 움직일 수가 없었다. 녹 동무도 동무! 하고 외쳐 불렀다. 그러나 그의 입 안에서만 맴돌 뿐 아무리 애써도 말이 나오질 않았다. 그냥 가버리면······ 이제 영영 마지막일 것이다. 그는 간신히 손을 뻗어 바닥을 더듬어보았다. 작은 돌멩이 몇 개가 만져졌다. 그는 온몸의 힘을 쥐어짜 돌멩이를 밖으로 던졌다. 힘이 없으니 돌멩이가 자기 몸을 조금 지나서 툭 떨어졌다. 전횟줄로 감발한 고무신이 막 자기 앞을 지나고 있었다. 그는 돌멩이 하나를 더 집어던졌다. 네 개째를 던지고 났을 때 이상한 소리에 놀랐는지 후닥닥 피하는 소리가 들렸다. 마지막으로 남은 돌 하나를 더 던졌다. 그리고 그들이 바위틈으로 왔을 때 녹 동무는 이미 혼절한 뒤였다. 한참 만에야 그들이 부르는 소리에 녹 동무는 눈을 떴다. 그들은 괭이와 삽을 둘러메고 있었다.

"선생님이 시체라도 묻어드리고 오라셔서······."

녹 동무는 살아서 부대로 돌아왔다. 이현상은 녹 동무의 손을 잡고 눈물을 글썽거렸다.

"보배 같은 우리 동지들을 그 사이 다 잃었소……."

2월 말, 남은 인원을 규합한 남부군은 피아골로 자리를 옮겼다. 외곡마을에 나가 오랜만에 보급투쟁에 성공한 남부군은 며칠 뒤 세 번째의 서훈식을 열었다. 단상 위에 올라선 이현상은 한동안 말을 잇지 못했다.

"…… 이 무도한 공세에 살아남은 것만으로도 동지들은 공화국의 영웅이오. 중국의 이만오천 리 대장정도 지난 공세만은 못했을 것이오. 동지들의 영웅적인 투쟁은 우리 역사에 길이 남을 것이오……."

그러나 정작 영웅이어야 할 수많은 동지들은 곁에 없었다. 살아남은 사람들은 텅 빈 주위를 돌아보며 비통한 울음을 터뜨렸다. 서훈식장은 삽시간에 눈물바다로 변했다. 살아남은 사람들 전부에게 여러 가지 상이 수여됐다. 상을 주는 사람도 받는 사람도 피눈물을 삼키고 있었다.

그날 밤 오랜만에 눈물 젖은 오락회가 열렸다. 웃음과 눈물로 뒤범벅인 오락회였다. 많은 동지들이 한 줌의 흙으로 변해갔지만 아직도 그들의 귓가엔 대성골전투에서 조선민주주의인민공화국 만세를 외쳐 부르며 수류탄으로 자폭하던 동지들의 마지막 외침이 생생하게 남아 있었다. 자폭할 힘조차 남지 않은 이들은 적의 손에 죽을 수는 없으니 총을 쏴달라고 했다. 그런 동지들의 무서운 혁명정신은 남은 사람들의 가슴에 아로새겨졌다. 그들은 먼저 갔다. 이제는 살아남은 사람들의 차례이다. 먼저 간 동지들을 위한 합창 소리가 피에 젖은 지리산을 어루만지며 멀리멀리 퍼져나갔다.

원수와 더불어 싸워서 죽은
우리의 죽음을 슬퍼 말아라
깃발을 덮어다오

붉은 깃발을……

핏빛 겨울이 가고 있었다. 바깥사람들은 절망의 봄이라고 부를 52년의
봄이 왔다. 그러나 조국해방을 위해 싸우는 그들에게 절망이란 없었다. 자
신들의 죽음조차도 언젠가 다가올 해방의 밑거름일 뿐…….

23_

절망 속에 싹트는 봄

봄이 왔다. 남부군은 피아골에서 보급투쟁만 하며 상당 기간 머물렀다. 휴식과 재정비가 필요한 때였다. 이 무렵 부대개편이 있었다. 81사단은 박종하부대로, 92사단은 김지회부대로 개편했다. 박종하와 김지회는 이현상이 가장 사랑하고 아끼던 사람들로, 이제는 곁에 없는 두 동지의 이름을 딴 것이다.

소소한 전투야 언제나 있는 일이지만 지난겨울과 같은 큰 공세는 이듬해 겨울이 다시 오기 전까지는 잠잠했고 별 피해도 없었다. 동지들의 피를 삼킨 눈도 녹고 피아골 아래 계곡엔 버들강아지에 물이 오르더니 새싹들이 하나둘 돋아나기 시작했다. 봄과 더불어 남은 대원들도 차츰 사기를 회복해갔다.

그렇지 않아도 위장병이 심하던 그녀는 지난겨울 워낙 많이 굶었던 탓인지 점점 위장이 나빠져 자주 피를 토했다. 어느 날 부대가 보급투쟁을 나간 사이 보초를 서고 돌아오는 길이었다. 취사원이 고생했다며 식은 밥 한 덩이를 내밀었다. 평소의 버릇대로 한 수저를 떠서 오랫동안 입 안에서 우물거리고 있는데 갑자기 목으로 뭔가 치밀어 오르더니 콱 숨이 막혔다. 기도가 막혀 곧 숨이 넘어갈 듯 뻐드적거리는데 주위에는 아무도 없었다. 땅바닥을 구르던 그녀는 간신히 목 안으로 손을 집어넣고 사정없이 목

젖을 잡아 뜯었다. 갑자기 입 안에서 분수처럼 피가 솟구쳤다. 얼마나 피를 토했는지 한참 만에야 그쳤는데 하늘이 노랗고 어지러워 일어날 수가 없었다. 땅바닥에 맥없이 드러누운 채로 그녀는 샛노란 하늘을 보았다. 억울했다. 제대로 싸워보지도 못하고 병으로 죽는 건 정말 너무나 억울했다. 정치부에서는 계속 그녀에게 환자 트로 들어가라고 성화였다. 그녀가 말을 듣지 않자 결국 이현상이 그녀를 불렀다.

"옥자 동무! 빨리 나아서 싸워야 되지 않겠소. 고집 피우지 말고 환자 트에 가 있으시오."

총상이라면 그녀도 그렇게 우기지 않았을 것이다. 그러나 그녀의 병은 쉽게 나을 병이 아니었다. 이미 묵을 대로 묵은 위장병이 환자 트에 가 있는다고 나을 리도 없었다. 동지들의 아까운 식량만 축내면서 환자 트에 오래도록 있으니 잠깐이라도 동지들의 힘이 되다 죽는 게 그녀의 남은 유일한 희망이었다.

"선생님, 몸을 움직일 수만 있다면 여기 있게 해주세요. 끝까지 싸우다 죽고 싶습니다. 동지들의 짐만 될 수는 없어요. 몸이 허락하는 한 뭐라도 하겠습니다."

이현상이 부드러운 눈으로 오랫동안 그녀를 쳐다보았다.

"옥자 동무. 산에서 아이를 잃었지요? 윤호 동무도 소식이 끊기고……. 동무가 생각하는 대로 하시오. 대신 식사 거르지 마시오. 동무는 우리 당의 귀중한 일꾼이오."

결국 그녀는 심한 위장병에도 불구하고 그녀의 바람대로 부대와 함께 있을 수 있었다.

5월 초 어느 날, 그동안 힘을 축적한 남부군은 하동읍 기습작전을 감행했다. 백 명도 안 되는 남부군은 그날 하동읍까지 무사히 진격하여 순식간에 하동경찰서를 점령했다. 막 경찰서를 불태우려는 찰나 아래쪽에서 다른 공격조가 경찰서를 밀고 들어왔는데 이를 적으로 오인하여 한때 소동이 벌어지기도 했다. 그날 하동읍내엔 하루 종일 공공기관이 불타는 검붉은 연기와 기름통 터지는 소리가 요란했다. 이날 오랜만에 작전에 성공한 남부군은 식량이며 의복, 약품 등 상당한 보급품을 획득할 수 있었다.

그해 여름의 어느 날이었다. 산 속에서의 여름은 여름이랄 것도 없다. 솔향기를 듬뿍 담고 숲에서 불어오는 쌉쓰름한 바람은 바깥세상의 가을날처럼 서늘하고 햇살은 다사로웠다. 보릿고개라 점심도 먹지 못한 채 정치교양 학습을 마치고 났더니 아직도 태양은 중천에 높이 솟아 있었다.

"옥자 동무! 가서 심심두나 좀 가져오지."

유주목이 그녀를 살살 달래기 시작했다. 남부군에서는 콩을 심심두라고 불렀다. 주먹만 한 밥 한 덩이 먹고 긴 여름날을 보내자니 배가 고프지 않을 리 없다. 그렇다고 산중에 간식거리가 있을 리 만무했다. 남자라면 담배나 태우는 게 소일거리였고, 보급사정이 괜찮을 때면 심심두라 해서 콩을 삶거나 볶아 먹는 게 긴 여름날을 보내는 유일한 군입거리였다. 콩 몇 줌도 아무 때나 먹을 수 있는 것은 아니었다. 식량은 본부 총무과에서 타다 먹게 되어 있는데 이현상이고 정치부고 일반대원과 똑같이 배급하고 나면 그것으로 끝이었다. 그러니까 그녀에게 심심두나 얻어오라는 것은 한마디로 편법인 셈이었다. 지위고하를 막론하고 다른 사람이라면 정량 외에 총무과에서 무언가를 더 가져온다는 것이 통할 리 없지만 밥 한 숟갈도 제대로 먹지 못하는 그녀에게만은 다들 뭐 하나라도 더 먹이고 싶어 하는 바람에 그런 편법이 가능했던 것이다.

"그래요. 가서 심심초도 몇 개 얻어오고."

젊은 시인으로 정치부에 속해 있는 이명재도 그녀를 부추겼다. 몇 사람을 제외하고는 이십대의 한창 나이들이었다. 심심두라고 이름은 붙였지만 그것은 심심두가 아니라 한 끼 식사인 셈이었다. 그녀는 못 이기는 체 정치부 트를 나와 총무과로 살살 다가갔다. 총무과장 마실 동무가 부지런하게도 저녁에 쓸 나무 한 짐을 해다 놓고 아구사리 잎으로 담배를 말고 있었다.

"마실 동무!"

그녀가 부르는 소리를 듣자 마실 동무는 벌써 달아날 채비를 하고 씨익 웃으며 뒤로 주춤 물러났다. 그녀가 뭣 하러 오는 건지 알아챈 것이다.

"어이, 마실 동무. 잠깐만요."

그래도 마실 동무는 들은 척도 않고 도망치기 바빴다. 마실 동무는 지리산 바로 아래 마천골 태생의 쉰이 넘은 중노인네로 부지런하고 성실한 사람이었다. 그녀는 마실 동무를 볼 때마다 벌써 오래전 그녀가 구례군당으로 갈 때 겨울 폭우 속에서 다른 동지들을 위해 노래 한 곡 부르지 않고 나무를 구해오던 변 영감 생각이 났다. 변 영감이나 마실 동무나 비슷했다. 마실 동무도 일평생 농사일에서 손을 떼어 본 적이 없는 가난한 농사꾼이었다. 마실 동무가 그냥 가만히 앉아 쉬고 있는 것을 그녀는 본 적이 없었다. 마실 동무가 지은 트가 수백 채라던가. 하다못해 일이 없을 때면 다른 동지들을 주려고 아구사리 잎이라도 말아야 직성이 풀리는 사람이었다. 농사일로 오십 평생을 보냈으니 지식이나 이론이 있을 리도 없지만 남부군의 누구나 마실 동무를 보배로 알고 있었다. 이현상도 자기보다 나이 많은 마실 동무를 마치 친형님처럼 대접할 정도였다.

"마실 동무! 안 주시면 제가 가서 가져가요!"

나이는 많지만 잽싼 마실 동무의 달음질을 따라잡을 수가 없었다. 그녀가 숨을 몰아쉬며 멈춰 서서 소리치니 놀란 마실 동무가 허겁지겁 달려왔다.

"옥자 동무 땜에 못살겠어. 이번에는 또 뭔고?"

"심심두 쪼끔만 주세요. 기왕이면 심심초도 한두 가치 주시구요."

마실 동무는 눈을 흘기며 그녀에게 심심두 한두 주먹과 심심초를 내주었다.

"이거 가져가면 옥자 동무 먹기나 해? 정치부 식구들 다 먹이지 말고 동무나 좀 먹으라구. 몸이 그래서 어쩌누."

그녀가 꾸벅 고개를 숙이고 달려가면 마실 동무는 그녀의 등 뒤에 대고 소리쳤다.

"다음부터는 딴 사람 보내. 아주 혼벼락을 내줄 테니까."

물론 다른 사람이 갈 리도 없고 자주 있는 일도 아니었다. 그녀가 심심두 확보에 성공해서 달려가면 정치부 트에서는 작은 파티가 열렸다. 콩 몇 조각에 즐거워하며 환호성을 올리는 동지들을 볼 때마다 그녀는 마음이 아팠다. 자기야 위장병 때문에 먹는 것보다 굶는 게 더 편하지만 다른 사람들이야 어디 그렇겠는가. 그래서 그녀는 틈만 나면 이리저리 먹을 것을 찾아 돌아다녔다. 이현상도 본부와 같이 생활하긴 하지만 취사단위나 생활단위(숙소)는 본부 정치부와 달랐다. 상황에 따라선 능선 하나쯤의 거리를 두고 생활하기도 했다. 아무래도 이현상 트에는 다른 데보다는 먹을 게 좀 낫기 마련이었다. 이현상이야 있으면 대원들에게 나눠주라고 성화였지만 남부군의 최고 지도부를 모시는 취사원의 마음은 그렇지 않았다. 자기는 굶어도 '선생님'에게만은 맛있는 걸 해드리고 싶은 게 취사원의 심정이었다. 가끔씩 이현상 취사원의 배낭을 뒤지면 돈나물무침이라든가 산부추무침 같은 게 나올 때도 있었다. 그 정도가 남부군 지도부가 누리는 최고의 특권이었다. 그녀는 가끔씩 사령부 취사장에 숨어들어가 그런 먹을 것

들을 몰래 훔쳐오기도 했다. 취사원이 그걸 모를 리 없어서 나중에는 그녀
만 가면 숨기느라 한바탕 소동이 벌어졌다. 그때 사령부의 취사원은 우 동
무라는 스물둘쯤 된 부지런한 처녀였는데 샘도 많아서 뭐든지 기를 쓰고
찾아다 반찬을 만들곤 했다. 저만치 이옥자의 모습이 어른거리면 이현상
은 허허 웃으며 자기 식구들에게 비상을 내렸다.

"허허, 저기 도둑놈 오는구만."

이현상의 부관 고송균은 살며시 그녀의 두 팔을 잡아 뒤로 돌려 세우며
"와 이라는기요" 하며 빙그레 웃곤 했다. 그러면서 사령부 사람들은 늘 있
으면 있는 대로 뭔가를 그녀의 손에 들려 보내는 것이었다.

그녀는 자주 대원들 생활사정이나 근황을 알기 위해 부대를 돌아다녔
다. 대원 하나하나의 고민이나 고통을 알아내고 반영하는 것이 바로 정치
지도원의 임무였다. 언젠가 식사시간 무렵 양봉순 대대 앞을 지날 때였다.
어디서 산부추를 구했는지 부추무침이 있었다. 고춧가루도 없이 소금에만
버무려 허여멀건했지만 소금이 유일한 반찬일 때라 군침이 당겼다.

"아이구, 맛있겠네요."

그녀가 달라는 말을 한 것도 아니었는데 입맛을 다시는 폼이 수상했는
지 대원들이 부추무침을 얼른 뒤로 감췄다.

"안 돼요. 우리 대대장 동무 드릴 건데요."

말을 받은 것은 삼십도 넘은 남자 대원이었다.

이상하게 가슴이 뭉클하기도 하고 우습기도 했다. 사회에서라면 이런
일이 가능하기나 하겠는가. 남자들은 아예 부엌 근처에도 얼씬거리지 않
던 시절이었다. 그것도 양봉순보다 훨씬 나이도 많은 남자 대원이 대대장
을 준다며 부추를 무쳐놓고 남이 먹을세라 감추는 것이다. 그 남자 대원의
얼굴에 불평이나 불만 같은 것은 눈곱만큼도 없어 보였다.

"대대장 동무!"

저쪽에서 대대장 양봉순이 남자처럼 날쌔고 민첩한 걸음걸이로 다가오고 있었다.

"아따! 이것이 뭐다요? 이거 어디서 났소?"

"김 동무가 낮에 하루 종일 산을 훑었그만요."

옆에 있던 대원이 부추무침을 뒤로 감췄던 대원을 가리키자 김 동무가 쑥스럽게 머리를 긁적이며 웃었다.

"같이 먹읍시다!"

그러나 양봉순을 제외한 아무도 부추무침에 손을 대지 않았다. 소금국만 떠먹으면서 대원들이라고 왜 싱싱한 부추가 먹고 싶지 않겠는가. 그러나 존경하는 대대장을 위해서 그들은 속으로 침만 삼키고 있는 것이었다.

"김 동무가 안 잡수면 나도 안 먹을라요!"

양봉순이 수저를 탁 내려놓자 그제야 대원들도 부추를 먹기 시작했다. 같이 먹자는 청을 뿌리치고 곁에 앉아 있던 그녀의 가슴이 뿌듯하게 달아올랐다.

한낱 촌 아낙네였던 양봉순이 전투부대의 대대장으로 남자 대원들의 가슴에서 우러난 존경을 받으며 부추 몇 젓가락을 서로 나눠먹으며 식사를 하고 있다. 이게 바로 혁명 아닌가. 이것이 바로 우리가 목숨 바쳐 건설하려는 새로운 세상의 모습이 아닌가. 여자도 남자도, 위도 아래도, 있는 자도 없는 자도 모두 하나가 되어 살아가는 세상……

여름밤이면 그들은 푸른 산죽을 꺾어다 깔고 자리에 누워 유난히 별이 많은 지리산의 밤하늘을 올려보았다. 젖빛 은하수가 하늘을 가로질러 흐르고 있었다. 풀벌레의 울음소리 속에서 여름밤이 깊어갔다.

"바깥사람들은 우리가 다 죽은 줄 알겠지? 이렇게 멋진 밤을 보내고 있는 줄도 모르고 말이야."

"빨치산 아니면 이런 기분은 죽었다 깨나도 모를 거요."

"햐! 별빛 한번 맑구만."

정치부 식구들이 도란도란 속삭이고 있었다.

"전남부대에 있는 그 꼬마동무는 어떻게 됐을까?"

유주목이 느닷없이 전남부대 꼬마동무 이야기를 꺼냈다.

"그 동무 이름이 뭐더라?"

"구자형 동무 말이에요?"

"그래 그 동무 참 영특하더구만. 꼬마동무가 공도 많이 세웠는데 지난 번 공세에 무사했으려나……."

구자형은 그때 여덟 살짜리 꼬마였다. 부모가 모두 좌익활동가였는데 어머니는 여순사건 때 국군에게 총살당하고 꼬마를 마땅히 맡길 데도 없어 구례 산동면 인민위원장을 하던 구제회가 아들을 데리고 입산한 것이었다. 구제회 부자는 그녀도 잘 아는 사람들이었다. 47년과 48년 그녀가 갈 데도 없이 숨어 지낼 때 몇 번 주막을 하는 구제회의 집에서 묵었고, 당과의 선도 구제회를 통해 받았는데 통이 크고 담대한 구제회는 그녀를 뒷방에 숨겨놓고도 지나가는 경찰들을 불러들여 술대접을 하기도 했었다. 산동면 여맹 일을 하던 구제회의 아내도 수더분하고 착실한 사람이었는데 그만 여순사건 때 잡혀 총살을 당하고 만 것이다. 세 살 때부터 산에서 자란 구자형은 일찌감치 철이 들어 토벌대 모습만 보이면 울다가도 뚝 그치는 꼬마 빨치산으로 성장해갔다. 꼬마 구자형은 자기 아버지를 닮아 통이 크고 귀여운 악동이었다. 적의 정찰을 피해 숨어 있다가도 구자형은 불쑥 심통맞은 소리를 해서 어른들을 위협하곤 했다.

"아따, 소리나 한번 콱 질러뿌끄나 어쩌끄나."

적이 코앞에 있는데 어른들의 귀를 잡아당겨 그렇게 속삭이는 것이다. 그러면 간이 덜컥 내려앉은 여성 대원들은 자형이를 달래느라 진땀을 뺐다.

"이따 누룽지 긁어줄게 조용히 있어, 응?"

"조깨 줄라고?"

"아니, 너 다 긁어줄게."

그제야 자형이는 씩 웃으며 고개를 끄덕였다. 그렇게 속을 썩이는 자형이었지만 어른들도 못하는 연락이나 정찰을 잘도 해냈다. 키가 작으니 억새밭을 지나도 모습이 보이지 않고 뱀이 지나는 것처럼 억새잎만 살랑거릴 뿐이었다. 정찰이나 연락에 적격인 셈이었다. 그 무렵에 구례군 인민위원장을 하던 구제회는 연락할 일이 있거나 이동할 일이 있으면 반드시 자형이를 먼저 내보냈다.

"아이, 가서 개들(경찰이나 국군)이 보이면 소리를 질러라. 니는 잡혀도 살려줄 텐께 내려가고 나는 도망갈란다."

농담 같기도 하고 진담 같기도 한 아버지의 말에 자형이는 씩 웃으며 고개를 끄덕이고 아무도 없는 적막한 산길을 잽싸게 내달리는 것이었다. 요즘 같으면 국민학교에 갓 입학할 나이였다. 여덟 살 자형이는 전남부대의 꽃이었고 전남부대만이 아니라 전 빨치산에게 유명한 꼬마 영웅이었다. 지난번 악양전투 때 남부군들도 소문으로만 듣던 자형이를 직접 봤는데 정이 많은 유주목은 특히 두고두고 자형이 얘기를 꺼내곤 했다.

"공화국의 보배요. 끝까지 살아남아야 할 텐데……."

자형이도 어디선가 이 맑은 여름하늘을 바라보고 있을까. 그녀의 아이가 자형이만큼만 컸더라도 어쩌면 자형이처럼 재롱을 피우며 살아 있을지 몰랐다. 문득 아이의 얼굴이 밤하늘로 두둥실 떠올랐다. 무덤도 만들어주지 못한 아이, 그러나 그녀의 아이는 자형이처럼 수많은 빨치산들의 가슴에 영원히 사라지지 않을 무덤을 만들고 갔다.

며칠 뒤 오랜만에 보급투쟁을 나가는 길이었다. 선전사업을 하기 위해 정치부원들도 함께 나가려고 부대에 내려갔더니 조종기부대 김명순의 얼굴색이 영 좋지 않았다.

"명순 동무 왜 그래? 어디 안 좋아?"

전남에서 문화선전대로 파견돼 온 김명순은 명랑하고 쾌활한 처녀로 노래를 썩 잘 불렀다. 처음에는 노래보급만 하던 김명순은 수도사단 공세를 거친 뒤로 전투대원이 부족해지자 자청하다시피 전투부대로 옮겨가 있었다. 후평에서 남진할 때만 해도 여성 전투원은 손에 꼽을 정도였는데 수도사단 공세를 거치면서 문화선전대원이나 취사원으로 활동하던 여성들도 상당수 전투부대에 참가하게 돼 52년 무렵에는 스무 명에 가까운 여성 전투원이 있었다.

"지도원 동무, 배가 아파 죽겠어요."

생리통이 유난히 심한 사람들이 몇 있었는데 김명순도 그중 하나였다. 그렇지 않아도 전투지휘자들에게 여자들 생리 때는 전투나 보급투쟁에서 제외시켜달라고 했건만, 남자 부대장에게 차마 말을 못하고 혼자서만 끙끙 앓고 있는 것이었다. 그녀는 곧장 조종기에게 달려갔다.

"대대장 동무! 명순 동무 오늘 보급사업에서 좀 빼주시죠."

"왜요?"

"여성 동무들, 며칠은 전투에서 빼주기로 했잖아요."

"허참. 그럼 진작 얘기를 해야지. 내 원래 여성 동무들 눈만 봐도 아는데 이번에는 깜빡 신경을 못 썼구만."

목포 출신으로 여순사건 직후부터 이현상부대에 있었던 조종기는 여자들 눈만 봐도 안다는 자신의 말대로 자상하고 꼼꼼한 사람이었다. 생리문제는 여자들에게 가장 골치 아픈 문제였다. 배가 아픈 것은 둘째 치고 천이 넉넉한가, 가만히 앉아 있을 수가 있는가. 그 몸으로 눈구덩이 위에 쓰러져 자고 며칠 밤을 새우며 꼬박 행군을 하고 비옷도 없이 장맛비를 고스란히 맞아야 했다. 장거리 행군 때는 물론이고 낙동강 전선에서는 밤낮도 없이 매일매일 계속되는 전투에 쫓기느라 용변도 제대로 못 볼 때였으니 그 고통은 차마 말로 옮길 수 없을 지경이었다. 오죽했으면 아래가 다 헐어 여자들의 걸음걸이가 모두 오리걸음이 됐는데 미얄스러운 박종하가 계속 여자들의 걸음걸이를 흉내 내며 따라다니는 통에 웃음판이 벌어지기도 했다. 양봉순 같은 사람은 52년 여름 무렵엔 아예 생리가 끊겼지만 다른 사람들에게는 여전히 가장 커다란 고통이었다. 여성과 예술인을 특별히 우대하는 남부군이라 일선 지휘자들이 나름대로는 신경을 써주었지만 특별대우를 해준다고 해도 거부하는 여성들이 많았다. 남자들보다 몇 배나 더 열악한 신체조건을 가지고도 남부군의 여성들은 남성과 동등하게 조국 해방을 위해 싸웠던 것이다. 그녀와 양봉순을 비롯한 남부군 대부분의 여성들은 몇 년 전까지만 해도 농사나 짓고 밥이나 하는 촌 아낙네에 불과했다. 해도 해도 산더미처럼 쌓이는 일 때문에 자기 자신이 누구인지, 인간이 무엇인지, 또 역사와 조국이란 무엇인지도 생각할 짬이 없던 그녀들이 지금은 조국의 해방을 위해 최후의 피 한 방울까지 바치겠다는 뜨거운 결의로 상상할 수 없는 고통과 싸워나가고 있는 것이었다.

전열을 재정비한 남부군은 문춘 부사령관의 지휘하에 김지회부대를 덕유산으로 파견해 분산투쟁에 들어갔다. 이 김지회부대는 덕유산에 들어가자마자 적에게 발각돼 치열한 전투를 벌였고, 그 전투에서 부사령관 문춘을 잃고 많은 희생자를 냈다. 제대로 싸워보지도 못한 김지회부대는, 일곱 군데나 총상을 입고 거동이 불가능한 대대장 최동지와 몇몇 부상환자를 남겨놓은 채 지리산으로 돌아왔다. 그런데 오랜 후 뜻밖에도 부상자 전원이 무사하게 지리산으로 귀환했다. 뱀을 잡아먹고 회복이 되어 지리산까지 찾아왔다는 것이었다. 덕유산에서 세상으로 내려갔으면 그들은 아마 편하게 나머지 인생을 살 수도 있었으리라. 그러나 그들은 스스로 고통의 운명을 찾아 죽음의 지리산으로 돌아왔다.

24

상선 연락대의 전멸

아마 9월 초였을 것이다. 전남, 전북, 경남, 남부군 등 지리산 주변의 당활
동과 유격활동을 통일적으로 지도하기 위한 5지구당 조직위원회가 결성
되었다. 51년 가을 3개 도당위원장과 이현상이 모여 조직했던 남부 지도
부가 수도사단 공세를 거치면서 경남도당이 박살나는 등 실제적인 활동이
어려워 52년 봄에 해체된 후 지리산 유역의 통일적 지도부는 사실상 공백
상태에 있었다.

한동안의 공백상태를 거쳐 5지구당을 결성하게 된 것은 뒤늦게 도착한
중앙당의 〈미해방지구에 있어서의 당사업과 조직사업에 대하여〉라는 이
른바 94호 결정서에 근거한 것이었다. 51년 8월 31일자로 된 이 94호 결
정서의 전달이 일 년이나 늦어진 것은 지령서를 가지고 내려오던 파견자
가 태백에서 체포되었기 때문이다. 체포된 자에게서 의외로 중요한 비밀
문서가 발견되자 군은 그를 끈질기게 회유하기 시작했다. 결국 적의 회유
에 넘어간 파견원은 국군이 붙여준 인민군 출신의 포로 네 명과 함께 지
리산으로 침투했다. 지리산에 도착해 이리저리 헤매던 끝에 중산리골 밑
에 있던 경남도당과 선이 닿은 이들은 중앙당의 지령이라며 94호 결정서
와 신원확인서(국군이 위조한)를 내밀었다. 이들이 내민 신원확인서에는
중앙당 허가이의 친필 사인이 위조돼 있었다. 마침 그때 경남도당에는 경

남도당의 재건을 지도하기 위해 지도사업을 나와 있던 중앙당 출신의 간부가 머물고 있었다. 중앙당 간부 출신이니 허가이의 사인을 모를 리 없었다. 경남도당에서는 당장 중앙당의 지령을 가져온 다섯 명을 무장해제시키고 심문을 시작했다. 중앙당 파견원이 의외로 순순히 자백했다. 중앙당의 지령을 어떻게든 전달해야겠다는 생각에서 일부러 이용당했다는 것이었다. 어쨌든 지령문은 중앙당의 지시인 것이 확실했다. 살아남는 것이 목적이었던 이 파견원은 그 후 보초가 잠깐 조는 사이에 보초의 총을 빼앗아 달아나버렸다. 이현상의 지도를 잘 받아들이지 않아 불편한 관계에 있던 전남과 전북의 도당위원장에게 이 중앙당의 지령을 확인시키기 위해, 파견원을 처형해야 한다는 주위의 압력에도 불구하고 그 파견인을 데리고 있던 이현상의 처지가 난처해졌음은 물론이다. 프락치를 달고 다녔다는 이유로 그 뒤 이현상은 방준표에게 호된 비판을 당해야 했다.

94호 결정서가 즉각 이현상에게 전달되었다. 이 전달서에는 도당을 해체하고 5지구당을 결성할 것이며 지리산 일대 5지구당의 책임자로 이현상을 임명한다고 적혀 있었다. 그러나 중앙당이 현지의 사정을 정확히 모르는 상태에서 지시했다는 이유로 박영발과 방준표는 도당 해체에 대해 강력하게 반대했다. 결국 도당조직은 그대로 둔 채 통일적인 지도를 담당할 5지구당 조직위원회를 결성하는 것으로 결론이 났다. 위원장에는 이현상, 부위원장에는 박영발과 방준표가 임명됐다.

5지구당이 결성된 직후 그녀도 5지구당의 조직부로 옮겨갔다. 전북도당 부위원장이던 조병하가 조직부장, 전남도당 조직부장이던 박찬봉이 조직부부장이었다. 조직이 바뀌긴 했지만 5지구당 위원장이 이현상이라 예전과 다름없이 남부군과 함께 생활했으며 하는 일도 다를 바 없었다.

지구당이 결성된 직후였다. 이현상이 부른다기에 건너갔더니 이진범도 함께 앉아 있었다.

"옥자 동무! 곧 상선(중앙당과 선을 대는 것) 연락대가 떠날 것이오. 옥자 동무를 여성 대표로 보내기로 했소. 준비하시오."

준비랄 것도 없었다. 마음의 준비만 하면 되는 거였다. 다시 북으로 간다……. 아직도 동지들이 지리산에서 싸우고 있는데 자기만 북으로 간다는 것이 가슴 아팠다. 이런저런 생각에 잠도 못 이룬 다음날, 갑자기 상선 연락대에서 그녀가 빠지고 대신 양봉순이 끼어 있었다. 나중에야 안 일이지만 이진범이 기어이 그녀를 빼야 한다고 우겼다는 것이다. 건강도 좋지 않은데 상선 길에 무슨 일이라도 당한다면 책임질 수 없다는 이유였다.

이진범과 그녀는 뭐랄까 조금 특별한 사이라고 할 수 있었다. 연애감정 같은 것은 결코 아니었다. 사적인 얘기를 단둘이 나눈 적도 없었고, 일과 연관되지 않은 말을 해본 적도 없었다. 그러나 주파수가 같다고나 할까. 이진범은 말수가 적고 작은 원칙 하나도 사사로이 넘기지 않는 사람이었다. 그녀도 거의 말을 하지 않는 편이었고, 모르는 것이라면 어쩔 수 없되 배워서 아는 것이라면 철저하게 지켜야만 속이 편한 사람이었다. 이진범은 박종하처럼 정을 밖으로 표현하는 사람도 아니었다. 그러나 언젠가 어떤 간부가 간부회의 결과를 전달하면서 원래 그녀의 건강이 좋지 않아 보초와 불침번 임무를 면제시켜주려고 했는데 이진범이 극구 반대해 결국 보초를 서게 됐다는 말을 한 다음부터 그녀는 이진범이 다른 누구보다도 자신을 잘 이해하고 있다는 생각이 들었다. 아마 보초를 서지 않게 되었더라면 그녀는 몸이 아픈 것보다 훨씬 더 많은 고통을 겪어야 했을 것이다. 몸이 아픈 건 참을 수 있어도 동지들의 짐이 되는 것은 견딜 수 없었다. 이진범은 그걸 알고 있었다. 박종하라면 이럴 때 기어이 그녀를 쉬게 했을 게 분명했다. 그것이 박종하의 방식이었고 그녀에게는 이진범의 방식이 더 마음 편했다.

그런 이진범이 왜 그녀를 데려가지 않겠다고 했을까. 죽음을 예감했기 때문이라는 것은 말이 안 된다. 어차피 누군가 가야 할 길을 죽음이 도사린 길이라고 그녀만 제외시킬 이진범이 아니었다. 정말 그녀의 건강 때문이었을까. 다른 사람은 몰라도 이진범이라면 적어도 그녀가 총에 맞아 죽지 않는 한 위장병 같은 것 때문에 낙오되거나 쓰러지지 않는다는 것을 알았을 것이다. 이진범이 다시 살아날 수가 없으니, 왜 그녀를 데려가지 않았느냐고 물을 길도 없다. 이진범 때문에 그녀의 생명이 또 한 차례 연장되었다는 것만 명확할 뿐.

스무 명의 상선 연락대가 떠나기 전날 친하게 지내던 몇몇 사람들이 한트에 모였다. 이진범이나 임현태, 양봉순은 지난 사 년간 함께 싸워온 오랜 동지였다. 이 사랑스런 동지들을 언제 다시 만날 수 있을까. 거기 모인 누구도 장담할 수 없는 일이었다.

"지도원 동무가 가야 하는디…… 내가 가서 잘할라요. 보고도 잘하고 남반부 여성들의 문제도 잘 반영할랑마요……."

"그래, 대대장 동무. 가서 잘해. 공부도 많이 하고."

갑자기 양봉순이 와락 그녀를 껴안더니 뜨거운 눈물을 흘리며 볼을 부볐다. 무거운 침묵이 흘렀다. 누가 우리에게 이렇게 기약할 수 없는 이별을 강요하는가. 남편과 아이와 사랑하는 동지들과…….

"언니, 해방되면 서울에서 만납시다이. 꼭."

9월인데도 지리산의 밤은 추웠다. 그들은 잠시 후 말없이 자기들의 자리로 돌아갔다. 맨 마지막에 나가던 이진범이 그녀를 돌아보았다.

"윤호 동무 만나면 동무 소식 전하겠소. 서울에서 만납시다."

이진범이 손을 내밀었다. 그녀는 동지의 손을 뜨겁게 마주잡았다. 잠시 후 그는 흐린 달빛 속으로 사라져갔다. 정말 남편 윤호가 이북에 살아 있을까. 우리 모두 살아서 서울에서 만날 수 있을까.

5지구당 결성과 그동안의 상황을 보고하기 위해 20여 명의 상선 연락대는 다음날 오전 다사로운 가을햇살을 받으며 정든 지리산을 떠나갔다. 이제 남은 인원은 총 백 명도 되지 않았다. 후평을 떠나올 때 8백이 넘었던 인원이었으니 만 2년도 안 되는 동안 8백 가까운 동지들이 조국의 해방을 위해 젊고 뜨거운 피를 바친 것이다. 남은 사람들에게도 그것은 먼얘기가 아니었다.

53년 2월 말의 어느 이른 새벽, 취사원들을 도와 아침을 준비하고 있는데 마실 동무가 그녀를 부르러 왔다.

"옥자 동무! 문서 비장하러 갑시다."

전투부대는 60여 명의 대원을 끌고 분산투쟁 나가고 이현상과 본부 요원, 호위대 30여 명은 토끼봉 밑 빗점골에서 숙영 중이었다. 원래 문서 비장이란 당의 기밀에 관한 것이기 때문에 자수하거나 투항할 가능성이 전혀 없는, 말하자면 당성이 가장 믿을 만한 사람에게 맡기는 일이었다. 작년까지만 해도 문서를 어떻게 비장하는지 알지도 못했던 그녀가 그 중요한 문서 비장을 해야 할 만큼 소중한 동지들이 하나둘씩 사라져간 것이다. 이현상과 그의 부관 김환명, 마실 동무, 그녀, 이렇게 네 사람은 숙영지를 벗어나 마땅한 장소를 찾아 토끼봉 쪽으로 작은 능선 하나를 넘어갔다. 토끼봉 바로 아래 커다란 바위들이 듬성듬성 솟아 있고 그 틈 사이에 사람 하나가 간신히 들어갈 만한 기묘하게 생긴 바위굴이 있었다. 틈새는 작지만 안으로 깊숙이 파여 있어서 비가 들이칠 것 같지는 않았다. 비닐이라도 흔했다면 손쉽게 비장할 수도 있었으련만 비닐은 고사하고 종이도 제대로 구하기 힘들 때였다. 서류봉투 두 개 분량쯤 되는 서류를 누런 밀가루 푸대로 겹겹이 싼 후 솥에 넣고 바위틈으로 들이밀었다. 전투 와중에도 무슨 보고서와 문서가 그렇게 많았던 것인지, 아마 그 몇 년간 지리산에 비장한 것만 해도 한 트럭분이 넘을 것이다.

비장을 마치고 돌아와 아침식사를 끝낸 후였다. 반야봉 쪽 능선에 대규모의 적정이 나타나 순식간에 숙영지 쪽으로 밀고 내려오기 시작했다. 겨울 막바지를 남겨두고 국군 8사단의 대규모 공세가 또다시 시작된 것이다. 곧바로 전투가 붙기 시작했다. 전투부대도 없이 호위대만 스무 명이 채 안되는 병력이었다. 그리고 5지구당의 최고 지도부가 다 모여 있었다. 응사하면서 서른 명 남짓한 대열은 빗점골의 작은 능선을 순식간에 건너뛰었다. 적들은 계속 추격해왔다. 부관 김환명은 이현상을 호위하느라 민활하게 앞뒤로 쫓아다니며 혼신의 힘을 다하고 있었다.

"앗!"

이현상 바로 뒤에서 이현상을 엄호하며 달리던 김환명이 갑자기 비명을 지르며 나뒹굴었다.

"부관!"

허벅지에서 펑펑 피가 솟구치고 있었다. 김환명은 혼자 힘으로 다리를 질질 끌며 옆에 있는 바위틈으로 몸을 숨겼다.

"선생님! 위험합니다! 먼저 가십시오. 제가 여기서 시간을 끌겠습니다."

적들의 총탄 소리는 점점 가까워지고 있었다. 김환명을 여기 이대로 놔두고 간다면 살아올 가망이 없었다. 여순사건 이래로 지금껏 함께 싸워온 김환명을 바라보는 이현상의 두 눈에 뚝뚝 불이 떨어지는 것 같았다.

"호위대장 동무! 당가(들것)를 가져오시오!"

잠시 시간을 끄는 사이 적들이 코앞으로 다가와 있었다. 부상당한 김환명을 들것에 싣고 호위대원의 엄호 속에 전 대원은 또 다른 능선을 향해

질주하기 시작했다. 남부군의 운명이 걸린 추격전은 그날 해질 때까지 계속됐다. 두껍게 얼음이 언 계곡을 가로지르고 앙상한 가시나무만 우거진 아사리 구멍을 뚫고 낙동강을 돌파하여 비슬산까지 치달리던 그때처럼 가로막는 모든 것을 뛰어넘어 수십 개의 능선을 오르내렸다. 해가 저물어 간신히 적의 추격을 따돌린 대열은 어느 눈밭에 앉아 숨을 몰아쉬고 있었다. 바위에 기대고 있던 이현상의 몸이 자꾸 옆으로 기울어지더니 그대로 눈밭에 쓰러졌다. 지금까지 단 한 번도 그렇게 흐트러진 모습을 보이지 않던 이현상이었다. 그동안 몸이 쇠약해진 것인지, 낙동강에서는 그녀의 등을 밀어주던 이현상이 하루 종일 뛰느라 기력이 쇠진한 것이었다. 바람이 매서워지더니 곧 눈보라가 휘몰아쳤다. 날이 어둡긴 했지만 능선에 적들이 주둔해 있으니 또다시 추격이 시작될지도 모르는 일이었다. 그들은 이현상과 부상당한 김환명을 들것에 실어 든 채 밤새도록 걸었다. 눈보라는 다음날도 무섭게 몰아쳤다. 앞이 보이지 않을 정도의 눈보라와 적들의 감시망을 뚫고 피아골에 도착한 그들은 우연히 구례의 광의면당과 선이 닿았다. 광의면당의 보초를 따라 피아골 주능선에서 얼마 내려가지 않은 산죽 숲으로 갔더니 능선 쪽으로 커다란 바위를 지고 교묘하게 서있는 초막이 한 채 보였다. 대여섯 명의 면 당원들이 우르르 달려 나와 안타까운 표정으로 그들을 반겼다.

"아이고 제수씨!"

누군가 그녀 앞으로 달려오더니 그녀를 덥석 끌어안았다. 시아주버니뻘 되는 최규근이었다. 여순사건 때 광의면당 위원장이던 최규근은 짧은 해방이 끝나고 대부분의 조직원이 지리산으로 입산할 때 당과 선이 떨어져 오랫동안 소식이 끊겼었는데 6.25 때 다시 복귀한 모양이었다. 이 최규근에게는 웃지 못할 비화가 있었다. 그녀의 남편 윤호와 비슷한 시기에 수배가 된 최규근은 그 후 자기 아내와 몇 번 몰래 만났는데 아내가 그만 임신을 하고 말았다. 최규근을 잡으려고 혈안이 되어 있던 경찰들이 그의 아내를 가만둘 리 없었다. 임신한 몸으로 경찰서에 끌려가 혹독한 고문을 당하면서도 그의 아내는 끝내 남편과 만났다는 사실을 숨기고 임신한 아이가 남편의 아이가 아니라 남편 몰래 다른 남자와 정을 통해서 생겨난 아이라고 우겼댔다. 스스로 불륜의 누명을 쓰고 죽음은 모면했지만 여자가 친정살이하는 것도 죄악으로 여겨지던 그 시절에 그 부인이 겪어야 했을 수모와 고통은 어쩌면 죽음보다도 더 처절한 것이었다. 체포되어 무기형을 선고받은 남편이 나올 때까지 그 부인은 자기가 나은 자식에게도 불륜을 저지른 어머니로 비난받아야 했다.

오 년 만에 만난 그녀를 끌어안고 반가움에 울먹이던 최규근은 잠시 후 그녀의 몰골을 보고는 너무 어이가 없었는지 할 말을 잃고 묵묵히 쳐다보고만 있었다. 그녀뿐만이 아니었다. 남부군 전원이 옷이 갈기갈기 찢어져 속살이 다 내비치고 추위에 언 살이 나뭇가시에 긁히고 찢겨 온몸에 핏방울이 맺혀 있었다. 그 무렵에는 고무신도 구하기가 어려워 대부분 짚신을 신거나 천으로 된 발싸개를 감고 있었는데, 신발은 어디론가 빠져나가 버리고 너덜너덜한 발싸개가 감발한 전홧줄에 몇 가닥 걸려있을 뿐이었다. 최규근이 배낭을 꺼내더니 흰 양말 한 켤레와 옷감을 꺼내주었다. 51년, 52년 공세의 피해는 광의면당도 마찬가지였지만 그래도 지역에 연고를 갖고 있어서 보급사정이 남부군보다는 나았던 것이다. 옷가지는 물론이고 숙식까지 도움 받으며 남부군은 겨우 기운을 회복할 수 있었다. 옷을 반 벗은 것이나 다름없던 남부군은 광의면당에서 지원해준 옷감으로 얼기설기 형태만 갖춘 옷을 지어입고 가마니를 풀어 짚신을 만들어 신었다. 차림새도 투쟁의지와 비례한다던 남부군의 옛말이 무색하게 허술한 옷이었

지만 새 옷을 지어입고 나자 침통하게 가라앉아 있던 분위기도 다시 살아
나기 시작했다.

　지금 국군의 공세가 지리산에 집중되어 있어서 주변 야산이 지리산보
다 안전하다는 광의면당의 정보를 듣고 남부군은 김환명을 환자 트로 보
낸 뒤 백운산으로 직행했다. 겨울 섬진강은 가장자리만 꽁꽁 얼어붙어 있
었다. 강 가운데는 엷은 얼음이 얼어 있었지만 사람의 몸무게를 지탱할 정
도는 아니었다. 대원들은 벗은 옷과 총을 머리에 이고 얼음덩이가 떠다니
는 강물을 조용히 헤치고 나아갔다. 강물이 얕아 도강하기에 좋은 여울목
은 적들이 몇 겹으로 지키고 있으니 천생 겨울강을 헤엄쳐 건너는 수밖에
없었다. 춥거나 살갗이 시린 정도가 아니었다. 온몸이 얼얼하고 따끔따끔
아팠다. 적에게 조발되지 않고 무사히 건너기는 했지만 달빛에 드러난 사
람들의 몸은 온통 피투성이였다. 얼음조각에 베인 것이다. 몸에 묻은 물을
닦지도 못하고 그대로 옷을 껴입었더니 온몸이 덜덜 떨렸다. 그들은 추위
도 떨칠 겸 한재골을 향해 마구 달렸다. 남부군에 온 뒤로는 처음 와보는
백운산이었다. 옛 추억들이 생생하게 되살아났다. 전남도당의 간부들에
게 소태죽을 쒀준 것도 바로 이 백운산에서였고, 분산투쟁을 나갔다가 죽
은 줄로 알았던 남편을 다시 만난 것도 여기였다. 50년 봄, 그때도 지금처
럼 힘들었다. 전남도당이 바구리봉에서 거의 전멸당한 것도 그해 초봄의
얘기다. 남부군조차 남한에서의 유격투쟁을 포기하고 북상했을 때 6.25가
터졌었다. 우리는 살아서 다시 그 감격을 맛볼 수 있을까.

　백운산에 온 얼마 뒤 호위대장 유화열이 그녀를 데리러 왔다. 이현상이
찾는다는 것이었다.

　"선생님, 부르셨어요?"

　그녀가 왔는데도 이현상은 먼 산만 바라본 채 대답이 없었다. 이번 겨울

을 나면서 유난히 핼쑥해진 옆모습이 안타까웠다.

"진범이가 죽었소……."

서울에서 만나자며 남은 그녀를 걱정하던 이진범이 죽었다. 윤호를 만나면 그녀의 소식을 전하겠다고 하더니 정말 윤호의 뒤를 따라 가버린 것일까.

"속리산에서…… 다들 전사했다고 하오."

언니 대신 잘하겠다고 처음으로 눈물을 보이며 그녀의 얼굴에 제 뺨을 부비던 양봉순도, 임현태도, 함께 떠났던 스무 명의 동지들도 이제 다시는 볼 수 없다. 과연 해방은 올까. 앞서 간 동지들의 주검 앞에 해방을 바칠 날이 올까. 해방된 서울에서 뜨거운 눈물을 흩뿌릴 날이 정말로 있을까.

3월, 아직도 깊은 산에는 겨울눈이 그대로 쌓여있었다. 봄이 영영 오지 않을 것처럼 추운 날이었다.

25

남부군을 떠나다

초여름의 짙푸르러가는 녹음과 함께 남부군 사령부는 지리산으로 돌아와 부대와 합류했다. 총 80여 명쯤 될까. 후방교란이라는 유격부대의 제 임무를 다하기에는 너무나 부족한 역량이었다. 보급투쟁을 해서 먹고 살기에도 급급한 실정이었다. 보급사업을 할 만큼 큰 마을에는 군경이 주둔해 있어 덤벼볼 수도 없었고, 산에서 가까운 마을엔 아예 자기들 먹을 식량도 없었다. 굶어 죽지 않으려면 한두 되도 안 되는 가난한 농민들의 식량이라도 빼앗아올 수밖에 없었다. 마을주민들의 반응도 이전과는 아주 달랐다. 그 무렵 하동의 어느 마을로 보급사업을 나갔을 때였다. 깊이 잠든 것인지 잠든 척하고 있는 것인지, 아무리 불러도 꼼짝도 않고 있다가 그녀가 끈질기게 불러대자 한참 만에야 주인 아낙네가 문을 열고 나왔다.

"아주머니, 저희는 이 땅에서 미제와 그 앞잡이들을 몰아내고자 투쟁하는 빨치산입니다. 조국이 해방되길 바라신다면 아주머니댁도 힘드시겠지만 저희에게 식량을 조금만 도와주십시오. 해방이 되면 모두 갚아드리겠습니다."

"보릿고갠데 우리 같은 살림에 무슨 식량이 있겠소. 우리도 굶는 판인데……."

오뉴월이면 보통의 시골집은 식량이 다 바닥날 때였다. 그러나 어디서

꿔온 것이라도 보리 몇 되쯤은 있을 게 분명했다.

"아주머니 어려운 사정은 다 압니다. 그래서 우리가 똑같이 잘사는 세상을 만들려고 이렇게 싸우는 것 아닙니까? 있는 식량을 다 저희 주신다고 해도 굶어 죽지는 않을 겁니다. 급하면 마을에서 빌려다 먹을 수도 있지 않습니까. 도와주십시오."

사십대 후반이나 됐을까. 달빛 아래라 똑똑히 보이지는 않았지만 순박하고 착해 보이는 얼굴이었다. 망설이던 주인 아낙네가 결정을 내린 듯 뒤뜰로 가더니 잠시 후 보리 다섯 되를 자루에 담아왔다.

"절대로 안 뺏길라고 숨겨논 건데 색시 얼굴을 보고 안 줄 수가 없구만요. 내일 아침 것만 남기고 다 주는 것이오."

거짓말을 하는 것 같지는 않았다. 설령 조금 더 남겼더라도 아낙네의 말처럼 식량이 바닥나서 빌려온 것이거나 마지막 식량일 것이었다. 자루를 배낭에 단단히 챙겨 넣는 그녀를 물끄러미 바라보던 주인 아낙네가 갑자기 그녀의 팔을 꽉 붙들었다.

"색시, 어디 색신 줄 몰라도 여기 우리 집에 숨어 있다가 자수하러 갑시다. 요즘엔 자수하면 다 살려준다오. 당신들이 좋은 세상 만들자고 하는 일인 줄은 알지만 그것이 어디 그렇게 쉽게 되는 일이오. 이미 대세가 기울었는데 당신들이 아무리 그래 봐야 소용없소. 나도 옛날에는 산사람들 오면 아까운 줄 모르고 털어줬던 사람이오. 인제 틀렸소. 곧 있으면 전쟁도 끝난다는데 틀린 일을 붙잡고 생목숨 버려서야 되겠소? 자수합시다. 사람 목숨만큼 귀한 것이 또 어디 있겠소."

그녀의 팔을 붙잡고 통사정하는 주인 아낙네를 그녀는 물끄러미 쳐다보았다. 어쩌면 이 아주머니의 말이 다 사실일지 몰랐다. 자수하면 살려준다는 말도, 대세가 이미 기울었다는 말도, 전쟁이 끝날 거라는 말도. 그러나 목숨이 귀한 줄 아는 이 아주머니도 모르는 게 있었다. 그 귀한 목숨이 어떻게 쓰여야 하는지 말이다. 그녀는 조용히 주인여자의 팔을 빼냈다.

"아주머니, 정말 감사합니다. 이 은혜 잊지 않겠습니다. 아주머니 덕분에 조국해방을 위해 싸우는 많은 사람들이 힘을 얻을 겁니다. 그럼, 안녕히 계세요."

"이것 봐요, 색시. 내 말 좀 들어······."

골목까지 따라나오며 맘씨 좋은 아낙네는 발을 동동 굴렸다. 아주머니는 모를 것이다. 빨치산들이 왜 죽는 순간에도 어머니 대신 인민공화국 만세를, 김일성 장군 만세를 외쳐 부르는지, 자수하면 살려준다는데도 죽음의 산으로 되돌아가는지, 그리고 혁명이 수많은 빨치산들의 삶을 얼마나 풍요롭게 했는지, 자신이 혁명의 바다에 빠져보지 않고는 절대로 모를 것이다.

그 무렵 그녀에게는 한 가지 고민이 있었다. 다름 아닌 조병하 때문이었다. 그녀를 대하는 눈치가 남달랐던 것이다. 조병하는 5지구당 조직부장으로 바로 그녀의 직속상관이라 한 트에서 같이 생활했는데 어느 날부턴가 눈을 뜨면 조병하가 꼭 그녀의 곁에 누워 있었다. 결혼한 여자임에도 불구하고 남녀문제에는 별 관심도 없고 눈치도 느린 그녀라 처음에는 무심히 지나쳤다. 그래도 별로 기분이 좋지 않아 자기 전에 일부러 다른 사람 옆에 누웠는데 역시 아침에 옆에 있는 사람은 조병하였다. 그러더니만 하루는 가만히 손을 뻗쳐 그녀의 손을 잡는 것이었다. 자는 척하고 돌아누우면서 손을 뺀 후로 다시는 별일이 없었지만 영 기분이 나빴다. 지금까지의 존경심이 한꺼번에 경멸로 뒤바뀌었다. 다음날은 도저히 그 트에서 잠을 자고 싶지가 않아서 다른 사람들이 다 잠들기를 기다렸다가 조직부 트를 빠져 나와 호위대 트로 가서 살며시 자고 나왔다. 다음날 아침 제일 면

저 일어나 취사원들과 아침을 짓고 있는데 유화열이 허둥지둥 그녀를 데리러 왔다. 조병하가 무슨 일인지 화가 잔뜩 나서 그녀를 찾는다는 것이었다. 화가 나긴 그녀도 마찬가지였다. 그녀는 유화열의 말을 들은 척도 않고, 밥뜸을 들이려면 타다 남은 나무를 불구덩이에서 빼내야 하는데 되레 나무를 더 밀어 넣었다.

"지도원 동무! 왜 그래. 빨리 가봐."

유화열이 안절부절 하도 재촉을 해대는 통에 할 수 없이 한참 후에야 미적지근한 태도로 조병하에게 갔다.

"동무! 도대체 어디서 잤소?"

그녀는 똑바로 조병하를 쳐다보면서 대꾸하지 않았다. 자기가 뭘 잘했다고 화를 내는 것인지 이해할 수가 없었다.

"조직원이 조직을 맘대로 이탈해도 되는 것이오! 도대체 어딜 가서 잔거요?"

"사람을 잠을 자게 해야 잘 것 아닙니까? 조직원이 그렇게 해도 되는 겁니까!"

그녀가 되레 새빨갛게 화가 치민 얼굴로 대들자 조병하는 잠시 말을 잃고 멀뚱멀뚱 그녀를 쳐다보았다. 돌이켜 생각하면 손 한번 잡은 걸 가지고 잠을 자게 해야 잘 것 아니냐며 대드는 그녀가 어이없기도 했을 것이다. 그러나 당시에 그녀는 그 정도의 일도 간부로서 도저히 할 수 없는 행위라고 생각했고, 당연히 용서할 수도 없었다.

"그래서 지금 동무가 잘했다는 거요?"

조병하가 언성을 높였다.

"제가 뭘 잘못했습니까? 잠을 자게 해주었으면 그런 일도 없었을 것 아닙니까!"

그녀도 덩달아 큰 소리로 따지고 들었다. 저쪽에 있던 유화열이 달려와서 그녀를 붙잡고 왜 이러느냐며 참으라고 난리였다.

"지도원 동무, 왜 그래. 잘못했는데. 잘못했으니까 잘못했다고 하면 되잖아."

속도 모르는 유화열은 그녀만 붙잡고 잘못해놓고도 왜 인정하지 않느냐는 것이었다. 두 사람 다 감정이 상해 언성이 높아진데다 상부에 대드는 그녀를 보고 놀란 유화열이 설치는 바람에 그날 아침의 사건은 그렇게 끝나고 말았다. 며칠 뒤 그녀는 이현상을 찾아갔다.

"선생님, 저 딴 데로 보내주십시오."

이전부터 이현상은 그녀가 당일꾼이라며 당사업을 시켜야겠다고 몇 번 말한 적이 있었다. 그녀 역시 당사업을 해보고 싶었고, 조병하와의 관계도 불편해서 며칠간 생각한 끝에 이현상을 찾아간 것이었다.

"왜 그러오? 무슨 일이 있소?"

그녀는 대답 없이 묵묵히 앉아 있었다. 그날 아침의 사건이 보고되지 않았을 리 없다. 이현상도 이미 다 알고 있으면서 묻는 것이리라. 남이 생각하기에는 그 일이 아무것도 아닌 사소한 일일지 모르지만 그녀에게는 정들었던 부대와 사람들을 떠나려고 할 만큼 중요한 일이었다. 후평에서 북에 남아 공부하라는 지시에도 따르지 않았던 그녀였다. 사랑에 관한 한 그녀는 교조주의자인 셈이었다.

"알겠소. 정 그렇다면 보내줄 테니 마음의 준비를 하시오."

조병하가 그녀를 어떻게 생각했는지는 알 길이 없다. 손가락 하나 건드릴 수도 없으면서 그녀의 곁에 누워 있고 싶을 만큼 사랑했던 것일까. 아마도 오랫동안의 망설임 끝에 살며시 손을 한번 잡았다가 뜻밖의 난리를 치르고 오히려 그녀를 먼 데로 보내야 했던 조병하는 당시의 그녀가 어떻게 생각했건 원칙적이고 강인한 혁명가였다. 그녀가 경남도당으로 떠난 후 역시 경남도당 위원장으로 일하다가 그녀보다 몇 달 앞서 54년 1월 조개골에서 생포된 조병하는 고향의 소꿉친구였던 어느 국군 장성의 끈질긴 전향 권유에도 불구하고 미제의 앞잡이들과 타협할 수 없다며 자결을 기도했으나 실패하고 결국 사형대에 올랐다.

얼마 뒤 이현상은 그녀와 유화열, 그리고 서울대 문리대생으로 6.25 때 입산해서 남부군에 온 김태봉을 불렀다.

"동무들에게 새로운 임무가 주어질 것이오. 동무들도 아다시피 산에서는 더 이상 유격투쟁이 불가능하오. 동무들은 곧 지하공작 사업을 맡게 될 것이오. 산에서 목숨을 걸고 싸웠던 것처럼 열심히 투쟁하기 바라오."

빨치산의 이별은 언제나 기약할 수 없는 이별이다. 지금까지 대부분의 이별은 생과 사의 갈림이었다. 이현상은 여순사건 이래 지금까지 한번도 떨어지지 않고 함께 싸워온 그녀와 유화열의 손을 오랫동안 놓지 않았다.

"옥자 동무!"

언제나 그랬듯이 이현상의 목소리는 다정하고 부드러웠다. 이제 이 다정한 음성을 듣는 것도 마지막일까.

"학습 열심히 하고, 건강부터 회복하시오. 건강하게…… 잘 싸우시오."

그것이 이현상과의 마지막이었다. 후세의 사람들이 이현상을 어떻게 평가하든 그녀가 아는 이현상은 소박하고 따뜻하고 강인한, 그야말로 철의 투사였다. 누구에게도 반말을 하지 않고, 대원들의 짐을 대신 들어주고, 이름 없는 하부원 하나하나까지 세밀하게 신경 쓰던 아버지 같은 지도자였다.

한창 신록이 푸르던 무렵 그녀는 남부군, 그 잊을 수 없는, 자신의 고향 같은, 어머니 같은 남부군을 떠나 경남도당으로 향했다. 남부군에서의 만

사 년은 그녀 삶에 있어서 가장 아름답고 가장 격정적이고 가장 빛나던 시절이었다. 그 사 년을 제외하고 난다면 아마 그녀는 더 이상 그녀가 아니라 빈껍데기에 불과할 것이다. 그녀는 그곳에서 조국을 알았고 조국을 위해 싸웠고 인간을 알았으며 인간해방을 위해 싸웠다.

정든 동지들의 모습이 점점 사라져갔다.

26

남부군의 최후

경남도당은 조개골 깊숙한 곳에 자리 잡고 있었다. 그녀와 유화열, 그리고 강태봉 세 사람은 지하공작 사업의 임무를 띠고 도당과 조금 떨어진 곳에서 대기하며 지하침투에 필요한 것들을 준비했다. 어디서 구했는지 사진기로 사진도 찍었다. 도민증에 붙일 사진이었다. 지리산에서의 마지막 여름이 무성하게 타오르고 있었다.

마지막이라는 것을 예감할 수 없을 만큼 한가로운 여름이었다. 세 사람은 함께 나무를 하러 다니고, 함께 개울가로 빨래를 하러 가고, 함께 식사를 준비하면서 여름을 보냈다. 그러던 어느 날 유화열과 김태봉이 먼저 지하로 나가게 되었다. 두 사람은 모두 남해 출신이었다. 육 년 만에, 혹은 삼 년 만에 처음으로 고향땅에 돌아가는 것이다. 비합법의 신분으로.

떠나기 전날 유화열은 어디서 가마니를 구했는지 가마니를 풀어 짚신을 삼고 있었다.

"떠날 사람이 그건 뭐 하러 만들어요? 이젠 쓸모도 없을 텐데."

상수리나무 그늘에 앉아 짚신을 삼던 유화열은 대답도 없이 씩 웃었다. 그러더니 다음날 떠나면서 그녀에게 짚신 아닌 소리(짚신과 비슷하지만 끈으로 고정시키게 돼 있는 신)를 내밀었다. 철이 들자마자 곧장 군대에 갔다가 입산했으니 언제 짚신을 삼아본 적도 없었던지 볼품은 없었다. 그러나 세상 무엇과도 바꿀 수 없는, 깊은 마음의 선물이었다. 그녀는 유화열의 선물을 소중하게 받아들었다. 유화열은 특별하게 눈에 띄는 사람은 아니었다. 그림자처럼 조용하게 움직이고 늘 숨어서 일하는 사람이어서 그가 곁에 있는지 없는지도 모르고 지난 적도 많았다. 자기가 한 일을 내세우려는 사람도 아니었다. 유화열과 같은 수많은 사람들이 모여 그 유명한 남부군이 됐고, 한때는 남부군이라는 말만 들어도 적들이 도망칠 만큼 놀라운 투쟁을 해낸 것이었다.

"옥자 동무, 먼저 내려가서 토대 닦아놓고 부를게요. 그때까지 꼭 건강하게 살아 있어야 해."

속정이 깊어 드러나지 않게 이모저모로 그녀를 아껴주고 도와주었던 유화열이 자꾸 뒤돌아보며 멀어졌다. 그들의 연락만 기다리며 하루하루가 저물었다. 건강은 나날이 악화됐다. 빨리 연락이 오지 않으면 그대로 산에서 죽게 될 지경이었다. 죽는다는 건 어차피 각오했던 일이지만 병으로 죽는다는 건 너무나 억울했다. 환자 트에서 대기하라는 경남도당의 권유도 받아들이지 않고 그녀는 어떻게든 자기의 몸을 움직여 작은 일이라도 하면서 유화열에게서 소식이 오기를 기다렸다. 좀처럼 연락은 오지 않았다. 유화열과 김태봉이 내려가자마자 아무것도 해보지 못하고 체포되었다는 사실을 그녀가 알 리 없었다. 45년 해방 직후의 정세와는 전혀 달랐다. 이미 입산자들의 신원과 경력이 샅샅이 밝혀진 뒤였으며, 그런 그들이 사회에 숨어들어 지하사업을 할 수 있는 상황이 아니었던 것이다.

기다리던 소식 대신 휴전협정이 체결되었다는 소식이 전해졌다. 정전은 그들이 바라던 바였다. 51년 6월 23일 소련 외상 말리크가 유엔에서 휴전을 제의한 다음부터 남한의 전 빨치산들도 정전을 요구하며 싸워왔다. 그러나 휴전협정에서 빨치산들의 거취문제는 다뤄지지 않았다. 죽음과 함께 생활했던 지난날이지만 이제 정말로 남은 것은 혁명가다운 장렬한 최후뿐이었다. 전쟁은 끝났다. 빨치산들에게는 바늘 하나 꽂을 만한 해방구도 없었다. 자기들이 피를 흘리며 싸웠던 그 땅에서 최후까지 싸울 수밖에.

남한 전체를 통틀어 그 무렵 얼마쯤의 빨치산이 남아 있었을까. 경남도당에는 이영회의 57사단까지 포함해서 쉰 명도 되지 않았고 남부군 역시 비슷한 숫자였다. 전남만 백여 명 이상 남아있을 뿐이었다. 어떤 사람들은 휴전협정에서 빨치산들의 거취문제가 거론될 것으로 기대했다가 낙담하기도 했다. 휴전회담이 빨치산에게 어떤 영향을 미쳤건 이제 몇 가지 선택이 그들 앞에 기다리고 있었다. 첫째는 혁명투쟁을 포기하고 살기 위해 자수하는 방법이었고, 둘째는 언젠가 다시 올지도 모르는 해방을 위해 지하로 숨어들어 유격투쟁을 지하조직 사업으로 바꾸는 것, 셋째는 사라진 꿈과 더불어 최후까지 싸우다 전멸하는 것이었다. 두 번째 방법은 수차례 연구하고 실시했으나 성공의 가능성이 거의 없었다. 그래서 그때까지 살아있던 대다수의 빨치산들은 몇 사람을 제외하고 세 번째를 선택했다. 이전까지는 해방의 그날이 목전에 있음을 믿고 싸웠다. 이제는 멀어진 해방을 위해 목숨을 걸어야 했다.

휴전소식과 비슷한 시기에 남로당 고위 간부들의 간첩행위와 종파주의에 대한 소식이 전해졌다. 빨치산들에게는 마른하늘의 날벼락 같은 소리였다. 자기들이 믿고 따르던 지도자들이 미제의 간첩이라는 것이었다. 이승엽 간첩사건을 전해들은 이현상은 놀라움에 말을 잃었다고 한다.

지리산에서는 곧 5지구당 조직위원회가 개최되었다. 이 자리에서 이현상은 박영발과 방준표에게 그동안의 사업에 대해 철저하게 비판당했다. 비판의 첫째 이유는 52년 남부 지도부 결성 시 이승엽이 여운철 개인에게 준 신임장을 마치 중앙당의 지시인 것처럼 남조선 전체 유격투쟁에 확대시키고 종파적 행위를 하여 남조선의 당과 유격투쟁의 지도권을 장악하려고 했다는 점, 둘째는 지리산에 도착한 이후 남부군의 유격투쟁이 유격투쟁의 기본원칙을 벗어난 정규전 식으로 수행됨으로써 엄청난 피해를 입게 했다는 점, 셋째는 간부로서 마땅히 모범을 보여야 함에도 불구하고 여성과 문제를 일으켰다는 점이었다. 남부 지도자 초창기부터 가장 원칙적으로 이현상에게 따지고 들던 박영발은 종파분자이며 미제의 간첩인 박헌영 일당의 추천으로 모스크바 유학을 다녀온 자신의 과오를 자기비판하면서 전남도당 위원장직을 사임하겠다는 의사를 밝히고 난 후 이현상에게도 마땅한 자기비판을 요구했다. 침통한 표정으로 동지들의 비판을 듣고 있던 이현상은 결국 자신의 모든 과오를 인정하고 5지구당 위원장직을 사임했다. 이로써 5지구당이 해체되고 여순사건 이후 선봉에서 남한 유격투쟁을 이끌어오던 남부군의 역사도 막을 내렸다. 남부군의 생존자들은 5지구당 해체 이후 지리산 인근의 도당과 군당으로 분산배치됐다. 전투부대는 인민여단의 참모장을 지냈던 김태규를 부대장으로 하여 구례군당으로 보내졌고 대부분의 정치간부들은 경남도당을 선택했다.

남해로 침투한 유화열의 소식이 오기만 기다리던 그녀는 9월경 뜻밖에도 다시 못 볼 줄 알았던 남부군 동지들을 경남도당에서 만나게 되었다. 다들 침통한 표정이었다. 그때부터 종파주의자들에 대한 토론회가 매일 개최되었다. 간첩행위를 했다는 이승엽 일파는 물론이고 이현상까지 종파주의자라며 비판하라는 것이었다. 미제의 앞잡이들에 대한 비판은 물론 당연한 것이지만 그녀는 이현상이 종파주의자라는 것만은 도저히 받아들일 수 없었다. 49년부터 최근까지 이현상의 모습을 바로 곁에서 지켜봤지만 그녀는 이현상이 비판받을 만한 오류를 범한 적은 단 한 번밖에 보지 못했다. 바로 여성문제였다. 몇몇 간부들이 그녀에게 이현상과 의무요원인 하수복의 관계를 넌지시 얘기하며 잘 보살피라고 했을 때도 그녀는 그것이 무슨 뜻인지 몰랐다. 그녀가 감각이 둔하다기보다는 그만큼 철저하게 이현상을 신뢰했기 때문이었다. 하부원들이 그 정도로 믿고 따를 만큼 이현상은 철저했다. 이현상이 김일성을 비판하는 것을 본 적도 없었다. 그는 오히려 김일성에 대한 존경을 말했을 뿐이다. 그런 이현상이 종파주의자라니. 그녀는 종파주의라느니 온정주의라느니 하는 숱한 비판을 들으면서도 끝까지 이현상을 비판하지 않았다. 자신이 아는 한 그는 결코 종파주의자가 아닌데 자기가 믿지 못하는 사실을 함부로 비판할 수는 없었다. 존경했던 지도자들이 미제의 첩자라는 사실은 놀라웠지만 그 문제에 대해서 자신이 어떻게 반성해야 하는 것인지도 알 수 없었다. 그런 문제라면 오히려 그런 사람들을 요직에 임명했던 상급자들의 오류가 아닌가. 참으로 답답했다. 턱도 없는 비판을 당하고 침통해할 이현상의 모습이 눈에 보이는 것 같았다. 이현상은 중앙당의 간부로서 수년 동안 전장의 한가운데서 싸워온 사람이다. 그 오랜 투쟁의 결과가 종파주의자라는 비판이라면 너무 쓸쓸한 일이었다.

남부군 출신들이 그런 비판회에 곤욕스러워하고 있던 그 무렵, 1953년 9월 18일 이현상은 호위대까지 다 다른 곳으로 떠나보낸 후 부관만을 데리고 경남도당으로 오던 중 경찰의 매복에 걸려 전사했다(이현상의 죽음에 관해 여러 가지 추측들 – 남로와 북로 간 헤게모니 투쟁의 희생양이라든가 – 이 난무하고 있지만 사실에 대해서는 아직 알 수 없다). 종파주의자든 아니면 역으로 종파주의에 의해 희생당한 제물이든 분명한 것은 남한 현대사의 한 장을 장식할 유격투쟁의 지도자였으며 남부군 대원들에게는 친아버지와 같은 존경을 받던 한 탁월한 혁명가가 유격투쟁의 본거지인 지리산에서 최후를 마쳤다는 사실이다. 혁명을 위해 자신의 삶 전부를 바친 것이다. 인간은 누구나 흙으로 돌아간다. 그러나 모든 죽음이 똑같은 것은 아니다. 그는 진보하는 역사의 편에 서서, 핍박받는 민족의 편에 서서, 고통당하는 인민과 함께 자신을 불태운 것이다.

이현상이 죽고 난 두 달 뒤 대성골전투에서 살아남은 서른 명가량의 대원과 함께 계속 투쟁하던 57사단도 전멸당했다. 11월 말 57사단 이영회는 대원들과 함께 전원 국군복으로 갈아입고 군용 트럭을 탈취하고 국군으로 위장하여 의령경찰서 안으로 무사히 진입했다. 경찰서장 면담을 요구하여 경찰서장과 만난 이영회는 서장실에서 서장을 사살하고 경찰서를 점령했다. 잠시 후 보급품을 잔뜩 짊어진 57사단은 산청까지 무사히 퇴각하여 원지면의 강노마을로 해서 뒷산으로 올라갔다. 강노마을을 지날 때였다. 누군가 배낭에 닭을 집어넣었는지 느닷없이 닭이 울기 시작했다. 이것이 화근이었다. 대낮의 닭소리에 주민들이 주위를 둘러보다가 국방군 차림의 대열이 산으로 올라가는 것을 본 것이다. 이영회는 부근 산죽숲에 대열을 쉬게 한 후, 미군의 지프차처럼 민첩하고 재빨라서 '지프'라고 불리던 열두 살짜리 소년에게 보초를 세웠다. 오랜만의 성과에 만족한 이들은 곧 달콤한 잠에 취했다. 그 사이 경찰은 이들을 뒤쫓아 강노마을까지 왔다가 산죽숲으로 올라갔다는 말을 듣고는 곧 주위를 포위했다. 보초를 서던 지프 소년까지 곤하게 잠에 떨어진 뒤였다. '개잡이'로 명성이 자자하던 유격전의 영웅 이영회의 최후가 닥친 것이다. 14연대 출신으로 6.25 전 이현상부대의 연대장으로 활약하다가 낙동강 도강 중 부대와 선이 떨어져 이현상부대가 후평으로 해서 다시 지리산으로 돌아오는 동안 미리 지리산에 들어와 사람을 규합하여 57사단을 창설하고 수많은 전투에서 탁월한 능력을 발휘했던 이영회였다. 격렬했던 이 전투에서 이영회 이하 서른 명의 대원 전원이 전사했다. 이로써 경남도당의 조직적인 투쟁은 막을 내렸다. 남부군은 이미 사라진 뒤의 얘기다.

27

절망하지 않는 사람들

남부군은 사라졌어도 조국의 해방을 위해 싸우던 사람들은 사라지지 않았다. 그들의 지도자가 설령 미제의 앞잡이였다고 해도, 그리고 종파주의자였다고 해도 그들은 사상의 순결성을 죽음으로 지켜냈다.

절망의 겨울이 깊어갔다. 그러나 영원한 절망은 아니었다. 하나의 밀알이 땅에 떨어져 자기 몸을 썩혀 절망의 시절을 보내고 수많은 밀알을 만들어내듯이 그들은 점점 다가오는 죽음의 그림자 앞에서도 언젠가는 자기들의 눈물겨운 투쟁이 이어져 이 땅의 프롤레타리아가, 전 세계의 프롤레타리아가 해방될 수 있으리라고 믿었다. 그 먼 날을 위해 그들은 스스로 절망을 선택한 것이었다.

얼마 남지 않은 경남도당의 운명도 풍전등화였다. 환자들까지 함께 다닐 형편이 아니었다. 결국 행군이 힘들 만큼의 환자들 몇이 환자 트로 이송되었고 그 속에 그녀도 끼어 있었다. 환자 트로 간다고 해서 생명이 보장된다거나 편할 수도 없었다. 이제 나가서 다시 싸운다는 희망을 갖기에도 늦은 때였다. 그녀는 경남도당 위원장 김삼홍에게 쫓아가 도당과 남게 해달라고 간청했다.

"위원장 동무, 제발 남아 있게 해주십시오. 병으로 죽기는 싫습니다. 동지들과 최후까지 싸우다 죽게 해주십시오."

김삼홍은 그러나 머리를 내저었다.

"도당과 함께 있어도 제대로 싸울 수 없기는 마찬가지요. 몸이라도 편하게 환자 트로 가 있으시오. 그 몸으로 동계 공세를 어찌 견디겠소."

"위원장 동무! 총 한 방이라도 쏘다 죽겠습니다. 여기 남아 있게 해주십시오."

그러나 김삼홍은 침통한 표정으로 머리를 저을 뿐이었다. 환자 트는 동북릉에서 내리뻗은 마천골 능선의 바위틈 은밀한 곳에 있었다. 환자들은 그녀와 남부군 정치부 동료인 시인 이명재, 총무과장, 그리고 경남도당에서 만난 오십대의 김 동무였다. 이명재는 신경통으로 보행이 어려웠고, 총무과장과 김 동무는 발을 잘라내야 할 정도의 중증 동상환자였다. 그녀 역시 동상이 심한데다 묵은 위장병으로 온몸에 살 한 점이 없었다. 제대로 설 수도 없는 사람들끼리 번갈아 보초를 서고 식사를 하면서 조용한 겨울을 보냈다. 네 사람이 오붓하게 모여 있으니 이야기라도 자주 나눌 법하련만 그들 모두 거의 말을 잊고 지냈다. 어느 날 김 영감이 그녀를 붙잡고 물었다.

"지도원 동무, 저 동무들이 남쪽, 북쪽 그러는데 그게 뭐요?"

아마 북쪽 출신인 이명재와 총무과장이 종파문제를 놓고 둘이서 무슨 얘기를 한 모양이었다. 글자도 읽을 줄 모르는 김 영감이 그걸 알아들을 리 없다. 다 똑같은 동지들끼리 왜 북쪽 남쪽 하는지 김 영감은 이상하기만 한 것이었다. 그녀 역시 마찬가지였다. 총을 들고 싸우느라 언제 학습할 시간이나 있었는가. 당내 문제니 혁명노선이니 들어서 알기야 하지만 무엇이 옳고 정확한지 판별할 능력이 없으니 답답한 노릇이었다.

그녀는 김 영감과 자주 얘기를 나눴다. 이명재는 아프다고 드러누워서 움직이지를 않고 총무과장도 부지런한 편이 아니라 보초건 식사건 주로 그녀와 김 영감의 몫이었다. 오십 평생 남의집살이만 했다는 김 영감의 손은 지문이 다 닳아 없어지고 갈쿠리처럼 휘어 흉측해 보일 정도였다. 그렇게 평생 한 일이 지겹지도 않은지 김 영감도 마실 동무처럼 늘 몸을 움직여야 직성이 풀리는 사람이었다.

"해방이 되면 우리 땅 몇 마지기 갖고 농사짓는 게 소원이오."

꿈을 꾸듯 김 영감은 늘 중얼거렸다.

"쇠죽 끓는 냄새가 참 구수한데……."

농사짓던 때를 생각하는 것일까. 김 영감은 산에 가로막혀 보이지 않는 경상도 쪽을 자주 쳐다보았다. 수년간 목숨을 걸고 싸워놓고도 그 대가로 자기 땅 몇 마지기 갖고 농사짓는 게 소원이라는 김 영감, 그 소박한 소원조차도 이뤄지지 않는 세상이 저 순박한 김 영감을 혁명의 물결로 밀어 넣은 것이리라. 일한 만큼 대접받고 사는 것이 그렇게도 어렵고 지난한 길일까. 오십 평생 노동으로 지문이 닳아 없어진 김 영감이 자기 땅 한 마지기 가지고 사는 것이 그렇게 힘든 일일까. 자기 이름자도 쓸 줄 모른다고 부끄러워하는 김 영감의 모습을 보면서, 쇠죽 끓는 냄새가 세상에서 가장 구수하다는 김 영감을 보면서, 그녀는 지금 현재의 고통이 어쨌건 스스로 선택한 길이 분명히 옳은 일이었음을 재확인할 수 있었다.

바깥에서는 무슨 일이 일어나고 있는 것일까. 1월에 들어서면서 다시 능선마다 국군의 모닥불이 타오르기 시작하고 간혹 콩 볶는 듯한 총소리도 들려왔다. 그 무렵부터 선을 대려고 약속한 장소에 나가도 사람이 나오지 않았다. 그들 넷만 고립된 것이다. 전멸당한 것일까. 아니면 선도 맬 수 없을 만큼 위급하게 쫓겨 다니고 있는 걸까. 식량도 바닥이 난 상태였다. 매일매일 선 대는 장소에 나가 하루 종일 기다렸지만 영영 소식이 없었다. 환자 트로 오기 전에 알려준 식량 비장장소라도 가서 스스로 식량을 구해야 했다. 눈이 한 길씩 쌓인 한겨울, 네 사람은 모두 걷지 못하는 환자들이 었다. 그러나 앉아서 굶어 죽는 것보다는 가다 죽더라도 시도는 해봐야 했다. 그녀는 김 영감과 함께 이명재와 총무과장에게 식량을 구하러 가자고 했다. 총무과장은 동상으로 썩어 들어간 발로 자기도 가겠다며 따라나섰지만 이명재는 못 가겠다는 것이었다. 모두 힘이 없어 식량을 구해도 들고 오질 못하니 될 수 있으면 함께 가서 가져오는 편이 더 안전했다.

"힘들지 않아서 가는 사람은 아무도 없어요. 어쩌겠습니까. 고통스러워도 굶어 죽을 수는 없으니 함께 갑시다."

"아이구, 이거 엔간히 아파야지요."

아프기로 따지자면 그녀도 이명재 못지않았다. 김 영감도 총무과장도 이명재보다 심하면 심했지 덜하지는 않은 사람들이었다. 몇 번 가자고 했지만 이명재는 갑자기 끙끙 앓으며 기어이 못 가겠다고 일어나지도 않았다. 별 수 없어 세 사람은 해가 중천에 걸린 오후쯤 길을 나섰다. 해그림자를 따라(해그림자를 밟고 가면 눈에 잘 띄지 않는 법이다) 조심스럽게 주능선을 넘었다. 음지쪽에는 바람에 밀려온 눈이 한 길도 넘게 쌓여 있는데다 김 영감도 총무과장도 잔뜩 위축돼서 행군속도도 자꾸만 처졌다. 아마 부대와 함께였더라면 이보다 더한 부상이어도 너끈히 걸었을 것이다. 그녀가 앞장서서 두 사람을 끌고 지능선 몇 개를 더 넘어 비장장소에 도착했다. 능선에 막 올라 백여 미터 아래에 있는 비장장소를 보니 세상에, 식량이 비장된 커다란 바위 옆에 토벌대들이 주둔하고 있는 것이었다. 앞이 캄캄했다. 그러나 빈손으로 돌아갈 수는 없었다. 굶어 죽으나 들켜 죽으나 마찬가지였다. 그녀는 눈 쌓인 능선에 배를 깔고 엎드려서 총을 겨눈 채 해가 지고 그들이 잠들기를 기다렸다. 겁에 질린 두 남자는 그냥 가자고 성화였다. 배고픔은 참는다 하더라도 동상에 걸린 발이 시리고 아파 견딜 수가 없었다.

"옥자 동무, 그냥 갑시다. 도저히 불가능하오."

"무슨 소리예요. 그럼 그냥 가서 하늘만 보다 굶어 죽을 겁니까? 왜 안 된다는 생각부터 해요? 어떻게든 무사히 갖고 나갈 생각을 해야죠. 지금까지 우리가 어떻게 투쟁해왔는데요. 불가능하다고 포기했으면 단 며칠도 못 견뎠을 겁니다."

두 사람 모두 말이 없었다. 거대한 지리산이 불그스레한 낙조에 덮이자 토벌대들은 부산하게 숙영준비를 서둘렀다. 군인들의 웃음소리가 바로 곁인 양 생생하게 들려왔다. 식량이 비장된 바위 바로 곁에 뚫어놓은 우물에서 취사원들이 쌀을 씻었다. 잠시 후 고소한 밥냄새가 백여 미터 떨어진 그들의 코를 못 견디게 자극했다. 식사를 마치고도 오랫동안 그들은 잠들지 않았다. 서너 시간 지났을까. 사람 소리가 잠잠해지더니 이내 정적이 찾아왔다. 취침시간이 지나고도 몇 시간을 더 잠복해서 깊이 잠들기를 기다린 다음 그녀는 김 영감과 총무과장을 뒤따르게 하고 살금살금 바위 곁으로 다가갔다. 불과 이십 미터 앞에는 수십 명의 토벌대들이 잠들어 있었다. 뒷사람이 엉덩이를 받쳐줘서 간신히 집채만 한 바위 위로 올라가 보니 중간쯤에 구멍이 뚫려 있고 식량은 그 안에 숨겨져 있었다. 조심조심 자루를 꺼내들었다. 무거우리라고 생각했던 식량자루는 허깨비처럼 가벼웠다. 자루를 헤쳐 보니 달빛에 드러난 쌀은 가을 단풍 든 산처럼 울긋불긋 요란한 색깔을 하고 있었다. 오래돼서 썩은 것이었다. 콩도 팥도 마찬가지였다. 기가 막혔지만 그거라도 굶는 것보다는 낫겠지 싶어 한 자루씩 짊어졌다. 이제 돌아갈 길이 꿈만 같았다. 찬 눈밭을 배에 깔고 열 시간 가까이 엎드려 있었더니 속은 부글부글 끓고, 지금 적을 만난다면 총과 손이 얼어 방아쇠도 당길 수 없을 정도였다. 다른 두 사람도 마찬가지 기분이었는지 이십 미터 옆에 적이 있는 바위 위에서 넋을 잃은 채 일어날 생각을 하지 않았다.

"자, 갑시다!"

다시 그녀가 앞장섰다. 다리에 힘이 풀려 걸을 수도 없어서 내리막길은 엉덩이를 깔고 앉아서 미끄럼을 타듯이 죽죽 미끄러져 내려갔다. 불쑥 튀어나온 돌멩이에 엉덩이를 찧어도, 균형을 잃고 곤두박질쳐서 나무와 정면으로 충돌해도 아픈 줄도 몰랐다. 절반쯤 왔을 때였다. 가다 보니 김 영감이 안 보였다. 제일 힘들어하더니 뒤에 떨어진 모양이었다. 짐을 풀고 한참을 기다렸는데도 김 영감은 오지 않았다. 총무과장은 눈밭에 열십자로 쓰러진 채 가볼 생각도 하지 않고 있었다. 그에게 시킬 수도 없고 별수없이 그녀가 왔던 길을 한참 되돌아갔다. 아프다는 생각도 힘들다는 생각도 들지 않았다. 눈에 보이는 것이 없었다. 능선 하나를 거의 넘다시피 되돌아갔더니 김 영감이 눈구덩이에 빠져 간신히 목만 내밀고 있었다. 곁에 있는 나무를 붙잡고 팔을 내밀어 김 영감을 끄집어 올렸지만 그녀나 김 영감이나 며칠간 죽 한 모금 못 넘겼으니 용만 쓸 뿐 끄떡도 하지 않았다. 식은땀이 줄줄 흘러내렸다. 간신히 김 영감을 눈구덩이에서 건져놓고는 그녀도 완전히 기진맥진해서 의식이 가물가물할 정도였다. 퍼뜩 아이의 얼굴이 스쳤다.

'그래. 아이까지 죽이고도 나는 혁명을 위해 싸웠다. 이깟 고통에 물러설 수는 없다. 여기서 죽는다면 어떻게 아이 앞에 얼굴을 들겠는가.'

그녀는 이를 악다물고 일어나 김 영감을 부축한 채 태산덩이를 매단 듯 무거운 걸음을 옮기기 시작했다. 김 영감은 자꾸 처졌다. 가다 보면 안 오고, 또 데려와서 가다 보면 또 안 오고, 그녀는 김 영감이나 총무과장의 거의 두 배를 걷고 있는 셈이었다. 환자 트까지 능선 하나를 앞둔 비탈길 바로 앞에서였다. 자기는 죽어도 못 가겠으니 버리고 가라며 김 영감이 일어날 생각을 하지 않는 것이었다.

"영감님! 가셔야 돼요. 일어나세요. 못 일어나면 끝이에요."

몸을 뒤흔들었더니 그제야 김 영감은 눈을 떴다.

"지도원 동무! 나 쏴주고 가시오. 한 방이면 되오. 제발 좋은 일 한다고 생각하고 쏴주고 가시오."

얼마나 고통스러우면 차라리 죽여달라는 것일까. 창백하게 얼어붙은 그녀의 뺨 위로도 뜨거운 눈물이 흘렀다.

"영감님! 지금까지 어떻게 싸웠는지 생각해보세요. 이렇게 죽으시겠어요? 여기서 이렇게 죽고 싶으세요? 영감님, 제발 저를 생각해서라도 일어납시다. 이제 다 왔어요. 저기만 넘으면 돼요."

동편 하늘의 어둠이 개이고 있었다. 날이 밝기 전에 주능선을 넘지 못하면 끝장이었다. 그러나 그녀의 간곡한 애원에도 불구하고 김 영감은 힘없이 고개를 저었다.

"못 가, 못 가겠어. 지도원 동무! 제발 한 방 쏴주시오!"

"여기서 어떻게 총을 쏩니까? 영감님이 죽으면 우리 모두 다 죽는 거예요. 제발 힘을 내세요."

아무리 달래도 김 영감은 막무가내였다. 그녀는 갑자기 벌떡 일어서서 총을 꺼내들고 김 영감을 겨누었다.

"좋아요. 원 없이 쏴드릴 테니까 알아서 하세요. 쏘라면 쏘죠. 영감님이 뭔데 내가 못 쏴요. 쏴요! 쏴줄 거예요!"

총 든 손을 파르르 떨며 그녀는 울부짖었다. 산에 들어와서 이렇게 울어보긴 처음이었다. 김 영감이 안쓰럽기도 하고 화가 치밀기도 했다. 김 영감뿐만이 아니다. 아프다며 아예 보급사업에 참여하지 않은 이명재나, 그녀가 안간힘을 쓰며 김 영감을 데리러 몇 번씩 되돌아가는데도 한마디 말도 없는 총무과장도 마찬가지였다. 승리가 눈앞에 보이지 않는다고, 절망 속에 있다고 해서, 그렇게 쉽게 무너질 동지애고 퇴색할 사상이었던가. 그 정도였던가. 강철 같던 동지들이 이제 허약한 보통의 사람일 뿐이라는 사실을 그녀는 받아들일 수가 없었다. 그녀가 광의면당의 도움으로 아이와 함께 살던 시절, 최정호는 말했었다. 혁명가는 최후의 순간에도 웃고 죽을 수 있는 불굴의 투지가 필요하다고. 지금 우리가 바로 그래야 할 때 아닌가. 그런데 왜 형편없이 무너져서 스스로 비참해지는가.

총을 들이댄 채 울부짖는 그녀를 김 영감이 꼭 끌어안았다.

"지도원 동무! 미안하오. 갑시다. 걸어보겠소."

두 사람은 서로에게 의지한 채 가파른 눈밭을 비틀거리며 기어오르기 시작했다.

28

멀어지는 지리산

이명재는 깊은 잠에 빠져있었다. 인기척에 눈을 뜬 이명재는 미안하다며 머리를 긁적거렸다. 세 사람은 가져온 식량을 풀지도 않고 그대로 잠에 곯아떨어졌다. 온몸이 아프지 않은 곳이 없었다.

다음날 일어나서 밥을 지으려고 가져온 쌀을 꺼내 봤더니 달빛에 어슴푸레 봤던 것보다 훨씬 더 심했다. 아주 오래전에 비장한 것인지 한 덩어리로 떡이 된 쌀은 노랗고 빨갛고 파랗고 까맣고 가관이었다. 손만 대면 가루로 바스러질 정도였다. 그러니 씻어 먹을 수도 없고 그대로 물을 부어 밥을 했는데 해놓고 보니 밥이 아니라 죽이었다. 아무리 잘하려고 해봐도 떡 이상은 만들 수가 없었다. 게다가 썩은 냄새는 얼마나 나는지 밥을 먹을 때 숨을 쉴 수 없을 정도였다. 그래도 굶는 것보다는 훨씬 나았다. 그렇게 몇 달이 지났다. 그날 이후 모두 동상이 악화되어 앉은뱅이와 다름없었다. 선을 대려고 아무리 노력해도 선이 닿지 않았다. 사람들이 다 어떻게 됐는지 궁금하고 답답했다. 이렇게 병들어 죽어야 하는지 생각하면 생각할수록 억울해서 잠이 오지 않았다. 그러나 어떻게 하겠는가. 그녀에게는 조국을 위해 싸우다 죽을 방법도 없었다.

4월이 왔다. 저 아래 능선에는 나무마다 물이 오르느라 말라붙은 가지에 연둣빛 생명이 조금씩 내비쳤다. 아직 잎은 피지 않았지만 그래도 겨울

색깔과는 한결 달랐다. 환자 트 부근의 냇물도 가장자리부터 서서히 얼음이 풀리기 시작했다.

그러던 어느 날, 이명재가 난데없이 면도를 하기 시작했다.

"갑자기 면도는 왜 해요?"

이상해서 그녀가 묻자 이명재는 대답 없이 씩 웃었다. 하긴 워낙 깔끔한 사람이라 봄이 되니 몸단장을 하고 싶어진 건지도 모르지. 그녀는 그렇게 생각했다. 썩은 쌀죽을 먹고 난 이명재가 오후쯤 선을 대러 가보겠다며 환자 트를 나섰다.

"어디 가서 선을 대요?"

"그래도 가보기라도 해야지 어쩌겠소. 다녀오겠소."

이명재가 나간 한참 후였다. 먼 곳에서 총소리가 딱 두 방 울리더니 잠잠해졌다. 총소리와 동시에 남은 사람들은 짐을 챙겨 트가 있는 바위 뒤쪽 능선을 앉은뱅이처럼 엉덩이로 기어오르다시피 하여 안전한 장소에 대피했다. 한 시간이 지나고 두 시간이 지나도 별 이상이 없었다. 총소리는 더이상은 들려오지 않았고 이명재도 돌아오지 않았다. 아마 총에 맞고 즉사한 모양이든지 아니면 전혀 다른 데서 난 총성인 모양이라고 결론을 내리고 그들은 어둑어둑해질 무렵 다시 트로 내려왔다. 남은 세 사람은 저녁을 먹고 난 후 트 입구를 산죽가지로 위장해놓고 그 안에서 대책을 논의하기 시작했다. 이명재의 행방을 확인할 수 없으니 트를 옮기는 게 원칙이지만 셋 다 걸을 수가 없으니 대책이 막막했다. 한숨을 쉬며 걱정만 하고 있는데 어디선가 산짐승 울음 같기도 하고 끙끙 앓는 소리 같기도 한 게 희미하게 들려왔다. 모두 숨을 죽이고 귀를 기울였다. 소리는 점점 더 가깝게 다가왔다. 그것은 분명 앓는 소리였다.

"아이구우, 아이구우, 아파 죽겠네."

사람이 부스럭거리며 올라오는 소리가 분명했다.

"지도원 동무!"

작고 가냘프긴 하지만 분명 이명재의 음성이었다. 아까 총소리에 부상을 당하고 여기까지 간신히 걸어온 모양이었다. 너무 반가웠다. 그녀가 이명재를 마중 나가기 위해 트에 단 하나뿐인 총을 집으려고 막 몸을 돌리는 순간이었다. 수십 명의 토벌대가 번개처럼 트 안으로 날아와 위에서 억센 힘으로 그녀를 꽉 껴안았다. 나머지 두 사람도 순식간에 토벌대에 붙들렸다. 먼 데서 나는 소리 같았는데 이미 다 포위를 해놓고 위장한 모양이었다. 어떻게 싸워볼 도리가 없었다. 토벌대가 붙잡고 있는 몸을 마구 비틀고 반항을 했지만 자폭을 할 수도 없고 꼼짝없이 포로가 되고 만 것이다. 잠시 후 이명재가 들어왔다.

"지도원 동무, 어쩌겠소. 살고 봅시다. 미안하오. 미안하오."

"나쁜 놈! 적에게 동지를 팔아넘기다니. 이 더러운 배신자!"

그녀는 비굴하게 미안하다며 굽신거리는 이명재를 똑바로 노려보았다. 이명재는 황급히 시선을 돌렸다. 이명재의 뺨이라도 한 대 쥐어박고 싶었다. 아니, 죽이고 싶은 심정이었다. 이런 식으로 끝나게 될 줄은 정말 상상도 못했었다. 싸우다 죽는 것이 그녀의 유일한 꿈이었다. 그런데 총 한 방 쏴보지도 못하고 무기력하게 생포당해야 하다니.

"자! 업혀라!"

몇 명이 그녀를 붙들고 있는 상태에서 그녀에게 업히라며 어떤 토벌군이 등을 내밀었다.

"싫다! 이 간악한 미제의 앞잡이 놈들!"

그녀는 등을 들이미는 토벌군을 걷어차며 한바탕 소동을 벌였다. 그러나 그들은 씩씩 웃을 뿐 그녀를 별로 탓하지도 않고 폭력을 가하지도 않았다. 예전과는 사뭇 다른 모습이었다. 그건 바로 승자의 여유였다.

"이봐요, 우리는 어떻게든 당신들을 살리려고 고생하는 사람들이오. 이러지 말고 내려갑시다. 당신도 살고 싶지 않소?"

그녀는 토벌대들에게 사지를 모두 붙잡힌 채 발버둥쳤지만 힘으로는 도저히 당할 수가 없었다. 스스로 목숨을 끊을 수도 없는 상황이었다. 그녀는 지난 칠 년의 고통과, 그동안 조국의 산과 들을 뜨거운 피로 물들이며 죽어간 동지들의 한을 모아 만세를 외치기 시작했다.

"조선민주주의인민공화국 만세!"

"김일성 수령 만세!"

카랑카랑한 만세 소리가 앞 골짜기로 퍼졌다가 더 큰 방향으로, 더 많은 소리로 되돌아왔다. 살려주겠다고 큰소리치던 토벌대들의 얼굴이 시뻘겋게 달아올랐다. 그러나 그녀의 바람대로 그녀에게 총을 겨누지는 않았다.

"이 더러운 매국노들! 너희들을 한 놈이라도 더 죽이지 못하고 죽는 게 억울할 뿐이다."

그녀는 바로 앞에 있는 토벌대의 얼굴에 퉤 침을 뱉으며, 걷지도 못하는 다리를 마구 내뻗었다.

"이년 이거 지독하구만. 싫다면 억지로 끌고 가는 수밖에 없지."

수십 명이 우르르 달려들어 그녀를 붙들고 포승을 묶기 시작했다. 손목을 파고드는 밧줄이 아프다는 느낌도 없었다. 죽어야 한다는 생각밖에 아무것도 떠오르지 않았다. 그러나 총도 없고 칼도 없고 몸도 움직일 수 없으니 어떻게 죽어야 하는가. 세 명의 환자 포로를 들것에 싣고 경찰은 어두워가는 산을 내려가기 시작했다. 이명재는 그녀 옆에 붙어 따라오며 계속 미안하다는 말을 중얼거리고 있었다. 그가 나쁜 사람은 아니라는 것을 그녀도 물론 안다. 그러나 그는 혁명가는 아니었다. 허약한 지식인일 뿐.

다른 동지들은 어떻게 됐을까. 흰 눈이 쌓인 겨울산에 노을이 지고 있었다. 동지들이 흘린 피처럼 노을은 붉었다. 지난 칠 년간의 삶이 하나하나 떠올랐다. 지난 칠 년을 어떻게 표현할 수 있을까. 가장 고통스러웠으되 또한 가장 아름다운 시절이었다. 처음으로 삶이 무엇인지 알았고 자신의 존재를 알았으며 조국을 알았고 역사를 알았다. 그녀는 혁명을 위해 아이를 바쳤으며 남편을 바쳤다. 그리고 자기 자신까지 송두리째 바쳤다. 그리고 혁명은 실패로 돌아갔다. 그러나 그녀 자신의 혁명은 그녀를 새로운 사람으로 탄생시켰다. 지금은 졌다. 그러나 언젠가는 또다시 해방이 올 것이다. 이 겨울산에 또다시 녹음이 짙푸르러오는 것처럼.

남편의 얼굴이, 이현상, 박종하, 이진범, 양봉순, 다 기억할 수도 없는 수많은 얼굴들이 떠올랐다. 동지들의 피가 스미고 살이 썩은 이 산은 봄이면 더 눈부신 녹음을 피워낼 것이다. 이 산으로 언제 다시 돌아올 수 있을까. 역사는 소용돌이치며 저 거대한 지리산의 산맥처럼 수많은 봉우리를 만들며 흘러간다. 우리는 어떤 봉우리를 만든 것일까. 우리는 정상에 오르지 못했지만 언젠가는 우리의 또 다른 동지들이 정상으로 오를 것이다. '평등'이라는 말만큼 매혹적인 게 어디 있는가. 불평등한 세상이 계속되는 한 우리처럼 그 말에 자신의 생명을 걸고 불꽃같은 열정으로 또다시 꿈꾸는 자들이 생겨날 것이다. 그리고 그 혁명의 물결 속에서 우리는 다시 만날 것이다. 이현상도, 박종하도, 마실 동무도, 김 영감도……

아무도 우리를 기억하지 못해도 좋다. 지리산에 담긴 역사를 몰라도 좋다. 어떤 이름으로건 기어이 오고야 말 해방을 위해 목숨을 걸었다는 것 자체만으로도 우리의 삶은 빛나는 것이었다. 대성골에서 최후의 총탄까지 적의 심장을 겨누고 수류탄으로 자폭한 동지들의 외침이 생생하게 들려왔다.

"조선민주주의인민공화국 만세!"

"조선노동당 만세!"

어디서 어떤 식으로 그녀의 운명이 닥쳐오건 동지들의 그 외침과 수류탄의 장렬한 폭발음을 떠날 수는 없었다. 나는 살아서 내려간다. 동지들! 그러나 나는 반드시 동지들의 곁으로 돌아오고 말 것이다.

노을이 지고 지리산은 어둠에 묻혀갔다. 그리고 그녀는 그 산으로부터 점점 멀어졌다.

(끝)

후기

지리산 반야봉에서 뱀사골로 넘어가는 어느 능선에는 이름 모를 허술한 무덤 하나가 쓸쓸하게 세월을 맞고 있다. 간혹 지나다니는 등산객들이 손으로 벌초를 하거나 소주 한 잔을 따라놓고 인생의 비감에 젖기도 하는 무덤이다. 지리산에 어떤 역사가 숨겨져 있는지도 몰랐던 어린 시절에 그 무덤가를 지나면서 나도 모르게 한 방울 눈물을 떨어뜨린 적이 있다. 몇 년이 지나 지리산에 얽힌 내 부모와 내 조국의 슬픈 역사를 알고 난 다음 그 무덤가를 지날 때 나는 무덤에 눈물 대신 절을 올렸다. 어쩌면 빨치산의 무덤이 아닐지도 모르지만 그 깊은 산중에 있는 무덤은 어느 땐가 병으로 혹은 부상으로 죽어간 빨치산의 무덤이라고밖에 달리 해석할 길이 없었다. 자신의 젊음과 생명을 바쳐서 싸웠던 지리산 한 자락에 묻혀 오고가는 등산객에게 이 땅의 슬픈 역사를 증언하며 세월을 비껴가는 그 무덤이야말로 빨치산다운 무덤이다.

남한의 모든 산이 좌우 이데올로기의 치열한 격전장이 되었던 지도 장장 사십 년이 지났다. 영원히 어둠에 묻혀 있을 것 같던 우리 조국의 슬픈 현대사도 세월이 지나자 조금씩 가렸던 베일을 벗고 있다.

만리장성을 축조한 임금의 이름은 역사에 길이 남았지만 고된 부역에 시달리며 자신들의 피땀으로 만리장성을 쌓아올린 수많은 민중은 역사 저편으로 사라져버렸다. 최근 들어 현대사에 대한 대중적인 관심이 고조되면서 남부군의 총수 이현상이니 남도부니 하는 지도자들에 대한 얘기도 많이 나온다. 그러나 나는 한 탁월한 개인보다도 평등한 세상, 통일된 조국을 건설하겠다는 단순한 신념만으로 거대한 역사의 소용돌이 속으로 뛰어들어 자신의 목숨을 걸고 역사의 일보전진을 위해 투쟁했던 수많은 이름 없는 민중의 모습을 알리고 싶었다. 내 아버지, 어머니도 바로 그런 민중의 한 전형이다.

어디서 어떻게 죽었는지 최후의 순간조차 알아낼 수 없는 수많은 죽음들이 있었고, 간신히 살아남아서도 평생을 감옥에서, 보호감호소에서 보내야 했던 수많은 사람들이 있다. 그분들은 당대의 역사적 요구를 회피하지 않고 정면으로 부딪쳐 싸웠다. 그리고 어떤 유혹과 화려한 조건 앞에서도 언제 찾아올지 모르는 해방을 위해 자신의 신념을 지키고 차가운 감방에서 전 인생을 보냈다. 그분들께 가장 먼저 이 글을 바친다. 한없는 경의와 함께. 그리고 내 부모와 같이 싸웠던 모든 분들께 당신들의 투쟁의 십분의 일도 제대로 그려내지 못한 이 책을 부끄러움으로 바친다. 일제 식민지 치하를 보내고 또다시 미국의 한반도 점령에 맞서 싸우면서 가장 힘든 세상을 살아온 선배들은 자신의 삶에서는 그 가열찬 투쟁의 어떤 성과도, 보상도 받지 못했다. 차가운 감옥에서 나온 그분들을 맞은 것은 돈이 아니면 살아갈 수 없는 냉엄한 자본주의의 질서였다. 드물게는 돈 걱정 없이 노년을 맞고 있는 분들도 계시지만 대부분은 육칠십이 넘은 나이에 한 끼 밥을 걱정하면서 살아야 하는 형편이다. 하루하루 무심한 세월은 가고 그분들의 머리에도 흰머리가 늘고 기억도 둔해진다. 그래도 그분들은 희망과 웃음을 잃지 않고 있다. 언젠가는 통일이 오겠지, 이것이 그분들의 아직도 유일한 희망이다. 부모님의 옛날 동료들을 만나 뵐 때마다 나는 무엇이 인간으로 하여금 저런 강인한 의지를 갖게 하는 것인지 궁금하고 또 궁금했다. 역사에 대한 책임감, 진실, 이런 것들의 힘이 아닌가, 막연히 추측은 하지만 나는 아직도 그 해답을 모른다. 그분들을 나는 동독 어느 작가의 소설 제목처럼 '절망하지 않는 사람들'이라고 부르고 싶다.

이 글은 부모님의 개인적 체험에 의거한 것이고, 이미 사십 년 전의 일이라 기억이 완전하지 않을 수도 있다. 특히 어머니는 몇 번의 대수술로 기억력이 매우 쇠퇴하여 다른 분들의 증언을 참조로 했지만 워낙 오래전의 일이라 전투가 있었던 지명이나 수많은 전투들을 모두 정확하게 알아낸다는 것은 불가능했다.

소설의 형식을 띠기는 했지만 모든 것은 철저하게 사실적인 증언에 의거했다. 구호 하나, 사용하는 단어 하나라도 당시의 용법대로 쓰려고 노력했다. 작은 오류가 있더라도 양해 바란다. 해방 후의 한국 현대사에 대한 연구는 이제 비로소 걸음마 단계에 있다. 이 책이 당시 혼돈의 역사를 해명하고 새로운 역사를 발전시키는 데 미약한 보탬이라도 되기를 바란다.

1990년 12월 정지아